GINA M. SWAN
Stardust Chapters

Impressum

1. Auflage 2023
©2023 by Gina M. Swan

Gina M. Swan
c/o autorenglück.de
Franz-Mehring-Str. 15
01237 Dresden

Lektorat: Annalena Pfeifer (www.lektorat-tatwort.de)
Umschlaggestaltung: © mondsteindesign
Coverabbildung: © Adobe Stock
Buchsatz: Gina M. Swan
Buchsatzgrafiken: © iStock (Olga Ubirailo)
Schriftarten: Adobe Caslon Pro/Raleway/Adobe Handwriting: Tiffany,
Helvetica Neue/ Winsome
ISBN: 9783757972691

Herstellung und Druck über tolino media GmbH & Co. KG,
Albrechtstr. 14, 80636 München. Printed in Germany.
Fragen zu Produktsicherheit an: gpsr@tolino.media.

GINA M. SWAN

Stardust CHAPTERS

ROMAN

*Für alle, die den Glauben an ein
Happy End verloren haben.*

*Und für alle, die denken
niemals gut genug zu sein.*

Playlist

I KNOW IT WON'T WORK - Grace Abrams

NOBODY GETS ME - SZA

UNTIL I FOUND YOU - Stephen Sanchez, Em Beihold

THE NIGHT WE MET - The Neighbourhood

TV - Billie Eilish

DAYLIGHT - David Kushner

ANTI-HERO - Taylor Swift

I WANNA BE YOURS - Arctic Monkeys

SOMEONE TO STAY - Vancouver Sleep Clinic

WONDER - Shawn Mendes

WHERE'S MY LOVE - SYML

MORAL OF THE STORY - Ashe

*Diese und weitere Lieder finden sich auf der Playlist
zum Buch bei Spotify.*

*Du selbst zu sein in einer Welt, die dich ständig anders
haben will, ist die größte Errungenschaft.
– Ralph Waldo Emerson*

PROLOG

Amelia

Du wirst das irgendwann bereuen.

Die Stimme meiner Schwester Charlotte wiederholte sich immer lauter in meinen Gedanken. Meine Augen wanderten über die entsetzten Gesichter meiner Familie. Ich dachte, dass sie sich für mich freuen würden. Doch sie starrten mich an, als hätte ich ein schweres Verbrechen begangen.

»Amy, lass das. Unterzeichne diesen Vertrag nicht!«

Gönnt sie mir gar nichts?

Seit wir kleine Kinder waren, stand ich in ihrem Schatten. Immer war sie es, zu der jeder aufsah. Die alles erreicht hatte, was man im Leben nur erreichen konnte. Egal, ob es die Schulnoten waren, ihr perfektes Aussehen oder ihre Erfolge als Autorin. In allem war sie besser. Mom hatte mich jeden Tag spüren lassen, dass ich kein bisschen so war wie meine, in allem so viel bessere, große Schwester.

Sie hatte mit achtundzwanzig alles erreicht, wovon ich

noch meilenweit entfernt war. Durch ihren grandiosen Durchbruch hatte sie weltweit Berühmtheit erlangt. Ihre Krimireihe hatte die Bestsellerlisten in allen Ländern erklommen und Charlotte hatte damit so viel Geld verdient, dass sie vor dreißig für ihr restliches Leben ausgesorgt hatte. Sie lebte nicht mehr in einer schäbigen Wohnung in Downtown, sondern hatte ein Anwesen mit eigener Zufahrt, die aus einer Allee bestand. Das Tor zu ihrem Grundstück war wie ein Portal in eine andere Welt.

Einige Jahre war ich neidisch auf sie gewesen. Während ich, seit ich schreiben konnte, Geschichten verfasste, hatte sie es erst während ihres Journalismusstudiums zu schätzen gelernt. Ich hatte Jahre gebraucht, um meine Bücher an Agenturen und Verlage zu senden. Sie lediglich Wochen. Ihr war alles in den Schoß gefallen, für was ich hart kämpfen musste. Mein ganzes Leben lang wollte ich so sein wie sie, um von Mom gesehen zu werden. Jetzt war es so weit, dass eine Agentur auch meine Geschichten groß rausbringen wollte. Aber wenn ich es tat, war es falsch. Wieso? Was war an mir so anders?

»Amelia. Es ist Weihnachten. Wir sind hier um zu feiern, lass uns wann anders darüber reden«, lenkte Mom ein. Meine Angelegenheiten waren nicht bedeutsam genug.

Aber Charlotte hatte es noch nicht vergessen und sah mir direkt in die Augen. »Willst du, dass es dir so ergeht wie mir?«

Sie hatte alles erreicht und ihr Leben genossen, bis zu dem einem Tag, der alles verändert hatte. Auch wenn meine Adern vor Wut kochten und meine Brust sich viel zu schnell hob und senkte, erinnerte mich ihre Frage daran, dass sie mich womöglich nur schützen wollte. Dass sie mich vor diesem Alptraum bewahren wollte, der zu ihrer Realität geworden war.

Ich atmete tief durch, bevor ich ihr antworten konnte. Aber sie kam mir zuvor.

»Tu es nicht, Amy. Bitte. Du willst das nicht.«

Bei all dem, was sie von uns beiden so viel besser tat als ich, vergaß ich, dass sie etwas hatte, wofür ich sie niemals beneiden würde. Ein Trauma.

Sie meint es nur gut, Amy. Sie will dich schützen. Sie will dir nichts Böses.

Meine Stimme war deswegen ungewöhnlich ruhig, als ich ihr antwortete: »Wieso?« Ich klang, als wären wir immer die perfekten Schwestern gewesen und es hätte nicht insgeheim zu jeder Sekunde ein Konkurrenzkampf zwischen uns getobt.

»Das fragst du noch?«, fuhr mich Charlotte an. Ihre Stimme war laut, anklagend und schloss sich regelrecht um mich, als würde man mich in eine Zwangsjacke stecken. Dabei hatte ich doch bloß die Chance meines Lebens bekommen. Wer würde eine auf dem Serviertablett angerichtete, fantastische Möglichkeit, die sein Leben für immer verändern würde, schon ausschlagen?

»Aber wir …«

»Sag nicht, dass wir dazu gelernt haben. Wir haben gar nichts«, fiel sie mir sofort ins Wort.

Eigentlich hatte ich mir angewöhnt, nicht von einem Wir zu sprechen. Ich sagte ihr nicht mehr: *Wir kriegen das hin. Wir schaffen das schon.* Stattdessen sagte ich: *Du kriegst das hin. Du schaffst das schon.*

Aber sie würde es niemals allein schaffen. Ich holte tief Luft und sah sie an. »Ich kenne nun die Schattenseite und …« Mein Blick schweifte über ihr kleines, schickes Gefängnis, das sie sich selbst errichtet hatte. Wenn meine Zukunft in diesem Haus stattfinden würde, wäre nichts daran verwerflich. Hauptsache, ich hätte wie sie ein eigenes Zimmer für all meine Bücher. Meine kleine, eigene Bibliothek. Mit einem bequemen Lesesessel, Lichterketten und vielen Kerzen.

»Du hast keine Ahnung, auf was du dich da einlässt, Amelia.« Es war jedes Mal ernst, wenn sie mich bei meinem richtigen Namen und nicht meinem Spitznamen nannte.

»Vielleicht habe ich das nicht, aber das ist meine Zukunft. Das ist mein Leben. Ich werde darüber bestimmen.«

Meine Schwester warf ihre weiße Stoffserviette auf unser Festessen. »An meiner Tür brauchst du nicht zu klopfen, wenn deine Welt aus allen Fugen springt.« Sie rückte hektisch den Stuhl zurück und ließ mich mit Mom und ihrem Lebensgefährten am Tisch zurück, die mich kopfschüttelnd ansahen. »Wie kannst du das deiner Schwester nur antun?«

Sie taten gerade so, als würde ich mein Todesurteil unterzeichnen. Dabei würde ich etwas unterschreiben, dass mich für immer zu einem hellen Stern am Himmel machen würde. Was war das gottverdammte Problem an diesem Tisch? Warum bejubelte man bei ihr alles und ich musste so hart dafür kämpfen?

Jetzt schlug auch ich meine Serviette auf den Teller. »Ihr versteht es alle nicht. Ich habe schon geschrieben, als sie noch studiert hat. Ich habe mein ganzes Leben darauf hingearbeitet! Warum soll das jetzt falsch sein?«

Mom nahm ihre Brille von den Augen. »Lern etwas Richtiges, anstatt dich in dieses Abenteuer *Autorin* zu stürzen!« Ihre Stimme war nicht sanft und weich, sondern unendlich hart und anklagend. Mit ihrer Betonung gab sie mir keinen Raum für eine eigene Entscheidung. Es hörte sich so an, als würde sie für mich entscheiden. Als dürfte mir nichts anderes in den Sinn kommen, wenn ich weiterhin ein Teil dieser Familie sein wollte. »Werde endlich erwachsen, Kind!«

Ich war erwachsen. Vermutlicher erwachsener, als sie es jemals gewesen war. »Dad würde mich unterstützen«, zischte ich.

Mom riss die Augenbrauen in die Höhe. »Dein *Vater*?«

Ich nickte und wusste im selben Atemzug, wie gelogen dieser Satz war, aber ich wollte sie verletzen. Ich wollte sie in diesem Moment so sehr verletzen wie sie mich. Ich liebte das Schreiben. Für mich war es etwas Richtiges. Wenn sie mich so sehr lieben würde wie Charlotte, dann würde sie mich diesen Weg gehen lassen.

»Mein Kind. Dein *Vater*, wo auch immer er sich gerade in dieser großen, weiten Welt rumtreibt, hat nicht mal eine Ahnung davon, dass du die High School beendet hast. Dein werter Herr *Vater* weiß vermutlich nicht einmal mehr, dass er zwei Kinder hat, die sich an Weihnachten über einen Anruf freuen würden. Dein Vater ist der *Letzte*, der das hier unterstützen würde!«

Ihre Worte landeten ungebremst mit einer Wucht auf meiner Haut, dass sie sich sofort den Weg zu meinem Herzen fraßen, es mit Gift infizierten und wie eine Blume zum Verwelken brachten. »Mom.« Meine Sicht verschwamm. Ich blinzelte, wobei sich eine Träne aus meinem Auge kämpfte.

»Wach endlich auf, Amelia. Das Leben ist kein Ponyhof.« Ich hörte ein Rascheln, als würde Mom in einer Zeitschrift herumblättern. Sie verließ das Haus niemals ohne Lesestoff. Wenn ihr irgendetwas nicht passte, zückte sie immer eins ihrer Klatschblätter und las sich die brisanten News über königliche Familien, Prominente und Co. durch. Selbst an Weihnachten konnte sie die Blätter nicht in der Tasche lassen. Sie war damit nicht besser als »die Jugend und ihre blöden Handys«, wie sie immer abfällig sagte.

Meine Sicht war von meinen eigenen Tränen so getrübt, dass ich außer großen, verschiedenfarbigen Kreisen nichts erkannte.

»Erzählst du mir gleich noch, dass du deinen Lieblingsstar heiraten wirst?« Es raschelte wieder. »Wie hieß er gleich … Ah, da haben wir ihn ja! Samuel Parker.« Mom schnalzte mit der Zunge. »Tut mir leid, Schätzchen. Ich muss dir die rosarote Brille wohl abnehmen. Er scheint im Liebesglück mit seinem weiblichen Co-Star Madeline Stage zu sein.«

Mir brannte es unter der Haut, wie sie mit mir sprach. Niemand musste mir eine rosarote Brille von den Augen abnehmen, damit ich die Realität sah. Natürlich bildete ich mir nicht ein, etwas mit meinem Lieblingsschauspieler aus meiner Lieblingsserie Princeton Hill zu haben. Natürlich wollte ich etwas Richtiges machen. Aber es war ja nicht so, als würde ich heute, an Weihnachten, beschließen, ab sofort obdachlos zu sein und unter einer Brücke zu leben. Alles, was ich wollte, war Unterstützung, um meinen Traum zu leben.

»Nein, das habe ich nicht, Mom. Aber wenn …« Ich rieb mir die Tränen aus den Augen und wollte keine Sekunde länger hier sein. »Wärst du die Letzte, die es erfahren würde.«

Mom hob ihre Brauen und schlug das Klatschblatt zusammen. »Wie bitte? Ich bin deine Mutter!«

Nickend stimmte ich ihr zu, straffte aber mit dem nächsten Atemzug meine Schultern und wollte ihr deutlich machen, wie sehr sie mich gerade mit ihren Worten verletzte. Stattdessen blinkte in diesem Moment mein Handybildschirm auf und zeigte eine Nachricht von Dad. Moms Blick schoss sofort darauf, weil sie über alles und jeden Bescheid wissen musste. Als sie Dads Namen las, wich ihr die Farbe aus dem Gesicht.

Dad:

Frohe Weihnachten, mein Schatz! Die Arbeit ist über die Festtage immer super stressig. Aber im neuen Jahr ist mein Dienstplan etwas lockerer. Holen wir Weihnachten dann nach? Such dir schon mal ein Lokal aus. Dein alter Herr bezahlt.

Ich schluckte. Es war eine Ausrede, wie jedes Jahr. Wir hatten uns, seit er uns verlassen hatte, vielleicht fünfmal gesehen. Aber an Weihnachten schickte er immer eine von diesen rührseligen Nachrichten, als würde ich ihm noch etwas bedeuten. Und ich machte mir jedes Jahr neue Hoffnungen, dass er das Essen diesmal ernst meinen würde. Aber wenn wir einen Termin hatten, kam immer etwas dazwischen.

»Er schreibt dir?« Moms Stimme glich einem bloßen Entsetzen.

»Dad schreibt mir *jeden* Tag«, sagte ich stolz, als wäre es etwas Besonderes.

»Ach ja? Was denn? Wie es dir geht? Was du so machst? Wie es mit dem Schreiben läuft?« Ihre Augen blitzten nervös im Raum umher. Fast so als hätte sie Angst, sie könnte doch noch der unliebsamere Elternteil werden.

Ich hätte so gern *Ja* gesagt. Ich hätte ihr so gern gezeigt, dass sich im Gegensatz zu meiner Mutter wenigstens mein Vater für mich und meine Träume interessierte. Aber hinter mir stand niemand. Ich war, seit Dad uns verlassen hatte, auf mich allein gestellt. Damals hatte zwischen uns kein Blatt gepasst. Er war mein Star, mein Superheld, mein Lieblingsmensch gewesen. Bis er mich von einem auf den anderen Tag aus seinem Flieger gestoßen und zugelassen hatte, dass ich hart auf dem Boden gelandet war, auf dem er nicht mehr mit mir gehen würde.

Ich rieb mir die Tränen aus den Augen, was für Mom wohl Antwort genug war.

»Jack und sich für seine Kinder interessieren. Dass ich nicht lache. Der Mann interessiert sich für nichts anderes als die Rockzipfel anderer Frauen.«

»Mom, hör auf! Er ist–«

Sie hob den Blick von ihrer Zeitschrift und sah mich streng an. »Wenn du das nächste Weihnachten lieber bei ihm feiern willst, nur zu. Aber vergiss nicht, wer all die Jahre für dich gesorgt hat. Vergiss nicht, dass er sich gegen dich entschieden hat.«

Ich erhob mich von meinem Platz. Das musste ich mir nicht länger anhören. Weihnachten war für mich immer etwas Besonderes gewesen. Ich mochte es, wenn jedes Haus übertrieben geschmückt war. Ich liebte es, diese kitschigen Hallmark Filme mit meiner besten Freundin anzusehen. Gestern hatte sie mich noch dazu eingeladen, Weihnachten bei ihr zu verbringen, weil unser Liebling Samuel Parker tatsächlich in einem dieser Schnulzenfilme die Hauptrolle spielte.

Von ihr wurde ich geliebt, akzeptiert und respektiert. Sie hatte nicht verstanden, warum ich es meiner Familie überhaupt erzählen wollte. Für sie gab es nur eine richtige Handlung: Den Vertrag zu unterschreiben und eine

Bestsellerautorin zu werden. Kritische Stimmen konnte ich in meinem kreativen Schaffensprozess nicht gebrauchen. An meiner Seite sollten Menschen wie sie stehen, die mich unterstützten und mit mir für meine Träume kämpften.

Eine Karriere als Autorin – das war mein vorgeschriebener Weg. Nichts und niemand würde mich davon abbringen. Ich würde es meinen Kritikern, allen voran meiner Familie, zeigen. Ich würde ihnen beweisen, dass ich für dieses Leben geboren war. Ich würde nicht untergehen, ich würde kommen, sehen und siegen.

Veni, vidi, vici.

3 Jahre
später

1

Amelia

Mein E-Mail Postfach lief über. Tausend unbeantwortete Mails. Auf meinen Social Media Plattformen sah es nicht anders aus. Meine Leser wollten wissen, wann endlich die ersehnte Fortsetzung von Stardust Chapters erscheint. Nach dem fiesen Cliffhanger kein Wunder. Einige Produktionsfirmen in Hollywood hatten vor einem halben Jahr Kontakt zu meiner Agentin aufgenommen und ihr Drehbuchautoren vorgestellt, doch Hannah hatte bisher jedes Angebot abgelehnt. Sie waren nicht gut genug. Noch nicht. Verbissen wie sie war, hatte sie sich in den Kopf gesetzt, ein noch besseres Angebot für uns zu finden. Ich vertraute ihr. Denn sie hatte schon gleich in der ersten Sekunde an meine Buchidee geglaubt und sie sollte sich nicht täuschen: Ich hatte als Newcomerin sofort die Bestsellerlisten gestürmt und musste seitdem konstant nachliefern, weil die Leser mehr von meinen Geschichten und mir erfahren wollten.

Es war alles genauso, wie ich es mir als kleines Mädchen erträumt hatte.

Und doch war ich nicht darauf vorbereitet, dass der Druck auf meinen Schultern so immens werden würde. Seit ich schreiben konnte, dachte ich mir ständig neue Geschichten aus. Natürlich waren meine ersten Werke nicht mit meinen heutigen zu vergleichen. Sie waren kurz gewesen und keiner Plotmethode nachgekommen. Außerdem hatten sie nur auf der Festplatte meines PCs existiert. An eine Veröffentlichung hatte ich nie gedacht, bis meine Schwester das Schreiben für sich entdeckt und den Konkurrenzkampf zwischen uns entfacht hatte.

Fünfzehn Jahre hatte ich nur für mich geschrieben, bis mir das nicht mehr ausgereicht hatte. Plötzlich hatte ich wie meine Schwester die Bestsellerlisten erobern wollen. Es hatte mich viel Mut gekostet, das Exposé und die Leseprobe einer fremden Person zu zeigen. Entgegen meiner Erwartung hatte Hannah sie gelesen und mich noch am selben Tag auf Biegen und Brechen unter Vertrag nehmen wollen.

Es war eine ganz neue Welt gewesen, in die ich eingetaucht war. Als mich Hannah eines Tages angerufen und mir mitgeteilt hatte, dass die erste Auflage schon praktisch vor dem Veröffentlichungstermin durch Vorbestellungen ausverkauft war, hatte ich gedacht, mich müsste jemand kneifen. Aber das war wirklich passiert.

Manchmal konnte ich es noch immer nicht begreifen, wie sich mein Leben wegen einer Unterschrift vor drei Jahren komplett verändern konnte. Mein neues Leben bestand darin, Bücher auf Live-Lesungen zu signieren und meinen Lesern Fragen zu meinen Büchern und zu mir als Autorin zu beantworten.

Ich war nahbar.

Sie durften mich umarmen.

Sie durften mir über meine Social Media Kanäle schreiben.

Anfangs hatte ich wirklich geglaubt, für immer die nahbare Autorin zu bleiben, bis ich gespürt hatte, wie viel Zeit das alles gefressen hatte. Wenn ich für alle da sein wollte, hatte ich kaum Zeit zum Schreiben. Mir war alles schneller über den Kopf gestiegen, als mir lieb gewesen war.

Ich habe es dir gleich gesagt, Amelia.

Die Stimme meiner Schwester saß mir permanent im Nacken. Bei jedem Schritt, den ich in die falsche Richtung ging, begleitete sie mich.

Mein Buch war von einer auf die andere Nacht quasi zum Supererfolg geworden. Die Medien berichteten über mich. Wegen meines Pseudonyms, Ava Christensen, ahnte bis heute niemand, dass ich die Schwester einer bereits sehr bekannten Autorin war.

Auf Lesungen umarmten mich junge Mädchen, denen meine Bücher so viel gaben. Dabei verarbeitete ich in Stardust Chapters nur, was mir selbst widerfahren war. Meine Protagonistin June wurde genauso von ihrem Vater im Stich gelassen wie ich.

Aber genau das, sagte Hannah, war es, was die Geschichte so authentisch machte: Sie war echt. Sie spielte mit echten Emotionen. Die Leser spürten das und deswegen waren sie süchtig nach ihr. Stardust Chapters war mein größter Erfolg, aber auch mein größter Gegner. Eine Fortsetzung kam in den wenigsten Fällen so gut an, wie der erste Teil einer Reihe. Als ich neu unter den Autoren Amerikas gewesen war, hatte man keine Erwartungen gehabt. Jetzt schon. Und ich hatte die Messlatte verdammt hoch gelegt. Jeden Tag erreichten mich Nachrichten von meinen Lesern, weil sie diese Fortsetzung herbeisehnten. Sie schrieben mir, wie sie in ihren Köpfen weiterging. Sie ließen mich wissen, was sie auf keinen Fall lesen wollen, weil sonst ihr Herz brechen würde.

Ich bekam täglich so viel Input, dass es schwierig wurde, auf meinem ursprünglichen Weg zu bleiben. Denn es gab Kapitel, die meine Leser verletzen würden. Kapitel, von denen ich vorab wusste, dass sie sie wütend machen würden.

Wie sollte ich mich darüber hinwegsetzen? Ich schrieb die Geschichten doch für sie.

Das schrille Klingeln meines Handys katapultierte mich zurück ins Hier und Jetzt. Seit ich den PC aufgeklappt hatte, waren vierzig Minuten vergangen. Vierzig Minuten, in denen ich nichts geschrieben hatte. In denen ich nur diese hohe Zahl an unbeantworteten Nachrichten gesehen hatte.

Bevor ich meine Agentin noch wütender machte, als sie ohnehin schon war, nahm ich das Gespräch schnell an.

»Amelia! Was ist los? Ich habe es schon fünfmal heute probiert. Hör zu! Ich habe Big News!«

Ich schluckte. Big News waren immer gut, aber nicht in meiner aktuellen Verfassung. Ich fühlte mich wie eine Vollversagerin, die nach ihrem Bestseller nicht mehr in der Lage war, einen Satz zu formulieren. Ich fühlte mich, wie eine Hochstaplerin. Wie ein One-Hit-Wonder, das zu Unrecht so populär wurde.

»Stehst du noch? Dann würde ich dich nämlich bitten, dich hinzusetzen. Und zwar pronto, ich kann das keine Sekunde länger für mich behalten. Spann mich ja nie wieder so auf die Folter, wenn ich dich erreichen will.«

Fast hätte ich ihre Aussage als Drohung wahrgenommen, aber dafür war ihre Stimme zu erregt – im positiven Sinn.

Ich saß bereits. Dennoch rückte ich den Stuhl und tat für sie so, als müsste ich es erst tun. Hannah sollte nicht ahnen, dass ich seit vierzig Minuten mein Dokument von Stardust Chapters 2 offen und kein einziges Wort verfasst hatte. »Okay, ich sitze. Was gibt's?« Vielleicht hätte ich mich bemühen sollen, euphorischer zu klingen. So, als würde ich mich wirklich freuen, was sie zu sagen hatte. Aber ich war keine gute Schauspielerin.

»Ich habe dir etwas viel aufgeladen, das gebe ich zu. Es war vielleicht nicht klug, das Drehbuch an dich zu delegieren.« Sie nahm einen tiefen Atemzug, den ich dafür nutzte, an meine letzten Monate zu denken. Denn es gab neben den hohen Erwartungen einen triftigen Grund, warum ich den Draht zum Schreiben verloren hatte.

Ich hatte damals sofort Kontakt zu meiner Schwester gesucht. Sie hatte mir schnell klar gemacht, was sie von der Idee hielt, dass ich das Drehbuch selbst schreiben sollte: »*Ich habe es dir gleich gesagt, Amelia. Du hättest diesen Vertrag nicht unterschreiben dürfen. Diese Agentin versucht bloß, den größtmöglichen Profit mit dir zu machen. Als würde irgendeine andere Agentur das Drehbuch von der Autorin selbst schreiben lassen!*« Natürlich kannte sie sich mit Verträgen viel besser aus. Eines ihrer Bücher war beinahe verfilmt worden, wäre da nicht diese eine Sache passiert.

»Amy? Hörst du mir zu?«

Ich schüttelte kräftig den Kopf, bis ich verstand, dass sie mich nicht sah. »Entschuldige, ich war mit den Gedanken beim Drehbuch.«

Hannah räusperte sich. »Bei dem war ich auch, du Knalltüte. Also. Ich weiß, dass ich viel von dir verlangt habe, als ich dir diesen Auftrag gegeben hatte. Aber im

Prinzip musstest du ja wirklich nur alle wörtlichen Reden stehen lassen und ein paar Szenenbeschreibungen einfügen.«

Nur. Sie sagte »*nur* alle wörtlichen Reden«, als würde mein 450-Seiten-Roman ohne die Beschreibungen lediglich aus 50 Seiten wörtlicher Rede bestehen. Sie hatte keine Ahnung von Drehbüchern, genauso wenig wie ich. Drehbuchschreiben war eine Kunst für sich, das sehr, sehr wenig mit dem Verfassen von Romanen gemein hatte. Zwei ganz verschiedene Welten. Während ich in der einen schon heimisch war, musste ich in die andere erstmal eintauchen. Aber ich war angefixt von der Idee. Welche Autoren träumten nicht davon, ihre Bücher irgendwann verfilmt auf der Leinwand zu sehen? Wenn die Bilder, die wir beim Schreiben im Kopf hatten, tatsächlich Wirklichkeit werden würden … Mit Starbesetzungen. Samuel Parker als Fletcher. Romy Twinster als June. Volle Kinosäle. Die zusätzliche Popularität.

Aber der Weg dorthin war holprig und mit zahlreichen Hürden versehen, wenn man keine Ahnung von dem hatte, was man da tat. Hätte ich mich nicht ewig in das Drehbuchschreiben einlesen müssen, würde der zweite Teil schon stehen.

Das würde er nicht und das weißt du. Such keine lahmen Ausreden, Amy.

Der Teufel auf meiner linken Schulter gab heute wieder seine beste Performance ab. Aber ich gab auch mein Bestes, ihn zu ignorieren. Was ich allerdings gar nicht konnte, war Nein zu sagen. Ich hätte Hannah gleich sagen sollen, dass das mit dem Drehbuch eine Nummer zu groß für mich war. Dass ich zu wenig Erfahrung hatte, um ein gutes Drehbuch zu meinem Buch zu schreiben. Aber mein Leben lang hatte ich versucht, andere Men-

26

schen nicht zu enttäuschen. Ich konnte an den Schritten hören, wer sich meinem Zimmer näherte. Sobald die Tür aufging, beendete ich alles, was ich im Begriff war zu tun, um der Person meine vollste Aufmerksamkeit zu schenken. Einkäufe ausräumen, staubsaugen, den Abwasch machen. Die Dinge waren viel wichtiger geworden, als das, was ich bis zu dem Zeitpunkt priorisiert hatte.

Weil ich nie gelernt hatte, *Nein* zu sagen.

Ich seufzte und dachte an meine Protagonistin June, die in Stardust Chapters mit eben jener Narbe aus der Kindheit versehen war.

»Das ist es, was dein Buch so gut macht, Amelia. Du weißt, wie sich June fühlt, weil du es selbst jeden Tag gespürt hast!« Die Worte meiner Agentin wurden von denen aus der Wirklichkeit verdrängt.

»Pass auf, Amelia. Ich habe das Drehbuch rausgeschickt.«

Sie hat was?

Gedankenverloren brachte ich nur ein leises »Okay« über die Lippen, das keine Sekunde widerspiegelte, wie es mir innerlich ging. Ich hatte ihr vor rund einem Monat das fertige Drehbuch geschickt mit dem Vermerk, dass es nicht perfekt war und Überarbeitung bedarf. Und sie hat es gleich ganz Hollywood geschickt? Um zu zeigen, wie abgrundtief schlecht Ava Christensen Drehbücher verfasste? Meine Wut fraß sich durch sämtliche Glieder und ich ballte meine Hand zu einer Faust, um die Anspannung an einem Punkt zu kanalisieren .

»Okay? Das ist alles, was du dazu zu sagen hast: ein leises Okay?« Hannah seufzte. »Manchmal machst du mich verrückt, Amelia. Lass mich raten, du hast bis in die Nacht am Finale von Stardust Chapters 2 geschrieben und deswegen bist du so miesepetrig unterwegs?«

Miesepetrig? Ich war vielleicht miesepetrig, weil sie dieses zusammengeschusterte Drehbuch den größten Produzenten Hollywoods angeboten hatte. Deswegen war ich miesepetrig und nicht, weil ich das Finale meiner Dilogie verfasst hatte. Verdammt ... Charlotte hatte recht, dass es am Ende in dieser Branche nur um Profit ging. Ich sagte nichts und wartete auf ihre Big News, die sie keine zwei Minuten länger für sich behalten würde.

»Okay, Amelia. Mach dich darauf gefasst, dass du jetzt diese schlechte Laune loswirst! Trommelwirbel, bitte.« Ich hörte, wie Hannah mit ihrer Hand auf etwas draufschlug. Immer wieder. Vielleicht die Tischplatte oder einer der dicken Balken, die ihre Holzhütte zusammenhielten. »Robert Benston hat es geprüft.«

Robert Benston hat es geprüft, wiederholte ich in meinem Kopf. Der Teufel konnte seine Klappe nicht halten und gab seine Antwort laut von sich: *Er fand es grauenhaft, weil du keine Ahnung von Drehbüchern hast. Damit würde er seinen guten Ruf in der Branche vernichten.*

Danke für die Hilfe, grummelte ich ihn in Gedanken an.

»Weißt du, wer das ist, Amelia?«

Ich hatte nur in meinen Gedanken auf die Information von ihr reagiert, dass sich Robert Benston das Drehbuch angesehen hatte. »Er ist der Name, wenn es um Produktionen in Hollywood geht.«

»Eben!«, sagte Hannah, wie aus der Pistole geschossen. Sie hatte Big News angekündigt. Waren etwa die Big News, dass Robert Benston mein verdammt unprofessionelles Drehbuch einkaufen und einen gigantischen Hollywoodfilm daraus machen würde?

Jetzt spürte ich allmählich doch, wieso ich mich hinsetzen sollte. Mein Atem wurde sekündlich unregelmäßiger. Ich spürte ein nervöses Kribbeln durch meinen Körper schießen. Mit jeder verstreichenden Sekunde, in der Hannah nichts sagte und meiner Fantasie freien Lauf ließ, nahm ich meinen Herzschlag bewusster wahr. Er wurde immer schneller, bis ich nur noch ihn hörte. Mir wurde schwindelig.

»Hannah. Sag nicht, dass …« Mehr bekam ich nicht über die Lippen, weil meine Agentin mir direkt ins Wort fiel.

»Doch, Amelia! Stardust Chapters wird von Robert Benston verfilmt. Weißt du, wie krass das wird? Weißt du, wie viele Menschen wir mit dem Film zu deinem fantastischen Buch erreichen werden?«

Ein. Film. Zu. Meinem. Buch.

Ein. Film. Zu. Meinem. Debüt.

Von. Robert. Benston.

Der Mann, wenn es um die herzzerreißendsten Liebesfilme in ganz Hollywood ging.

Mit Starbesetzungen. Alle großen Namen auf der Schauspielbühne hatten schon für ihn gedreht.

»Und er ist nicht abgeneigt davon, den zweiten Teil direkt im Anschluss zu produzieren. Deine Geschichte wird von allen Ecken geliebt. Er erhofft sich ein großes Publikum.« Hannah jubelte, während ich mich fühlte, als hätte mich eine Schneekanone von den Skipisten erwischt und mich augenblicklich eingefroren. »Wie schnell kannst du uns Teil zwei liefern? Deine Leser fiebern der Veröffentlichung schon sehnsüchtig entgegen. Ich denke, wir sollten Rob nicht zu lange warten lassen.«

»Bis zum Ende des Monats?« War ich von allen guten Geistern verlassen? Der erste Teil von Stardust Chapters umfasste 120.000 Wörter. Ein Blick auf mein leuchtendes MacBook Pro sollte die Alarmglocken in meinem

Kopf schrillen lassen. Ich hatte bisher 12.237 Wörter verfasst. Das waren nicht mal fünfzig Seiten. Lediglich zehn Prozent. Was war los mit mir? Wollte ich mir, wie Mom und Charlotte vor drei Jahren gemeint hatten, mein eigenes Grab schaufeln?

»Das klingt fantastisch! Wenn die Rohfassung so gigantisch ist wie bei Teil 1, dann rechne ich damit, dass wir das Buch im nächsten Sommer veröffentlichen könnten!«

»Großartig!«

Wenn ich es denn schaffe, in dreißig Tagen 110.000 Wörter zu schreiben …

»*Das schaffst du nicht. Bye, bye Hollywood!*«, sagte wieder mein Teufel.

»*Das werden wir sehen*«, kündigte ich ihm in Gedanken den Kampf an.

»Ich will dich gar nicht länger von deinem verdienten Schlaf abhalten. Sieh zu, dass du ein wenig die Augen schließen kannst, bevor du dich wieder unserem Traumpaar und seinem fiesen Antagonisten widmen wirst.«

»Danke.«

»Apropos. Ich hatte an The Rock als Besetzung gedacht.«

Bitte? Dwayne The Rock Johnson? In welcher Rolle? Etwa des Love Interests von June? War Hannah jetzt von allen guten Geistern verlassen? Sie wusste doch, dass es nur einen geben konnte, wenn es um die Verkörperung von Fletcher ging. Die Figuren in meinem Buch waren kaum älter als ich. The Rock war – ohne ihn angreifen zu wollen – zu alt und sah keinem männlichen Charakter in irgendeiner Form ähnlich. Vielleicht war er die perfekte Besetzung für die Kampfszenen, aber in allem anderen?

Das konnte ja nur ein Desaster werden … Das hätte mir schon bewusst werden müssen, als ich das Drehbuch verfasst hatte.

»Der Witz kam nicht gut an, hm?«

Für eine Sekunde dachte ich, ich hätte mir definitiv die falsche Agentin ausgesucht. »Nicht wirklich.«

»Du hast auf jeden Fall ein Mitspracherecht, Amelia. Und The Rock wird vielleicht als Bösewicht auftauchen – aber nicht in der Rolle von Fletcher.«

»Danke. Ich war schon kurz davor, mein Rad zu schnappen und zu dir an den Pier zu kommen.«

»Oje, du bist ja wirklich noch nicht auf der Höhe. Haben dich die beiden Lovebirds so gefangen genommen?«

Ich wünschte es.

»Ich dachte, ich müsste das Handy einige Meter weit weghalten, um nicht einen Schaden an meinem Trommelfell zu erleiden.«

»Tut mir leid, ich … habe gerade noch geschlafen. Der erste Kaffee …«

»Fehlt noch. Dann werde erst mal wach und verdaue, was ich dir gerade mitgeteilt habe.«

»Das werde ich.« Um nicht völlig undankbar zu wirken, ließ ich Hannah wissen, dass sie die beste Agentin war, die man sich vorstellen konnte. Dann beendete ich unser Telefonat und fokussierte mein Schreibprogramm. 110.000 Wörter in 30 Tagen.

Ich war wegen des großen Erfolgs von Stardust Chapters Vollzeitautorin geworden, konnte von den vielen Einnahmen gut leben, weil es sich weltweit grandios verkaufte. Ich musste den ganzen Tag nichts anderes tun als schreiben. Das sollte machbar sein, oder? Tippen, tippen, tippen.

Auf der Taschenrechnerapp meines Handys tippte

ich 110.000 geteilt durch 30 ein. Ich erhielt das Ergebnis 3.666, was mich verwunderte. Es war ein täglicher Wordcount, der in Ordnung ging. Das sollte ich schaffen.

Doch als ich die nächste Viertelstunde weiter auf die leere Seite von Kapitel 5 starrte, verabschiedete ich mich von dem Gedanken, heute 3.666 Wörter zu verfassen und diese Rohfassung bis Ende des Monats zu schaffen. Ich tigerte nervös durch meine kleine Wohnung in Los Angeles, bis ich auf meinen Balkon trat, wo mir die Hitze direkt wie eine Wand entgegenschlug.

Meine Dilogie spielte im kalten und verschneiten Alaska. Wie sollte ich hier, im wunderschön warmen Los Angeles, nur eine einzige Sekunde in die Rolle meiner Protagonisten schlüpfen?

Ich brauchte einen Ortswechsel, wenn ich bis zum Ende des Jahres fertig werden wollte. Schnell eilte ich zu meinem MacBook und suchte nach Unterkünften, die ich – wenn möglich – für den gesamten Monat buchen könnte. Einziger Anspruch: Es war verdammt kalt und ich war allein. Am besten eine Hütte, ein Chalet. Nach einer Weile wurde ich fündig. Eine süße Hütte in den Rocky Mountains. Weit abgeschieden von der Zivilisation, hoch oben in Nähe der Gipfel.

Das klang nach der perfekten Unterkunft.

Ich fackelte nicht lange, rief die Nummer des Vermieters an und packte wenige Minuten später dicke Wollsachen, meinen Laptop und die vielen Notizbücher zusammen. Ich buchte den erstbesten Flug nach Denver und beschloss, schon im Flieger produktiv zu sein. Bei meiner Tour durch die Staaten hatte ich die meisten der 12.347 Wörter des zweiten Teils in der Luft geschrieben.

Jetzt konnte es nur noch gut werden!

2

Amelia

Im Internet hatte ich gelesen, dass man viel Zeit an Flughäfen sparen konnte, wenn man sich einen Timeslot für den Sicherheitscheck buchen würde. Nachdem ich online eingecheckt und mein Gepäck an einem Selbstverbucher abgegeben hatte, machte ich mich fix auf zu meinen Termin bei der Sicherheitskontrolle. Eine halbe Stunde später saß ich an meinem Gate in Erwartung meines Fliegers.

Nachdem ich eine Weile die vorbeiziehenden Flugzeuge beobachtet hatte, widmete ich mich den Nachrichten im Familienchat. Bevor ich in mein Taxi gestiegen war, hatte ich ihnen mitgeteilt, dass ich die Vorweihnachtszeit in den Rocky Mountains verbringen würde. Dass mein Handy seitdem permanent vibrierte, lag nicht an dem Video, das ich für meine treuen Leser auf meinen Social Media Profilen online gestellt hatte, um ihnen mitzuteilen, dass ich für den gesamten Dezember eine Social Media Pause einlegen würde. Nein, die Nachrichten kamen einzig und allein von meiner Familie, die es hasste, vor vollendete Tatsachen gestellt zu werden. Schon die ersten beiden Nachrichten brachten mich dazu, nicht weiterlesen zu wollen. Die *negativen* Schwingungen waren bis hierhin zu spüren und die konnte ich für die nächste Zeit definitiv nicht gebrauchen.

Charlotte:

> Oh, wie denn das? Läuft deine Karriere nicht mehr, wenn du eine Pause brauchst, Ms. Bestseller-Autorin?

Mom:

> Du hast dich übernommen! Ich habe es gewusst. Zieh die Reißleine, bevor es zu spät ist.

Ich wusste nicht, was an meiner Nachricht irgendwie danach klang, als würde ich zugrunde gehen. Das machte ich mit mir selbst aus. Ganz sicher nicht mit meiner Familie. Die Genugtuung würde ich ihnen nicht geben. Es war zwar auch nicht die feine Art, sie die ganze Zeit anzulügen und zu behaupten, es würde gigantisch gut laufen. Aber sie wollten belogen werden, wenn ich mir nicht bis ans Ende meines Lebens anhören wollte, dass sie es von Anfang an gewusst hätten.

Ich verließ den Familienchat, wechselte zu Spotify und wählte die Playlist von Stardust Chapters 2 aus. Manchmal reichte es mir aus, nur die Musik zu hören, um mich wieder auf das Projekt einzulassen. Vielleicht konnte ich so in die Leichtigkeit meines Berufs eintauchen. Irgendwann schloss ich meine Augen und versuchte, den Film zu meinem Buch abspielen zu lassen. Es war ein Ansporn, dass diese Bilder in meinem Kopf tatsächlich auf Kinoleinwänden zu sehen wären, wenn ich meine selbst erschaffene Deadline einhalten würde.

Aus meinem Rucksack zog ich mein MacBook und klickte auf die Tausend ungelesenen Mails. Die zweistündige Wartezeit bis zum Boarding nutzte ich ausschließlich dafür, die Großzahl der eingegangenen Mails zu lesen, zu beantworten und die Eindrücke der Leser auf mich wirken zu lassen. Ich machte mir einige Notizen, was die Leser von der Fortsetzung erwarteten, und war drauf und dran, sie mit meinem Exposé zu checken, bis ich durch die Kopfhörer eine laute Stimme wahrnahm.

»Letzter Aufruf für Amelia Thompson.«

Ich klappte den Laptop sofort zusammen, schnappte mir meinen Rucksack und eilte zu der netten Dame, die am Einlass zum Flieger in das Mikrofon sprach.

»Entschuldigen Sie vielmals«, sagte ich, als ich bei ihr ankam und mein Ticket vorzeigte. Sie machte nur eine Handbewegung, checkte mein Ticket und ließ mich dann durch. Ich hetzte die Passagierbrücke entlang und begrüßte lächelnd die Flugbegleiterinnen, die nur noch auf mich warteten. Mit dem Blick nach oben lief ich durch den Gang und suchte die Reihe 38 in dem Airbus A321. Ich ahnte schon, dass sie fast ganz hinten sein würde, weswegen ich am Anfang relativ schnell durch den Gang huschte. Diese ganzen Leute mussten nur noch wegen mir warten, deswegen versuchte ich mich wirklich zu beeilen und den Verkehr nicht noch länger aufzuhalten.

Am Ende des Fliegers war ich bei Reihe 38 angekommen. Ich wollte gerade schon das, mir freundlich zunickende, Paar bitten, dass sie mich zu meinem Fensterplatz lassen, als ich noch mal auf den Buchstaben hinter der 38 blickte. Mein Platz war nicht 38A, sondern F. Die andere Reihe. Ich drehte mich von den beiden weg und sah dann nur diesen ganz in schwarz gekleideten Typen, der sich Cap und Kapuze tief ins Gesicht gezogen hatte. Er saß auf dem falschen Platz. Der Fensterplatz gehörte mir! Ich flog zwar in letzter Zeit oft, wenn ich Lesungen im ganzen Land hielt. Aber ich ließ es mir nie nehmen, die Welt von oben zu bestaunen. Daher würde ich auch jetzt auf den Platz bestehen. Sonst hätte ich mir die 12 Dollar für die Sitzplatzreservierung wirklich sparen können.

»Entschuldigung«, sagte ich, als ich in die Reihe trat.

Der Typ machte keine Anstalten. Stellte er sich ernsthaft schlafend, obwohl er genau wusste, dass das mein Platz war? Wie dreist konnte man sein? Ich schnaubte nach Luft. Eigentlich war ich kein Mensch, der andere ohne Grund berührte. Aber wenn er sich quasi tot stellte, musste ich mich anders bemerkbar machen. Daher tippte ich ihm auf die Schulter.

Ohne Reaktion.

»Entschuldigen Sie, Miss. Würden Sie sich bitte setzen?« Eine der Flugbegleiterinnen sah mir direkt ins Gesicht.

»Ich würde ja gern, aber …« Ich fand es lächerlich, sie jetzt in das Problem einzubeziehen, sonst hätte ich gleich den Stempel *schwierige Passagierin*. Also holte ich nur Luft und setzte mich dann kopfschüttelnd hin.

Ich verstaute meinen Rucksack unter dem Sitz und machte es mir dann bequem, ohne viel Acht auf ihn zu geben. Ich stieß ihn ungeniert am Arm an, weil er sich zu allem Übel auch noch auf der gemeinsamen Armlehne wahnsinnig breitmachte. Kannte er nicht mal das ungeschriebene Gesetz, dass die Lehnen dem Mittelsitz gehörten? Der innere Sitz hatte den Gang und der äußere, auf dem er saß, das Fenster. 50 Dollar würde ich dafür verwetten, dass er sehr wohl wach war.

Kaum hatte ich es mir bequem gemacht, wurde das Flugzeug vom Terminal abgedockt und aus der Parklücke gefahren. Da ich meine miese Laune und meine schlechte Schreibverfassung im sonnigen und heißen Los Angeles lassen wollte, bemühte ich mich jetzt, mich von dieser Kleinigkeit nicht weiter beeinflussen zu lassen. Also atmete ich ein paar Mal tief durch und erinnerte mich daran, was jetzt wichtig war: Die Rohfassung von Stardust Chapters 2 zu verfassen, damit ich meiner wundervollen Agentin Hannah und dem großen Robert Benston etwas bieten konnte.

Beim Start wurde ich so stark in den Sitz gepresst, dass mir kurz schwindelig wurde. Ich hatte aber auch das Gefühl, dass der Pilot ziemlich krass beschleunigt hatte und wir viel früher als sonst abgehoben hatten. Aber vielleicht kam es mir nur so vor, weil ich zum ersten Mal dabei nicht aus dem Fenster gesehen hatte. Wenn ich etwas nicht konnte, dann die Kontrolle abzugeben. Am Anfang war es furchtbar, mein Buch in die Hände von Hannah zu geben. Jetzt im Nachhinein wusste ich, dass es das Beste war, was mir jemals passiert ist. Ohne sie würde ich nicht auf den Bestsellerlisten stehen. Und ohne sie hätte ich keine Buchverfilmung ergattern können.

Als die Anschnallzeichen erloschen waren, kramte ich meinen Laptop aus meinem Rucksack und öffnete das Dokument von Stardust Chapters 2. Zuerst überflog ich das zuletzt geschriebene Kapitel. Dann schaute ich in mein Exposé und versuchte, mich wieder einzufühlen.

Eigentlich wusste ich genau, was als Nächstes passierte. Aber es war, als hätte ich eine Blockade in meinem Kopf. Als würde mich irgendetwas davon abhalten, die Geschichte so zu schreiben, wie ich sie mir im Vorfeld ausgedacht hatte. Ich verstand mein Problem nicht, aber besser war es, wenn ich es schnell lösen würde.

Sonst könnte ich mir mit diesem Verhalten wirklich noch das Genick brechen …

Diesmal musste ich liefern.

Viel mehr, als je zuvor.

Bei Teil eins hatten die Leser noch keine Erwartungen, aber bei der Fortsetzung waren sie immens hoch.

Vielleicht war genau das mein Problem. Vielleicht musste ich das ausblenden. Auch wenn es schwierig war. Vielleicht half es, mir vorzustellen, ich würde June und Fletchers Geschichte nur für mich zu Ende schreiben.

Ich verschränkte die Finger vor meinem Laptop und ließ sie einmal knacken. Dann tippte ich Junes Namen ein und versuchte mich, in sie hineinzuversetzen. Fletcher führte sich trotz ihres Näherkommens noch immer wie das größte Arschloch auf. Ich musste ihre Wut spüren.

Als die Flugbegleiterinnen mit dem Servicewagen durch den Gang liefen, bestellte ich mir einen Kaffee. Meine Aufmerksamkeit wurde von dem weißen Blatt Papier, auf dem mittlerweile Junes Name stand, zu einem Mann und einer Frau zwei Reihen vor mir gelenkt. Sie redeten sekündlich lauter, bis der Mann sich erhob und meinte, er müsse sich kurz die Beine vertreten, wenn er ihr nicht gleich an die Gurgel gehen sollte. Sie würde ihn krankmachen mit ihrem Verhalten.

Meine Autorenkrankheit war es, zu den beiden zu starren und nicht wegsehen zu können. Ihre Gestik und

Mimik zu studieren und die Dynamik zwischen den beiden zu analysieren. Jede Person, die man mal beobachtet hatte, konnte einem eine Szene für neue Geschichten liefern. Besonders wenn man zwei Menschen in seinen Büchern hatte, die sich hassten und noch nicht verstanden, dass sie sich einmal lieben würden. Mein Blick glitt immer mal wieder zum Fenster, damit ich nicht so auffällig starrte. Aber ich schöpfte mit dieser Szene so viel Kraft für das Kapitel von June. Meine Hände bewegten sich auf die Tastatur und plötzlich tippte ich und tippte. Ich bestellte mir einen zweiten Kaffee, auf die Gefahr hin, dass ich in der kommenden Nacht kein Auge zutat. Aber ich spürte langsam, wie ich zurück zu meiner Stärke und meiner Muse fand.

Nichts und niemand konnte mich jetzt davon abhalten! Nicht mal der Typ, der sich meinen tollen Fensterplatz unter den Nagel gerissen hatte.

3

Amelia

Kaum leuchteten die Anschnallzeichen nach dem ob-
ligatorischen Bing wieder auf, gingen die Flugbegleiterinnen durch und wiesen uns darauf hin, dass wir uns im
Landeanflug befanden. *Verdammt*, ich war gerade so gut
drin und hatte in den vergangenen zwei Stunden mehr
geschrieben als im Monat zuvor. Mir fiel es wirklich
schwer, das MacBook zusammenzuklappen, es wieder in
meinem Rucksack zu verstauen und ihn unter den Sitz
zu schieben. Aber mir blieb nichts anderes übrig. Eins
war klar: Sobald ich die Hütte betreten würde, würde ich
weiterschreiben.

Ich war kurz davor, den zwei Streithähnen für die
Inspiration zu danken. Ohne sie hätte ich vermutlich
keinen Satz geschrieben und jetzt starrte ich schon auf
5.000 Wörter. Da es sicher komisch rüberkommen würde, sandte ich ihnen den Dank nur stumm zu. Um zu sehen, wie weit wir von der Welt unter uns entfernt waren,
lehnte ich mich etwas zu meinem Nachbarn. Der Typ

hatte sich den gesamten Flug kein einziges Mal bewegt. Er schien einen festen Schlaf zu haben oder wollte nicht riskieren, meinen Platz zu verlieren.

Meine Augen beobachteten eine ganze Weile die Welt unter uns, die wie gepudert aussah. Meine Sehnsucht nach Winter kam in mir auf. In Los Angeles war es praktisch immer warm. Weihnachten am Strand unter Palmen zu feiern, war nichts verglichen mit dem Weihnachten, das ich als Kind hatte. Noch vor wenigen Stunden hatte ich geschwitzt und jetzt würde ich frieren, wenn ich aus dem Flugzeug steigen würde. Ich freute mich wie ein kleines Kind darauf, endlich wieder den Schnee zu spüren. Zu hören, wie er bei jedem Schritt unter den Füßen knirschte. Ich wollte die Zunge herausstrecken und die kleinen Schneekristalle auffangen.

Der Typ zu meiner rechten räusperte sich und rückte etwas zur Seite. Ich war ihm bedrohlich nah gekommen, was mir selbst kaum aufgefallen war. Er richtete die Cap neu aus, zog sich die Kapuze wieder etwas mehr ins Gesicht und lehnte sich dann an die Innenverkleidung des Flugzeugs statt an die Sitzlehne.

»Sorry«, entschuldigte ich mich für das Aufdrängen, obwohl es mir im selben Atemzug auch nicht leidtat. Er hatte sich diesen Sitzplatz unter den Nagel gerissen, obwohl es meiner gewesen war. Die letzten zwei Stunden hatte er sein Bestes gegeben, um sich bloß nicht zu bewegen. Nicht, dass er mir irgendein Zeichen gegeben hätte, dass er doch wach war und mir meinen Platz hätte abtreten können.

Es brannte mir auf der Zunge etwas zu sagen und ich spürte selbst, dass ich ihn viel zu lange anstarrte. Was ihm nicht entging. Er spitzte die Lippen und nahm dann einen AirPod aus den Ohren. Zumindest wusste ich jetzt, wieso er mich nicht gehört hatte.

»Mach bitte kein großes Ding daraus, okay? Ich habe keine Lust, dass mich jetzt 250 Leute auf ein Foto ansprechen.«

Warum sollten ihn 250 Leute auf ein Foto ansprechen?

Wartend starrte er mein Handy in der Hand an, aber ich machte keine Anstalten, die Kameraapp für ein Selfie zu starten.

»Du bekommst alles, was du willst.« Er räusperte sich. »Okay, nicht *alles*. Ich habe meine Grenzen. Aber wenn ich es schaffe, diesen Flug unerkannt zu Ende zu bringen, bist du heute meine Retterin und ich werde dir auf ewig dankbar sein.«

Ich hatte das Gefühl, seine Stimme zu kennen. Aber ich war wahnsinnig schlecht darin, mir Menschen anhand von Stimmen zu merken. Wenn ich hingegen ein Gesicht einmal gesehen hatte, vergaß ich es nie wieder.

»Ich wollte nur meinen *gebuchten* Ausblick genießen«, antwortete ich ihm knurrend und lehnte mich zurück in meinen Sitz, weil wir der Erde bedrohlich nah kamen und für meinen Geschmack zu viel Geschwindigkeit draufhatten.

Mein Sitznachbar entschuldigte sich nicht oder hatte den Wink mit dem Zaunpfahl nicht bemerkt. Innerlich brodelte ich vor Wut und zeitgleich lief es mir eiskalt über den Rücken, weil ich mir Horrorszenarien in meinem Kopf ausmalte. Wir waren viel zu schnell! Ich krallte meine Hände an die Sitzlehne und berührte aus Versehen dabei seine Hand. Er drängte sich mit seiner Schulter etwas mehr gegen meine, als würden wir einen Revierkampf ausfechten, wem hier was zustand. Da er sich nicht dafür entschuldigte, mir den Platz geklaut zu haben, tat ich es jetzt auch nicht, weil ich ihn berührt hatte.

»38F war mein Platz«, zischte ich, als wir hart auf dem Boden aufsetzten und mein Hintern mindestens fünf Zentimeter vom Sitz abhob. Überall klapperte es und mein Oberkörper flog nach vorne, weil die Maschine so abrupt abbremste.

»Meine sehr verehrte Damen und Herren, hier ist noch einmal ihr Captain des heutigen Fluges. Wie Sie unschwer merken konnten, sind wir so eben auf unserem Zielflughafen gelandet. Wir haben nicht vor, unseren europäischen Kollegen von Ryanair Konkurrenz zu machen. So eine Landung gibt es bei uns nur, wenn sie ein Co-Pilot macht, der zum ersten Mal frisch auf der Linie ist. Verzeihen Sie bitte die harte Landung«, schallte über die Lautsprecher und das Fluchen wich einigen Lachern.

Ich strich mir die Haare aus dem Gesicht und lehnte mich wieder zurück in den Sitz, nachdem ich mit der Stirn um ein Haar den Vordersitz berührt hatte. Wir standen noch nicht am Gate, sondern fuhren über die Rollbahn, um zu unserem Standplatz zu kommen. Ich atmete tief durch und versuchte mein schnell pochendes Herz zu beruhigen. Die Ersten standen bereits nervös auf und nahmen sich ihr Handgepäck aus den Fächern. Dabei brachte es rein gar nichts, früh aufzustehen. Man stand nur unnötig lange im Gang. Die Türen öffneten sich nicht, wenn wir noch nicht am Terminal angedockt hatten. Ich hätte meinen Nebenmann auch in die Kategorie »Schnell raus hier« gesteckt, aber er starrte aus dem Fenster und tippte zeitgleich etwas auf seinem Handy rum. Sollte mir recht sein.

Ich zog in der Wartezeit meinen Rucksack unter dem Sitz hervor und ging auf meinem Handy nochmal die nächsten Verbindungen ab. Wenn ich den Bus nach Winter Park verpassen würde, müsste ich mir entweder ein überteuertes Taxi für die lange Strecke bestellen oder eine Nacht am Flughafen verbringen. Der Blick auf meine Armbanduhr verriet mir, dass wir eine halbe Stunde Verspätung hatten. Das würde ziemlich eng werden, wenn ich den Bus mit einer Wartezeit auf mein Gepäck für vier Wochen erreichen wollte.

Ich hasste es, wenn Pläne nicht aufgingen.

»Willst du hier campen?«

Ich richtete meinen Blick vom Handy auf und sah in einen Gang, der sich zügig geleert hatte.

»Nein, eigentlich nicht. Aber vielleicht schlafe ich noch eine Runde.« Nachtragend? Ich? Nein, wie kam man nur darauf.

Ohne den Typen ein letztes Mal zu mustern, nahm ich meinen Rucksack und verließ das Flugzeug.

Bitte, lass die Koffer schnell kommen.

4

Amelia

Mein Bus nach Winter Park war seit vierzig Minuten abgefahren und mir blieben nur diese zwei Alternativen: Ein überteuertes Taxi nehmen oder die Nacht am Flughafen verbringen, um den ersten Bus um fünf Uhr zu besteigen. Theoretisch könnte ich das Ganze positiv sehen: Der Starbucks war noch geöffnet und mit einem dritten Kaffee würde ich es locker schaffen, bis um fünf Uhr durchzumachen. Eine Schreibnacht würde mich schließlich näher an mein Ziel bringen. Die Wut der anderen Passagiere schlummerte noch in mir. Genau die würde ich brauchen, wenn ich die Szene von June und Fletcher zu Ende schreiben wollte.

Also entschied ich mich für eine Nacht am Flughafen und schleppte mein schweres Gepäck zum Starbucks. Vielleicht waren zwei Koffer wirklich zu viel, aber für vier Wochen auf einer einsamen Hütte in den Rocky Mountains brauchte man Einiges, um die Zeit zu überstehen. Zumal Winterklamotten doppelt so viel Platz wegnehmen wie Sommerkleider.

In einer Nische richtete ich mich bequem ein und las dann die Szenen aus dem Flieger. Mit guter Musik auf den Ohren fand ich schnell in das nächste Kapitel und konnte den Worten in meinem Kopf kaum nachkommen.

Ich legte erst wieder eine Pause ein, als jemand auf die Bank gegenüber des Tisches rutschte und mich unverwandt anstarrte. Der Starbucks war quasi leer. Warum setzte sich die Person ausgerechnet zu mir? Mein Herzschlag beschleunigte sich etwas in meiner Brust. Mit dem Zeigefinger drückte ich die Pausetaste, um meine Musik zu stoppen. Dann flog ich weiter über die Tasten, weil ich diese verdammte Szene zu Ende bringen musste.

»Hackst du immer so auf diesen Tasten rum?«

Der schwarze Hoodie … Ich hätte ihn gleich erkennen müssen. Doch zum ersten Mal erinnerte ich mich zuerst an eine Stimme statt ein Gesicht. Denn das hatte er mir im Flieger nicht ein einziges Mal gezeigt. Was tat der Kerl hier? Mein Herz setzte einen Schlag aus, ehe es dann mit doppelter Geschwindigkeit schneller schlug. War meine Verkleidung doch nicht so gut? War ich zu unvorsichtig, obwohl ich genau wusste, was meiner Schwester passiert war?

Ich spiegelte mich in dem glänzenden Display meines MacBooks. Mein privates Ich unterschied sich von der Person des öffentlichen Lebens. Als *Ava Christensen* trug ich braune Kontaktlinsen und eine Perücke mit rotblonden, leicht gewellten Haaren, die mir bis zu den Schultern reichten. Meine echte Haar- und Augenfarbe hatte bisher keiner in der Öffentlichkeit gesehen. Ich achtete darauf, dass mich niemand meiner Fans so sah, wie ich in

Wirklichkeit war: meist meine blonden Haare in einem Dutt zusammengebunden, vor meinen stechend grünen Augen meine roségoldene Brille auf der Nase und eher im Old Money statt Classic Chic Style unterwegs.

Der Typ gegenüber lehnte sich an das Sitzpolster. »Versteh schon. Aber da du mich genauso hörst wie ich dich eben im Flieger: Es nervt. Kannst du das woanders machen? Ich hätte dein MacBook schon im Flugzeug gern aus dem Fenster geworfen, wenn ich es hätte öffnen können.«

Oh! Er gab zu, dass er mich bewusst ignoriert und damit um meinen Fensterplatz gebracht hatte. Was gab ihm das Recht dazu? Weil er Mister *Ach-ich-bin-so-berühmt-und-hab-keine-Lust-dass-alle-Passagiere-ein-Foto-mit-mir-machen* war? Das reichte nicht.

»Wie wäre es, wenn du mir die zwölf Dollar zurückgibst, die mich die Sitzplatzreservierung gekostet hat?« Ich gab ihm nicht die Genugtuung aufzusehen. Er hatte mich auf den zweieinhalb Flugstunden auch keines Blickes gewürdigt.

»Bist du dann leise?«

»Nein.« Ich schnaubte. »Ich arbeite, falls man das nicht sieht.«

Jetzt zog er die Luft scharf ein. »Was denn? Schreibst du Fanfictions über Harry Styles? Bezeichnet man das als Arbeit?«

Meine Wut schoss durch sämtliche Adern meines Körpers und ich konnte den Blick nicht mehr auf dem MacBook lassen. Was fiel diesem arroganten Arschloch ein? Ich hob den Kopf und wollte ihn anfunkeln, als ich in sein Gesicht sah.

5

Samuel

Sie sah mich wie versteinert an. Aber mir sollte es recht sein. Wenigstens gab sie jetzt Ruhe und ich musste mir dieses elendige Rumgehacke auf dieser verdammten Tastatur nicht mehr anhören. Ich habe in meinem ganzen Leben noch nie ein so nerviges Geräusch gehört. Tack. Tack. Tack.

Langsam erhob ich mich von der Sitzbank und schob ihr einen 5-Dollar-Schein zu. »Für die Unannehmlichkeiten.«

Ihr Blick folgte meinem. Als sie die fünf Dollar sah, schoss er zurück in mein Gesicht.

»Es waren *zwölf* Dollar.«

»Stell dir vor, es gibt Leute, die ohne viel Bargeld unterwegs sind«, zischte ich und ging eine Nische weiter, um zu meinem Platz zu kommen. Erst dieses dämliche Vorsprechen für diese dämliche Schnulze und jetzt noch der plötzliche Schneeeinbruch, weswegen Henry und seine Jungs mit dem Trailer nicht rechtzeitig hier sein konnten. Klar, ich hätte mir ein Hotel buchen können. Aber es reichte mir schon vollkommen aus, dass sie mich erkannt hatte. Wenn mich Passanten im Umkreis des Hotels entdecken würden, würde die Info sofort bei der Presse landen. Damit wäre die nächste absolut unnötige Schlagzeile wieder nicht weit:

Hollywoods schönster Junggeselle in einem Hotel in Denver gesichtet: Warum verschlägt es den einstigen Star aus Princeton Hill in die Hauptstadt Colorados? Gibt es eine neue Frau an seiner Seite?

Darauf hatte ich nun wirklich keine Lust. Hier sah es dagegen gut aus. Der Flughafen war wie leer gefegt. Keine Teenies, die mich erkennen könnten. Nur eine nervige Passagierin, die auf ihrem Laptop rumhackte, als würde ihr Leben davon abhängen. Als hätte sie meine Gedanken, die ich an sie verschwendet hatte, gehört, trat sie um die Ecke.

»Gib mir einen Kaffee aus und wir sind quitt.«

Ich mochte ihren Befehlston. Er hatte etwas Militärisches und erinnerte mich an die Rolle, die ich zuletzt gespielt hatte. »Lass mich überlegen …«

Sie funkelte mich an und hob eine Augenbraue.

»Nein.« Den Gefallen tat ich ihr nicht. Ein weiterer Kaffee bedeutete mehr Energie für dieses verdammte Projekt, an dem sie arbeitete.

»Wow, du bist ja auch *in echt* so ein Arschloch.« Mit einem Kopfschütteln verschwand sie wieder in ihrer Nische und ich schwor bei Gott, dass sie extra noch fester auf dieser Tastatur hackte. Ich drehte die Musik lauter, bis mein Handy mich davor warnte, dass ich in dieser Lautstärke meine Ohren dauerhaft schädigen würde.

49

Mir doch egal.

Aber ich hatte die AirPods ohne Geräuschunterdrückung gegriffen und hörte daher jedes verdammte Berühren ihrer Tastatur.

Wie lange will sie das so durchziehen? Etwa die ganze Nacht?

Ich sah es nicht ein, meine bequeme Nische zu verlassen für einen unbequemen Sitz mitten im Flughafen, wo mich potentiell mehr Leute erkennen könnten. Hier saß ich abgeschirmt von der Öffentlichkeit, lehnte an einer Glasscheibe zum Rollfeld, das in Metern von Schnee versank. Sie räumten zwar die Pisten und enteisten die Flugzeuge, aber gegen die großen Schneeflocken, die vom Himmel rieselten, waren sie machtlos. Heute würde hier sicher niemand mehr abheben oder ankommen. Weniger Menschen bedeutete weniger Chancen, erkannt zu werden. Vielleicht wäre Henry mit dem Trailer gegen Morgen hier. Wenn die Highways genauso im Schnee versanken wie die Pisten hier, konnte sich meine Wartezeit um einiges verlängern. Vorerst blieb ich hier. Versteckt hinter einer Abtrennung aus schwarzen Metallstäben, eingetaucht in der Kapuze meines Hoodies und gedanklich weit weg von hier.

Ich hatte keinen Bock auf diese Liebesschnulze, für die mich Henry unbedingt durch das halbe Land geschickt hatte. Wenn ich mir schon die Szenen durchlas, um sie für das Vorsprechen zu üben, wurde mir schlecht. Von der Liebe hatte ich genug. Ich wollte sie weder on screen, noch off screen finden. Der Zug war abgefahren.

Die wahre Liebe existierte nicht.

So etwas wie einen Seelenverwandten gab es nicht.

Diese Scheiße, die immer wieder aus Hollywood kam, vermittelte den Leuten einen komplett falschen Blick auf die Realität. Und ich hatte keine Lust, weiter ein Teil davon zu sein. Diese ganzen Mädels, die mich für meine Rollen vergötterten, wollten so behandelt werden, wie ich die Frauen in den Filmen und Serien behandelte. Sie wollten so angesehen werden, wie ich meine Spielpartnerinnen on screen ansah. Die Messlatte saß hier oben wegen all der Perfektion in der Filmbranche, sodass echte Beziehungen nicht mehr funktionieren konnten. Die Kerle mussten so aussehen wie ich. Dabei wirkte ich in den Produktionen kein bisschen so, wie ich *normal* aussah. Meine Haare sahen morgens nicht perfekt gestylt aus. Mein Bart musste alle zwei Tage rasiert werden, um nicht verzottelt und ungepflegt zu sein. Ich mochte es, wenn ein paar Stoppeln zu sehen waren. Damit entkam ich dem Bild des Teenieschwarms und wurde endlich als Mann wahrgenommen. Nicht mehr als sechzehnjähriger Princeton Hill Darsteller, der den Mädchen auf der ganzen Welt den Kopf verdrehte.

Der Trennungsgrund meiner letzten Beziehung?

Ich sollte mal mehr wie die Männer in meinen Filme und Serien sein. Alles, was ich tat, wurde nur noch damit verglichen, wie ich mich auf dem Bildschirm eines Fernsehers gab.

Gottverdammt.

Ich gab immer mein Bestes, ein guter Freund und zeitgleich ein guter Schauspieler zu sein. Aber selbst meine Küsse wurden verglichen, meine Handgriffe beim Sex.

Ich hatte keinen Bock mehr auf die Scheiße.

Als ich in einem Militärstreifen an der Seite von Tom Drive zu sehen war, wollte niemand, dass ich so bin wie in dieser Rolle.

Statt mich auf den Text für das Vorsprechen zu konzentrieren, steigerte ich mich weiter in die verdammten Schattenseiten, die dieser Job mit sich brachte. On Screen fand ich immer die große Liebe, aber off screen? Der Zug war abgefahren. Das funktionierte einfach nicht mehr, sobald man zu einer Person des öffentlichen Lebens geworden war. Jede Frau, die ich traf, musste genau durchleuchtet werden, um mich vor einem weiteren gebrochenen Herzen zu schützen. Und in den letzten drei Jahren wurde mein Herz so oft gebrochen, dass ich keinen Bock mehr darauf hatte, es noch einmal so weit kommen zu lassen.

Die Presse fragte mich jedes Mal, wenn sie mich sah, wie es denn um mich stehen würde. Ob Hollywoods beliebtester Junggeselle noch immer Single sei. Und immer war meine Antwort gleich: Das ist er und das wird er bleiben.

Mein Handy leuchtete auf und zeigte mir, dass ich nur noch 20 Prozent hatte. *Na großartig!* Mit Billy Talent auf meinen Ohren war das hektische Rumgetippe erträglich geworden. Ich löste meinen Rücken von der Glasscheibe und durchsuchte meine Reisetasche nach meinem Ladekabel, fand es aber weder in den vielen Außenfächern noch irgendwo im Inneren. Das durfte jetzt echt nicht wahr sein. Hatte ich allen Ernstes mein Ladekabel irgendwo auf dem Weg von meiner Villa in L.A. zum Flughafen verloren? Ich zog scharf die Luft ein. Musste heute denn echt alles schief gehen?

Ich wollte erreichbar bleiben für den Fall, dass Henry früher auftauchen würde. Also war es besser, ich würde meinen Akku schonen. Ein letzter Schrei von Benjamin Kowalewicz, dem Leadsänger Billy Talents, dann nahm ich die AirPods aus den Ohren und versuchte eine Weile, dieses nervige Gehacke auf der Tastatur zu ignorieren.

Tack. Tack. Tack. Tack.

Aber es ging nicht. Ich konnte es nicht ausblenden. Es machte mich wahnsinnig. Daher sprang ich von meiner Sitzbank auf und fuhr zu ihr herum. »Wie lange willst du das durchziehen? Die ganze Nacht?!«

Kurz zuckten ihre Augen, aber dann hackte sie schon wieder gottlos auf dieser Tastatur herum.

Alter, ich schwöre bei Gott, ich werde diesen PC gleich gegen die Wand werfen, wenn sie nicht aufhört!

»Blondie. Die Fanfiction zu Harry Styles kann man auch bei Tageslicht schreiben.«

Eine kleine Zuckung an ihrem Mundwinkel. Mehr gab sie mir nicht. Ist das jetzt die Retourkutsche für meine Ignoranz im Flieger? Ich konnte ja nichts dafür, dass sie sich diesen Sitz zwei Minuten vor mir reserviert hatte. Er sollte mir gehören. Schön abseits der Massen, ohne erkannt zu werden. Ich musste diesen Sitz haben.

Die Sitzplatzgebühr! Sie hatte es mir doch selbst vorgeschlagen, dass meine Schuld mit einem Kaffee beglichen wäre. Ich starrte zu den Tafeln hinter der Barista im Starbucks. Einige Kalt- und Warmgetränke kosteten um die 7 Dollar. Genau das, was zu den fünf Dollar noch fehlte. »Welchen Kaffee willst du?«

Doch sie machte, als würde sie mich weiterhin nicht wahrnehmen, und hackte immer lauter auf diesen Tasten herum. Es wunderte mich, dass sie noch funktionsfähig waren.

»Hey Blondie. Welchen Kaffee willst du?«

Sie wog den Kopf scheinbar passend zu der Melodie auf ihren Ohren. Ich ließ mich auf die Sitzbank nieder und starrte sie ungelogen fünf Minuten an, aber sie schenkte mir keine Aufmerksamkeit. Bis ich meine Hand auf das weiß leuchtende Apple Zeichen legte und dann sanft Druck ausübte, sodass dich der Laptop schloss.

»Bist du bescheuert?«, funkelte sie mich an. »Ich habe das nicht gespeichert!«

»Du hättest mir ja mal antworten können, Blondie.«

»Hättest du im Flieger ja auch tun können, aber nein. Mr. Hollywood sitzt auf seinem Platz und genießt es so richtig, mich zu ignorieren.«

»Mr. Hollywood?«

Sie nickte, klappte den Laptop wieder auf und hackte weiter. Blitzschnell zog ich ihr das Teil aus den Händen und drückte es direkt an meinen Oberkörper. »Welchen. Kaffee. Willst. Du?«

»Wenn du einen findest, der mir schmeckt, werde ich vielleicht aufhören, meine verdammte Fanfiction über Harry Styles zu schreiben.« Ihre Worte waren messerscharf. Sie schrieb offensichtlich keine Fanfiction und sah es als größte Beleidigung an, dass ich ihr so etwas unterstellte. Mich zu entschuldigen, kam mir trotzdem nicht in den Sinn. Seit wir hier im Starbucks saßen, gab sie sich die größtmögliche Mühe, mich auf die Palme zu bringen. Wir waren also irgendwie quitt. Und den Kaffee würde ich easy finden, damit sie endlich diese Tasten ruhen ließ.

Also streckte ich ihr meine Hand entgegen. »Deal. Und wehe du tippst ein Wort, bis es wieder hell ist.«

»Dazu musst du erst mal den richtigen Kaffee finden.« Mit einem teuflischen Grinsen schüttelte sie meine Hand und nahm dann wieder ihren Laptop an sich. »Aber so lange muss ich weiterarbeiten.«

»Koste noch die letzten Sekunden aus, Blondie.«

»Mit Vergnügen, Mr. Hollywood.«

6

Amelia

Ich konnte es nicht lassen, Samuel Parker dabei zu beobachten, wie er der Barista entlocken wollte, welchen Kaffee ich zuvor bei ihr bestellt hatte. Er dachte, mit ein paar schönen Augenbewegungen würde sie singen wie ein Vogel. Aber er hatte nicht mitbekommen, dass hinter der Theke vor einer halben Stunde Schichtwechsel war. Statt wie angekündigt weiter zu tippen, saß ich jetzt allen Ernstes da und beobachtete den schönsten Junggesellen Hollywoods dabei, wie er einen Kaffee für mich aussuchte, um meine Finger zum Ruhen zu bringen.

Ich schoss ein Beweisbild, um mich die nächsten Wochen daran zu erinnern. Dann schickte ich es meiner besten Freundin Cassie. Ihre Antwort ließ keine Sekunde auf sich warten.

Cassie:

WTF! Du lügst!

Amelia:

Ich würde es mir selbst nicht glauben. Aber er will mich zum Schweigen bringen, weil ich zu beschäftigt mit June & Fletcher bin.

Ach so. Ja. Ich schreibe wieder!

Darüber reden wir gleich. Aber ... Amy, es ist mitten in der Nacht und wenn du mich auf den Arm nehmen willst, bin ich dafür gerade echt ein leichtes Opfer. Aber ist das echt SAMUEL PARKER?

Ja. Ja. Und nochmals ja.

Fuck, wie geil! Er ist Single. Krall ihn dir!

Nein, danke. Er ist in echt so ein Arschloch wie in Princeston Hill.

Ach komm! Du hast ihn in der Serie geliebt!

...

> Warum schickst du mir dieses verdammte Bild, wenn du nicht darüber reden willst, hm? Du bist unmöglich, Amy.

Ich hob meinen Blick und musterte ihn. Samuel Parker war nicht nur irgendein Promi. Er war *der* Promi. Sein Name war überall. Seit zehn Jahren räumte er sämtliche große Rollen in Liebesfilmen und Serien für junge Erwachsene ab. Mit seiner Rolle in einem Militärfilm hatte er versucht, seinem Image als Hollywoods Traumprinz zu entkommen, was bisher nur semigut funktionierte. Die ganzen Fans wünschten sich noch mehr von ihm in der Rolle eines Soldaten. Die Uniform, das Gewehr … alles machte ihn sexier, als die Schuluniform der Princeton High, die er für sechs Staffeln in Princeton Hill trug.

Es wunderte mich, dass er noch nicht erkannt wurde. Aber der Flughafen war fast leer gefegt und von seinen jungen Fans um diese Uhrzeit kaum einer in Reichweite. Wobei ich zugeben musste, dass er sich mit seiner Verkleidung ähnlich viel Mühe gegeben hat, wie ich, wenn ich das Haus zu öffentlichen Terminen des Verlags verließ.

Als er den Kopf zu mir drehte, setzte mein Herz einen Schlag aus. Fuck, ich wollte ihn nicht wie damals anstarren, als ich in meiner Lieblingsserie nicht genug von ihm bekommen konnte. Aber das war einige Jahre her und er hatte nicht mehr diesen cleanen Look wie damals. Wobei ich zugeben musste, dass ihm der dezente Bart echt gut stand.

Augen aufs MacBook zu June & Flechter.
Danke.

Aber ich hatte mich kaum dazu durchgerungen, weiter in Fletchers Gemütszustand einzutauchen, als Mr. Hollywood mit zwei weißen Kaffeebechern in die Sitzbank rutschte.

Ups, da hat er sich aber verpokert und muss sich mein Getippe leider länger anhören.

Wenn ich die Wahl zwischen warmem und kaltem Kaffee habe, greife ich immer zum kalten . Es schien, als hätte ihn das Schneechaos da draußen vergessen lassen, dass wir beide im sonnigen Los Angeles in den Flieger gestiegen sind.

»Bereit, deine Finger für die nächsten Stunden ruhen zu lassen?« Er zog eine Augenbraue hoch, was mich damals schon jedes Mal verrückt gemacht hatte, wenn ich es auf dem Bildschirm meines Fernsehers oder MacBooks gesehen hatte.

Dreh jetzt nicht durch, Amy.

Er ist nur … Nein, daran kann ich nichts kleinreden. Er ist fucking *Samuel Parker!*

»Bereit, weiter mein Getippe zu hören?«

Samuel starrte auf die Kaffeebecher in seinen Händen und schielte zu der leeren Kaffeetasse neben meinem MacBook. »Nein und dazu wird es nicht kommen!«

Ich zuckte mit den Achseln. »Leider schon, wenn der Kaffee da drin *warm* ist.«

Seine Stirn wurde eingenommen von drei großen Falten. »Wer trinkt denn seinen Kaffee bei dem Wetter kalt?«

»Zum Beispiel eine nervige Autorin, die bedingungslos an ihrer Fanfiction über Harry Styles schreibt.«

»Fuck.«

Ich grinste ihn triumphierend an und schnappte dann nach einem der Kaffeebecher in seinen Händen. »Den

Kaffee nehme ich aber trotzdem, damit wir quitt sind. Außerdem brauche ich gehörig Energie, um dir weiter auf die Nerven zu gehen.«

Samuel ließ sich gegen die Lehne fallen und fluchte mehrmals. Ich hatte mein Tippen nie als derart nervig empfunden. Wenn ich schrieb, hatte ich immer Musik auf den Ohren und eine Welt voller Bilder vor meinen Augen. Keiner meiner Sinne war bereit dazu, das Signal zu empfangen, wie laut das Getippe war.

Ich rutschte auf meiner Sitzbank etwas vor und lehnte mich zu ihm. »Wieso hältst du dich denn hier auf, wenn ich dich so nerve? Bist du zu interessiert, ob die Fanfiction von dir handelt?« Stardust Chapters war keine Fanfiction, aber wenn mich jemand nach der realen Vorlage von Fletcher fragen würde, würde ich lügen, wenn ich nicht Samuel Parkers Namen nennen würde. Sein Äußeres passte perfekt zu dem Bild, das ich von Fletcher hatte.

Statt mir zu antworten, stieß er nur die Luft aus seinen Lungen und sagte dann etwas, was mich als Liebesromanautorin und großer Fan von Romantik zerstörte. »Gibst du deinen Leserinnen auch falsche Vorstellungen davon, wie es im echten Leben abläuft? Dass keine Liebe so gut ist wie in den Büchern und Filmen? Unterstützt du das, allen Leuten ein falsches Bild zu vermitteln?«

Seine Miene war todernst.

»Findest du das gut, wenn die ganzen jungen Mädchen da draußen dem Goodboy keine Chance geben, weil er zu langweilig ist? Findest du es gut, wenn sie sich den Arschlochtypen angeln, alle Red Flags übersehen und am Ende mit gebrochenem Herzen da sitzen und sich fragen, wieso er sich nicht wie im Buch oder Film zum echten Helden entwickelt hat? Das, was ihr Autoren und Produzenten mit unserer Welt macht, ist *scheiße*. Alles wird nur noch an die Erwartungen aus Filmen und Büchern gekoppelt. Wenn man die Wahl hätte, würde man nur noch mit den fiktiven Charakteren zusammen sein wollen.«

Seine Verbitterung spürte ich tief in meinem Herzen. Über die Trennungsgründe seiner letzten Beziehung wurde überall in den Medien spekuliert. An der Vermutung, dass sich seine letzte Freundin am Set in die Rolle und nicht in ihn verliebt hatte, schien ein Funken Wahrheit zu haften, wenn er sich so sehr in dieses Thema reinsteigerte. Ich verstand seine Kritik, fühlte mich ein wenig angegriffen und fragte mich, ob wir wirklich ein falsches Bild vermittelten. Aber im selben Atemzug hatte ich das Bedürfnis, ihn zu umarmen und sein gebrochenes Herz zu heilen. Denn Samuel Parker hatte eins, wenn er die Welt so sehr hasste und nicht mehr an die wahre Liebe glaubte.

Dabei war sie da draußen, wenn er sich auf sie einlassen würde. Irgendwo da draußen gab es die Frau, die ihm die schönen Seiten der Liebe zeigen würde.

7

Samuel

Ihre Lippen zitterten und ihre Augen glänzten. Es war, als hätte ich sie mit der Wucht meiner Worte über das Konstrukt der Liebe getroffen.

Gut so.

Vielleicht würde sie der Grund sein, warum in Zukunft weniger Charaktere den Stempel *Perfekt* hätten. Vielleicht würde sie der Anfang einer ganzen Bewegung sein, um für mehr Realität in Büchern und Filmen zu sorgen.

»Ich verstehe dich.«

Das war ein guter Anfang. Ich straffte meine Schultern und nahm die Kapuze und die Cap vom Kopf. Es hatte etwas mit Respekt zu tun. Mom hatte mich einst dazu erzogen, niemals ein Gebäude mit einer Cap oder einer Kapuze auf dem Kopf zu betreten. Damals wusste sie aber noch nicht, dass das irgendwann zu dem einzigen Lichtblick führen würde, um möglichst unerkannt durch die Gegend zu ziehen.

Ihr Blick folgte meiner Hand, während ich meine Haarpracht und ab jetzt mein gesamtes Gesicht in diesem Flughafen in Denver zur Schau stellte. Aber es war menschenleer. Außer uns beiden und der Barista hinter der Theke kein Mensch weit und breit.

»Und? Wirst du etwas verändern?« Ich pausierte, als mir auffiel, dass ich keine Ahnung hatte, wie sie hieß. Wenn meine Mutter sehen würde, was aus mir geworden war, würde ich wieder Hausarrest bekommen.

Behandele ein Mädchen niemals so, als würdest du nicht wahnsinnig glücklich darüber sein, dass es dir etwas von seiner Zeit schenkt.

Mein Herz wurde augenblicklich schwer in meiner Brust und Schuldgefühle plagten mich.

Mom … Wie lange habe ich mich nicht bei ihr gemeldet?

Spontan fiel mir nicht ein, wann ich sie zuletzt gesprochen hatte. Dabei war sie der Wahnsinn. Sie hatte mich zu dem Menschen geformt, auf den ich einst stolz gewesen war. Den ich wirklich gemocht hatte. Den ich nicht mit Verbitterung im Spiegel angesehen hatte.

»Ich … Ich kann nicht einen ganzen Buchmarkt revolutionieren, Samuel.«

Ich war es ihr schuldig, sie nach ihrem Namen zu fragen. Aber zuerst musste ich die erdrückende Last auf meinen Schultern loswerden und mich bei meiner Mom melden. Mit Blondie würde ich noch die ganze Nacht verbringen. Ich sah auf die Uhr. Mom schlief sicher noch nicht. Sie war schon immer eine Nachteule gewesen. Es war nichts Neues, dass ich mich erst spät am Abend oder wie jetzt gegen Mitternacht meldete. Auf den vielen Drehs und Flügen rund um den Globus war so oft kein Platz dafür, noch echte Beziehungen zu pflegen.

Eine Ausrede. Eine gute Ausrede.

Aber für seine Mom sollte man immer Zeit haben.

»Gib mir eine Minute und wir reden weiter«, meinte ich, erhob mich aus der Bank und lief etwas tiefer in den Starbucks hinein. Es tutete mehrmals, bis endlich jemand abhob. Es war die Pflegerin, die bei Mom wohnte.

»Samuel?«

»Hey Rosie … Schlä... Schläft Mom?«

Ich hörte es am anderen Ende rascheln. »Ja, friedlich auf ihrem Fernsehsessel. Kann ich etwas für Sie tun, Samuel?«

»Dann will ich sie nicht stören …« Ich holte tief Luft. »Wenn sie wieder aufwacht, umarmst du sie für mich?«

»Das werde ich.« Es wurde ruhig am anderen Ende. Lediglich die Stimme eines Moderators aus dem Fernsehen hörte ich etwas abgehakt. »Sie würde sich freuen, wenn Sie sie bald mal wieder besuchen kämen, Samuel. Es ist lange her, dass Sie das letzte Mal hier waren.«

»Ich weiß«, knurrte ich und presste meine Kiefer so fest aufeinander, dass sich meine Kaumuskeln sofort verkrampften und schmerzhaft in meinem Gesicht brannten. »Schreib mir, wenn sie wieder wach ist. Dann melde ich mich.« Um meinen Worten mehr Druck zu verleihen, fügte ich hinzu: »Versprochen.«

»Ist gut, Samuel«, sagte Rosie, als würde sie wissen, dass es wieder nur eine leere Versprechung war. Aber nicht dieses Mal. Ich würde mich beim Mom melden. Ganz sicher.

***

Ich hatte schon vor einer ganzen Weile aufgelegt und fokussierte die verschiedenen Farben auf den Rollfeldern und den Pisten. Weiß, blau, grün, orange. Fast die ganze Farbpalette eines Regenbogens war in der dunklen Nacht zwischen den Schneebergen zu erkennen.

»Flughäfen sind eine Welt für sich, findest du nicht auch?« Ihre Stimme durchbrach die Stille. Kurz darauf trat ihr Körper neben mich. Ich wandte den Blick von der Scheibe ab und bemerkte erst jetzt, wie groß sie eigentlich war. Zu den meisten Frauen musste ich immer heruntersehen, aber sie war mir fast auf Augenhöhe. Nur wenige Zentimeter trennten unsere Körpergrößen voneinander. Ihre Augen waren nur minimal unterhalb von meinen. Sie war, geschätzt, stolze ein Meter dreiundachtzig groß.

Ihr Blick begegnete nicht meinem, sondern war auf das Flughafengelände vor uns ausgerichtet. »Mein Dad ist Pilot. Ich habe meine halbe Kindheit damit verbracht, an Flughäfen zu sein«, murmelte sie. »Auf jemanden zu warten. Immer und immer wieder.«

Sie hielt einen Moment inne, den ich nutzte, ihr Gesicht verstohlen von der Seite zu mustern. Sie hatte wunderschöne grüne Augen. Eine Mischung aus hellem Grau und sanftem Grün, was es im Gesamten ziemlich mint erstrahlen ließ. Ihre geschwungenen dunklen Wimpern waren so echt, dass ihr jede Schauspielerin in Hollywood dafür die Augen auskratzen würde. Eingeschlossen meine Ex Maddie, die sich jeden Morgen diese Fake-Wimpern auf ihre klebte. Aber die große blonde Frau vor mir, deren Namen ich noch immer nicht kannte, hatte es nicht nötig. Generell hatte es niemand nötig. Die Filmindustrie und die gesamte Welt sollte viel eher auf die natürliche Schönheit setzen, als Schönheitsideale in die Welt zu geben, die viele in die Unzufriedenheit stürzten.

Es war ihre Stimme, die mich zurück aus meiner Gesellschaftskritik zog. »Glaub mir, dass ich nur zu gut weiß, wie hässlich die Liebe sein kann.« Das Leuchten in ihren Augen verschwand. »Ich weiß noch genau, wie ich am LAX auf Dad gewartet und ihn turtelnd mit einer Flugbegleiterin erwischt habe … Er hat das Klischee eines Piloten erfüllt und …« Sie schluckte, ihre Augen glitzerten, als würden Tränen in ihnen aufsteigen. Wäre sie Schauspielerin, müsste sie bei den traurigen Szenen wohl nur an ihren Dad denken, weil er sie in ihrem Leben sehr enttäuscht hatte. Wir alle hatten diese eine Szene, die uns die Tränen in die Augen trieb, wenn wir sie beim Drehen brauchten … Ich fuhr mir durch meine Haare und vertrieb die Gedanken an meinen eigenen Vater.

Sie holte tief Luft, strich sich die Haare aus dem Gesicht und murmelte die ersten Worte, wurde aber mit jedem lauter. »Dad hatte in jeder Stadt eine andere. Vermutlich habe ich auf der ganzen Welt Halbgeschwister, von denen ich nichts weiß und vermutlich nie erfahren werde.«

Ich spürte ihre Enttäuschung in jedem ihrer Worte. Wie konnte sie über die Liebe schreiben, wenn sie von ihrem Vater so etwas aufgezeigt bekommen hatte? Thriller oder Krimis, in denen sich die Abgründe der menschlichen Seele auftaten, würden zu ihrer Kindheit viel besser passen. Aber ich kannte nicht mal ihren Namen. Warum steckte ich sie sofort in die Schublade, dass sie Liebesromane schreiben würde? Weil sie in dem rosa Strickpullover, der ihre linke Schulter offenbarte, zu niedlich aussah, um harte Geschichten zu verfassen?

Mich überkam das große Bedürfnis, mehr von ihr zu erfahren. Allen voran ihren Namen. Aber was, wenn sie so war, wie alle anderen? Man konnte im Netz alles über mich lesen, wenn man es wollte. Vielleicht folgte sie Fanseiten, die jede meiner Stories auf Social Media Plattformen runterluden und auf ihrer Seite als Beitrag einstellten. Das Internet vergaß nie. Wollte sie eine Brücke zu mir aufbauen, weil sie das Gefühl hatte, mich wegen meiner Rolle in der Öffentlichkeit zu kennen? Ich schluckte, war hin und hergerissen, was richtig und was falsch war. Vorerst entschied ich mich für Abstand. Höflich sein, um nicht morgen einen Artikel zu lesen, was für ein Arschloch Samuel Parker wäre.

Ich drehte meinen Körper vollständig in ihre Richtung und zögerte einen Moment, bis ich etwas sagte. Sie strich sich mit der rechten Hand über ihren Arm. Immer wieder. Als wäre es ein Tick.

»Das tut mir aufrichtig leid. Niemand sollte als Kind solche Erfahrungen machen.« Ich klang nicht emotional involviert, auch wenn es mich innerlich aufwühlte. Die letzten zehn Jahre hatte ich gelernt, meine Stimme, meine Gestik und meine Mimik so einzusetzen, dass am Ende das perfekte Ergebnis auf der Leinwand zu sehen war.

Aber ich wusste nichts von ihr. Vielleicht konnte sie genauso gut mit mir spielen, wie ich mit ihr.

Sie stieß die Luft aus ihren Lungen und bildete damit einen Kreis auf der kalten Glasscheibe. »Muss es dir nicht.« Dann glitten ihre Finger in ihre honigblonden, voluminösen Haare. Sie schüttelte sie auf, ehe sie sich zu mir drehte und mich ansah. »Die Liebe kann hässlich sein und ich verstehe, warum du denkst, dass Filme und Bücher ein falsches Bild vermitteln. Aber wäre es nicht traurig, nicht an die wahre Liebe zu glauben? Wenn wir niemals davon träumen dürften, dass es da draußen jemanden gibt, mit dem wir das schönste Leben leben dürften? Was wäre das für ein Leben, Samuel?« Ihre Augen funkelten plötzlich wieder. »Ich bin der festen Überzeugung, dass es für jeden da draußen die große Liebe gibt. Der eine findet sie früher, der andere später. Aber auf die Gesamtheit unseres Lebens bezogen, werden wir alle irgendwann in den Genuss der echten und wahren Liebe kommen.«

O Mann, sie glaubt wirklich an den Mist. Sie wurde von ihrem Vater verletzt, trotzdem hatte er ihr nicht die rosarote Brille abgezogen, sondern sie vielleicht noch viel eher dazu gebracht, an diesen Mist zu glauben. Dabei war er nur von der Unterhaltungsindustrie geschaffen. Keine Liebe war so wie in den Filmen.

»So etwas wie wahre Liebe gibt es nicht, Blondie.« *Erwachsen*, Sam. Statt sie endlich nach ihrem Namen zu fragen, nannte ich sie *Blondie* und riss ihr die rosarote Brille von den Augen.

Doch sie grinste mich nur blöd an und zuckte mit den Schultern. »Und was, wenn doch, Mr. Hollywood? Was, wenn es die wahre Liebe doch gibt?« Sie straffte ihre Schultern und ließ sich von meinen Worten nicht mal im Entferntesten beeindrucken. »Meine Mom hat meinen Dad abgeschossen und dachte, nie wieder glücklich zu werden.«

Unsere Augen trafen sich und verweilten in der Position.

»Aber meine Mom wurde wieder glücklich. Dad war nicht der Richtige für sie. Das musste sie auf die harte Tour lernen, sie hat den Glauben an die Liebe verloren und war ähnlich drauf wie du. Ich kann das verstehen, wenn man so sehr verletzt wurde.«

Sie kannte nicht nur mein Gesicht, weil sie es in manchen Serien und Filmen gesehen hatte. Sie kannte auch die unschöne Trennung von meiner Ex. Sie wusste alles über mich und ich nichts über sie.

»Mom hat die wahre Liebe gefunden, obwohl sie enttäuscht wurde.«

Eine Gänsehaut bildete sich auf meinen Unterarmen und kroch langsam zu meinem Kopf hinauf. Es war dämlich eine Liebesromanautorin auf die Existenz der wahren Liebe anzusprechen. Sie erstickte meine Gedanken im Keim mit einer persönlichen Tragödie aus ihrem eigenen Leben, die mit einem Happy End ausging. Eine Tragödie, die vielleicht nicht mal wahr war.

»Wer sagt dir, dass der neue Freund deiner Mom nicht auch ein Monster in sich schlummern hat, das sich noch zeigen wird? Was, wenn er sie seit Jahren betrügt, ihr aber noch nichts davon wisst?«

Ihre starke Fassade begann zu bröckeln.

»Vielleicht sind sie irgendwann happily ever after, aber weißt du? Nicht für jeden ist ein Happy End bestimmt.«

Sie hatte schon recht, als sie mir eben sagte, dass ich auch in echt ein Arschloch wäre. Ein Arschloch, das sich nicht für den Namen seiner Gesprächspartnerin interessierte. Ein Arschloch, das nicht für seine Mom da war, als sie einen schweren Schlaganfall erlitten hatte. Der sich Tage nicht bei ihr gemeldet hatte, weswegen man ihr mit einer Operation nicht mehr helfen konnte. Dem es nicht mal aufgefallen war, dass sich seine Mom sieben Tage nicht gemeldet hatte, obwohl sie mindestens einmal am Tag fragte, wie es ihrem Jüngsten ging. Das Leben war nicht so romantisch wie in Filmen, sondern wurde von persönlichen Tragödien durchzogen, die in den geringsten Fällen so gut ausgingen wie in den fiktiven Geschichten.

Liebe existierte nicht.

Happy Ends existierten nicht.

Das Leben war eine Tragödie.

Das würden wir alle früher oder später herausfinden.

»Jeder verdient ein Happy End«, sagte sie aus dem Nichts, als hätte sie meine Gedanken gelesen.

Am liebsten hätte ich ihr entgegen gebrüllt, welches Happy End noch für meine Mom vorgesehen war. Sie hatte ihren Mann verloren. Sie hatte einen schweren Schlaganfall erlitten und konnte ohne Betreuung nicht mehr allein leben. Sie hatte einen Sohn, der lieber den sorgenden Mann auf Leinwänden porträtierte als es im echten Leben zu tun. Der sich immer um seine Fans kümmerte und ihre Wünsche erfüllte, aber seine Familie hinten runterfallen ließ. Meine Hand ballte sich wie von selbst zu einer Faust. Die Wut auf mich selbst wurde so stark, dass ich glaubte, gleich gegen irgendetwas schlagen oder treten zu müssen.

Ihre warme Hand schloss sich um meine Faust. Wir sahen uns direkt in die Augen. »Ich kann mir nicht vorstellen, wie es ist, in deiner Haut zu stecken.« Sie sah von einem ins andere Auge, scannte dann mein Gesicht ab, während meine Augen nur in ihren ruhten.

»Verbittere nicht, nur weil du bisher die falschen Menschen in deinem Leben hattest.« Sie ging ein Schrittchen näher auf mich zu, während ich da stand und mich nicht mehr rühren konnte.

Ihre Worte krochen mir langsam unter die Haut. Von ihrer Hand, die sich um meine Faust geschlossen hatte, stieg Wärme rasant über meinen Unterarm zu meinem Oberarm auf. Mein Nacken fühlte sich an, als würde heißes Wasser auf meine verkrampften Muskeln prasseln und sie mit jeder verstreichenden Sekunde mehr entspannen.

Was, wenn sie mir zeigen könnte, dass Liebe doch existierte?

8

Samuel

Ihre Augen sahen für eine Millisekunde auf meine Lippen herab. Würde ein Kuss dazu führen, dass sich mein schockgefrostetes Herz wieder erwärmen würde? Stück für Stück? Könnte sie dafür sorgen, dass ich mich wieder im Spiegel ansehen könnte, ohne absoluten Hass zu empfinden?

»Die Liebe existiert, Samuel. Aber du musst sie *zulassen*. Du musst *offen* sein, um sie entdecken zu können.«

Aber ich wollte kein zweites Mal die Schmerzen spüren, die mir die Trennung von Maddie beschert hatte. Ich hatte sie aus ganzem Herzen geliebt. Für diese Frau hätte ich alles getan. Aber nichts war genug. Nichts war so gut wie das, was meine gespielten Charaktere auf der Leinwand taten. Sie wollte den, den ich spielte. Sie wollte nicht den, der ich im realen Leben war.

Blondies Körper stieß an meinen.

Nur Millimeter trennten unsere Lippen voneinander. Aber nicht nur das. Mit ihren Worten brachte sie langsam den Eisblock zum Schmelzen, den ich um mein Herz errichtet hatte.

Küss mich. Zeig mir, dass die Liebe existiert, dachte ich wie ein liebeskranker Idiot und bewegte meinen Kopf ihrem entgegen. Mein ganzer Körper kribbelte und die Luft zwischen uns wurde so heiß, dass ich ihre Lippen auf meinen haben wollte, um meinen eiskalten Körper mit dieser Hitze zu durchfluten. Ich spürte ihren heißen Atem an meinen Lippen, als mich helle, flackernde Lichter ablenkten. Meine Augen verließen ihre und schwenkten nach links. Paparazzi. An jeder Ecke. Hielten ihre Kameras genau auf uns.

Nein. Das …

Meine Augen schossen zurück zu ihr. Wie Bambi starrte sie mich regungslos mit ihren großen Augen an, als hätte ich sie auf frischer Tat ertappt.

Ich Idiot hatte ihr jedes einzelne Wort abgekauft.

Dabei war sie wie all die anderen. Ich hätte es wissen müssen, als sie meine Trennung zwischen den Zeilen angesprochen hatte. Ich hätte es erkennen müssen, als sie mir diese rührselige Geschichte von ihrem Dad erzählt hatte. Mit dem Happy End hatte sie meine rationalen Gedanken ausgeschaltet. Sie wusste von Mom. Sie wusste von allem. Plötzlich blitzten die Bilder von ihr auf, als ich ihr den Kaffee besorgt hatte. Sie hatte mit ihrem Handy gespielt. Nein, nicht nur damit gespielt. Es war in meine Richtung gelenkt, als hätte sie ein Bild geschossen. Sie hatte meinen Aufenthaltsort irgendjemandem gesteckt, um jetzt dank mir ihren großen Moment zu erleben. Ihre zwei Minuten Fame, um sich die nächsten Wochen mit vorproduzierten Bildern an meine Seite zu rücken. Damit Tausend Menschen auf ihr Profil wanderten, um am Ende für ihr Buch zu werben, das womöglich einen ähnlichen Inhalt hatte.

Ich hasse Menschen.

Sie sind so berechnend.

Und trotzdem war ich dumm genug zu glauben, dass sie doch anders wäre. Ich war dumm genug, mich von ihr berühren zu lassen. Ich hatte mir sogar gewünscht, von ihr geküsst zu werden. Wie hoffnungslos verloren und bescheuert war ich eigentlich, ihren Worten zu glauben, für diese wenigen Augenblicke doch an die große Liebe zu glauben.

Scheiße, Alter. Wie konnte mir das schon wieder passieren?

Ich zog blitzschnell meine Faust aus ihrer Hand und konnte sie nicht mal mehr ansehen, weil ich spürte, wie die Enttäuschung jeden Zentimeter meines Gesichts einnahm.

»War die Geschichte mit deinem Dad wenigstens wahr oder wolltest du mich nur hinhalten?«, fuhr ich sie an.

Sie sagte nichts. Ihr Schweigen reichte mir als Antwort.

»Probs an mich, dass ich so dumm war, dir zu glauben.« Ich musterte sie mit nichts als Verachtung. Wer flog schon in diesem schicken Outfit, wenn man nicht schon vorab geplant hätte, dass man in den Schlagzeilen der ganzen Welt landen würde.

»Glaub mir eins: Wenn ich rausfinde, welche Geschichten du schreibst und für was du mich hier gerade ausgenutzt hast, werde ich dich *vernichten*.« Mir war es egal, ob ich morgen als Monster in den Zeitungen landen würde. Ich war es satt, ausgenutzt zu werden. Ich hatte keine Lust mehr darauf, immer der Liebe und Nette zu sein, wenn diese Aasgeier sich auf mich stürzten, um Bekanntheit zu erlangen.

Mom hatte mich gelehrt, jedem Menschen zuzuhören und nicht vorab zu verurteilen, bevor nicht das Gegenteil bewiesen war. Aber *Blondie* schwieg wie ein Grab. Ihr Schauspiel war aufgeflogen und sie verstand, dass lügen zwecklos war. Selbst wenn sie es getan hätte, hätte ich an jedem ihrer Worte gezweifelt. Die Menschen waren nicht so gut, wie Mom sie in Erinnerung hatte. Erst recht nicht, wenn sie darauf aus waren, an der Seite von Samuel Parker zu sein, eigene Berühmtheit zu erlangen und mich dann abzuschießen, wenn die Anzahl der Follower reichte, um mit dämlichen Kooperationen ihr Leben zu finanzieren. Ein blödes Selfie auf dem Burj Khalifa, ein Bikinifoto vom Strand auf den Malediven, eine Jeep-Safari im Dschungel Brasiliens. Natürlich überall Schleichwerbung, um allein durch die Bilder und Videos ordentlich Kohle zu verdienen.

Gott, ich hatte ihnen die Bühne für diese beschissenen Auftritte geliefert und das würde mir kein fünftes Mal passieren.

Mir brannte es auf der Zunge zu sagen, wie enttäuscht ich von ihr war. Aber ich würde ihr keine weitere Aufmerksamkeit schenken. Sie hatte schon genug von mir bekommen. Die Spitze des Eisbergs war, dass sie mich morgen in allen Zeitungen mit ihr auf der Titelseite platzieren würden. Immerhin würde ich dann ihren Namen kennen und dann würde sie mich richtig kennenlernen.

Ich eilte zu meiner Reisetasche, steckte mir die AirPods in die Ohren und wollte die Musik starten, bis ich mich durch die Paparazzi und Reporter gekämpft hatte. Aber es passierte nichts. Mein Handybildschirm blieb schwarz. Die 20 Prozent Batterieladung waren schneller weg, als mir lieb war. Ganz große Klasse.

»Samuel Parker, ist das ihre neue Freundin?«

Nein und das wird sie niemals sein. Niemand wird je wieder an meiner Seite stehen. Sie wollten doch alle nur mein Geld, meine Berühmtheit und was weiß ich. Ich hasse dieses Leben! Ich will einfach nur wieder ich sein.

Wütend stopfte ich mit dem Blitzlichtgewitter im Nacken das Drehbuch zwischen meine Klamotten und verfluchte mich, als Teenager diese Entscheidung getroffen zu haben. Nirgendwo war ich sicher, die Aasgeier saßen mir immer im Nacken und vertrauen konnte ich sowieso niemandem. Was passierte, wenn ich es in Betracht zog, hatte man gerade gesehen.

»Samuel, sind Sie wieder vergeben?«

»Samuel, was tun Sie hier in Denver?«

»Samuel, lebt Ihre Freundin hier?«

Kopfhörer in den Ohren waren doch ein eindeutiges Zeichen, dass man keine Lust auf diese dämlichen Fragen der Reporter hatte, oder? Irgendwann würden sie vielleicht verstehen, dass man nicht pausenlos für sie Rede und Antwort stehen musste. Aber nein, sie verstanden den Wink mit dem Zaunpfahl nicht. Natürlich jagten sie mir hinterher, um an Informationen zu gelangen. Morgen würde die Schlagzeile Nummer eins lauten:

Ist Hollywoods schönster Junggeselle vom Markt?

Ohne Kommentar schlängelte ich mich an ihnen vorbei, verließ den Flughafen, aber konnte sie nicht abschütteln, bis ich das erstbeste Taxi bestieg, obwohl ich seit Jahren nicht mehr mit einem gefahren war. Wenn Henry davon wüsste, würde er mich mindestens zwei Köpfe kleiner machen. Aber er übertrieb mit seiner Sorge, dass mir irgendjemand etwas antun könnte. Ich war ein Star für Teenager und junge Erwachsene. Und von denen waren die wenigstens in der Position, unbedingt nach der High School oder dem College zum Taxifahrer zu werden.

»Sir, die Straßen versinken im Schneechaos. Ich mache nur Pause.«

»Ich muss hier weg. Fahren Sie.«

»Aber …« Ich hielt ihm einen hundert Dollar Schein vor die Nase, bei dem er sofort schwach wurde. »Wo soll es hingehen?«

»Weg von hier. Mir egal, wohin.« Selbst wenn wir nur Stunden im Kreis fahren würde, wäre es mir lieber als noch eine Sekunde hier, in ihrer Nähe zu sein.

Wir waren in Denver. Mein … Ich schluckte und plötzlich wusste ich, wohin ich musste.

»Snowshow Road 123. Winter Park.«

9

Amelia

Keinen Millimeter konnte ich mich bewegen, während er mich wütend anfunkelte. Ich hatte die Paparazzi nicht gerufen. Im Leben würde mir nicht einfallen, so etwas zu tun. Ich gab gern zu, dass ich in meiner Jugend ein großer Fan von ihm gewesen war und ich heute noch immer jeden Film anschaute, indem er mitspielte. Aber niemals würde ich den Paparazzi die Info stecken, wo er war. Besonders nicht, wenn ich mich damit selbst in Gefahr brachte.

Mein Herz schlug mir bis zum Hals, als er enttäuscht weglief. Ich hätte ihn beinahe geküsst. Samuel Parker. Einfach so. Doch darüber konnte ich keine weitere Sekunde nachdenken. Ich wollte, verdammt noch mal, nicht in die Öffentlichkeit. Das genaue Gegenteil war mein Ziel. Ich musste mein Gesicht schützen.

Mit meiner Verkleidung als *Ava Christensen* tat ich alles, um meine Privatsphäre zu schützen, obwohl ich als Bestsellerautorin ebenfalls in der Öffentlichkeit stand.

Natürlich niemals so stark wie er. Ich könnte als Ava Christensen hier sein und mich würde keiner erkennen. Die Leute lasen meine Bücher und hatten mich dabei nicht die ganze Zeit vor den Augen. Sie träumten sich mit meinen Geschichten in eine Welt, die ich erschaffen hatte. Aber ich selbst war nicht in ihr präsent. Wenn jemand hingegen einen Film mit Samuel Parker sah, bekam er ihn die ganze Zeit auf dem Silbertablett serviert.

Ich befreite mich aus meiner Schockstarre und hob meine stark zitternde Hand vors Gesicht. Ich musste es schützen, mich, meine Privatsphäre. Vorsichtig blickte ich an meinen Händen vorbei und erkannte, wie Samuel wütend einen Stapel Papier in seiner Reisetasche unterbringen wollte. Seine harten Worte wiederholten sich lauter in meinen Gedanken, gefroren das Blut in meinen Adern, bis sie an meinem Herz ankamen und es schockfrosteten.

»Glaub mir eins: Wenn ich rausfinde, welche Geschichten du schreibst und für was du mich hier gerade ausgenutzt hast, werde ich dich vernichten.«

Warum hatte er mir nicht mal die Möglichkeit gegeben, mich zu erklären? Ich wollte zu ihm sprinten und ihm sagen, dass ich nichts damit zu tun hatte. Aber er würde mir nicht glauben. Wieso sollte er auch? Ich hatte es selbst oft in den Schlagzeilen gelesen, wie andere junge Frauen sich mit ihm ins helle Licht rückten und mit ihm auf die roten Teppiche kommen wollten.

Ich hatte nichts als Verachtung für diese Menschen übrig und jedes Mal unglaubliche Wut auf sie gehabt. Samuel hatte sicher ein reines Herz. Aber Hollywood und diese gestörten Ladys hatten es ihm kaputt gemacht. Wegen ihnen hatte ich keine Chance, ihn vom Gegenteil zu überzeugen. Weil er die Erklärung schon hundertmal gehört hatte. Die Wahrscheinlichkeit, dass sie dieses Mal wahr gewesen wäre, ging gegen null.

Als ich sechzehn gewesen war, hatte ich unbedingt Schauspielerin werden wollen. Ich hatte ein Leben wie all die Stars führen wollen. Wie er. Hatte mir ausgemalt, wie es sein würde, eine Rolle an seiner Seite zu spielen. Aber diese wenigen Minuten im Blitzlichtgewitter haben mir gereicht.

Sein Leben war nicht beneidenswert.

Es war traurig und einsam.

Wie sollte er Vertrauen zu anderen Menschen aufbauen, wenn es ihm so schnell entrissen werden konnte? Wie sollte er an die wahre Liebe glauben? Bei jeder Frau musste er sich fragen, ob sie ihn wirklich aus ehrlichem Interesse traf …

Jetzt empfand ich nichts als Mitleid für ihn, während die Paparazzi ihm aus dem Starbucks folgten. Doch zwei blieben zurück, schossen plötzlich Fotos von meinem Arbeitsplatz.

Fuck!

Mein Herz überschlug sich in der Brust. Am liebsten hätte ich mich in der hintersten Ecke verkrochen, bis sie alle verschwunden waren. Aber wenn sie von ihm keine Infos bekamen, wäre ich die Nächste, aus der sie etwas kitzeln konnten.

Hatte ich mein MacBook in der Steckdose? Ich bekam es nicht mehr zusammengereimt. Wenn sie ein Bild davon machen würden, wie oben im Titel meines Schreibprogramms dick und fett Stardust Chapters 2 stand, wäre ich geliefert.

Irgendjemand würde meine Nase, meine Augenbrauen oder irgendetwas anderes erkennen, was ich in dem Gesicht von *Ava Christensen* nicht verändern konnte. Mein

Pseudonym, meine Verkleidung wäre hinüber. Ich kam hierher, um zu siegen. Stattdessen konnte ich jetzt nur noch dabei zusehen, wie ich alles verlieren würde.

Mom und Charlotte hatten recht. Ich schaufelte mir mein eigenes Grab.

Das musste ich verhindern! So fern das noch möglich war.

Ich trat von der Scheibe zurück, atmete tief durch und senkte den Blick, als ich mich in die Richtung meines MacBooks bewegte. Sofort blitzte es hell auf. Sie wollten mein Gesicht. Aber sie würden es nicht bekommen. Dafür musste ich sorgen. Mit allen Mitteln.

»Sind Sie die neue Frau an der Seite von Samuel Parker?«

Ich ignorierte die Frage, brachte meine Haare vor mein Gesicht und schützte es weiterhin mit zwei vorgehaltenen Händen.

»Ist Hollywoods schönster Junggeselle vergeben?«

Fragen über Fragen brachen über mich ein.

»Sie standen sehr innig an der Scheibe, haben sogar seine Hand gehalten!«

Schon jetzt gingen die Spekulationen los. Was würde die Presse erst daraus machen? Was, wenn ich ihnen sagen würde, dass dem nicht so war. Würden sie meinen Worten glauben? Ich musste es probieren. Ich wollte, dass sie diese Fotos am besten sofort vernichten würden.

»Es gibt viele Fans da draußen, die ihren Star gern einmal berühren würden«, flüsterte ich.

»Also sind Sie ein *Fan*? Ist das alles?«

»Ja, bin ich. Das ist *alles*.«

Ich war mittlerweile bei meinem MacBook angekommen und verdammt froh, dass der Bildschirm schwarz war. Hätte man Stardust Chapters 2 als Dokumententitel glasklar und gestochen scharf lesen können, wäre mein Versteckspiel der letzten Jahre umsonst gewesen. So gab es noch Hoffnung, wenn ich mein Gesicht gut geschützt hatte und halbwegs glaubhaft als Fan abgestempelt wurde.

»Bei mir sind Sie definitiv an der falschen Stelle«, sagte ich, dann schwang ich mir den Rucksack auf den Rücken und umschloss die Griffe meiner Koffer. Mit gesenktem Kopf und meiner ganzen Haarpracht im Gesicht flüchtete ich von den Paparazzi und kämpfte mich in das erstbeste Taxi draußen. Die Fahrt nach Winter Park würde eine Stange Geld kosten, aber ich musste es für meine Privatsphäre investieren.

Bevor das Taxi überhaupt angefahren war, schaltete ich mein Handy in den Offlinemodus. Ich wollte nicht sehen, was die Medien aus diesen Bildern und meinen Sätzen machten. Was, wenn sie sie aufgenommen hatten und mein »Ja, bin ich« auf die Antwort, ob ich seine Freundin war, zweckentfremden würden?

Verdammt, warum hatte ich überhaupt etwas gesagt? Hatte ich es dadurch nur viel schlimmer gemacht? Ich war kurz davor, das Flugzeugsymbol wieder zu deaktivieren, und meine beste Freundin anzurufen. Aber nicht hier im Taxi. Wer wusste schon, wem man vertrauen konnte.

Es geschah nur zu oft, dass irgendjemand sang und aus einer Mücke ein Elefant gemacht wurde.

Aber bitte nicht mit mir …

Ich gehöre nicht in diese Welt und will niemals ein Teil von ihr sein.

10

Samuel

Der Taxifahrer hatte nicht übertrieben. Auf den Straßen herrschte reinstes Chaos. Für einen zweistündigen Weg vom Flughafen nach Winter Park brauchten wir diesmal doppelt so lang. Es war dennoch dunkel draußen, als er mich vor dem süßen Haus mit der weißen Holzvertäfelung und den kastanienbraunen Fenstern absetzte. Mit meiner Reisetasche in der Hand öffnete ich die Gartenpforte und lief den schmalen Weg bis zum Eingang entlang. Die Rampe, die über den drei Stufen befestigt war, glitzerte im Licht der Straßenlaterne. Sie war vermutlich spiegelglatt. Würde ich nur einen Fuß auf sie setzen, würde ich mich direkt auf meinen Hintern legen. Meine Augen flogen über die Fenster. Alles war noch dunkel. Ich sollte später wiederkommen. Aber würde aus später nie werden? Hätte ich dann wieder eine Ausrede parat? Wäre Henry mit dem Trailer hier, würde er mich einsammeln und ans Set fahren. Vermutlich würde ich nicht mehr zurückkommen. Ich sah auf die Uhr.

6:03.

Mom und ihre Pflegerin schliefen sicher noch. Da ich sie nicht aufwecken wollte, benutzte ich meinen eigenen Schlüssel anstatt der Klingel. Ich steckte ihn in die Tür und drehte ihn ganz leise im Schloss. Es war Ewigkeiten her, dass ich das letzte Mal hier war. Mom hatte sich damals im Krankenhaus gewünscht, wieder nach Hause zu kommen. Sie wollte nicht bis an ihr Lebensende in einem Zimmer gefangen sein, in dem alles an ihr Schicksal erinnerte. Ich war der Einzige, der sie damals verstand. Meine beiden älteren Schwestern nahmen Moms Wunsch zwar wahr, aber schauten sich bereits nach Seniorenresidenzen oder Pflegeheimen um …

Ihre linke Seite war seit dem Schlaganfall gelähmt. Sie konnte nicht mehr allein für sich sorgen. Als Elise ihr eine schöne Residenz mit eigenem Park und kleinem Teich schmackhaft machen wollte, sah ich die glitzernden Augen meiner Mutter. Früher konnte man immer in ihrem ganzen Gesicht lesen, was sie von Vorschlägen hielt. Seit dem Schlaganfall waren es nur noch die Augen, aus denen man wie in Büchern lesen konnte. Der Gedanke an die Residenz hatte ihr Tränen in die Augen gejagt. Sie hatte nicht dorthin gewollt.

Gegen den Willen meiner Schwestern und für den Wunsch meiner Mom hatte ich ihr Haus so renoviert, damit sie trotz der Folgen ihres Schlaganfall in ihm wohnen konnte. Ich hatte eine Betreuung für sie organisiert und bezahlte seit drei Jahren außerordentlich gut dafür, dass es meine Mom an ihrem Lebensabend gut hatte.

Sie war dankbar dafür. Seitenhiebe meiner Mutter gegen meine zwei Schwestern bestimmten die Tagesordnung, wenn wir zu dritt bei ihr waren. Dabei hatten sie auch nur ihr Bestes gewollt. Elise lebte in New York, was auf der anderen Seite des Landes lag. Lucy in Oklahoma, was gute zehn Autostunden entfernt war. Keiner von uns konnte sich vorstellen, seinen Lebensmittelpunkt wieder in unsere Heimat zu verlegen. Da ich ordentlich viel Geld auf dem Konto hatte, konnte ich es mir leisten, meiner Mom das hier zu ermöglichen.

Obwohl ich nicht pausenlos drehte, war ich am wenigsten hier. Als hätte ich mich mit dieser großen Tat von meinen Verpflichtungen freigekauft. Ich hasste mich dafür.

Nach einem schweren Atemzug wollte ich die Tür nach innen aufstoßen, als sie sich von selbst öffnete. Ich starrte Rosie, der Pflegerin meiner Mutter, direkt ins Gesicht.

»Samuel! Was für eine Überraschung!« Die korpulente Frau mit dem grauen Bob streckte sofort die Arme nach mir aus und ehe ich mich versah, lehnte ich an ihrem Oberkörper und ihre Hände strichen sanft über meine breiten Schultern. »Ihre Mutter hatte gerade von ihnen gesprochen. Das wird sie freuen.«

»Sie ist schon wach?«, fragte ich verwundert.

Rosie nickte. »Über den Tag verteilt schläft sie öfter ein, weshalb sie den Schlaf nachts nicht mehr so ausreichend braucht.« Die Zeiten waren vorbei, in denen Mom eine Nachteule gewesen war.

Gerade hatte ich mich noch darauf eingestellt, in Ruhe anzukommen, ein Ladekabel für mein Handy zu suchen und es einzustecken, um zu sehen, wie die Medien die Fotos von Blondie und mir ausgeschlachtet hatten.

Stattdessen nahm mich Rosie an die Hand und zog mich so weit rein, damit sie die Haustür hinter mir schließen konnte. Ich stand im breiten Flur, während mir mein Herz bis zum Hals schlug. Ich wusste nicht, was ich sagen sollte. Ob Mom froh war, mich zu sehen oder ob sie mich rauswerfen würde. Ich war nicht darauf vorbereitet, was mich erwarten würde. Mein Blick geisterte durch den Flur. Früher war er relativ eng, da breite und vor allem hohe Schränke den Raum stark verkleinert hatten. In ihnen waren die Jacken, Schuhe und Taschen unserer fünfköpfigen Familie versteckt gewesen. Da Mom mittlerweile im Rollstuhl saß und nur noch mit Rosie hier wohnte, brauchte es die Schränke nicht mehr. Jetzt war es hier schön breit, damit sie ohne Probleme zur Tür oder zum Treppenlifter kam, der sie in die erste Etage beförderte.

»Geh zu ihr. Sie freut sich, Samuel.«

Der Kloß in meinem Hals wuchs nicht weiter an. Dennoch tat es weh, ihn hinunterzuschlucken. Ich schlüpfte aus meinen Schuhen und schritt dann in meinen weißen Tennissocken über den hellen Dielenboden. Den hatte ich vor drei Jahren verlegt. Der alte hatte seinen Zenit auf jeden Fall überschritten und war viel zu dunkel, um sich wohlzufühlen.

Mein Herz klopfte mir bis zum Hals, als ich durch den breiten Bogen in die gute Wohnstube trat, wie Mom sie immer bezeichnete. Der große Fernseher lief und spielte meinen jüngsten Film ab. Ich wollte sofort den Fernseher ausschalten, bevor Mom in weniger als zwei Minuten sehen würde, wie ich auf dem Schlachtfeld des Vietnamkriegs angeschossen werden würde. Also musste ich den unsichtbaren Graben zwischen uns überwinden und zu ihr treten. Zuerst aber entdeckte ich die Fernbedienung und schaltete das Ding ab, bevor sie gleich schreien würde.

Mom litt in meinen Filmen und Serien immer mit. Sie war eben meine Mom, die sich schreckliche Sorgen um ihren Sohn machte. Der Sessel bewegte sich etwas. Ich hörte ein paar Worte, aber konnte sie nicht recht verstehen … Ihr Sprachzentrum hatte seit dem Schlaganfall sehr gelitten. Das war es, was mir am meisten wehtat. Vor ihr zu stehen, mich mit ihr unterhalten zu wollen und bloß Zeuge ihres Kampfes zu werden, wie sie nach den richtigen Worten suchte, damit ich sie verstand.

Mein ganzer Körper war schwer, als ich die fünf Schritte ging, um zuerst neben und dann letztlich vor ihr zu stehen. Sie hatte mich nicht wahrgenommen, da ihr gesamtes linkes Gesichtsfeld seit dem Schlaganfall ausgefallen war. Mit dem linken Auge sah sie nur noch das, was unmittelbar vor ihr stand. Das Herz klopfte mir bis zum Hals, als ich diesen einen Schritt weiter ging und nun vor ihr stand.

Bu-Bumm. Bu-Bumm. Bu-Bumm.

Ich hörte nur meinen eigenen Herzschlag und das laute Rauschen meines Blutes in meinen Ohren. Es kostete mich Überwindung zu ihr zu sehen.

»Hey Mom.«

Ihre Augen funkelten. Der rechte Mundwinkel wanderte nach oben, dann bewegte sich ihr rechter Arm in meine Richtung. Ich fackelte nicht lange, ging in die Hocke und schloss sie in meine Arme.

»Schöch, dich zu ha…Ben.« Ihre Sprache war verwaschen durch den hängenden Mundwinkel, aber ich verstand sie, wenn ich mich genau konzentrierte.

Ich nickte nur. Es war auch schön, sie zu sehen. Mit ganzer Kraft presste ich meine Lippen aufeinander und versuchte die Tränen zu unterdrücken, die in meine Augen stiegen.

Das Leben war verdammt ungerecht. Mom hatte keiner Fliege etwas zuleide getan und wurde so schwer vom

Schicksal getroffen. Wenn ich könnte, würde ich alles dafür tun, damit es ihr wieder gut ging. Aber ihr Zustand würde sich nicht mehr verbessern, da war der Arzt ziemlich deutlich. Stattdessen konnten wir froh sein, dass sie es überlebt hatte.

Wir hielten uns noch aneinander fest, als Rosie mit frisch aufgebrühtem Kaffee und ein paar Plätzchen auf einem Tablett serviert zu uns trat.

Ich setzte mich nicht auf das Sofa, weil ich dann auf der linken Seite vom Mom gesessen hätte und sie mich nicht sehen würde. Stattdessen nahm ich mir einen dieser unbequemen Holzstühle aus der Küche und platzierte ihn direkt neben ihrem Sessel. Ich schloss ihre Hand in meine. Ihre Augen ruhten nur auf mir.

»Was gehst du?«

Dieser verdammte Dreh … Dieser verdammte Produzent, der kein Herz hatte und uns wie gefühlskalte Sklaven ohne Bedürfnisse behandelte.

Wenn es mir doch bloß früher aufgefallen wäre.

»Sie fragt, was du hier machst«, murmelte Rosie und nippte an ihrem Kaffee.

Ich nickte ihr dankend zu. Sie verbrachte 24/7 mit meiner Mom und verstand sie mittlerweile so, als würde sie normal reden.

»Mein Agent hat eine neue Rolle für mich. Sie war eigentlich schon besetzt, aber kurz vor Drehstart hat sich wohl eine Änderung ergeben. Deswegen soll ich sofort ans Set kommen.«

Mom nickte mit einem zarten Lächeln.

»Wenn sie mich haben wollen, dann werde ich öfter vorbeikommen. Der Dreh ist nicht weit von hier.« Ich streichelte ihr über das rechte Knie und nahm mir ein Plätzchen von dem Tablett.

Sie lächelte glücklich und zeigte auf die Plätzchen. »Wir sehen die.« Sie räusperte sich und sah dann zu Rosie. Aber ich verstand auch so.

»Ihr habt sie zusammen gebacken?« Das waren verdammt gute Fortschritte. Ich nahm mir gleich noch zwei, auch wenn ich damit gegen meine strenge Hollywood Diät verstoßen würde. Mir war es gerade scheißegal und wenn ein Gramm Fett für den nächsten Film zu viel wäre, würde ich ihnen meine Gedanken dazu mal ganz laut und deutlich mitteilen.

Mom sah so zufrieden aus, während sie über meinen Handrücken streichelte. Ich schrieb mir verdammt noch mal hinter die Ohren, öfter herzukommen. Sie sah so glücklich aus. Für meinen Text könnte ich auch hier lernen. Das Set war wirklich nicht weit entfernt. Wenn sie mich anheuern wollten, könnte ich eine Weile bei Mom wohnen, Rosie unterstützen oder ihr mal für ein paar Tage freigeben.

Ich würde das schon hinbekommen und Mom würde es freuen. Sie hatte mir mein Leben geschenkt und immer alles dafür getan, dass es mir gut ging. Wegen Mom war ich der Meinung, dass Superhelden Frauen und keine Männer waren.

Ich bin jetzt für dich da, Mom.

Mir tat es in der Seele weh, sie so zu sehen. So hilflos und ihrem eigenen Schicksal ausgeliefert. Aber in ihr steckte immer noch meine fantastische Mom. Wir konnten unsere kleinen und großen Abenteuer vielleicht nicht mehr so wie früher erleben, aber ich würde alles dafür geben, um ihr zu zeigen, wie schön meine Kindheit wegen ihr war.

11

Amelia

Das Häuschen der Vermietung sah ziemlich herunter-
gekommen aus und passte gar nicht zu den exklusiven
Hütten mit Whirlpool, Kamin und Sauna, die sie hoch
oben in den Bergen vermieteten. Ich checkte zweimal,
ob mich der Taxifahrer an der richtigen Adresse rausge-
lassen hatte, aber es musste hier sein. Ich schloss meine
Hand um den Türknauf und wollte eintreten, doch die
Tür bewegte sich kein bisschen.

Abgeschlossen.

Das fing ja gut an ... Dabei warben sie auf ihrer Web
site, dass die Hütte rund um die Uhr zu beziehen wäre.
Würde man außerhalb der Geschäftszeiten kommen,
die von sechs Uhr in der Früh bis um Mitternacht recht
üppig ausfielen, würde der Schlüssel in einem Briefkas-
ten mit Code verwahrt sein. Doch diesen Zugang hatte
ich nicht bekommen, obwohl ich noch in Los Angeles
per Mail nach diesem gefragt hatte. Laut ihrer Website
dürfte ich nun aber auch so an den Schlüssel kommen,

denn es war 6:30.

Oder war es hier erst 5:30? Hatte ich die Zeitverschiebung im Land vertauscht? In LA war es erst 05:30 in der Früh, aber hier in Denver müsste es schon 6:30 Uhr sein. Die Zeit nahm von Westen nach Osten zu. Oder irrte mich? Ich war fast versucht, mein Handy aus dem Offlinemodus zu nehmen, aber wollte mir das nicht antun. Ich vertraute auf meinen Instinkt.

Ich probierte es nochmal, falls ich nicht genug Kraft aufgewendet hatte. Aber ich scheiterte erneut. Das Problem war nicht die massive Tür. Sie blieb verschlossen, weil niemand hier war.

Auf der anderen Straßenseite entdeckte ich ein Café, dessen Schild hinter den großen Schneemassen komplett unterging. Aber die kuschelige Atmosphäre, die ich schon durch die großen Fenster zur Straße erkannte, zogen mich magisch an. Wenn ich einen Fensterplatz bekam, würde ich im Warmen beobachten können, wann die Vermietung endlich aufmachen würde.

Die Dame hinter der Theke begrüßte mich herzlich und fragte mich, ob ich schon wüsste, was ich haben wollte.

»Noch nicht, aber einer dieser Kuchen muss es auf jeden Fall sein«, meinte ich, weil mir regelrecht das Wasser im Mund zusammenlief. Ein Tortenstück sah besser aus als das nächste.

»Machen Sie es sich erst mal gemütlich!«

Ich suchte mir einen großen braunen Ohrensessel mit kleinem Beistelltisch am Fenster und reservierte ihn mit meiner Jacke. Meine Koffer stellte ich dahinter und den Rucksack mit all den teuren Sachen schwang ich wieder auf meinen Rücken. Dadrin war quasi meine Lebensversicherung. Stardust Chapters war nicht das einzige Werk, das ich zu Ende geschrieben hatte. Auf ihm schlummerten viele Schätze, die zum Teil sogar schon zur Prüfung und Weitervermittlung bei meiner Agentin schlummerten. Aber keine dieser Geschichten durfte vor der Fortsetzung meines Debüts erscheinen. Meine Leser könnten sich verarscht fühlen – zurecht.

Die nette Dame stellte mir alle Torten vor, aber ich entschied mich für die mit den Kuchenbröseln auf der Sahne. Das sah nach dem perfekten Frühstück für mich aus. Dazu bestellte ich mir einen kalten Latte macchiato, was die Augenbrauen der süßen Dame in die Höhe schießen ließ. »Sind Sie sich sicher? Wollen Sie sich nicht aufwärmen?«

Ich schüttelte den Kopf und zeigte auf die süße und kuschelige Atmosphäre. »Die Wärme hier drin reicht vollkommen aus.« Mit einem Lächeln fand ich den Weg zu meinem beigen Ohrensessel und machte es mir bequem. Noch mit der Verwunderung im Gesicht brachte sie mir wenig später mit dem Tortenstück den bestellten, kalten Kaffee und ließ mich dann in Ruhe. Die Torte war köstlich und ich konnte es nicht lassen, ihr das sofort mitzuteilen.

»Das Rezept kann ich Ihnen leider nicht verraten. Familiengeheimnis meiner Urgroßmutter!«, rief sie mir mit einem zufriedenen Ausdruck in den Augen zu.

»Verdammt!«, antwortete ich ihr lächelnd. »Dann stellen Sie sich schon mal darauf ein, dass ich die nächsten Wochen öfter in Ihr süßes Café kommen werde.«

»Sehr gerne!« Als eine neue Kundin das gemütliche Café betrat, widmete sie sich sofort ihr.

Eine Weile beobachtete ich die tanzenden Schneeflocken, die vom Himmel rieselten, und widerstand dem Drang, mein Handy aus dem Offlinemodus zu holen.

Ich rechnete mit dem Schlimmsten und wollte die letzten Sekunden und Minuten meiner Privatsphäre auskosten. Zeitgleich interessierte es mich schon, was die Presse aus den Fotos und meinen Sätzen gemacht hatte.

Aber ich blieb hart, versuchte die Neugier zu verdrängen und fokussierte wieder das kleine Gebäude auf der anderen Straßenseite. Es hatte sich noch immer nichts getan, obwohl mittlerweile eine Stunde vergangen war. Mich beschlich langsam das Gefühl, als hätten sie mich über den Tisch gezogen. Vielleicht hätte ich stutzig werden müssen, weil die Hütte wegen der annehmbaren Mietkosten für vier Wochen sehr erschwinglich war. Für die Ausstattung – sollte sie so sein, wie auf den Fotos – könnte man locker das Doppelte, wenn nicht sogar das Dreifache verlangen.

Das Klingeln der Eingangstür lenkte meinen Blick für wenige Sekunden von der Vermietung fort. Meine Augen entdeckten einen, in einem dicken quietschgelben Winterparka eingepackten Mann, der eine rote Wollmütze mit Bommel auf dem Kopf trug und sich diese tief in die Stirn gezogen hatte. Ich konnte mir ein Grinsen nicht verkneifen, weil nichts an ihm zusammenpasste. Entweder hatte er sich gerade in einem Laden neu ausgestattet, weil es hier viel kälter war als erwartet oder er hatte keinen Geschmack. Mein Blick wanderte zu seinem Gesicht, das ich nur von der Seite erkannte. Das markante Kinn, die feinen Bartstoppel. Das durfte jetzt nicht wahr sein.

»Samuel. Wie schön, dass du ... oder ...« Die Cafébesitzerin hielt sich die Hand vor den Mund und lächelte versteckt dahinter. »Sollte ich jetzt Herr Parker sagen?«

Samuel Parker. All die Jahre hatte ich ihn auf dem Bildschirm meines MacBooks angehimmelt und in den letzten zwölf Stunden begegnete ich ihm gleich zweimal im echten Leben. Nur dass die zweite Begegnung vermutlich eine werden würde, die ich lieber sofort wieder vergessen würde. Hatte man mich erkannt? Hatte er schon meine Bücher gefunden?

Aber daran konnte ich nicht als Nächstes denken, da meine Augen zu seinen perfekten Lippen wanderten. Was wäre gewesen, wenn ich ihn geküsst hätte? Hätte er mich angehört? Würde er mich jetzt nicht hassen?

Mein Herz machte einen seltsamen Sprung in meiner Brust, nur um danach etwas schneller weiter zu klopfen. Ich wünschte, ich könnte den Blick von ihm abreißen und weiter die Hütte betrachten. Aber ich konnte nicht anders. Es war eben Samuel Parker, der gerade die Hand der Besitzerin nahm und sie küsste. Er war kein Vollarsch wie in Princeton Hill. Obwohl ich ihn auch dort, trotz seiner etwas fieseren Rolle, über alles liebte. Er spielte die Rolle einer gebrochenen Seele, die nur die richtige Person brauchte, um wieder zu heilen. Ich schluckte und sah die Parallelen zum echten Leben.

»Ich bin immer noch der kleine Junge, der früher hier den Lieblingskuchen seiner Mom besorgt hat. Wenn du mich Herr Parker nennen würdest, würde ich dir das nie verzeihen.« Er lächelte sein schönstes Lächeln und senkte dann seinen Blick. »Backst du ihn noch, Maria?«

Er konnte sich sogar an den Namen der Besitzerin erinnern? Wie viele Menschen waren ihm schon in seinem Leben begegnet?

Ich musste aufpassen, in meiner Ecke nicht zu sabbern…

»Natürlich. Wie viele Stücke möchtest du denn?«

»Wenn es geht, den ganzen Kuchen.«

Maria sah ihn mit großen Augen an. »Den ganzen?«

Samuel nahm die Wollmütze ab und fuhr sich durch sein Haar. Dann setzte er sich auf den Barhocker an der Theke und nickte. »Ich kann warten, wenn du ihn erst backen musst.« Er räusperte sich und sprach dann leiser fort. Ich verstand ihn dennoch, weil man mir schon immer nachsagte, dass ich Ohren wie ein Luchs hätte.

»Ich würde dir ja meine Hilfe anbieten, aber du hütest dieses Rezept wie eine Mutter ihr Baby.«

Es ging um denselben Kuchen. Ich konnte sofort verstehen, wieso er als Kind und auch heute hierherkam, um ihn seiner Mom zu besorgen. Ich nahm jedes meiner Worte zurück, weil ich ihn bezichtigt hatte, so ein Arsch wie in Princeton Hill zu sein. Er war ein fürsorglicher toller Kerl, der trotz all des Wirbels um seine Person auf dem Boden geblieben war.

Ich lehnte mich etwas zurück in den Ohrensessel und musterte ihn weiter verstohlen. Kein Wunder, dass bisher kein Mann, den ich gedatet hatte, an ihn rankam. Als er von seinen Eltern geschaffen wurde, hatte er nur die schönsten Eigenschaften und Merkmale von ihnen bekommen. Das braune, leicht lockige Haar, das immer perfekt lag. Selbst, wenn er gerade noch eine dicke Wollmütze darüber gezogen hatte. Die braunen Augenbrauen, die weder zu buschig noch zu dünn, sondern einfach perfekt wirkten. Die weichen Gesichtszüge, die vollen, hellroten Lippen.

»Willst du einen Kakao, Samuel?« Maria lehnte sich über die Theke etwas näher zu ihm. »Mit zwei Marshmallows, Streuseln und einem meiner besten Cookies – so wie früher?«

»Wie könnte ich da bloß nein sagen«, antwortete er ihr mit einem Augenzwinkern und grinste sie so unbekümmert und herzlich an, dass mir warm ums Herz wurde. Er legte seine Hände an die dicke Holzplatte und stieß sich nach hinten ab. »Ich setze mich auf meinen Platz und sobald der Kuchen fertig ist, gibst du mir Bescheid, ja?«

»Natürlich. So wie immer.«

Er stand schon mit beiden Füßen auf dem Boden, als er einen Moment innehielt. »Maria, lieferst du eigentlich?«

Sie richtete den Blick zu ihm auf. »Hin und wieder. Wenn meine Stammkunden verhindert sind. Du weißt ja, wie schnell das im Alter gehen kann.«

Er nickte. »Kannst du es einrichten, meiner Mom in Zukunft jeden Tag ein Stück deines Hauskuchens vorbeizubringen?« Er näherte sich wieder der Theke an und flüsterte diesmal etwas, das ich nicht verstand. Vermutlich bat er ihr eine größere Geldsumme als üblich für den Lieferservice an.

Seine Mom war ihm wichtig. Aber in all den Jahren, die er in der Öffentlichkeit stand, hatte ich nie etwas von ihr gesehen oder gelesen.

Bevor er mich dabei erwischen würde, wie ich ihn verstohlen musterte, lehnte ich mich tiefer in den Ohrensessel und richtete meinen Blick nach draußen. Als Autorin war es eine Stärke und Schwäche zugleich, so achtsam durch das Leben zu gehen. In einem Café sitzen und sich nur auf sich konzentrieren? Beinahe unmöglich. Stattdessen flog ich mit den Ohren und Augen über die Menschen in meiner Umgebung und war stets auf der Hut, Inspirationen für neue Geschichten und Szenen zu finden. Ich zückte mein Notizbuch, kramte aus meinem grauen Rucksack einen Kugelschreiber und schlug eine neue Seite auf.

Hollywoodstar kehrt in seine Heimatstadt zurück, um sich
um seine kranke Mutter zu kümmern.

Auch wenn es auf die alte Maria mit ihren grauen, langen Haaren nicht zutraf, fand ich eine Idee für den Love Interest.

Café Besitzerin und er haben direkt eine Verbindung zueinander. Sie liefert täglich Moms Lieblingskuchen aus und trifft dabei immer wieder auf den Hollywoodstar.

Innerhalb weniger Sekunden spukten die ersten Bilder vor meinem Kopf herum, setzten sich zu einem Gesamtwerk zusammen und ließen einzelne Szenen vor meinen Augen abspielen. Ich musste Stardust Chapters 2 so schnell wie möglich beenden. Diese Idee könnte fantastisch werden und meinen Leserinnen und Lesern sehr gut gefallen.

Noch in meiner Traumwelt richtete ich den Blick von meinem linierten Papier auf und wanderte mit den Augen mit diesem dämlichen Grinsen auf den Lippen auf die gegenüberliegende Straßenseite, wo sich nichts getan hatte.

Edit: Es ist Winter und die Schneeflocken rieseln vom Himmel.

Der Kugelschreiber klickte in meiner Hand. Ich riss meine Augen von der Fensterscheibe los, um den Zusatz aufs Papier zu bringen. Doch statt direkt zu dem Blatt Papier zu finden, hielten sie dazwischen in dunkelbraunen Augen an, die mir sofort einen heißen Stich in der Brust bescherten.

Er saß mir genau gegenüber und sah mir direkt ins Gesicht. Es brauchte nur eine Sekunde, bis der Ausdruck in seinem Gesicht von fröhlich und unbeschwert zu abgefuckt und genervt wandelte.

»Stalkst du mich?« Seine Stimme war so tief und anklagend. Es fühlte sich an, als würde er meinen warmen Körper mit einer dicken Eisschicht überziehen. Augenblicklich zuckte ich zusammen. »Haben dir die zwei Minuten Fame noch nicht gereicht? Willst du noch mehr?!«

12

Samuel

Sie sah mich an wie ein Reh, das mitten in der Nacht plötzlich von dem Licht eines nähernden PKWs angestrahlt wurde. Unfähig sich zu bewegen, unfähig zu entscheiden, was als Nächstes passieren soll. Wie das Reh saß sie nur da und musterte mich mit ihren großen mintgrünen Augen hinter den Gläsern ihrer roségoldenen Brille.

Dann konnte die Presse ja wieder nicht weit sein. Einmal wie früher in diesem Café sitzen. War das echt zu viel verlangt?

Kurz wanderten meine Augen im Café herum und lösten in mir diese wohlige Wärme aus, die ich hier immer empfunden hatte. Mom und Dad waren nicht perfekt gewesen. Was die beiden miteinander gehabt hatten, war keine Liebe mehr gewesen. Sofern sie das jemals füreinander empfunden hatten. Vielleicht früher, aber nicht mehr, seitdem ich auf der Welt war. Dad war schnell laut geworden und wegen jedes kleinen Bisschens an die Decke gegangen. Er war nicht der Strahlemann gewesen, der er nach seinem Tod mehrheitlich in meiner Erinnerung war. Wenn seine Wut besonders an seiner makellosen Fassade gekratzt hatte, wurde ich von Mom immer hierher geschickt. Sie hatte nie gewollt, dass ich ihn so erlebte. Deswegen hatte ich mindestens zwei oder dreimal die Woche den Auftrag, ihren Lieblingskuchen bei Maria zu besorgen. Als hätte sie jedes Mal gewusst, was zu Hause abgegangen war, hatte sie mir immer diesen feinen Kakao mit Marshmallows und Streuseln gezaubert. Sie hatte mich in diese Ecke verfrachtet und mich dazu gebracht, ein wenig länger weg zu sein als üblich, wenn man bloß ein Stück Kuchen für seine Mutter im drei Straßen entfernten Café besorgen wollte. Ich hatte mich irgendwann sogar von selbst in »meinen« braunen Ohrensessel gesetzt und auf meine Bestellung gewartet, während ich die vorbeiziehenden Menschen vor den Glasscheiben beobachtet hatte. Zu jeder Person hatte ich mir eine Geschichte ausgedacht und mich davon abgelenkt, warum ich eigentlich hier gewesen war. Wenn keine Leute vorbei spaziert waren, was in dem kleinen Winter Park bis heute nicht unüblich war, hatte ich die Inneneinrichtung von Maria betrachtet.

Meine Augen glitten über die dicken, massiven Holzbalken, die das Haus stabilisierten. Alles trug ihre Handschrift. Sie liebte unverarbeitetes Holz, weswegen es hier drinnen an einen Wald erinnerte und sogar danach roch. Wie auch immer sie das nach all den Jahren schaffte. Ich spürte die Kiefern und Fichten noch heute in meiner Nase. Beinahe präsenter als je zuvor.

»Ich stalke dich nicht.«

Die blonde Frau vor meiner Nase hielt mich mit ihrer Stimme davon ab, weiter mit den Augen durch das Café zu blicken und mich an die alten Zeiten zu erinnern.

Ich hatte keine Ahnung, wie lange ich mich umgesehen hatte. Aber eins war mir klar: Wenn ich die Medien und vor allem sie nicht mit neuem Material füttern wollte, musste ich schleunigst von hier verschwinden. Hätte ich Mom bloß nicht gesagt, wieso ich nach dem Frühstück losgezogen war …

»Wie viele Minuten habe ich noch?«

Sie sah zu mir auf. »Was?«

»Tu nicht so unschuldig. Wie viele Minuten habe ich noch, bevor du gleich deine nächste Schlagzeile landest: *Mr.. Hollywood und die Unbekannte im Café.*« Das Ausmaß unserer Begegnung am Flughafen konnte ich noch nicht einschätzen, weil mein Handy nach wie vor keinen Saft hatte. Vielleicht läuteten für die Medien schon die Hochzeitsglocken.

Sie legte ihr rosa Notizbuch auf dem Tisch ab, stieß sich mit den Händen an der Lehne ab und sah mir direkt in die Augen. »Ich. Habe. Die. Presse. Nicht. Gerufen.«

»Ist klar. Und du bist auch nur *ganz* zufällig in dem Lieblingscafé meiner Kindheit und hast *nicht* auf mich gewartet.« Mit meinem erhobenen Zeigefinger näherte ich mich ihr an, bis nur noch ein dünnes Blatt Papier zwischen meine Finger und ihren Oberkörper passte. Ich spürte ihren warmen Atem an meiner Nase und fesselte ihren Blick. »Der Platz im Flieger, der Starbucks im Flughafen und jetzt hier. Chapeau. Du hast gut recherchiert. Wie viel Zeit hat dich das gekostet?«

Ihre mit dunkelrotem Lippenstift bemalten Lippen zitterten. Aber sie teilten sich nicht, um mir eine Antwort zu geben.

Zum zweiten Mal kam ich ihr schon so nah. Was war bloß los mit mir? Ich hätte sie einfach stehen lassen können. Aber ich konnte nicht anders als mich mit ihr zu streiten. Irgendetwas in mir brachte mich dazu, bei ihr zu bleiben und nachzubohren, ob sie mich wirklich benutzt hatte. Sie hatte meinem Herzen diesen kleinen Funken Hoffnung gegeben. Mit ihrer persönlichen Geschichte und ihrer unbändigen Meinung, dass jeder Mensch ein Happy End verdient hatte. Mein bescheuertes, vereistes Herz wollte mehr davon. Es wollte mehr Worte wie diese hören. Das Blut schoss mir durch die Adern und brachte die Wärme in Teile meines Körpers, von denen ich glaubte, dass sie längst abgestorben waren. Allen voran mein vereistes Herz, das sich um jeden neuen Funken bemühte und mich dazu anstachelte, hier zu bleiben. Sie anzuhören. Weil es die Hoffnung hatte, dass das alles ein dummes Missverständnis war. Aber dagegen kämpfte mein Verstand an. Für ihn war klar, was vorgefallen war. Aber mein Herz hatte die erste Runde im Machtkampf gewonnen. Es ging all in, auch wenn es wieder in Tausend Teile zersplittern könnte.

»Noch mal.« Sie atmete tief durch und ging einen Schritt zurück, landete mit dem Rücken aber direkt an ihrem rosa Wintermantel, der an einem dicken Holzbalken hing. Es raschelte, als sie den Mantel streifte. »Ich habe die Presse nicht gerufen«, antwortete sie energischer als zuvor, wobei sie mir nicht mal in die Augen sah.

Entweder war sie eingeschüchtert, weil meine Stimme bebte, oder sie konnte Menschen nicht ins Gesicht sehen, wenn sie diese anlog. Mein Herz flehte mich an, ihr zu glauben. Sie hatte zum zweiten Mal betont, dass sie die Presse nicht gerufen hatte. Aber mein Verstand hatte berechtigte Zweifel. Schon am LAX war mir niemand gefolgt. Im Flugzeug hatte mich niemand erkannt. Am Denver International Airport war es menschenleer. Außer ihr hatte mich niemand gesehen. Was hatte sie mit ihrem Handy gemacht, als es zu mir gerichtet war? Hatte sie diesen Idioten von TMZ eine nette Info geschickt?

Ich sah zurück in ihre Augen, die überall im Café unterwegs waren, nur nicht bei mir. Wieso konnte sie mich nicht ansehen? Mir brannte die Frage auf der Zunge, wie viel TMZ ihr für die Info gezahlt hatte, aber mein Herz gewann auch die zweite Runde.

»Ich verstehe, dass du viele schlechte Erfahrungen gemacht hast, weil du in der Öffentlichkeit stehst. Ich glaube dir aufs Wort, dass das nicht leicht ist, die ganze Zeit unter Beobachtung zu stehen. Aber ich habe *kein* Interesse, mein Gesicht in Zeitschriften, Schlagzeilen und im Netz zu finden, okay?«

Wenn sie kein Interesse daran hatte, warum stand sie dann noch hier und hatte sich nicht längst aus dem Staub gemacht? Ich hatte diesen Satz so oft gehört. Von Maddie. Von Jamie. Von Elle. Aber am Ende war er die größte Lüge, mit der unsere Beziehungen überhaupt angefangen hatten.

»Mich interessiert nicht, wer du bist.«

»Mir geht es nur um dich, nicht um deinen Platz in der Öffentlichkeit.«

»Ich liebe dich so, wie du bist.«

Bullshit.

Also sollte sie sich die Lüge sparen und lieber zu ihrem echten Anliegen kommen. Sie träumten doch alle davon. Der Star und die Unbekannte. Wenn ich obdachlos wäre, würde sich keiner für mich interessieren. Wenn ich nicht auf meinen Körper so viel Acht geben müsste, damit er für die Leinwände gut genug aussah, würde mich niemand anglotzen, als würde ich nackt durch mein Leben gehen.

Gott, ich hasste diese Welt.

Nichts war mehr echt.

Mein Verstand schlug im Ring auf mein Herz ein, bis es am Boden liegen blieb. Zehn Sekunden verstrichen, aber es konnte sich nicht mehr aufrichten. Der Kampf war vorbei. Mein Verstand hatte mit einem Knockout über mein Herz gesiegt.

Verbitterung kroch in meiner Kehle nach oben und durchströmte jede Ader meines Körpers. Meine rechte Hand ballte sich zu einer Faust.

»Und wenn du es genau wissen willst, Mr. Hollywood.« Ihre Stimme wurde lauter, noch energischer. Sie beugte sich zu dem Rucksack, nahm ihr Handy heraus und ließ mich extra sehen, wie sie es aus dem Flugmodus befreite. »Habe ich seit der Nacht dieses verdammte Ding nicht mehr benutzt, weil ich Angst davor hatte, was mit den Fotos geschehen würde.«

»Angst«, wiederholte ich. »Dass ich nicht lache.« Vor was sollte sie denn Angst haben? Zusätzlicher Publicity für ihre Romane? Welche Autorin würde da schon ablehnen? Ihr Handy bingte ununterbrochen, seit sie es aus dem Flugmodus geholt hatte. »Willst du mir jetzt zeigen, dass du das Foto von mir nicht an TMZ geschickt hast? Denkst du, ich bin so blöd? Chats kann man löschen.«

»Nein«, zischte sie. »Ich weiß nicht mal, was das sein soll!«

Zum zweiten Mal sah sie mich mit diesem Unschuldsgesicht an, als würde ich gerade komplett idiotisch reagieren. Ich kaufte es ihr nicht ab, dass sie TMZ nicht kannte.

»Ich habe keine Lust auf die Öffentlichkeit. Geht das in deinen *hollywoodverseuchten* Kopf rein?«

»In meinen hollywoodverseuchten Kopf?« Ich zog die Luft scharf ein. »In diesem hollywoodverseuchten Kopf ist das Bild von dir, auf dem du wie ein angeschossenes Reh vor mir stehst und dich keinen Zentimeter bewegst, weil die Paparazzi gekommen sind!«, funkelte ich sie an und kam ihr so nah, dass unsere Nasen sich fast berührten. »Wenn du keine Lust auf die Öffentlichkeit hättest, hättest du dich wohl ganz schnell verzogen.« Ich konnte mir das Lachen nicht verkneifen. »Ach warte, das war ja ich.«

»Schon mal was von Schockstarre gehört?« Ihre Augen wurden zu schmalen Schlitzen. »Wenn ich mich mit dir auf den Klatschblättern von heute hätte sehen wollen, hätte ich mich an deine Seite geschmissen. Ich hätte mich perfekt in Szene gesetzt. Stattdessen habe ich mein Gesicht abgeschirmt und alles dafür getan, dass ich nicht gesehen werde.«

»Davon habe ich nichts mitbekommen!«

»Wie denn auch. Du hast mir nicht mal die Chance gegeben, mich zu erklären, mich vorzustellen oder sonst irgendetwas. Das Bild von mir ist in deinem Kopf fertig und weißt du was: Ich tue dir den Gefallen und zerstöre es dir erst gar nicht. Bringt ja sowieso nichts.« Sie steckte sich das Handy in die hintere Hosentasche ihrer schwarzen Jeans, schmiss ein paar Dollarscheine auf den Tisch und drehte sich von mir weg, um an ihre Jacke zu kommen. Dabei war ihr Kaffee noch halbvoll und Moms Lieblingskuchen nur halb gegessen. Während sie ihren Arm wütend in die Jacke fädeln wollte und daran scheiterte, weil ihr Schal am Ärmel raushing, schüttelte sie den Kopf.

»Nicht mal nach meinem Namen konntest du fragen. Aber wieso auch. Ich bin nur irgendeine unbedeutende *Blondie*, die neben dir fünf Minuten im Rampenlicht stehen wollte. Versteh schon.«

»Endlich ist es auch bei dir angekommen«, kommentierte ich provokativ, obwohl mich meine Mom dafür einen Kopf kürzer machen würde. Es war unhöflich, nicht den Namen seiner Gesprächspartnerin zu kennen. Aber Blondie nutzte mich für ihre Zwecke aus, wieso sollte ich dann noch höflich zu ihr sein?

Sie zog die Luft scharf ein, riss den Schal heraus und legte ihn sich um den Hals. Danach schlüpfte sie in den Parka, schwang sich den Rucksack auf den Rücken und zog ihre beiden Koffer hinter dem Sessel hervor. »Meine Schwester hatte recht. Du bist ein arrogantes Ar–«

Wie aus dem Nichts tauchte Maria zwischen uns auf und unterbrach unseren Streit. Auf ihrem dunkelbraunen Tablett stand mein Kakao mit zwei dicken Marshmallows und den bunten Streuseln. Marias Augen straften mich mit einem Blick, der mich an den meiner Mutter erinnerte, wenn ich mich früher mit meinen älteren Schwestern gezofft hatte. Sofort bildete sich ein Kloß in meinem Hals. Vielleicht war ich über das Ziel hinaus geschossen ... War in einem Tunnel gefangen und erkannte ringsrum nichts mehr. Ich fuhr diese Straße entlang, ohne zurückzublicken.

Bevor sie sich an mich wandte, sah sie Blondie an. »Herzchen, Sie können meinen feinen Kuchen doch nicht so stehen lassen. Eben haben Sie mir noch gesagt, wie lecker Sie ihn finden. War das etwa gelogen?«

Blondies Gesichtsausdruck wurde etwas weicher. »Nein, er ist fantastisch, köstlich.« Kurz schoss ihr Blick zu mir. »Aber ich kann keine Sekunde länger hierbleiben. Vielleicht schaue ich später wieder vorbei.«

Maria stellte sich ihr in den Weg und straften mich

dann wieder mit diesem Blick von eben.

»Ich wollte euch beide wirklich nicht belauschen. Aber wenn wir ehrlich sind, konnte hier niemand etwas anderes tun, als euch zu zuhören.« Maria senkte etwas ihre Stimme und nickte dann uns beiden zu. »Kleiner Tipp einer alten, weisen Frau, die am Tag ganz vielen Gesprächen lauschen kann: Reden hat noch niemandem geschadet. Ihr werdet euch wundern, welche Brücken man damit bauen kann. Selbst über die breitesten Flüsse.«

Blondie rümpfte die Nase. »Sagen Sie das Mr.. *Ich-bin-Schauspieler-und-darf-mir-deswegen-ein-Urteil-über-alle-Leute-erlauben.*«

Statt auf ihren Kommentar zu antworten, sah sie mich kritisch an. »Da hat sie nicht unrecht, Samuel. Trink deine heiße Schokolade und hör sie an. Ohne sie anzublaffen oder ihr ins Wort zu fallen.«

Blondie konnte sich ein Lachen nicht verkneifen, während Maria mich mit ihren Worten strafte, mir mein Getränk auf den Tisch stellte und mich mit dem Blick dazu verdonnerte, jetzt bloß nicht aus dem Café zu rennen.

Marias Worte und ihre strenge Miene gingen mir unter die Haut, kämpften sich bis zu meinem Herzen vor und richteten es nach dem verlorenen Kampf wieder auf. Mein Verstand lenkte ein und gab zu, die rote Linie überschritten zu haben. Blondie wurde zu einem Sinnbild für all die Frauen, die mich in meinem Leben enttäuscht hatten. All die aufgestaute Wut hatte bei ihr einen Platz zum Abladen gefunden. Ich hatte sie über einen Kamm geschert, obwohl sie mir immer wieder gesagt hatte, dass sie mit der Presse nichts am Hut hatte.

Marias Hand legte sich auf meiner Schulter ab. Mit sanftem Druck brachte sie mich dazu, mich wieder zu

setzen. Ich nickte ihr sanft zu, weil sie mich davon abgehalten hatte, mich ab heute noch weniger im Spiegel ansehen zu können. Ich spürte, wie ich sekündlich ruhiger
wurde, und war dankbar, dass Blondie mir eine Chance
gab, es wieder gut zu machen.

13

Amelia

Die Frau hatte ihn im Griff. Und wie sie das hatte. Wie ein Schuljunge, der zu einer Strafarbeit verdonnert wurde, ließ er sich auf den gegenüberliegenden Sessel fallen und musterte mich stumm. Er entschuldigte sich nicht, stützte seinen Kopf auf den Händen ab und fesselte meinen Blick. Wenn ich so ein Arschloch wäre wie er, würde ich jetzt einfach gehen. Aber ich war kein Arschloch. Ich war ein Mensch, der nach all dem Schlechten, nach etwas Gutem in dem anderen suchen würde. Obwohl mein Vater mich die letzten Jahre mit seiner abweisenden Art verletzt hatte, glaubte ich noch immer daran, dass er irgendwann wieder mein Daddy sein würde. Der Dad, der für sein kleines Mädchen die ersten fünf Jahre alles getan hatte.

Ich atmete tief durch und sah rüber zum Häuschen der Vermietung. Es hatte sich nichts getan. Die Läden waren noch geschlossen, ich könnte also nichts anderes tun, als draußen in der Kälte zu warten. Besser würde ich hierbleiben und diesen sündhaft leckeren Kuchen genießen.

Aber nur für Maria.

Und ein wenig für meine Vorstellungen, dass niemand von Grund auf gut oder böse war. Mein Buchcharakter Fletcher war nicht perfekt, aber auch er hatte seine Gründe, wieso er zu June anfangs ziemlich arschig war. Was wäre ich für eine Autorin, würde ich Flechter im echten Leben keine Chance geben. Also zog ich meine Jacke wieder aus und machte es mir auf dem Sessel bequem. Eins war aber klar: Nach seinen harten Worten müsste er den ersten Schritt machen. Doch fürs Erste geschah das nicht.

Ich spürte Samuels Blick auf mir haften, während ich den Rest des himmlischen Kuchens genoss. In meinem Augenwinkel nahm ich wahr, wie die Sahne seines Kakaos nach einem Schluck über seiner Oberlippe haften blieb. Wäre ich jetzt Jessica aus Princeton Hill, würde ich mich zu ihm rüber beugen und ihm den Schaum mit meinem Zeigefinger von der Lippe streichen, dabei tief in seine Augen sehen und nur darauf warten, bis er mich küssen würde. Aber ich war nicht Jessica und wir waren nicht an der fiktiven Princeton High, sondern im echten Leben. Dort, wo er mir noch keinen Grund geliefert hatte, wieso er liebenswürdig war. Und das schien er mir nicht zeigen zu wollen. Er saß nur stumm da und trank seine heiße Schokolade, als würde das als Entschuldigung reichen. Wenn sie leer war, würde er vor mir flüchten. Ohne ein einziges Wort mit mir gewechselt zu haben. So konnte man keine Brücke bauen, Samuel Parker.

Er war unruhiger als am Flughafen und sah sich in dem süßen Café immer wieder nach einem Handy um, das uns aufnehmen würde. Aber es waren bloß fünf weitere

Personen hier, die nicht aussahen, als würden sie wissen, wie man ein Smartphone bedienen konnte. Ich wollte ihnen nicht zu nahetreten, aber selbst meine Mom, die mindestens zehn bis fünfzehn Jahre jünger war, kam mit der neuesten Technik nicht klar.

Ich verstand nicht, warum er hier bei mir sitzen blieb, wenn er sich so unwohl in meiner Nähe fühlte. War er Maria irgendetwas schuldig? Immer wieder wanderte ein strenger Blick in unsere Richtung. Ihr gefiel es nicht, dass wir so still wie Schneeflocken waren, die lautlos vom Himmel schwebten.

Dabei war es sich nicht so frostig, wie es von außen wirkte. Manchmal kreuzten sich unsere Blicke, wenn ich von meinem Notizbuch aufsah, das ich mir nach dem Kuchen geschnappt hatte, um nicht Löcher in die Luft zu starren. Es fühlte sich jedes Mal so an, als würde ich mich verbrennen, wenn er mich ansah. Fast so, als würde man an kalten Wintertagen von warmen Sonnenstrahlen geküsst werden. Aber sie berührten nicht nur meine Haut, sondern drangen bis zu meinem Herzen vor und hinterließen dort ein wohlig warmes Gefühl. Was ich wirklich beim besten Willen nicht verstand. Er war kalt. Eiskalt. Ich würde mich nicht an ihm verbrennen, sondern wegen ihm erfrieren. Aber das sah die Hitze in mir anders …

Ich hatte keine Ahnung, warum ich noch hier saß. Eigentlich hielt mich nichts mehr hier, wenn er weiter stumm wie ein Fisch war.

Als hätte er meine Gedanken gelesen, durchbrach er kurz darauf unsere Stille. »Wo hast du denn dein Mac-Book gelassen?«

Ich hob meinen Blick von den linierten Seiten und meiner Sauklaue, die ich später sicher nicht entziffern würde. Dabei schrieb ich normalerweise gut leserlich. Aber seine Anwesenheit stellte irgendetwas mit mir an, sodass meine Hände etwas zitterten. Ohne ein Wort zeigte ich nur auf meinen Rucksack, aber er zog die Augenbrauen zusammen, was mir signalisierte, dass er den Fingerzeig nicht verstand. »Eine gute Autorin verlässt das Haus nie ohne ihr Schreibgerät.«

»Soso«, meinte er und lehnte sich wieder in den Sessel. »Das heißt, ich sollte dich nicht zu sehr ärgern, bevor du mich wieder damit quälst, hm?«

»Du bist ja nicht an mir festgekettet« konterte ich. Er war ein freier Mann. Könnte verschwinden, wenn ihm danach war. Genau wie ich. Und trotzdem saßen wir beide noch hier.

»Was schreibst du für Romane? Liebesromane?«

»Das sollte ich dir besser nicht verraten.« Ein stummes Lächeln kämpfte sich auf meine Lippen, obwohl an seiner Drohung im Flughafen nichts irgendwie lustig war. Er hatte versprochen mich zu vernichten. Das bezweifelte ich nach seinen anklagenden Worten keine Sekunde.

Er schien sich daran zu erinnern und presste die Augenlider aufeinander. »Stimmt. Ähm.« Er rieb sich übers Gesicht, als würde er nach einer anderen Frage suchen. Irgendwie war es mir fast lieber, wenn er mich anblaffte. Ich konnte nicht damit umgehen, wenn mir Männer Aufmerksamkeit schenkten. Denn genau das war es, was ich mir sehnlichst von diesem einen bedeutsamen Mann in meinem Leben wünschte, für den ich nichts weiter als ein Kontakt in der Liste seines Handy war.

Wenn Samuel mir nur eine private Frage stellen würde, würde ich singen wie ein Vogel. Wie die Male zuvor … Ich hatte sie alle vergrault, wenn ich plötzlich wie ein Wasserfall von meinem Leben erzählt hatte.

Danke dafür, Dad.

Ich würde alle Mauern niederreißen und Samuel alles von mir erzählen, ohne es wirklich verhindern zu können.

Was zu viel wäre.

Er wollte sich lediglich wegen Maria mit mir unterhalten, um nicht als Vollarsch in meiner und ihrer Erinnerung zu bleiben. Vielleicht sorgte er sich um seinen guten Ruf. Jedenfalls konnte es nichts mit mir zu tun haben. Wer war ich schon, damit ich Aufmerksamkeit und ehrliches Interesse von einem Hollywoodstar bekam? Ohne Maria würden wir draußen beide das Weite suchen.

Doch im nächsten Augenblick reichte er mir aufrichtig seine Hand. Um sich zu entschuldigen? Oder was sollte ich mit der? Ich betrachtete sie, als würde ich mich mit irgendeiner schlimmen Krankheit infizieren, sollte ich sie berühren.

»Ich bin Samuel – auch wenn du das längst weißt.«

Ich nahm seine Hand an und schüttelte sie, wobei ein heißer Stich durch meinen Körper schoss. Ich flüsterte meinen Namen, weil ich zu berauscht von dem heißen Stich war, der sich bis in meine Wangen hocharbeitete.

»Amelia«, wiederholte er flüsternd, wobei meine Hand weiterhin in seiner ruhte.

Was zur Hölle passiert hier gerade mit mir?

»Amelia. Den Namen habe ich bisher selten gehört. Wo kommt der her?« Seine Stimme klang in diesem Moment wie die eines Engels. Vielleicht war ich nie gut darin, mir Menschen anhand ihrer Stimmen zu merken. Aber ich würde niemals vergessen, wie sanft er meinen Namen aussprach.

»Aus dem Althochdeutschen«, murmelte ich und

versuchte mich zu bremsen, ihm nicht zu viel anzuvertrauen. Aber sein Blick war so interessiert, dass ich mir den Mund zuschnüren müsste, um ihm nicht alles zu erzählen. Stand hier irgendwo ein Tacker? Ich musste das verhindern. Oder er.

Sei doch einfach weiter das arrogante Arschloch, Samuel.

»Er ist wunderschön. Was bedeutet er?«

Nein, nein, nein. Zu viel Interesse …

»Die Tüchtige oder die Tapfere … Mein Dad hat ihn mir gegeben.« Was eigentlich der Grund dafür war, warum ich meinen Namen nicht mehr mochte. Mom hatte sich schon bei Charlotte durchgesetzt, weswegen es nur fair gewesen war, dass Dad den Namen ihres zweiten Kindes aussuchen durfte. Ich wünschte, es wäre umgekehrt gewesen.

»Magst du ihn?«

»Meinen Vater?«

Er zog die Augenbrauen zusammen und ich verstand, dass er mit *ihn* meinen Namen und nicht meinen Vater meinte.

»Na ja. Dad hat ihn mir wegen *Amelia Earhardt* gegeben.« Ich lächelte ihn an, als würde das als Erklärung reichen. Dabei kannten die Frau vermutlich nur Menschen, die irgendetwas mit der Fliegerbranche am Hut hatten. Innerlich biss ich die Zähne zusammen, weil er sich gerade auf ganz dünnes Eis vortastete, ohne es zu wissen. Ich kannte ihn nicht gut genug, um ihm mehr von der gestörten Beziehung zu meinem Dad zu erzählen. Der Mann war alles für mich …

»Wer?«

»Amelia Earhardt war die erste Frau, die den Atlantik als Passagierin überquert hat. In einem Nonstop-Flug von New York nach Havanna.« Dad hatte mir die Bedeutung meines Namens so oft am Abend erzählt, wenn er mich ins Bett gebracht hatte. Niemals hätte ich gedacht, dass er Frauen in seinem Leben so wenig schätzen würde, wenn er mir den Namen einer Frau gegeben hatte, die für mein Geschlecht und dessen Anerkennung gekämpft hatte. Der Mann hatte zwei Gesichter. Während ich in den ersten Jahren die schöne Seite bekam, zeigte er mir nun die hässliche. Dad war der Inbegriff für alles, was ich in meinem Leben hasste. Ich wollte schon so oft seine Nummer blockieren, um nicht mehr zu sehen, wie er sein bestes Leben lebte. Heute Los Angeles, morgen Seychellen, nächste Woche Malediven. Er war überall, aber nie dort, wo er wirklich gebraucht wurde.

»Der Name ist wunderschön.« Samuel musterte mein Gesicht. »Amelia«, wiederholte er mit der engelsgleichen Stimme und diesem Blick, wegen dem ich mit Cassie auf dem Sofa immer ausgeflippt war. Mein Herz pochte wild in meiner Brust, als ich begriff, dass er gerade mir – verdammt *mir* – diesen Blick zuwarf. Hollywoods schönster Junggeselle, der nicht mehr an die wahre Liebe glaubte. Der mich noch in der Nacht darauf angesprochen hatte, wie falsch das Bild war, dass wir Autoren vom realen Leben und der Liebe abzeichnen würden. Aber was verdammt noch mal ging hier gerade zwischen uns ab? Spürte er das auch? Das Knistern? Klopfte sein Herz auch schneller?

Unsere Augen ruhten in den anderen. Ich erkannte die kleinen Farbkristalle in seinen braunen Augen, die gar nicht so tiefbraun waren, wie überall stand. In ihnen waren honigbraune Kleckse und grüne Zacken. Sie waren noch viel wunderschöner, als ich jemals auf den Bildschirmen oder auf Fotos angenommen hatte. Als er mit dem Daumen sanft über meine Hand streichelte, wurden meine Knie weich und ich spürte die Gänsehaut überall.

Was passiert hier?

Und sag mir, dass du es auch spürst, Samuel.

»Samuel? Kommst du mal bitte zu mir?« Marias Stimme funkte zwischen unseren intensiven Blickkontakt, der kurz darauf abriss. Seine Hand zog sich langsam aus meiner.

»Tut mir leid, ich …« Er war so sanft zu mir, konnte sich nicht entscheiden, ob er jetzt zu Maria gehen oder bei mir bleiben sollte. Ich nahm meine Hand nach oben und wollte ihn berühren. Ihm zeigen, dass er nicht gehen sollte. Ich wollte die Flamme zwischen uns am Leben erhalten, aber Maria rief erneut nach ihm. Diesmal hörte ich dazu ein Geräusch, als würde sie in einer Zeitung blättern.

»Ich bin gleich zurück, okay?«

Meine Augen klebten an seinen Lippen. »Ist gut«, flüsterte ich und sah ihm hinterher, wobei mein Kopf und kurz darauf auch mein Herz begriff, was hier gerade passiert war. Mit rasanter Geschwindigkeit schlug es in meiner Brust. Ich spürte, wie mir die Röte in die Wangen stieg.

Was wäre passiert, hätte Maria nicht dazwischen gefunkt?

Hätte sich der Fastkuss im Flughafen zu einem Kuss im Café gesteigert? Würde ich ihn gleich bekommen, wenn er zurückkam?

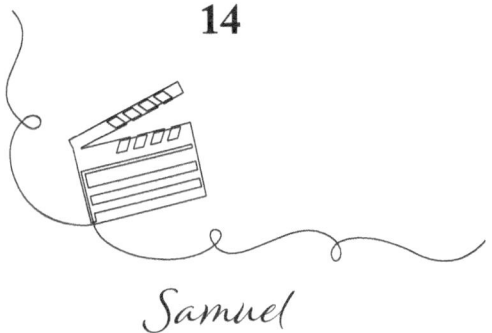

14

Samuel

Meine Augen glitten wie am Flughafen hinab auf ihre Lippen. Nur war mein Bedürfnis sie zu berühren diesmal noch größer. Dabei lieferte sie mir genug Gründe, mich von ihr fernzuhalten. Trotzdem kribbelte es in meinem Bauch, was sich als heißes Brennen bis in meine Lenden weiterzog. Ich durfte jetzt nicht schwach werden. Auch wenn durch ihre Hand wieder die Hitze in meinen Körper schoss und bei meinem erkalteten Herz anklopfte, um es aufzutauen.

Nein. Ich musste stark sein. Das würde so enden wie immer. Ich konnte *niemandem* vertrauen. Sie waren alle gleich. Auf kurz oder lang würde sie mich enttäuschen. Ich musste endlich ihre Hand loslassen, aber irgendetwas in mir wehrte sich gegen das, was mein Kopf meinen Muskeln befahl. Was, wenn sie die Eine wäre? Was, wenn es ihr wirklich nicht um die Öffentlichkeit ging? Was, wenn sie genau das Gegenteil wollte?

»Samuel? Kommst du mal bitte zu mir?« Marias Stimme funkte zwischen unseren intensiven Blickkontakt. Ich verstand nicht, was so dringend war, dass sie diesen Moment unterbrach. Zumal sie uns dazu gezwungen hatte, eine Brücke zu bauen. Ich verließ für einen Moment Amelias Augen und blickte über die Schulter. Maria hatte sich ihre Lesebrille auf die Nase gesetzt und schien eine Zeitung zu lesen. Ich verstand nicht, was daran so wichtig sein konnte. Ich würde das schnell klären. Langsam zog ich meine Hand aus Amelias. »Tut mir leid, ich …« Ich konnte mich nicht entscheiden, ob ich jetzt zu Maria gehen oder bei ihr bleiben wollte. Mein Herz schrie Amelia, mein Verstand Maria. Denn er erinnerte sich an die Paparazzi. An die Schlagzeile, die auf den Titelseiten abgedruckt werden würde, sollte Hollywoods schönster Junggeselle womöglich vom Markt sein. Ich musste nachsehen, bevor ich ihr den Weg zu meinem Herzen öffnete.

»Ich bin gleich zurück, okay?«

Sie nickte nur verträumt, dann drehte ich mich um und lief die wenigen Meter zu Maria. »Was ist?«, fragte ich, als ich bei ihr ankam. Maria hielt die Zeitung so, dass ich nicht auf die Titelseite blicken konnte. Aber ich sah, wie ihre Augen zwischen der Zeitung, Amelia und mir hin und her hüpften. Sie brauchte einen Moment, bis sie mich ansehen konnte. »Es tut mir leid, Samuel. Normalerweise …« Sie nahm sich die Brille von den Augen. »Kenne ich die Geschichte der Menschen, die mein Café betreten.«

»Du sprichst in Rätseln. Was ist passiert? Was ist in der Zeitung?«

Sie atmete laut hörbar aus. Ich war versucht, mir die Zeitung selbst aus ihren Händen zu greifen. Aber das Klirren aus der Ecke, aus der ich kam, lenkte mich für einen Moment ab. Amelia saß mit hochrotem Kopf in ihrem Sessel und fächelte sich Luft zu. Mit der Hand, die ich nicht gehalten hatte, kühlte sie ihre Wangen.

»Ich habe nicht gewusst …«, stotterte Maria, weshalb ich wieder zurück zu ihr sah.

»Sag schon. Oder zeig es mir!« Mein Herz polterte schneller in der Brust, was nicht nur an Amelia lag.

Sie drehte die Zeitung so, dass auch ich es erkennen konnte. Ein Bericht über mich mit mehreren Fotos vom Flughafen und der Bildunterschrift:

HOLLYWOODS SCHÖNSTER JUNGGESELLE IST VOM MARKT. SIE HAT ES BESTÄTIGT.

Meine Augen überflogen wild die Zeilen, bis sie die in fetten Buchstaben gedruckte Passage fanden.

Auf die Frage, ob sie die neue Freundin an der Seite von Samuel Parker sei, antwortete die hübsche Blondine mit den einfachsten drei Worten der Welt: »Ja, bin ich.«

So viel zum Thema, dass sie nicht in die Öffentlichkeit wollte. Sie hatte sogar mit denen gesprochen. Sie hatte ihnen verkauft, dass wir ein Paar wären. Das war mir noch nie passiert. Niemals! Sie hatte mir die letzten Minuten Honig ums Maul geschmiert. Für was? Bis die nächsten Paparazzi kämen oder Videos von uns im Netz landeten, die unser erstes Date in der Öffentlichkeit zeigen sollten? Verdammter Mist!

Meine Hand ballte sich zu einer Faust und Wut durchströmte meinen Körper. Ich war so blöd. So blind. Was hatte ich mir dabei gedacht? Nur weil Maria etwas Gutes in ihr gesehen hatte, hatte ich ihr eine Chance gegeben, mich vom Gegenteil zu beweisen. Dabei gab es für uns keinen gemeinsamen Nenner. Wir waren von Grund auf verschiedene Personen mit verschiedenen Interessen. Es reichte doch schon, dass sie über die Liebe schrieb. Über etwas so Irrationales, was man nicht beweisen konnte. Wir würden nie einer Meinung sein. Ich hasste das, was Autoren wie sie taten. Und ich hasste sie.

Ich hatte sie unterschätzt. Und wie ich es hatte! All meine aufgestellten Regeln, niemandem etwas Gutes abzusprechen, bevor er mich nicht vom Gegenteil überzeugte, hatte ich wegen Maria einfach so über Bord geworfen. Sie war nicht meine Mom. Sie hatte mir nichts zu sagen. Ich hätte einfach verschwinden sollen, wie ich es vorgehabt hatte.

»Alles okay bei euch?« Amelias engelsgleiche Stimme drängte sich in mein Bewusstsein.

Ernsthaft? Das fragte sie noch? Sie sah mich wie ein Unschuldslamm an. Diesen Bambi-Blick hatte sie wohl Jahre geübt. Aber damit konnte sie mich nicht mehr aufs Glatteis bringen.

Es brannte mir auf der Zunge, etwas zu sagen, aber je schneller ich von ihr wegkam, desto besser. Ruppig riss ich Dads Jacke vom Haken, dass der Anhänger abriss, und stürmte zur Tür. Auf halbem Weg kam mir Maria mit dem bestellten Kuchen in der Hand entgegen. Als hätte man mir keine Manieren beigebracht, riss ich ihn ihr aus den Händen.

»Ich bringe dir das Geld später vorbei, ich habe nur die Karte.«

Die eisige Kälte peitschte mir ins Gesicht und fraß sich durch meine Kleiderschichten. Wie konnte ich nur so blöd sein? Ich hatte die letzten Jahre am eigenen Leib erfahren müssen, wie die Menschheit wirklich tickte. Wie oberflächlich und ekelhaft alles war.

Blondie hatte der Presse erzählt, dass sie mit mir zusammen wäre. Sie. Mit mir. Ich konnte es nicht fassen. Scheiße, wie konnte ich so blind sein und zweimal hintereinander denselben Fehler bei ihr machen? Warum waren meine Sensoren für so was derart ausgefallen? Warum glaubte ich jedes Wort, das über ihre Lippen kam. Sie log, ohne mit der Wimper zu zucken.

Doch das Gefühl, das sich bis zu meinem Herzen vorkämpfte, war nicht Hass, sondern Enttäuschung.

Ich war allen Ernstes enttäuscht.

Von ihr.

Scheiße, mein bescheuertes, zerstörtes Herz hatte ihren Worten im Flughafen Starbucks mehr Aufmerksamkeit geschenkt, als meinem Kopf lieb war.

Dabei war sie Gift für mich. Ich musste sie schneller vergessen, als der Wärme in meiner Brust lieb war. Doch mein eisiges Herz hatte sich gerade ein wenig an die Wärme gewöhnt. Und jetzt, musste ich es wieder schockfrosten.

15

Amelia

Vor wenigen Sekunden überschlugen sich die Fragen in meinem Kopf, ob Samuel auch so für mich empfunden hatte. Ich hatte mich gefragt, ob sein Herz auch so raste. Ich fragte mich, was passieren würde, wenn er zurückkommen würde. Doch statt einer weiteren Berührung, einem Kuss oder einem Geständnis von ihm, dass es so etwas Magisches wie auf den Fernsehbildschirmen doch im realen Leben gab und wir es gemeinsam entdecken könnten, sah ich nur noch, wie er hastig aus dem Café stürmte. Ohne mich noch einmal anzuschen.

Es war wie damals, als Dad uns für immer verlassen hatte. Ohne sich von uns zu verabschieden, hatte er sich in seinen schwarzen Cadillac Escalade gesetzt und war davon gefahren. Als hätte er uns mit dem Verlassen des Hauses ausradiert. Es hatte Jahre gedauert, bis er sich wieder bei uns gemeldet hatte …

Wie in Trance starrte ich Samuel hinterher. Ohne zu wissen, was vorgefallen war. Ohne die Möglichkeit bekommen zu haben, etwas dagegen zu tun. Wie bei Dad. Ich fühlte mich, als wäre ich mit einem Boot ins berüchtigte Bermuda Dreieck geschippert und würde nach sechzehn Jahren dieselbe qualvolle Erinnerung erneut durchleben.

Ich war für Dad nicht Grund genug, bei Mom zu bleiben. Sie besser zu behandeln. Er hatte mich nicht genug geliebt, um mich mitzunehmen. Dabei war ich ein Papakind.

Warum, Dad?

Warum, Samuel?

Was habe ich dir getan, dass du mich fallen lässt, als hättest du dich an mir verbrannt?

Es fühlte sich an, als würde mein Herz erneut in meiner Brust zerbrechen. Das Herz, das ich genau vor so etwas schützen wollte. Ich dachte, meine Narben wären verheilt. Könnten nicht ein weiteres Mal aufgerissen werden. Aber ich hatte mich getäuscht.

Tränen stiegen in meine Augen. Sämtliche Emotionen schossen durch meinen Körper. Enttäuschung, Wut, Hass. Warum hatte er mir das angetan? Warum war er einfach davon gelaufen? Wieso dachten alle Männer, sie könnten mich immer und immer wieder zurücklassen? Warum konnte nicht einer so gut sein wie in den Büchern? Was hatte ich der Welt getan, dass ich immer wieder von Männern so verletzt wurde?

Fletcher hätte June angehört, obwohl er am Anfang ihrer Liebesgeschichte ein Arschloch war.

Aber Samuel war nicht Fletcher. Das hier war keine Liebesgeschichte. Würde es nie werden. Auch wenn mein dämliches Herz da scheinbar irgendetwas missverstanden hatte. Was fand es an Samuel bitte toll? Es gab nichts, was ihn auf ein Siegertreppchen bringen würde.

Außer seine Freundlichkeit, wenn er mit seinen Fans oder Maria sprach. Aber zu mir war er nicht freundlich. Nur *aufgesetzt* freundlich. Und ich hatte in meinem Leben Besseres verdient als jemand, der nur gespielt freundlich zu mir sein konnte. Oder jemand, der mir Nachrichten schrieb, die Tausend andere Leute in seiner Kontaktliste auch erhielten.

Ich hatte das alles so satt …

Soll er doch seinen arroganten Hollywoodarsch zurück nach LA verfrachten. Er könnte eine WG mit meinem Dad aufmachen.

Arschloch. Charlotte hatte nicht nur bei unserem Vater recht, sondern auch bei Samuel. Er war ein aufgeblasener Hollywood-Strahlemann, der in Wirklichkeit alles andere als besonders liebenswürdig war. Sie hatte das alles gesehen, noch bevor er ihr wirklich jeden Grund gegeben hatte, ihn zu hassen.

So gern hätte ich sie jetzt angerufen und gesagt, dass sie recht hatte. Aber wir verstanden uns nicht so gut wie andere Schwestern. Wir gingen nicht durch dick und dünn. Wir kämpften, seit ich denken konnte, gegeneinander an. Einen Moment wie diesen konnte ich nicht mit ihr teilen … Es wäre ein Sieg für sie und eine Niederlage für mich. Irgendwann, wenn die Wunden nicht mehr so frisch waren, könnte ich es ihr erzählen. Aber nicht jetzt. Also ließ ich meine Gefühlswelt bei meiner besten Freundin Cassie ab.

Unser Lieblingsschauspieler ist ein verdammtes Arschloch … Ich dachte niemals, mich könnte wieder jemand so sehr verletzen wie Dad …

Bin auf Arbeit! OMG?! Was ist
passiert, Süße? Wollte er dir nicht
einen Kaffee am Flughafen ausge-
ben? Vielleicht hast du ihn nur auf
dem falschen Fuß erwischt!!!

Es wunderte mich nicht, dass sie ihn sofort in Schutz
nahm. Cassie hatte ein Abo bei allen Zeitschriften, die
regelmäßig über Samuel Parker berichteten. Sie himmel-
te ihn nicht nur in den Serien und Filmen an, sondern
auch für alles außerhalb der fiktiven Welt. Sogar Bei-
tragsbenachrichtigungen auf allen Social Media Apps
hatte sie sich bei ihm eingestellt.

Ganz bestimmt nicht … Sein Charme
und seine Freundlichkeit sind nur gespielt … Kannst du dich noch an dieses eine Interview erinnern, in dem er
davon gesprochen hat, niemanden
vorschnell zu verurteilen?

Vor der Kamera tut er auf wahnsinnig liebenswert, aber in echt ist er ein
Arsch. Vielleicht hatte Maddie recht.

No way!

Ich habe ihm sogar zweimal von Dad erzählt. Ich hasse mich dafür. Ich hasse Dad. Ich hasse Samuel Parker. Ich hasse Männer. Die sind doch alle gleich...

Verdammt, Amy ...

Ich bin gerade einfach so wütend ... und verletzt ... Dabei bin ich selbst schuld. Ich ziehe so Typen wie Dad förmlich an, als würde ich mit einem Magneten danach suchen.

Ein Hoch auf die Daddy Issues ...

Süße ... Das stimmt nicht! Lass den Kopf jetzt nicht hängen! Ich wäre liebend gern für dich da, aber ... Girl! Wenn mein Chef sieht, dass ich am Handy bin ... Ich brauche diesen Job! Lass uns später tele-

Okay. Bis später, hab dich lieb! <3

Eine Weile starrte ich nur aus dem Fenster. Eine kleine Flamme in mir hoffte, dass Cassie recht hatte. Dass ich ihn nur auf dem falschen Fuß erwischt hatte. Dass es eine logische Erklärung für sein Verhalten gab. Aber gegen diese kleine Flamme kämpfte eine starke Windböe an, die meine Enttäuschung im Gepäck hatte. Ich versuchte immer, das Gute in anderen zu sehen. Aber vielleicht tat ich mir damit keinen Gefallen. Vielleicht war es an der Zeit zu erkennen, dass es da draußen Menschen gab, die keinen Funken Gutes in sich trugen.

»Konntet ihr keine Brücke bauen?« Marias Stimme durchbrach mein Gedankenkarussell.

Ich fühlte mich wie benebelt. Hatte beinahe komplett vergessen, dass ich noch nicht auf meiner Hütte, sondern noch immer in diesem Café saß. Ich atmete tief ein, bevor ich ihr antworten konnte: »Nein.« In meiner Stimme war mehr Enttäuschung als Wut.

Maria öffnete den Mund, als wollte sie mir etwas antworten, aber bevor nur ein Wort ihre Lippen verließ, entschied sie sich dagegen. Statt Worte auszusprechen, seufzte sie nur. Samuel war ihr aus irgendeinem Grund wichtig. Zu ihr war er wenigstens höflich, freundlich und so liebenswert wie mit seinen Fans und auf dem roten Teppich gewesen. Aber das reichte nicht, um in meiner Erinnerung gut wegzukommen. Auch wenn er dieses Kribbeln in mir entfacht hatte und Hitze durch meinen Körper rieseln ließ.

»Kann ich Sie noch mit etwas anderem glücklich machen, außer meinem besten Kuchen und meinem kalten Kaffee?«

Die Schlüssel zu meiner Hütte?, dachte ich. Die schlaflose Nacht, die Gespräche mit Samuel und meine aufgerissenen Narben in meinem Herzen zehrten an meinen Kräften. Ich wollte mich nur noch in ein kuscheliges Bett legen, die Augen schließen und den heutigen Tag und die vergangene Nacht so schnell wie möglich vergessen. Denn ich war nicht zum Spaß hier. Verzögerungen, gebrochene Herzen und sonstige Ablenkungen konnte ich mir bei der Einhaltung meiner Deadline wirklich nicht erlauben.

»Vielleicht können Sie mir weiterhelfen.« Ich zeigte rüber auf die andere Straßenseite. »Ich habe eine Hütte oben in den Rockys gebucht. Aber da drüben tut sich gar nichts. Eigentlich sollte ich.« Sie ließ mich gar nicht aussprechen.

»Warum haben Sie das denn nicht gleich gesagt, Herzchen? Der Vermieter wurde kurzfristig von einer schweren Grippe heimgesucht, deswegen soll ich den Schlüssel übergeben. Eigentlich sollte das Schild mit der Info auch an der Tür hängen. Tut es das nicht?«

Wollte sie mich auf den Arm nehmen oder starrte ich wirklich zwei Stunden komplett idiotisch zur Ver-mietung, obwohl die Lösung des Problems so nah war? Hatte ich hier unnötig rumgesessen, war ein zweites Mal auf Samuel gestoßen und hatte mein Herz brechen und alte Narben aufreißen lassen, obwohl ich meinem Ziel so nah war und das alles hätte verhindern können?

»Sie wollen mich bloß veräppeln, oder?«

Aber aus ihrer Schürze zog sie einen Schlüssel, an dem ein Holzschildchen mit der Nummer 8 hing.

Ich hatte die Hütte 8 gebucht.

»Ich dachte nur, dass Sie frühstücken wollten«, sagte sie und machte eine entschuldigende Geste.

Ich verdrängte den Gedanken, ob sie wirklich meine Koffer nicht gesehen hatte, und war einfach heilfroh, von hier wegzukommen.

16

Samuel

Was mir nach der Aktion im Café gerade noch gefehlt hatte, war den grauen Dodge Ram Pick-up meines Agenten Henrys vor meinem Elternhaus zu sehen.
Scheiße, Mann. Ich hätte nach der Nacht am Flughafen nicht zu meiner Mom, sondern am Set dieses neuen
Blockbusters auftauchen und vorsprechen sollen. Stattdessen hatte ich mit dieser blöden Kuh in Marias Café
gesessen und wollte sie tatsächlich kennenlernen. Ich
hatte ihr die Lügen wirklich fast abgekauft. Ich wollte
hinter die Fassade blicken. Ich dachte, sie wäre einer der
wenigen Menschen, der in mir vielleicht mehr als nur
den Hollywoodstar gesehen hätte.

Bullshit.

Sie hatte mir die rosarote Brille aufgesetzt, mich für
ihre Zwecke um den Finger gewickelt, um mich dann
eiskalt zur Bewerbung ihres Buch oder ihrer Person
auszuschlachten. Ich Idiot hatte doch tatsächlich einen
Funken Hoffnung in Sachen Liebe gesehen.

Aber dieser Funken war jetzt verglüht. Und er würde nie wieder aufflackern.

Ich war noch auf der gegenüberliegenden Straßenseite, da hatte mich Henry schon entdeckt und stieg aus seinem Pick-Up. Seine Wut konnte ich ihm schon aus mehreren Metern Entfernung ansehen. Vor allem wegen seiner Hand, mit der er herumfuchtelte, als würde er eine Wespe von sich wegscheuchen.

»Wo. Warst. Du?«, fuhr er mich an, als ich bei ihm ankam. Er hielt mir sein Handy vors Gesicht und riss die Augen weit auf. »Ich dachte, dieses *Ghosten* wäre nichts für dich. Weißt du, was du dir durch die Lappen gehen lässt?« Henry nahm gerade erst Fahrt auf, knallte mir an den Kopf, auf wie vielen Ebenen es absolut dämlich war, nicht aufzukreuzen geschweige denn irgendjemandem Bescheid zu sagen.

»Ich dachte, wir würden dasselbe Ziel verfolgen? Ich dachte, du würdest wissen, dass man eine Anfrage von Robert Benston nicht einfach so ignoriert. Ich dachte, du würdest weiterkommen wollen. Du würdest ein noch viel hellerer Stern am Himmel Hollywoods werden wollen. Nachlegen. Direkt den nächsten Oscar gewinnen.«

Er kam mir bedrohlich nah. Sein Blick so durchdringend, als könnte er bis tief in meine Seele kommen und meine tiefsten Geheimnisse sehen.

»Hast du dir das verdammte Skript durchgelesen? Die Rolle war *perfekt* für dich! Als wäre sie für dich maßgeschneidert gewesen. Ohne jeglichen Aufwand hättest du deine Schauspielpartnerin und den Produzenten sofort überzeugt.« Henry spuckte mir vor die Füße und schlug mir dann den rosa Karton mit Moms Lieblingskuchen aus der Hand.

Mein Herz zog sich schmerzhaft in der Brust zusammen, als der Karton auf dem vereisten Asphalt landete, aufsprang und sich sein Inhalt um meine Füße verteilte.

»Stattdessen besorgst du deiner Mom Kuchen und hältst ihre Hand? Was willst du dir davon kaufen, hm?«

Seine Worte und seine Tat prallten unaufhörlich auf mich ein, als würde ich mich in einem Boxring befinden und nur einstecken anstatt selbst auszuteilen. Am Ende ging es nur um Profit. Um den größten Film mit den höchsten Gagen. Es ging nicht um Zwischenmenschliches. Ich hatte all die Jahre nie etwas getan, was ihn wütend gemacht hatte. Ich hatte immer nur nach seiner Nase getanzt, selbst wenn ich nicht hundertprozentig von den Produktionen überzeugt gewesen war. Ich hatte ihm vertraut, dass er nur mein Bestes wollte.

Aber er hatte nicht das Beste für Sam, sondern das Beste für Samuel Parker gewollt. Was nicht verwerflich war. Er war mein Agent. Er kümmerte sich darum, dass ich Castings für neue Rollen bekam. Genau dafür hatte er mich unter Vertrag genommen. Als Agent war es sein gutes Recht, mir gehörig in den Arsch zu treten. Denn es war wirklich verdammt dumm, Robert Benston abblitzen zu lassen.

Es war etwas anderes, das mich erschütterte. Denn in seiner Härte wurde mir etwas klar. Wir waren – anders als ich erwartet hatte – keine Freunde, obwohl wir in L.A. privat so viel Zeit miteinander verbrachten. Er wusste so viel von mir, was ich nur meinen engsten Freunden anvertrauen würde. Denn für mich war er das. Ein Freund. Trotz all der Treffen, bei denen wir nicht einmal über die Arbeit gesprochen hatten, war ich für ihn nichts anderes als eine Gelddruckmaschine. Wir waren Geschäftspartner. Sonst nichts.

Meine Augen wanderten vom Boden über seine dunkle

Anzughose und dem weißen Hemd auf in sein Gesicht. Es war nicht die feine Art, mich nirgendwo zu melden. Mein Verhalten erinnerte mich eher an den rebellischen Teenager von damals und nicht an den achtundzwanzigjährigen Erwachsenen, den ich jeden Tag im Spiegel sah. Aber wir lebten dieses Leben alle zum ersten Mal. Jeder von uns tat Dinge, die nicht zu hundert Prozent in Ordnung waren. Mal waren wir gut, mal waren wir nicht so gut. Manchmal entschieden wir uns für die falschen Dinge, bereuten Entscheidungen. Am nächsten Tag machten wir dafür alles richtig. Manchmal bogen wir falsch ab, nur um am nächsten Tag wieder auf der richtigen Spur zu sein. Ich war kein rebellischer Teenie mehr. Aber ich war nicht perfekt und würde es nie sein.

Dabei war es nicht mal in einer Million Jahren falsch, zu meiner Mom zu fahren.

»Ich bin maßlos *enttäuscht* von dir, Samuel.«

In diesem Moment spürte ich so viele Emotionen in mir. Wut. Enttäuschung. Verachtung. Meine Hand ballte sich automatisch zu einer Faust. Ich presste meine Kiefer so fest aufeinander, dass meine Wangen brannten. »Henry.« Das erste Wort, das ich in seiner Anwesenheit über die Lippen brachte. Und es tat verdammt weh.

»Was? Wurdest du wehmütig, weil du deine gebrechliche, alte Mom gesehen hast?« Er sah sich um. »Ich dachte, du würdest diesen Fleck hier hassen. Als ich dich unter Vertrag genommen habe, hast du mir gesagt, wie dankbar du für die Chance bist, aus diesem Kuhkaff rauszukommen.«

Ich war nicht mal volljährig gewesen. Ich war ein Teenager, der seinen Vater verloren hatte.

Du fehlst, Dad, dachte ich, als ich zu ihm in den Himmel aufsah.

Mom zog uns seit meinem fünfzehnten Lebensjahr allein groß. Dad hatte auf der Arbeit einen Herzinfarkt bekommen, als er an einem alten Mustang geschraubt hatte. Seine Kollegen hatten sich keine Gedanken gemacht, als er so lange unter dem Auto gelegen hatte. Dad hatte sein Leben lang an sämtlichen Wagen geschraubt. Oft über den Feierabend hinaus. Wir waren an dem Abend ins Bett gegangen, ohne uns Sorgen zu machen. Es hatte zu unserem Leben gehört, dass wir Dad oft erst am nächsten Morgen beim Frühstück gesehen hatten. Aber da war es zu spät gewesen: Jede Hilfe war für ihn zu spät gekommen.

Ich hatte einen Oscar für die Rolle bekommen, in der ich meinen Vater on screen verloren hatte und danach über alle Stränge geschlagen war. Dabei musste ich für die Rolle nicht mal spielen. Es war fast wie eine Autobiografie gewesen.

Als Henry mich mit sechzehn unter Vertrag genommen hatte, war ich ein Teenager, der rebelliert hatte, weil er den Menschen verloren hatte, zu dem er immer aufgesehen hatte. Ich war ein Teenager, der es nicht hatte ertragen können, wie sehr seine Mom unter dem Verlust ihres Partners gelitten hatte. Emotional und finanziell. Plötzlich war ich der Mann im Haus und hatte dafür sorgen müssen, dass wir alle über die Runden kämen. Mom hatte das Haus nicht verlieren dürfen. Ich hatte die erste Chance ergriffen, die sich mir geboten hatte.

»Jetzt ruf Robert Benston an und erkläre ihm, warum du noch nicht da warst. Du bist seine Wunschbesetzung.«

Ich sah sein iPhone an, aber konnte nicht danach greifen. Alles rebellierte in mir, dieses Ding in meine Hand zu nehmen. Es fühlte sich falsch an, für etwas zu kämpfen, von dem ich nicht mal mehr wusste, ob ich es noch wollte.

»Oh.«

Ich hob den Blick vom Handy und sah Henry direkt in sein strenges Gesicht.

»Du hast dich schon entschieden? Das war es also? Du kommst einmal nach Hause und wirfst deine ganze Karriere hin? Wer hat dir ins Gehirn geschissen, Samuel? Deine Schwestern, die dir nichts gönnen?« Henry schüttelte mit einem verachtenden Lachen den Kopf. »Muss ich dich daran erinnern, wieso du so selten an den Feiertagen herkommst? Weil deine Moralapostel von Schwestern deine Arbeit und dich nicht respektieren!«

Sie waren nicht hier ... Ich hatte Mom für mich. Wenn ich aus dem Showbiz aussteigen würde, hätte das nichts mit meinen Schwestern zu tun.

»Wann wolltest du mir das mitteilen? Oder wolltest du jetzt still und heimlich von der Bildfläche verschwinden? Angefangen mit deiner mangelnden Erreichbarkeit.« Er rieb sich über die Stirn. »Sag mir, dass das nicht wahr ist, Samuel.«

»Es ...«, begann ich. Aber ich konnte es nicht. Ich konnte ihm nicht sagen, dass ich es nicht wirklich in Betracht ziehen würde. Ich liebte es, zu schauspielern. Aber ich liebte nicht das ganze Drumherum. Ich wollte die Chance haben, in diesem Café zu sitzen und von niemandem erkannt zu werden. Ich wollte bloß ein *Niemand* sein. Ein *gewöhnlicher* Typ, der eine Frau daten würde und sich sicher sein könnte, dass es ihr nicht um die Starallüren ging, sondern um den Charakter.

»Meld dich, wenn du wieder zur Vernunft gekommen bist, Parker.« Kopfschüttelnd eilte er zurück zu seinem Pick-Up. Als er die Tür geöffnet hatte und dabei war, in den Wagen zu steigen, hielt er inne. »Aber warte nicht zu lange. Ich habe noch andere Kunden, die ich vertrete und die auch Potential haben.«

Kunden.

Ich war nichts als ein Kunde für ihn.

Die Erkenntnis, dass ich da draußen keine Menschenseele hatte, der ich vertrauen konnte, schlug mir noch heftiger in die Magengrube als seine Enttäuschung. Mir wurde speiübel. Ich hatte das Gefühl, dass die Galle in meiner Speiseröhre aufstieg und ich mich jeden Moment übergeben müsste.

Ich sah ihm hinterher, wie er mit den großen Reifen über den zerteilten Kuchen auf der Straße fuhr. All die Emotionen kochten über. Ich schrie. Schlug wild in die Luft. Sank auf meine Knie und sammelte den Kuchen ein, obwohl er nicht mehr zu retten war.

War es das alles wert?

Ich hatte für diesen Beruf meine Privatsphäre aufgegeben.

Aber nicht nur das.

Meine Familie.

Meine Freunde.

Mein Leben.

Meinen guten Glauben an die Menschheit.

Ich hatte für diesen Beruf alles aufgegeben.

Alles.

Als wäre die Erkenntnis nicht schon schlimm genug, öffnete sich in diesem Moment die Haustür meines Elternhauses und ich konnte die Person sehen, die mich auf diesem Erdball mehr hasste als jeder andere.

17

Amelia

Marias Sohn hatte mich mit einem Schneemobil zu meiner Hütte kutschiert. Während der gesamten Fahrt hatten wir uns nicht unterhalten. Dafür hatte der Motor des Schneemobils zu laut gerattert und der Wind in unseren Ohren tat den Rest. Es hatte genug Zeit gegeben, weiter den wirren Gedanken in meinem Kopf zu lauschen, die sich nicht entscheiden konnten, ob wir Samuel nun wirklich mies oder gut fanden.

Aber als wir eine Baumgruppe aus Fichten mit einer ordentlichen Ladung Schnee auf ihren Ästen durchkreuzt hatten, entdeckte ich meine Hütte und konnte meinen Gedanken entkommen. Sie stand umgeben von kleinen und großen Tannen auf dieser Anhöhe und sah so romantisch aus wie auf den Bildern.

»Wenn Sie etwas benötigen, können Sie meine Ma oder mich unter dieser Nummer erreichen.«

Seine Ma oder ihn? Wie lange würde der eigentliche Besitzer denn als Ansprechpartner ausfallen? Er gab mir eine Visitenkarte in die Hand und lud dann meine Koffer von dem kleinen Anhänger. Er stellte sie vor die Tür der Hütte, die mit den dicksten Baumstämmen gebaut war, die ich in meinem ganzen Leben gesehen hatte.

»Danke.« Er setzte sich schon wieder auf das Mobil und wollte wegfahren, als ich ihn davon abhielt. In der Hüttenbeschreibung stand, dass ich ein solches zur Verfügung gestellt bekäme. Aber auf den ersten Blick sah ich auf diesem Fleck nur die Hütte und die majestätischen Kiefern, deren Äste sich stark nach unten durchgebogen hatten, weil die Schneelast auf ihnen zu schwer war. »Wie komme ich ins Tal?«

»Mit dem Schlitten oder zu Fuß?«, antwortete er mir desinteressiert.

»Aber … so ein Schneemobil soll zur Ausstattung der Hütte gehören.«

Er musterte mich, kratzte sich am Kopf und lachte mich dann aus. »Lady. Sie haben eine Hütte abgeschieden von der Zivilisation gemietet – weiß Gott wieso. Ein Schneemobil passt da nicht dazu, finden Sie nicht?«

Na ja. Irgendwann brauchte ich neue Lebensmittel und – so ganz allein hier oben? Wie lange würde es dauern, bis man im Tal ankam, wenn sich die Fahrt mit dem Schneemobil schon wie eine halbe Ewigkeit angefühlt hatte?

»Klären Sie das am besten mit dem Vermieter. Wenn er es Ihnen zugesichert hat …« Dann drehte er sich zum Lenker, startete den Motor und fuhr davon.

Irritiert blickte ich ihm hinterher. Das schlechte Gefühl, dass ich mich hier auf etwas Saublödes eingelassen hatte, riss nicht ab. Aber nur weil der ganze Tag bisher alles andere als glatt lief, bedeutete das nicht, dass er nicht gut enden könnte, oder?

Ich versuchte, mir selbst etwas Mut zu machen. Optimistisch zu bleiben. Obwohl es so viele Möglichkeiten dafür gab, dass all die kleinen Taten des Morgens am Abend in einer riesigen Katastrophe enden würden.

Aber ich war jetzt hier. An meiner Hütte. Und ich musste hier krass abliefern, wenn ich meinen Verlagsvertrag nicht verlieren wollte. Darauf musste ich mich konzentrieren. Kein Mr.. Hollywood. Kein Paparazzo. Keine Familie.

Nur ich. Allein. Mit June und Fletcher.

Ich atmete tief durch, schloss meine Augen und versuchte, all die negative Emotionen abzuschütteln und mich auf die Hütte und ihre Umgebung einzulassen.

»Drei, zwei, eins«, zählte ich leise abwärts, bis ich meine Augen öffnete und meine Umgebung wirklich wahrnehmen konnte.

Die Hütte lag malerisch vor zwei felsigen Bergspitzen der Rocky Mountains, umrandet von hohen dicken Fichten, auf deren Äste zentnerschwer der Schnee lag. Es sah aus, als würde sie von der mächtigen Gewalt der Natur beschützt werden.

Die raue Fassade aus dicken, waagerecht aufeinandergetürmten Holzbalken erhob sich bis zum Satteldach und erzählte durch seinen Charakter Geschichten von vergangenen Jahrzehnten: von Schneestürmen und warmem Sonnenschein, von grenzenlosen Abenteuern und ruhigem Rückzug in der Natur.

Das Dach der Hütte glich einer dicken Decke aus frischem Puderzucker, auf die der Schneesturm der vergangenen Nacht zarte Kunstwerke gemalt hatte. Dad hatte einst gesagt, dass man es nie mit Mutter Natur aufnehmen sollte. Das machte für mich Sinn, weil er mit seinen Flugzeugen am Himmel nur ungern durch

137

Gewitterwolken fliegen würde. Aber jetzt hier, inmitten dieser funkelnden Schneelandschaft, verstand auch ich, dass sein Grundsatz auch für die Erde unter meinen Füßen galt. Denn die Hütte schien fest mit ihr verwurzelt zu sein, als könnte sie nichts und niemand von hier verdrängen. Als wäre sie verschmolzen mit den felsigen Rockies und den dicken Wurzeln der Fichten. Ich spürte, wie ich mit jeder neuen Entdeckung ruhiger wurde. Die Hütte würde mich beschützen.

Drei Treppenstufen aus Holz führten mich zu der ein Meter breiten Veranda, die wegen des Balkons in der ersten Etage überdacht war. Mittig war die Haustür, die mich noch von dem inneren Charme trennte. Links davon war ein großes Fenster mit Holzsprossen, an dem rote Klappläden befestigt waren.

Der Stil der Hütte erinnerte mich weniger an ein Haus aus den Vereinigten Staaten, sondern mehr an ein Chalet aus der Schweiz, das ich mir zur Inspiration für Stardust Chapters in einem Pinterest Moodboard festgehalten hatte. Nach den Bildern im Internet wimmelte es dort von roten Klappläden (an beinahe allen Häusern). Ich war noch nie selbst vor Ort, aber irgendwann würde ich gern durch Europa reisen. Aber nicht allein. Mit meinem Partner. Sofern es den jemals an meiner Seite geben sollte. Schon seltsam, dass ich über die große Liebe schrieb, aber selbst nur an die Falschen geriet.

Danke dafür, Dad.

Ich schüttelte mich und wollte nicht länger daran denken. Oma sagt immer, dass der Richtige kommt, wenn man am wenigsten mit ihm rechnet.

Überall kribbelte es in mir. Ich konnte es kaum erwarten, die Wärme und Gemütlichkeit der Hütte zu erleben, für die auf der Website geworben wurde. Der

Hüttenzauber. Ich war so verdammt bereit dafür!

Ich wollte den Geruch von frischem Gebäck und Fichtenholz riechen. Ich wollte die Wärme spüren, die das knisternde Holz im Kamin ausstrahlen würde, um meine Zehen und Finger aufzutauen. Aber ich hatte den Schnee die letzten Jahre im sonnigen Los Angeles so sehr vermisst, dass ich nicht einfach in die Hütte gehen konnte. Ich musste ihn spüren. Ich musste ihn berühren. Die nächsten Minuten genoss ich es, wie die herabfallenden Schneeflocken meine Stirn und wenig später meine rausgestreckte Zunge küssten. Ich tanzte im Schnee, nahm ihn vom Boden auf, wobei die Kälte elektrisierend durch meinen Körper schoss, und warf ihn in die Höhe. Mein Herz wurde leichter in der Brust und meine Anspannung verließ meinen Körper. Die kleinen Flocken tanzten in der Luft und schimmerten in dem warmen Licht der Sonne wie Tausend Kristalle.

Ein Lächeln trieb sich auf meine Lippen und ich wollte am liebsten gar nicht damit aufhören. Aber ich trug zu dünne Sachen für diese eisige Kälte und fror bereits. Ich musste mich aufwärmen, bevor ich erneut die Schönheit der Natur in ihrer reinsten Form bestaunen würde. Von meiner Hütte knipste ich ein Bild, das später in der Familiengruppe landen würde. Nach dem Foto ging ich nicht direkt zu meinen Koffern zurück, sondern hielt einen Moment inne.

Meine Bleibe für die nächsten vier Wochen war der Inbegriff von Abgeschiedenheit und Frieden, ein Zufluchtsort vor der Hektik der Welt. Genau der Ort, den ich jetzt für die Fertigstellung meines Romans gebrauchten konnte. Auch wenn ich liebend gern nur hier wäre, um meine Seele baumeln zu lassen, in dem Spa-Bereich der Hütte zu entspannen und ganz ruhig das verstrichene Jahr ausklingen zu lassen. Aber je schneller ich arbeiten und die Rohfassung beenden würde, desto eher könnte ich noch in den Genuss des entspannenden Hüttenzaubers kommen.

Irgendwann steckte ich endlich den Schlüssel ins Schloss und trat ein, nachdem ich mir einem kurzen Kampf mit der schweren Tür geliefert hatte. Es war frostig kühl im Inneren. Von dem bereits brennenden Kamin, dem süßen Duft eines frischaufgestellten weihnachtlichen Tees und Plätzchen keine Spur. Vor meine Wolke der Euphorie zog eine andere, die mir schlechte Laune bescheren wollte und mich anbrüllte, dass der Tag dazu angelegt war, in einer Katastrophe zu enden.

Was konnte ich tun, um das zu verhindern?

Lag es überhaupt in meiner Macht?

18

Samuel

Da ich Mom den Kuchen versprochen hatte, konnte ich nicht ohne ihn zurückkommen. Und nachdem ich den Drachen namens Elise, meine Schwester, in der Haustür erkannt hatte, wollte ich es gar nicht. Ich ging auf direktem Weg zurück zum Café. Den Türgriff hatte ich schon in der Hand, als ich diese rosa Winterjacke am Tresen entdeckte.

War sie immer noch hier?

Ich hatte wirklich keine Lust, ihr ein drittes Mal zu begegnen. Also lief ich so lange um den Block, bis sie endlich verschwunden war. Aber jedes Mal, wenn ich wieder auf der Höhe des Cafés war, sah ich sie. Gott, sie machte mich wahnsinnig. Dieses Leben machte mich wahnsinnig. Wenn ich ein normaler Kerl wäre, könnte ich einfach in den Laden gehen, den Kuchen bestellen und wieder verschwinden. Aber ich wollte ihr nicht noch mehr Bild- und Videomaterial liefern.

Beim nächsten Versuch, in die Nähe des Cafés zu

kommen, entdeckte ich sie mit einem Typen. Er hob gerade ihre Koffer auf einen kleinen Anhänger. War das nicht Marias Sohn? Was hatte sie denn mit dem zu tun? Kannten die sich?

Kurz darauf stiegen sie beide auf das Schneemobil. Sie schmiegte sich an ihn und der Motor des Mobils begann zu schnurren.

Wieso schmiegte sie sich so an ihn?

Wo fuhr sie mit ihm hin?

Es dauerte zwei Sekunden, bis mir meine Gedanken klar wurden. War das mein Ernst? Ich hasste sie, aber mir gefiel es nicht, wenn sie sich an Marias Sohn schmiegte, der in diesem Moment mit ihr davon fuhr?

Da die Luft nun (was sie betraf) rein war, betrat ich das Café. Maria sah mich gar nicht glücklich, sondern unheimlich anklagend an.

»Nicht jetzt, bitte«, sagte ich, gab ihr einen hundert Dollarschein, um den Kuchen zu bezahlen, und fragte sie diesmal nicht nach einem ganzen, sondern lediglich einem Viertel davon. Mir brannte es auf der Zunge, sie zu fragen, warum Blondie mit ihrem Sohn weggefahren war. Aber ich biss mir auf die Lippe, um das bloß nicht laut zu sagen.

»Willst du mir erzählen, was bei dir los ist, Samuel? Was war da eben los mit der jungen Frau? Wieso steht in der Zeitung, dass ihr zusammen seid? Danach sah es mir wirklich nicht aus. Du kanntest doch nicht mal ihren Namen, bis ich dich dazu verdonnert habe, sie anzuhören.«

Das Einzige, was ich darauf zu sagen hatte, war: »Willkommen in meinem Leben.«

Sie seufzte, zog die Augenbrauen zusammen und tätschelte meinen Arm. »Ach Samuel. Das Leben ist nicht immer so schwarzweiß, oder etwa doch?« Maria schnitt ein Viertel ihres besten Kuchens ab und reichte ihn mir dann in einer kleineren Verpackung wie eben rüber. »Ich mache mir wirklich Sorgen, Samuel. Wenn du reden willst. Jederzeit. Meine Tür steht dir immer offen.« Ihre blauen Augen und ihre jetzt etwas weicheren Gesichtszüge sahen so einladend aus. Aber ich entschied mich dagegen.

Ich wusste das Angebot zu schätzen. Statt großen Worten oder Gesten, um meine Dankbarkeit zu zeigen, nickte ich ihr nur zu und verschwand dann wieder, bevor ich noch etwas gesagt hätte, was ich bereut hätte.

Draußen zog ich mir die Kapuze tief ins Gesicht, als ein gelber Schulbus an mir vorbeifuhr. Das würde mir gerade noch fehlen, wenn eine ganze Klasse für Fotos und Autogramme anstehen würde. So unbemerkt wie möglich schlich ich nach Hause und war heilfroh, in Sicherheit zu sein. Vielleicht war Elise nur kurz vorbeigekommen und längst wieder verschwunden.

»Bin wieder da«, rief ich und bereute im selben Atemzug, bei meinen zig Versuchen ins Café zu gehen, nicht noch einen kleinen Stopp im Walmart eingelegt zu haben, um mir ein Ladekabel zu besorgen. Ich musste wissen, was Amelia mit mir vorhatte. Zuerst schlüpfte ich aus den Schuhen, dann hing ich Dads Parka an der Kapuze auf und lief den Flur entlang, bis ich die knarzenden Treppenstufen hinter mir hörte. Ich sah über die Schulter und blickte meiner ältesten Schwester direkt ins Gesicht. Sie war noch da. Das konnte ja großartig werden …

Ihre fröhliche Miene fiel schlagartig in eine schockierte. »Samuel? Was tust du denn hier?«

Dasselbe könnte ich sie auch fragen. Wir waren keine

Geschwister, wie sie im Buche standen. Der Altersunterschied zu meinen Schwestern war groß. Die beiden waren schon praktisch in der Pubertät, als sich Mom und Dad dazu entschieden hatten, noch ein Kind zu bekommen. Während die anderen Kinder den ersten Liebeskummer bewältigt hatten, hatte ich erst laufen gelernt. Der Graben zwischen ihnen und mir war so groß, dass keine Brücke die beiden auseinandergedrifteten Landstücke jemals zusammenführen konnte. Ein Versuch, mit einem Seil rüberzukommen, setzte voraus, das jemand auf der anderen Seite das Seil erwartete, um es festzuhalten. Seit ich beschlossen hatte, ein Hollywoodschauspieler zu werden, hatten Elise und Lucy mich noch mehr wie das schwarze Schaf der Familie behandelt. Diese Brücke zwischen uns hätte man in hundert Jahren noch nicht gebaut.

Elises eiskalte Miene versetzte mir einen Stich ins Herz. Sie sah mich an, als wäre ich der Teufel höchstpersönlich, der für all das Schlechte in den letzten Jahren verantwortlich war. Ihre hochgezogene Augenbraue erinnerte mich daran, ihr eine Antwort schuldig zu sein. »Dasselbe wie du, würde ich vermuten. Unsere Mum besuchen.«

Elise schnaubte verächtlich nach Luft und nuschelte etwas, das klang wie »*Wow, das fällt dir nach all den Jahren ja früh ein.*« Elises Verachtung in der Stimme ging mir durch Mark und Bein. »Warum bist du hier, hm? Damit du an Weihnachten nicht kommen musst? Damit du deinen einmaligen Pflichtbesuch für das Jahr getan hast?«

»Elise«, begann ich, doch sie fuchtelte sofort mit dem erhobenen Zeigefinger herum.

»Ich bin das so satt. Dein Gehabe. Dein Image. Dein

ganzes Hollywood Bling-Bling. Geh zurück in dein verdammtes Los Angeles und kreuze hier nicht mehr auf!«

»Bitte?«

»Du hast richtig gehört. *Verschwinde.* Es ist für uns alle besser, wenn du gehst und am besten niemals wieder kommst!«

Ich legte meinen Kopf in den Nacken und ließ den ersten Schwall der aufkommenden Wut abklingen. Erst dann sah ich ihr wieder ins Gesicht, bereit zu antworten. »Ich gehe nicht fort und ich lasse es mir nicht verbieten, meine Mom zu besuchen.«

»Ach, woher der plötzliche Sinneswandel? Hat es doch ziemlich an deinem Ego gekratzt, dass Madeline deine perfekte Inszenierung eines Traummannes beschmutzt hat?«

»Wage es nicht und erwähne sie noch einmal.«

»Wieso nicht? Stimmt es denn nicht, dass du ein eiskaltes Herz hast? Dass dir niemand so wichtig ist wie du dir selbst? Dass du für deinen Erfolg über Leichen gehen würdest?«

»Du hast keine Ahnung, was passiert ist.«

Elise lachte mich aus. »Wie denn auch? Wir existieren für dich ja nicht. Wo hast du denn deine neue Freundin? Ach, stimmt ja. Bis ihr euch trennt, werden wir sie eh nie zu Gesicht bekommen.«

»Sie ist nicht meine Freundin.«

»Küsst du immer fremde Frauen am Flughafen?«

Ich holte tief Luft. Das verdammte Foto zu den Schlagzeilen spielte Blondie perfekt in die Karten. Ich war so wütend auf mich selbst, weil ich so blind und naiv war. Scheiße, Mann … Meine Hand ballte sich von selbst zu einer Faust und meine Kiefer mahlten. »Ich habe sie nicht geküsst. Das ist ein klassischer Kamerawinkel, den man auch im Film benutzt, wenn der Spielpartner keinen –«

»Es interessiert mich nicht mal die Bohne«, fiel sie mir ins Wort. »Deine Welt passt nicht hierher. Merkst du das nicht?«

Ich war es satt, der kleine, liebe Bruder zu sein. Der, der sich das Maul immer verbat, um seine große Schwester nicht zu enttäuschen. »Um was geht es hier wirklich, Elise, hm? Kannst du es nicht ertragen, dass ich Mom glücklich gemacht habe? Wenn es nach dir gegangen wäre, wären wir uns jetzt in einem Pflegeheim über den Weg gelaufen.«

»Du? Du sollst Mom glücklich gemacht haben? Gott, in welcher Welt lebst du?« Elise legte mir den Zeigefinger auf die Brust und drückte ihn so fest gegen meine trainierten Muskeln, dass ich ihn auf meinen Rippen spürte. »Dir, Freundchen, war es scheißegal, dass Mom dich nicht mehr angerufen hat. Dir ist es nicht mal aufgefallen, dass sie sich nicht mehr bei dir gemeldet hat. Du warst ihr so wichtig, dass sie sich jeden Tag bei dir gemeldet hat. Lucy und ich haben einmal in der Woche einen Anruf bekommen. Und als der ausgefallen war, haben wir uns sofort Gedanken gemacht. Aber du … Du.«

In meinem Hals bildete sich ein Kloß, der mit jedem ihrer Worte größer wurde.

»Du tust das mit dem Haus nur, weil du deine Schuldgefühle ertränken willst. Und soll ich dir etwas verraten? Die darfst du haben und die sollst du haben. Denn das ist deine Schuld. Dass es Mom heute so geht, ist dein Verdienst, Samuel. Wenn es dir am ersten Tag aufgefallen wäre, wäre sie jetzt nicht auf den Rollstuhl und eine Pflegerin angewiesen. Du hast sie nicht glücklich gemacht. Du, du allein, hast ihr dieses Elend hier überhaupt angetan!«

Der Kloß wurde so groß, dass ich das Gefühl hatte zu ersticken. Aber als Schauspieler konnte ich das Pokerface perfekt auflegen, obwohl ich innerlich zugrunde ging. Elise legte den Finger in die Wunde.

»Ich tue das nicht, um meine Schuldgefühle zu beseitigen. Ich versuche Mom nach allem, was sie durchgestanden hat, ein wenig Würde zu geben. Ich tue es, weil ich Mom damit glücklich mache. Es war ihr Wunsch«, sagte ich ruhig, während Elise sekündlich angriffslustiger wurde.

»Der edle Ritter. Der *perfekte* Sohn. Moms Sonnenschein. In welcher Welt lebst du? Wie lange bist du hier? Zwanzig Minuten? Und in denen glaubst du, Moms Lage gesehen zu haben? Gott, Samuel. Du ekelst mich an!«

Du mich auch, Elise. Aber im Gegensatz zu dir sehe ich in unserer Mutter noch unsere Mom und nicht ein hilfsbedürftiger Greis. Wer hat hier von uns beiden ein Problem, hm?, hätte ich ihr am liebsten ins Gesicht geschleudert.

»Nicht alles ist so rosig und leicht wie in deinen Filmen. Komm mal in die echte Welt. Aber wie solltest du das schon? Du würdest an einem Tag daran zugrunde gehen, wenn du sehen würdest, wie normale Menschen leben.«

»Ich bin ein normaler Mensch. Ich arbeite, wie jeder andere.«

»Du arbeitest«, fällt sie mir verachtend ins Wort. »Das, was du tust, hat mit richtiger Arbeit nichts zu tun. Ein bisschen Texte lernen, vor der Kamera aufsagen, nach Hause gehen und in einer protzigen Villa leben. Ekelhaft!«

»Das ist nicht fair, Elise.«

147

»Findest du?« Sie schnaubte. »Ich finde es auch nicht fair, dass du in Geld schwimmst und ich drei Jobs habe, um mir eine Wohnung in New York leisten zu können. Dabei ist meine Arbeit viel bedeutender als deine.«

»Warum hast du nichts gesagt? Ich hätte.«

»Du hättest mir Geld geschickt?« Sie lachte. »Eher verrotte ich auf der Straße, als dass ich dein ekelhaft erwirtschaftetes Geld annehme!«

»Was ist dein *scheiß* Problem, Elise?« Ich brach aus meiner Rolle, fuhr sie so laut an, dass sie einen Schritt zurückwich. Jetzt hatte ich ihr den Teufel gezeigt. Sie hatte ihn herausgefordert. Und es fühlte sich kein bisschen gut an, so mit ihr umzugehen, wie sie mit mir. Ich atmete tief durch und mahnte mich dazu, wieder ruhiger zu sein. Sie hatte offenbar ein finanzielles Problem, während ich mich auf der anderen Seite in Geld baden konnte. »Meine Arbeit ist nicht bedeutender als deine. Aber es *ist* Arbeit. Und weißt du, mit was ich für diese Arbeit bezahle?« Ich fuhr mir durch die Haare. »Mit meinem Leben. Außer meinem Job und dem Geld habe ich nichts. Nichts, was mir irgendwie wichtig ist.«

»Oh, du Ärmster. Als ob du das nicht geil finden würdest, dass dich jeder kennt und anhimmelt.« Sie verstellte ihre Stimme. »Oh mein Gott, Samuel. Ich will ein Kind von dir.«

»Hör auf, Elise.«

»Wieso? Bereust du deine große Entscheidung, die du damals für unsere Familie getroffen hast, weil du der Mann im Haus warst? Dad würde sich im Grab umdrehen, würde er sehen, was aus dir geworden ist.«

»Lass Dad da raus.«

»Wieso? Denkst du, er wäre stolz auf deine Arbeit? Er würde darüber lachen. Er würde dich nicht mehr als seinen Sohn sehen. Eine Luftpumpe. Das wärst du für ihn.«

»Was ist es wirklich, dass dich so unzufrieden macht, Elise?« Ich rieb mir übers Gesicht. »Ich bin dein Bruder und nicht ein großer Hollywoodstar. Wenn du Hilfe brauchst, dann sag es mir und ich helfe dir. Dafür sind Geschwister da.«

»Geschwister? Lucy und ich sind Geschwister. Du? Du bist …« Elise musterte mich angewidert, als müsste sie nach den richtigen Worten suchen.

Pokerface. Ich erinnerte mich an mein Pokerface, aber es tat weh. Es tat so unendlich weh, was sie mir alles an den Kopf geworfen hatte. Sie hatte es mich immer spüren lassen, dass sie mich nicht liebte, sondern hasste. Ich war nur das Nesthäkchen der Familie.

»Du bist …« Elise wurde von Mom unterbrochen, die in den Flur gefahren kam und uns mit diesem strengen Blick von damals musterte.

»Kinder, vergeht euch!«

Vertragt euch …

Ich schluckte und wollte es für sie tun. Ich wollte wirklich, dass wir uns vertragen. Aber Elise zeigte mir die kalte Schulter und flüsterte: »Du? Du bist nicht mein Bruder. Und solange ich hier bin, wirst du nie willkommen sein. Wenn du Mom und dir einen Gefallen tun willst, verziehst du dich so schnell, wie du gekommen bist. Ich werde nicht gehen.«

Dann nahm sie mir den Kuchen aus der Hand und wanderte mit einem falschen Lächeln zu Mom, legte ihr den Kuchen auf den Schoß und schob sie weg. Ich blieb im Flur zurück, während mein Herz irgendwie weiterschlug.

Wenn Mom nicht mehr hier sein würde, hätte ich niemanden mehr. Diese Erkenntnis tat so unfassbar weh.

Pokerface. Ich checkte es noch einmal im Spiegel neben der Haustür, ehe ich den Weg zu Mom und meiner Schwester fand. Es standen nur drei Teller auf dem Tisch. Mom, Rosie und Elise hatten schon angefangen zu essen. Für mich war nicht gedeckt. Für mich war kein Stück übrig, so groß hatte Elise sie geschnitten. Herausfordernd sah sie mich an und zeigte mir mit ihrer gesamten Haltung, dass in diesem Haus kein Platz für mich war.

Einen Moment verharrte ich in meiner Bewegung und wäre fast bereit gewesen, ihr den Gefallen zu tun. Ich hatte keine Kraft dafür, mich mit ihr zu duellieren. Aber dann sah ich Mom an. Sah das Leuchten in ihren Augen, weil ich hier war.

»Ich habe die Rolle abgesagt, Mom. Ich werde den ganzen Dezember hier sein.«

Elise spuckte ihren Kuchen aus.

»Sammy, wie …« Ihr fehlte das Wort, um zu beschreiben, wie sie das fand. Aber an der ausgestreckten Hand und ihrem halbseitigen Lächeln erkannte ich, dass es sie freute. Ich ging zu ihr in die Hocke, ließ meine Wange streicheln und schmiegte mich an ihre Hand.

»Lass uns Abenteuer wie früher erleben, ja? Ich bin da, Mom.«

Ein Stuhl rückte am Tisch. Ich musste nicht aufsehen, um zu wissen, dass es nicht Rosie, sondern Elise war. Im Vorbeigehen zischte sie: »Fahr zu Hölle, Samuel.«

»Mit dir als Fahrerin kommen wir sicher dort an.«

19

Amelia

Noch konnte ich die Katastrophe abwenden. Ich würde das schon hinkriegen. Sicher gab es eine einfache Erklärung für die Situation, in der ich mich befand. Wenn der Vermieter krank war, hatte er keine Möglichkeit, sich um den angepriesenen Empfang zu kümmern. Ich bugsierte meine Koffer ins Innere der Hütte und ließ sofort die schwere Holztür krachend in den Rahmen fallen. Der kalte Zug um meine Nase hörte auf. Die Hütte war dicht. Daran lag es also definitiv nicht. Dennoch war es verdammt kalt und ich musste schleunigst etwas unternehmen. Bevor ich mich von der Schönheit und dem Charme der Hütte einlullen ließ, musste ich dafür sorgen, dass ich heute Nacht nicht erfrieren würde.

Das Erste, was ich tat, war zu dem breiten Kamin in der Mitte des Raumes zu gehen. Ich gab zwar einige Stücke Feuerholz ins Innere, das sich unmittelbar daneben in mehreren Reihen bis zur Decke stapelte. Aber ohne Feuerzeug oder Anzünder war ich aufgeschmissen.

Auf die Schnelle entdeckte ich beim bloßen Überfliegen der Hütte kein Feuerzeug. Was war das hier? Ein Survival Training? Wollte mir meine Schwester zeigen, dass ich vor drei Jahren besser auf sie gehört hätte? Es würde mich nicht wundern, würde sie gleich bei unserer guten Beziehung mit einer Kamera auftauchen und mich fragen, ob ich es eigentlich bereue, mich gegen ihren Rat entschieden zu haben.

Aber das passierte nicht.

Mit meinen schneebedeckten Schuhen schritt ich vom Kamin zu der Küchenzeile aus reinstem Holz. Ich zog die Schubladen auf, öffnete die Schränke, räumte gefühlt alles aus, nur um kein verdammtes Feuerzeug zu finden.

Mein Herz schlug mit jeder Minute schneller in der Brust. Dad hatte uns damals ein paar Survival Tricks lehren wollen, aber ich hatte mich wenig für Dreck, Steine und Natur interessiert und stattdessen in meinem Kopf nur neue Ideen für Geschichten gesponnen. Die halfen mir jetzt leider nicht.

Ich tigerte zu der großen Fensterfront und erblickte auf der schneebedeckten Terrasse den Jacuzzi und die Außensauna in der Form eines alten Weinfasses. Alles war da. Bis auf das Schneemobil und den warmen Empfang. Ich stieß die Luft aus meinen Lungen und beschloss, ein paar Mal tief ein- und auszuatmen. Mit meinem Mantel ließ ich mich auf das weiße Sofa mit den roten Kissen fallen und legte den Kopf in den Nacken.

Ich bekomme das hin.

Ich bekomme alles hin.

Ich muss nur an mich glauben.

Toll, dass ich in diesem Moment an die gemurmelten Worte meines Vaters denken musste, wenn er mich früher immer ins Bett gebracht hatte. Der Typ war der Allerletzte, an den ich jetzt denken wollte. Also analysierte ich meine Situation. Ich hatte nur in der Küche nachgesehen. Aber vielleicht hatte jemand die Kerzen auf dem Sofatisch oder dem Kamin angezündet und das Feuerzeug hier liegen lassen.

Wie oft hatte ich schon meine Fernbedienungen gesucht und in der Sofaritze gefunden? Meine linke Hand sank ins Sofa und stieß sofort auf ein kleines Teil. Ein vorsichtiges Lächeln kämpfte sich auf meine Lippen, als ich meine Hand wieder rauszog. Es wurde breiter, als ich dieses rote Feuerzeug in meiner Hand entdeckte.

Ich fackelte nicht lange, stand auf und ging zum Kamin. Aus meiner Jackentasche nahm ich den Kassenbon aus dem Café, hielt das Feuerzeug daran und schmiss ihn in den Kamin. Ich beobachtete die Flammen aus flimmernden Orange- und Gelbtönen dabei, wie sie in einem wogenden Tanz von dem Bon auf das Holz übergingen. Mit jedem Knistern und jeder weiteren Flamme tat mein Herz etwas weniger weh.

Ich hatte es geschafft. Ich war nicht zusammengebrochen. Ich konnte alles schaffen. Ich konnte diese Deadline schaffen. Deswegen war ich hier. Ich durfte keine Zeit verlieren.

Bevor ich mich ans Schreiben machte, musste ich mich aufwärmen, weshalb ich mich noch mit meinem Wintermantel vor den Kamin setzte. Die Hitze, die von ihm ausströmte, fühlte sich schon jetzt wie eine unglaublich wärmende Umarmung an, die die Kälte nicht nur aus meinem Körper, sondern aus der gesamten Hütte vertrieb. Das Knistern des brennenden Holzes war so gleichmäßig und ruhig, dass sich meine zitternden Hände und mein schnell pochendes Herz wegen all der Aufregungen des heutigen Tages beruhigten. Ganz langsam wurde ich in einen Zustand der absoluten Entspannung versetzt und Wärme durchflutete meine Adern, sodass ich den Wintermantel bald nicht mehr brauchte. Ich gewährte mir noch einige Atemzüge am Feuer, bis ich mein MacBook aus dem Rucksack zog. Als Erstes erschien die Möglichkeit, sich mit dem WLAN Hüttenzauber 8 zu verbinden. Kurz darauf ploppte die Meldung auch auf meinem Handy auf, sodass ich wieder Zugang zum Internet und damit Kontakt zu meiner Familie und meinen Freunden hatte.

Die erste Nachricht wischte ich sofort weg.

Dad:

Ich liebe diesen Job einfach über alles. Ist es nicht schön?

Ich wollte das verdammte Foto nicht sehen. Am besten würde ich das tun, was meine Schwester getan hatte: Seine verdammte Nummer blockieren und mir nie wieder ansehen müssen, was er von sich gab.

Meine Laune hatte sich keine zwei Minuten, nachdem ich mein Handy in den Händen hatte, verschlechtert. Am besten sollte ich es für die nächsten Wochen in einen Winterschlaf verfrachten. Es kribbelte mir in den Fingern, den Offline Modus anzumachen, aber dann würden sich meine Familie und Cassie Sorgen machen. Ich atmete tief durch und wollte ihnen ein Lebenszeichen geben, bevor ich den radikalen Schritt gehen würde. Allerdings kam mir Cassie zuvor.

WTF! Amy! Ich habe gerade Feierabend gemacht. Ähhhhm … In sämtlichen Zeitungen steht, dass Samuel
Parker eine Freundin hat. Und die Frau
auf den verdammten Bildern dazu bist
du?!

Bitte waaaaaaas?

Drehen die Leute am Rad oder hast
du Samuel Parker noch am Flughafen GEKÜSST UND DATEST ihn?!

Geküsst? Was zur Hölle hatten die Medien aus den
Bildern am Flughafen gemacht?

Bist du deswegen so sauer auf ihn?!

Ich habe jetzt Zeit. Du auch? Ich ruf
dich an, okay?

Statt Cassie zu antworten, gab ich sofort Samuels Namen bei Google ein. Innerhalb weniger Sekunden spuckte mir die Suchmaschine Tausend Ergebnisse zu dem
aus, was Cassie mir geschrieben hatte. Was zur Hölle
konnte man alles mit Photoshop und einem verdammten Blickwinkel machen? Ich klickte eine Schlagzeile
nach der anderen an und traute meinen Augen kaum. Es
sah so aus, als würde dieses eine Bild den Moment vor
dem Kuss zwischen Samuel und mir ablichten. Im Flug-

hafen. An der Glasscheibe zu den Rollfeldern, als ich ihm gesagt hatte, was mein Dad uns angetan hatte. Ich hatte zwar seine Hand genommen, aber wir waren uns zu keiner Sekunde so nah wie auf diesem Bild. Diesen Kuss oder Fast-Kuss hatte es nie gegeben und trotzdem ging jedes Magazin steil darauf. Ich hatte mir die größtmögliche Mühe gegeben und versucht, mein Gesicht vor der Welt abzuschirmen. Aber was, wenn es einem doch gelungen wäre, mein gesamtes Gesicht abzulichten? Wenn das die nächste Schlagzeile werden würde?

Ich wollte nicht in die Öffentlichkeit.

Ich wollte nicht so ein Leben wie Samuel führen.

Wie lange würde ich noch eine Unbekannte sein? Wenn irgendjemand Bilder von Ava Christensen und der Frau bei Samuel Parker direkt miteinander vergleichen würde, würde man ähnliche Gesichtszüge feststellen …

Ich sah mir die Bilder noch mal genau an. Mein Gesicht war nirgends zu sehen, weil es von meinen voluminösen Haaren verdeckt wurde. Lediglich meine Nase war zu sehen, die weder groß noch klein war. Mittelmaß. Nicht krass ins Auge springend, eben einfach eine Nase. Dazu das Leuchten meiner Brille, die auf dem Foto eher Gold statt Roségold schimmerte. Aktuell trug sie wirklich jeder zweite Brillenträger, auch daran könnte man mich nicht eindeutig identifizieren.

Als ich die Website verlassen wollte, ploppte im selben Moment wieder eine Nachricht von Cassie auf.

> Amy. Was ist genau passiert? Fuck, ich habe so viele Fragen. Wie kann er küssen? Gut? Atemberaubend? Wiederbelebend?

Wir haben uns nicht geküsst, dachte ich mir.

Ist er gerade bei dir? Warum antwor-
test du nicht? Himmel! Ich bin deine
beste Freundin! Er ist Samuel Parker.
Hallo. Der. Samuel. Parker.

Ich weiß. Und das wird mir das Genick brechen.

Nicht ich war ein Problem für ihn, sondern er für
mich. Verdammt, warum ist mir das nicht bewusst geworden, als ich in der Öffentlichkeit mit ihm gesprochen hatte? Warum hatte ich das alles vergessen? Für
die Medien heftete auf ihm eine Zielscheibe. Und ich
hielt mich einfach bei ihm auf, obwohl mir meine Privatsphäre so wichtig war. Wie konnte ich das alles wegen
seiner schönen Augen und seiner sanften Stimme über
Bord werfen? Was war in mich gefahren, dass ich keinen
rationalen Gedanken fassen konnte?

Scheiße, scheiße, scheiße!

Ich ignorierte Cassies weitere Nachrichten. Ignorierte
ihre Anrufe. Das Einzige, was ich tun konnte, war dazu-
sitzen, mein seitliches Profil auf sämtlichen Schlagzeilen
zu sehen und zu hoffen, dass niemand, wirklich niemand,
mein Gesicht abgelichtet hatte. Ich liebte mein Leben
im Schatten, im Hintergrund. Ich wollte nicht ins Licht.

Niemals. Meine Gefühle fuhren Achterbahn, meine
Nerven schmerzten in meinem ganzen Körper, mein
Herz überschlug sich in der Brust.

Ich musste weg.

Weg von hier.

Weg aus der realen Welt.

Ich musste flüchten.

Wie damals, als ich mit dem Schreiben angefangen

hatte.

Ich tippte den Schreibfokus auf meinem iPhone an, der sämtliche ankommende Benachrichtigungen und Anrufe aus meiner Mitteilungszentrale ausblendete und mir erst wieder anzeigte, sobald ich den Fokus ausschalten würde.

Und für meinen Geschmack würde das nicht mehr so schnell passieren …

20

Samuel

Drei Tage hatte ich schon mit meiner Schwester im Elternhaus überstanden. Wir gingen uns größtenteils aus
dem Weg, was in dem 180 Quadratmeter Haus gar nicht
mal so schwer war. Ich spielte mit Mom Brettspiele, wir
erinnerten uns mit Fotoalben an meine Kindheit und am
Abend zog ich mich zurück, nachdem Elise ihren Job
im Home Office erledigt hatte und ihre Zeit mit Mom
bekommen wollte. Beim Abendessen konnten wir uns
weitestgehend zusammen reißen, auch wenn es den ein
oder anderen Schlenker von ihr gab. Zwar war für die
Medien klar, dass ich mich irgendwo in der Nähe von
Denver aufhalten musste. Aber sie hatten mich noch
nicht in Winter Park geschweige denn Moms Haus
entdeckt. Ich konnte mich ein bisschen von dem Hollywood Trubel erholen. Das Haus zu verlassen, traute ich
mich aber nicht. Wenn mich nur ein Fan erkennen würde, wäre meine Ruhe dahin. Mein Ladekabel hatte sich
nirgendwo in meinem Gepäck finden lassen, ich hatte

es entweder in der Villa in L.A. vergessen oder in einem der beiden Flughäfen verloren.

Ein Gutes hatte es: Ich musste mich nicht mit den ganzen Berichten auseinandersetzen oder die Kommentare meiner Fans lesen, ob etwas an den Gerüchten dran wäre. Und doch juckte es mich in den Fingern zu wissen, ob Amelia sich mittlerweile zu den Berichten bekannt und sie für sich ausgenutzt hatte.

Nach dem Abendessen, bei dem ich die ganze Zeit Rosies strengem Blick ausgesetzt war, zog ich zum ersten Mal los. Ich wollte mir ein Ladekabel und ein paar Snacks besorgen. Aber der Blick von Rosie ging mir dabei nicht aus dem Kopf. Ich wusste nicht, was vorgefallen war. Vielleicht hatte Elise versucht, Rosie auf ihre Seite zu bekommen. Ich war meiner auch nach drei Tagen im Weg und sie würde nichts unversucht lassen, mich mit Taten oder Worten von hier wegzubekommen.

Unerkannt schaffte ich es wieder nach Hause, ging sofort auf mein Zimmer und verband das Ladekabel mit Steckdose und Handy. Die Zahlen an den Social Media Apps explodierten, die Nachrichten verhielten sich dagegen ruhig. Nur mein Agent wollte wissen, ob ich zur Vernunft gekommen war, weil er eine neue Rolle organisiert hatte, die meinen Wünschen entsprach. Statt mir den Link mit näheren Infos anzusehen, tippte ich meinen Namen in die Suchleiste ein. Sofort fand ich einige Artikel, die dem Zeitungsbericht glichen.

Ich überflog die Texte. Aber in keinem ging hervor, dass sie sich zu den Fotos oder ihrer Aussage bekannt hätte. Sie hatte sich nicht in den Mittelpunkt gedrängt.

Niemand kannte ihr Gesicht oder ihren Namen. Alle fragten sich, wer die hübsche Unbekannte an meiner Seite wäre. Sie hatte, anders als erwartet, die Schlagzeilen nicht geteilt und sich dadurch Publicity verschafft. Meine Fans hatten nichts rausgefunden, obwohl sie schneller als das FBI Identitäten aufdecken konnten. Hatte sie die Wahrheit gesagt? Hatte sie wirklich Angst vor der Öffentlichkeit?

Unter meinem neuesten Beitrag tummelten sich nur die gleichen Kommentare. Die einen waren glücklich, dass ich mein Glück wieder gefunden hatte und wünschten uns viel Glück. Die anderen waren unendlich traurig, dass es das besiegelte Ende des Hollywoodtraumpaares #Samline (Samuel + Madeline) war. Wieder andere zogen Vergleiche zwischen Maddie und der Neuen und waren sich sicher, dass ich mit Amelia kein Upgrade, sondern ein Downgrade bekam.

Amelia ist kein Downgrade. Sie ist wunderschön.

Ich schüttelte meinen Kopf und verbannte diese Gedanken sofort. Das war eindeutig genug an täglicher Dosis von dem toxischen Social Media.

Aber meine Gedanken wurden nicht ruhig, nur weil ich mein Handy weggelegt hatte. Ich erlebte die Szene aus dem Café erneut und stellte mir diese eine Frage: Hätte ich sie anhören müssen? Was wäre gewesen, wenn ich sie mit dem Zeitungsartikel konfrontiert hätte? Hatte ich zu schnell meine Mauern wieder hochgefahren?

War ich zu hart zu Blondie?

Ich griff noch mal nach meinem Handy und suchte nach einem eindeutigen Beweis, dass sie diese Worte wirklich gesagt hatte. Nach nicht mal fünf Minuten wurde ich fündig: In einem Video, das viral gegangen war, war eindeutig zu hören, wie sie auf die Frage, ob sie meine Freundin wäre, mit »Ja, bin ich« geantwortet hatte.

Sie hatte es gesagt. Ich war nicht zu hart gewesen. Ich

hatte genau richtig gehandelt, um mich vor einem erneuten Liebeskummer zu bewahren.

Dennoch verstand ich sie nicht. Ich verstand ihre ganze Aktion nicht.

Was hast du vor, Blondie?

Das musste etwas mit ihrem Buch zu tun haben. Irgendetwas musste ich doch über sie herausfinden. Das Internet vergaß nie. Es würde jeden finden, wenn man wusste, wie man suchen musste.

Ich ging die New York Times Bestseller durch und schmökerte ein wenig bei Amazon nach Liebesromanen. Es gab einige Autoren, die mit Vornamen Amelia hießen. Aber bei den Informationen über die Autorin deckte sich kein Bild mit der Frau, die alle Schlagzeilen und Titelblätter neben mir eroberte.

Was tat ich eigentlich hier? Hatte ich noch immer nicht verstanden, dass sie Gift für mich war? Ich hätte mir besser kein Ladekabel besorgt. Aber irgendwie musste ich meinen Agenten beruhigen und mich nicht wegen einer Laune für alle künftigen Filmprojekte ins Aus schießen.

Genau daran hast du auch gedacht, als du das Ladekabel besorgt hast. Deswegen hast du dich auch als Erstes bei ihm gemeldet, sagte ich in Gedanken zu mir selbst und konnte es nicht lassen, über meine Googlesuche den Kopf zu schütteln. Sie war nur irgendeine Frau, die von meiner Person in der Öffentlichkeit profitieren wollte. Wieso konnte ich nicht aufhören, an sie zu denken?

Ich rollte mit den Augen, warf mein Handy ans Ende des Bettes und rieb mir übers Gesicht.

Keine Frauen.

Keine Liebe.

Nicht für mich.

Nicht mehr.

Ich konnte niemandem vertrauen.

Ich sollte mir besser das neue Projekt ansehen, das Henry für mich aufgetrieben hatte. Aber ich konnte nicht.

Meine Augenlider wurden immer schwerer und schalteten endlich das laute Radio in meinem Kopf ab. Ich schloss die Augen. Einzig ein Klopfen hielt mich kurz darauf davon ab, mich dem Schlaf hinzugeben.

»Samuel? Sind Sie noch wach?«, folgte nach dem zweiten Klopfen Rosies Stimme. Ich hatte schon damit gerechnet, dass sie mich früher oder später zur Seite nehmen wollte. Irgendetwas war beim Abendessen heute anders.

»Ja«, sagte ich mit belegter Stimme, räusperte mich und schaltete die Lavalampe auf meinem Nachttisch wieder an. Das Zimmer war eher ein Kinderzimmer als das eines Teenies. So früh hatte ich meine Heimat verlassen.

Für welchen Preis …

»Entschuldigen Sie, dass ich Sie so spät störe.« Sie stand in der halbgeöffneten Tür und schien sich unsicher zu sein, ob sie das Richtige tat. Ich bedeutete ihr daher mit der Hand, dass sie reinkommen könnte. Vom Boden griff ich nach meinem Sweatshirt und zog es mir wieder über.

»Ist etwas mit Mom?«

»Nein.« Sie fuhr sich durch die Haare und tigerte im Zimmer auf und ab, womit sie mich regelrecht nervös machte. »Doch … Ja.«

Ich stand auf, ging zu ihr und legte meine Hände an ihre Oberarme, damit sie sich beruhigte. »Was ist mit ihr, Rosie?«

Sie konnte mir kaum in die Augen sehen und blickte weiter in dem Zimmer rum.

»Rosie, sagen Sie schon.« Mein Herz pochte wild in meiner Brust.

Ihre Augen fanden in meine. »Ihre Schwester und Sie… Sie haben kein gutes Verhältnis.«

Ich wünschte, es wäre anders. Aber das konnte ich nicht von der Hand weisen. Auch wenn ich mir die letzten Tage die größte Mühe gab, es nicht nach außen hin zu zeigen.

»Das spürt man. Das spürt Ihre Mutter.«

Mom hatte früher schon nicht im selben Raum sein müssen, um zu wissen, wie sich meine Schwestern mit mir gefetzt hatten. Die beiden waren ein Herz und eine Seele und dann gab es mich. Ich erklärte Rosie ohne viele Ausschmückungen, was im Flur bei unserer gemeinsamen Ankunft vorgefallen war. Ich versuchte Erklärungen dafür zu finden, warum mich meine Schwester bis auf den Tod nicht ausstehen konnte.

Rosie nickte immer wieder, konnte mir folgen, aber was auf ihrem Gesicht zurückblieb, war ein bedrückter Ausdruck. Das machte mir Angst. War es ein Problem, dass ich mich nicht gut mit Elise verstand?

»Wir hatten den Blutdruck Ihrer Mutter eigentlich gut eingependelt.«

Eigentlich. Ich schluckte.

»Normalerweise liegt er immer in der Norm.« Sie zog die Luft scharf ein und verlor sich wieder aus meinen Augen. »Aber nicht, seit Sie beide hier sind. Er ist permanent zu hoch« Sie sah wieder zu mir auf. »Trotz der Medikation.« Rosie machte eine bedeutungsschwere Pause, in der meine Hände von ihren Oberarmen rutschten.

»Ich bin hier, um für das Wohl Ihrer Mutter zu sorgen. Bluthochdruck ist gefährlich. Besonders, wenn man schon einen Schlaganfall erlitten hat.«

»Vielen Dank, dass Sie so gut auf meine Mom aufpassen.«

Rosie trat nervös von einem Fuß auf den anderen. Ich sah ihr an, dass sie mit sich rang, nichts Falsches zu sagen.

Es dauerte eine Weile, bis ich begriff, warum sie mitten in der Nacht zu mir gekommen war und mich am Tisch so streng gemustert hatte. Ich war der, der sowieso selten hier war. Ich war der mit dem fetten Bankkonto. Ich war der mit dem *perfekten* Leben. Wenn man es von außen betrachtete.

»Nein. Sie … Ich rede mit Elise. Ich versuche, unser Problem aus der Welt zu schaffen! Bitte geben Sie mir … uns … eine Chance.«

Wir setzten uns gemeinsam aufs Bett. Rosie nahm meine Hand. »Ich will Sie nicht verjagen, Samuel. Verstehen Sie das bitte nicht falsch.«

»Wir bekommen das hin. Das verspreche ich Ihnen. Ich … Ich habe so viele Jahre mit meiner Mom verpasst. Ich kann nicht wieder gehen.«

Sie nickte. Nickte immer wieder. »Das möchte ich auch nicht. Sie freut sich so, dass Sie hier sind, Samuel.«

»Aber das bringt sie um, nicht?« Tränen brannten in meinen Augen. Ich wollte nicht wieder fortgehen. Ich wollte Mom nicht erneut im Stich lassen. Es war der erste Monat seit so vielen Jahren, in dem ich Zeit hatte und mit ihr alles tun könnte, was für sie gut war. Aber … ich war nicht gut für sie. Hier ging es nicht um mich. Hier ging es um meine Mom. Wenn es für sie das Beste wäre, müsste ich wieder zurück nach Los Angeles gehen.

Ich würde sie im Stich lassen, wenn ich hierbleiben würde. Elise hatte recht. Mein Leben gehörte nicht nach Winter Park.

Nicht, nachdem ich ein Hollywoodstar geworden war.

Mein Herz zog sich schmerzhaft in der Brust zusammen. Die erste Träne kämpfte sich aus meinem Auge. Eine zweite folgte ihr sogleich.

Rosie legte einen Arm um meine Schultern und zog mich an sich. Ich verlor meine komplette Fassung, weil es so unendlich wehtat.

Mein Leben war nicht perfekt.

Auch wenn es nach außen hin so aussah.

Nichts daran war erstrebenswert.

Ich war so verdammt einsam.

Wenn ich meine Entscheidung als Teenager rückgängig machen könnte, würde ich es sofort tun. Aber jetzt hing ich fest. Jeder kannte mich. Jeder würde mich kennen, selbst wenn ich aufhören würde.

Ich war gefangen. In dem Leben, das ich mir selbst aufgebaut hatte.

21

Amelia

Mein erster Eindruck hatte mich nicht getäuscht. Die Hütte, die mit den Rockies tief verwurzelt war, hatte mich in eine sanfte Umarmung geschlossen und mich die letzten Tage beschützt. Ich konnte mich nur darauf konzentrieren, wieso ich hier war. Die letzten drei Tage bestand mein Leben aus ziemlich viel Kaffee, ungesundem Essen und einer Bildschirmzeit von mindestens zehn Stunden pro Tag. Wild hackte ich in die Tasten, während das Feuer im Kamin knisterte und Schneeflocken am Fenster vorbei tanzten.

Es war magisch hier oben. Die cozy Umgebung beflügelte meine Kreativität, weil sich meine Charaktere an einem ähnlichen Ort befanden. In den letzten 72 Stunden waren die Probleme von June und Fletcher viel wichtiger geworden als meine eigenen.

Den Schreibfokus hatte ich kein einziges Mal verlassen. Zwar sah ich auf meinem Sperrbildschirm, dass einige Mitteilungen eingegangen waren. Aber fürs Erste wollte ich den Fokus nicht verlassen. Ich wollte mich nicht damit beschäftigen, dass ein Fotograf mein Gesicht abgelichtet hatte. Ich wollte nicht wissen, ob die ganze Welt und besonders Samuel längst herausgefunden hatten, wer ich war und welche Geschichten ich schrieb. Ich wollte in meiner Blase bleiben, in der die Welt noch in Ordnung war. Dennoch plagten mich die Gedanken, wie groß die Sorgen bei meiner Familie und besonders bei Cassie waren.

Die Hütte war abgeschieden und am Arsch der Welt. Meine Liebsten hatten mich wegen des Vorfalls mit meiner Schwester vor meiner Abreise wissen lassen, dass das hier der perfekte Ort für ein Verbrechen wäre. Eine Buchung für dreißig Tage. Man würde mich erst finden, wenn es zu spät wäre. Bevor also irgendwelche Suchtrupps auf den Weg zu mir wären, musste ich den Modus verlassen und sie mit Beweisfoto wissen lassen, dass es mir gut ging. Nur eine einzige Nachricht müsste ich schicken. Mich nicht von anderen Dingen ablenken lassen. Nur diese *eine* Nachricht, damit alle wussten, dass es mir gut ging.

Aber es kostete mich große Überwindung. Die Nachricht verfasste ich in meiner Notizenapp, kopierte sie und musste nur noch den Fokus lösen. Sonst war das keine allzu schwere Aufgabe, weil ich gewöhnlich nicht in sämtlichen Schlagzeilen zu finden war.

Ich schaffte es nicht. Nervös tigerte ich von einer Seite auf die andere. Ich war so gut drin in der Geschichte. Was, wenn mein Gesicht wirklich um die ganze Welt ging? Was, wenn meine Verkleidung nicht gut genug war? Hatte Samuel schon damit begonnen, mich zu vernichten?

Könnte ich meine Augen wirklich nur auf das Nachrichtenfeld richten, den Text einfügen und die Nachricht verschicken, ohne irgendeine andere zu lesen?

Ich hatte mir die Deadline selbst gesetzt. Ich war selbst daran schuld, dass der Druck auf meinen Schultern mit jedem verstrichenen Tag größer wurde. Aber ich kam gut rein. Hier oben gab es nichts und niemanden, der mich störte.

Jedoch war ich es den Menschen, die mich liebten, schuldig. Sie machten sich vielleicht schon große Sorgen um mich. Mir blieb keine andere Wahl.

Einen tiefen Atemzug später fügte ich die Nachricht zuerst bei Mom und dann bei Charlotte ein. Mein Daumen kreiste kurz über den Chat mit Dad, in dem sich schon wieder acht ungelesene Nachrichten befanden. Ihm würde es ohnehin nicht auffallen, also ging ich weiter zu Cassie, die zehnmal so viele Nachrichten wie Dad verfasst hatte.

Ich versuchte wirklich nur den Text einzufügen und wieder zu verschwinden, um zu June und Fletcher zurückzukehren. Aber meine Augen blieben an ihrer letzten Nachricht hängen, die mir sofort ein schlechtes Gewissen einjagte.

> Ich weiß, du ziehst dich komplett in deiner Hütte zurück, weil du Angst hast, enttarnt zu werden. Aber gib mir am Tag wenigstens ein Lebenszeichen, damit ich hier nicht durchdrehe. In Liebe, deine beste Freundin, die sich Sorgen macht. <3

Ich seufzte. Verdammt, ich war es ihr schuldig, mich zu melden. Meine Augen gingen zur Nachricht darüber.

Vermutlich freut es dich nicht,
aber: Das ganze Netz geht steil
auf die hübsche Unbekannte an
Samuel Parkers Seite!

Aber atme auf: Du wurdest (noch)
nicht erkannt. Man sieht dich nur
von hinten.

Apropos. Hast du ihn wiedergetrof-
fen? Er soll sich in Winter Park rum-
treiben. Ist das nicht in der Nähe
deiner Hütte?

Ich atmete auf, denn wie es aussah, musste ich nichts
befürchten. Gott sei Dank! Es war nun ein paar Tage her.
Wenn ein Fotograf mein Gesicht abgelichtet hätte, hätte
er es längst verkauft.

Juhu. Du hast die Nachricht gelesen! Nicht, dass ich wie eine Irre am
anderen Ende sitzen würde, aber …
so drei Tage ohne Nachricht von dir,
wann gab es das zuletzt?

Ich war ihr wirklich etwas schuldig. Also tippte ich ihr
eine Antwort ein und spielte kurz mit dem Gedanken,
sie anzurufen. Ihr zu erzählen, was wirklich passiert war.
Aber wenn ich mit meiner besten Freundin telefonierte,
konnte das gern mal zwei bis drei Stunden dauern. Vor

allem nach dem, was ich erlebt hatte. Die Zeit hatte ich nicht.

Tut mir leid, Süße. Kommt nicht wieder vor. Ich schicke dir jeden Abend ein Lebenszeichen. Versprochen. Hab dich lieb. <3

Und nein, ich hab ihn nicht wieder gesehen und dabei kann es gern bleiben. Er ist und bleibt ein Hollywood-Arsch.

Ein knackiger Hollywood-Arsch. Findest du nicht?

...

Du bist unmöglich, weißt du das eigentlich? Du triffst ihn, trinkst mit ihm einen Kaffee und ich sitze am anderen Ende des Landes und weiß noch immer nicht, was passiert ist. Willst du mir nicht endlich verraten, wie es zu den Schlagzeilen kam?

Es sind Schlagzeilen. Es gab keinen Kuss, kein gar nichts.

Ich hoffte, dass das Thema damit erledigt war. Aber Cassie wäre nicht Cassie, wenn sie keine Nachfragen stellen würde. Wenn es um ihren Lieblingsschauspieler ging, musste sie alles wissen.

Aber die Bilder ...

Lügen. Photoshop. Ich muss
weitermachen. Ich habe einen
Job zu erledigen.

Okay, schon verstanden. Du
willst nicht über ihn reden. Geh
noch nicht. Lass uns noch etwas schreiben. Ich mache mir
Sorgen ...

Brauchst du nicht, solange ich
das schaffe, wofür ich hier bin.

Ach Süße ... Das ist es doch
nicht allein. Du verkriechst dich,
weil du Angst hast, dass dein
Gesicht geleakt wird. Aber sehen wir es mal positiv: Wenn
jemand dein Gesicht hätte, wäre
es längst veröffentlicht worden.

Ich hoffe ...

Wir schrieben noch eine Weile hin und her. Ich erzählte ihr, dass ich nach drei intensiven Schreibtagen schon
20.000 Wörter verfasst hatte. June & Fletchers Ge-

schichte kam langsam in die Gänge. Cassie meinte, dass ich eine Maschine wäre. Das schmeichelte mir etwas. Irgendwann war ich beinahe so weit, ihr zu erzählen, was passiert war, wie es mir wirklich ging und was das alles mit mir machte. Aber Cassie musste los zur Arbeit und meine Chance war vertan. Vielleicht am Abend …

Ich brachte mein Handy nicht direkt in den Schreibmodus, sondern driftete in Google Suchen ab, um mich selbst davon zu überzeugen, dass nirgendwo mein Gesicht war. Nach vierzig Artikeln atmete ich auf. Cassie hatte recht. Die Muskeln in meinem Nacken entspannten sich etwas, ich wechselte in den Schreibfokus und las mich in die letzte Szene ein. Bis zum Abend sah ich kein einziges Mal von dem Bildschirm auf. Der Film vor meinen Augen lief ohne Pause.

25.000 Wörter.

Ich war von meinem Ziel zwar noch ellenweit entfernt, aber die zu leistende Wortanzahl war nicht mehr sechsstellig, sondern nur noch fünfstellig. Als es draußen schon dunkel war, stellte ich mir einen leckeren Tee auf, naschte ein paar Plätzchen und kuschelte mich dann auf die Couch. Wie das Schicksal so wollte, kam im Fernsehprogramm der Hallmark Film mit Samuel Parker, in dem er einen verbitterten Grinch spielte und am Ende die wahre Bedeutung von Weihnachten und der Liebe entdecken würde. Ich hätte mir die anderen Programme ansehen können, aber ich Idiotin sah mir den gesamten Film an.

Er hatte mich verletzt.

Er hatte mir nicht richtig zugehört.

Er war ein Arschloch.

Aber vielleicht hatte Cassie recht und ich hatte ihn auf dem falschen Fuß erwischt. Als der Film vorbei war, schnappte ich mir mein Notizbuch und feilte weiter an der Buchidee mit dem bekannten Hollywoodstar. Schließlich war nach dem Buch vor dem Buch. Es war ein immer fortwährender Kreislauf. In meinem Kopf formte sich direkt eine Szene. Allerdings sah ich sie nicht mit der Cafébesitzerin und diesem Hollywoodstar, sondern mit Samuel und mir.

Ich schüttelte ganz schnell meinen Kopf, weil ich dieses Kopfkino unterbinden wollte. Der Hallmark Film hatte mir eindeutig die Hoffnung geschenkt, dass ich aus Samuel einen Sonnenschein machen könnte. Aber unsere Welten lagen so weit auseinander. Wir würden uns wahrscheinlich nie wieder begegnen. Ich legte mein Notizbuch weg und lief in meinen kuscheligen Socken zurück zu meinem MacBook. Noch war ich viel zu aufgekratzt, um zu schlafen. Also tippte ich weiter fleißig in die Tasten.

28.234 Wörter.

Es war wie eine Sucht. 30.000 Wörter sahen schöner aus als 28.234. Ich tippte weiter und weiter.

30.072.

Noch bis zu den 31.000.

Es ging immer so weiter, bis mein Nacken, meine Unterarme und meine Finger fürchterlich brannten. Als ich von meinem Bildschirm aufsah, sah die Nacht nicht mehr so tiefschwarz aus.

03:34 Uhr.

Ich war bescheuert.

Und wie bescheuert ich war.

Als ich in die Ferne sah, merkte ich, wie meine Augen unter dem permanenten Starren auf dem Bildschirm gelitten hatten. Meine Beine waren bis zu meinem Po eingeschlafen. Kleine Bewegungen machten den brennenden Ameisenschmerz schlimmer. Nachdem sich das Kribbeln wieder beruhigt hatte, stand ich auf. Machte kleine und größere Bewegungen, aber das Brennen in den Armen ließ nicht nach. Mein Nacken war so verspannt, dass es sich anfühlte, als lägen zentnerschwere Betonklötze auf meinem Kopf. Ich konnte meinen Kopf kaum bewegen, massierte die Stränge an meinem Nacken, aber fand keine Abhilfe.

Ich war drauf und dran unter die Dusche zu steigen und das heiße Wasser über meine verkrampften Muskeln laufen zu lassen, als mir die Sauna ins Auge sprang. Ich hatte überall gelesen, dass sie gegen Verspannungen wahre Wunder wirken konnte. Im Nu schritt ich nur mit einem Handtuch bekleidet durch den Tiefschnee, zog die Tür der Fasssauna auf und drehte den Temperaturregler auf 70 Grad. Ich wollte es nicht übertreiben, zumal ich noch nie zuvor eine Sauna besucht hatte.

Genau das war das Problem. Zwar leuchtete die Glut auf, aber ich spürte von der Hitze so schnell nichts.

Vorheizen war das Stichwort.

Ein wenig traurig lief ich zurück zur Hütte, googelte wie lange das Vorheizen bei einer Sauna dauerte und fragte mich, was ich bis dorthin tun konnte. Die Schmerzen konnte ich nicht ausblenden, sodass ich nicht einfach einschlafen könnte.

Mein MacBook war vorerst aber tabu. Also entschied ich mich dafür, ein wenig auf den Social Media Apps zu hängen. Einige Videos interessierten mich kein bisschen, bis mir auf einem die Umgebung so bekannt vorkam. Auf dem Video stand:

**POV: Du willst nur einen Kaffee trinken und
triffst dann IHN.**

Plötzlich schwenkte die Kamera in eine Nische an einer großen Fensterfront. Ich erkannte die Szene sofort. Samuel. Wie er meine Hand hielt. Ich. Verdammt. ICH! Meine Haare verdeckten nicht mein Gesicht, weil ich mir sie, so verlegen wie ich war, hinter meine Ohren gestrichen hatte.

O Gott.

Jeder der wusste, wie ich von der Seite aussah, würde mich erkennen!

Plötzlich wurde zu meinem Gesicht gezoomt. Darunter folgte auf dem Video der Text:

DAS IST SAMUELS NEUE FREUNDIN.
WER KENNT SIE?

22

Amelia

Mein Herz wechselte vom seichten Spaziergang zum Sprint. Das durfte nicht wahr sein. Das konnte nicht wahr sein! Nein, nein, nein! Ich überflog die Kommentarspalte. Keiner hatte mich erkannt. Alle waren sich einig, dass mich in Hollywood niemand kannte. Wilde Theorien wurden gesponnen: Von einem Rückeroberungszug, um Madelines Herz zurückzugewinnen, bis hin zu dem Einlassen mit einem Fan war alles vertreten. Mir lief es eiskalt den Rücken herunter, weil ich sah, dass viele #Samline Fans (von denen ich selbst mal einer gewesen war) die »neue« Freundin an Samuels Seite gar nicht mochten. Sie sprachen von einem Downgrade. Sie kündigten an, mich fertig zu machen, bis Samuel wieder mit Madeline zusammen wäre. Ich bemerkte, dass er nicht mein größtes Problem war. Für Samuel und Madeline galt für das gesamte Samline Fanlager »Right Person, Wrong Time«. Auch eineinhalb Jahren nach der Trennung hatten sie nicht aufgegeben, das Hollywood

Traumpärchen wieder zusammenzubringen.

Wenn mich einer auf diesem Videoclip erkennen und es zu den Samline Fans durchsickern würde …

Dieses Video hatte die Macht, mein Leben von einer auf die andere Sekunde komplett zu verändern.

Und jetzt?

Die Zahnräder in meinem Kopf arbeiteten auf Hochtouren. Würde mich einer meiner Liebsten ans Messer liefern? Würde mich einer von ihnen wie den Hunden zum Fressen vorwerfen? Ich machte mir eine imaginäre Liste.

Mom.
Ihr Freund Peter.
Dad.
Charlotte.
Ihr Freund.
Meine beste Freundin Cassie.
Meine Agentin Hannah.

Sieben Menschen. Sieben Menschen, die die Macht besaßen, mein Leben für immer zu zerstören.

Charlotte schloss ich sofort aus. Sie hatte schon nicht gewollt, dass ich überhaupt den Vertrag unterschreiben und Bücher veröffentlichen würde. Mom, Peter, und Charlottes Freund strich ich sofort von der Liste.

Dad? Dem würde es nicht mal auffallen. Seinen Namen konnte ich sofort durchstreichen. Also blieben nur noch meine beste Freundin und Hannah übrig. Während ich mir bei Cassie ziemlich sicher war, konnte ich das von meiner Agentin nicht behaupten.

Ich dachte zurück an mein offenes MacBook auf dem hölzernen Tisch des Starbucks. Was, wenn ein Paparazzo doch davon ein Foto geschossen hatte und jetzt mit dem Video Puzzlestücke zusammensetzen könnte? Vielleicht sogar so ein gestochen scharfes Bild, das den Titel Stardust Chapters 2 zeigen würde? Was, wenn sich jemand tatsächlich die Mühe machen würde, ein Bild von Ava und Amelia zu vergleichen? So gut war meine Verkleidung nicht … Bis auf die veränderte Haar- und Augenfarben und dem anderen Kleidungsstil war ich dieselbe Person.

Ich vergeudete keine weitere Sekunde und wählte die Nummer meine Agentin. »Wir haben ein Problem«, sagte ich, ohne jegliche Form der Begrüßung.

»Ich schlafe«, murmelte sie und wollte wieder auflegen.

»Hannah, es ist ernst!«

Ich hörte, wie es im Hintergrund raschelte, und nahm daher an, dass sich meine Agentin im Bett aufgesetzt und das Licht angeschaltet hatte.

»Was gibt es?«, fragte sie mit einem Gähnen. »Wenn es Probleme mit der Fortsetzung sind: Ich kann den Verlag nicht weiter hinhalten. Du schaffst das, ja? Ich glaube an dich! Und jetzt gute Nacht.«

Das Problem hatte ich kurz vergessen, aber das war jetzt zweitrangig. Ich durfte für kein Geld der Welt meine Privatsphäre verlieren. Innerhalb weniger Minuten erklärte ich Hannah, was passiert war. Doch zu meinem Entsetzen reagierte sie nicht so, wie es ich mir gewünscht hatte, sondern so, wie ich es erwartet hatte, weshalb ihr Name mit einem roten Ausrufezeichen auf meinem imaginären Zettel stehenblieb.

»Das ist *genial*!«

Genial? Was war daran genial?

»Ich war nie ein Freund deiner Verkleidung – auch wenn ich es unter den gegebenen Umständen verstehen konnte. Aber ich habe dir schon damals gesagt, dass du nur süße Leser und Leserinnen haben wirst, die dir nichts antun würden.«

»Stopp«, unterbrach ich ihren Redefluss, aber Hannah interessierte das nicht.

»Überleg mal, was dir das für eine Popularität einräumen würde. Du bist schon nah an der Spitze, aber noch sind ein paar größere Autoren und Autorinnen vor dir. Aber wenn die Öffentlichkeit glaubt, du wärst Samuel Parkers Freundin.«

»Hast du mir nicht zugehört? Ich will nicht in die Öffentlichkeit und ich gebe nichts vor, was so nicht ist. Ich habe ihn nur am Flughafen und zufällig in diesem Café getroffen und mich mit ihm unterhalten.«

»Aha«, machte sie. »Und dieser Kuss am Flughafen? Wie ist der entstanden?«

»Gar nicht! Das ist Photoshop.«

»Das heißt, die Bilder wurden verändert? Wieso das denn?«

»Für die beste Schlagzeile? Für den maximalen Erfolg? Für klingelnde Kassen? Keine Ahnung! Ich will, dass das aufhört! Ich will meine Privatsphäre schützen! Es darf keine Verbindung zu Ava Christensen entstehen. Bekommst du das hin?«

Ich hörte auf der anderen Seite ein Knarzen, das Klicken eines Kugelschreibers und das Abreißen eines Blattes.

»Bevor du Panik schiebst, gib mir zehn Minuten. Ich analysiere die Lage und überlege, was das Beste für uns ist.«

Für uns? Es gab kein Uns. Es gab nur mich und den Schutz meiner Privatsphäre. Ging das nicht in ihren Schädel? Ich spürte, wie meine Muskeln sich sekündlich noch stärker verkrampften und sich meine Finger der Handfläche immer mehr annäherten, ohne dass ich etwas dagegen tun konnte.

»Wir schlachten diese Geschichte nicht aus, okay?«

»Aber Samuel ist doch die reale Vorlage für Fletcher, oder?«

»Ja«, knurrte ich und wusste nicht, was sie mit diesem Einfall bezwecken wollte.

»Stell dir mal vor, er würde die Starbesetzung in der Verfilmung von Stardust Chapters werden. Die Kinokassen würden Millionen einspielen. Deine Fans würden dich dafür lieben. Und nicht nur das: Du würdest all seine Fans für dich gewinnen, denn June und Fletchers Geschichte wird sie in ihren Bann ziehen.«

Niemals.

Niemals würden seine Fans das feiern. Sie würden mir eher die Augen auskratzen, als mich zu akzeptieren.

»Amelia, verstehst du denn nicht? Sie würden die Fortsetzung lesen, bevor sie verfilmt wird. Scheiß auf deine Privatsphäre und nimm das Geschenk an, das dir die Medien anbieten.«

Welches Geschenk? Das war kein Geschenk. Das war ein Fluch. Wenn mich einer identifizieren würde, würde alles den Bach runtergehen.

Mein Herz raste in meiner Brust, während ich auf Hannahs Ausarbeitung wartete. Ich brauchte hinreichende Argumente, um sie von dieser saudummen Idee abzubringen. Ständig checkte ich die Kommentarspalte des Videos, ob mich schon irgendjemand enttarnt hatte. Ich war nicht mehr sicher. Mein ganzes Leben wurde an die Wand gefahren. Wie sollte ich um alles in der Welt den Kopf zum Schreiben finden?

Wieso hatte ich mich überhaupt mit Samuel Parker

abgegeben? Wieso war ich nicht einfach aus dem Café gestürmt? Wieso hatte ich mir am Flughafen nicht gleich ein überteuertes Taxi nach Winter Park genommen? Wieso hatte ich es zugelassen, dass ich mit ihm in den Medien landete? Es war von vornherein klar, nur ich hatte es in diesen Momenten mit ihm nicht gesehen.

Verflixt!

Was konnte ich jetzt noch tun, um die Katastrophe abzuwenden?

23

Samuel

Mom war noch wach gewesen. Ich hatte nicht nur das Gespräch mit ihr, sondern auch mit Elise gesucht. Aber diese falsche Schlange war heulend zu unserer Mom gelaufen und hatte meine Chance zu bleiben zunichtegemacht. Sie hatte Mom vor die Wahl gestellt, die so verdammt unfair gewesen war. Vorgeheult hatte sie Mom, dass sie doch nur noch hier ein Dach über dem Kopf hatte, dass Mom die einzige Hoffnung für sie war, nicht auf der Straße zu landen. Mom war keine andere Wahl geblieben als sich für ihre Tochter und nicht für ihren Sohn zu entscheiden ... Denn ich hatte ja alles. Ein Dach über dem Kopf, den fetten Geldbeutel und die noch viel fetteren Bankkonten. Dabei war das Einzige, was ich in diesem Moment brauchte, die Liebe und Geborgenheit meiner Mutter, um nicht vollständig zu vereisen.

Mit meiner Reisetasche strandete ich mitten in der Nacht bei Maria. Im Café brannte Licht, was ich gegen 3:00 nicht erwartet hatte, weil sie längst geschlossen hatte. Ich entdeckte sie auf einem Barhocker am Tresen. Vor ihr waren dicke Ordner ausgebreitet, in denen sie herumwälzte.

Ich hatte schon damals immer zu ihr kommen können, wenn die Bude zuhause lichterloh gebrannt hatte. Vor wenigen Tagen hatte sie mich daran erinnert, daher stand ich nun mitten in der Nacht vor ihrem Café. Ich klopfte gegen die Scheibe. Sie hörte mich nicht direkt beim ersten Mal, deswegen klopfte ich etwas fester. Sie zuckte zusammen und drehte sich zu mir um. Als sie mein Gesicht erkannte, sprang sie sofort vom Barhocker und lief zur Tür. Ihr Blick fiel auf meine Reisetasche und sie musste nicht lange überlegen, was das zu bedeuten hatte. Ihre Arme schmiegten sich um meinen Körper und sie zog mich fest an sich. »Ach Junge … Was ist passiert, dass du mitten in der Nacht bei mir strandest?«

Der Graben zwischen meiner Schwester und mir hatte sich zu einem Vulkan aufgefaltet, der die Lava siedend heiß spuckte. Die andere Seite war unerreichbar geworden, wenn man nicht bei lebendigem Leib verbrennen wollte …

»Komm doch erst mal rein.« Sie schob die Ordner zur Seite und musterte mich mit diesem traurigen Blick. »Willst du eine heiße Schokolade?«

Ich schüttelte den Kopf. Mir war eher nach Alkohol. Viel Alkohol. Aber den hatte sie hier nicht.

Wir setzten uns an die Theke, ich stützte meinen Kopf mit den Händen ab und brach mein Schweigen. »Ich kann das alles nicht mehr, Maria.«

»Was kannst du nicht mehr?« Ihre Hand berührte meine Schulter. Die Wärme, die von ihr ausging, kämpfte gegen die Eiskanone an, die seit dem Verlassen meines Elternhauses alles gab, um mein Herz, meine Seele und meinen ganzen Körper zu erfrieren.

»Dieses Leben.« Ich wünschte, sie hätte eine Zeitkapsel, die mich in meine Jugend zurückbefördern würde, damit ich die Entscheidung, nach Hollywood zu gehen, bloß nicht treffen würde. »Ich will das alles nicht mehr, Maria. Ich kann das nicht mehr … Ich …« Mein ganzer Körper schmerzte unter der Last, die auf meinen Schultern lag. »Ich wollte doch nur für sie da sein. Für Mom. Aber ich darf nicht. Ich kann nicht, wenn ich sie nicht umbringen will. Mein Leben … Es gehört nicht mehr hierher. Es ist zu turbulent. Zu anders.«

Maria griff nach meiner Hand, streichelte zart über den Handrücken und fing mich auf. Sie zog mich an sich und hielt mich einfach nur fest. Zum zweiten Mal für heute weinte ich vor einer anderen Person, zeigte mein gebrochenes Herz und rang um jeden einzelnen Atemzug, weil ich unter der Last zerbrach.

»Ich will doch nur wieder ich sein«, schluchzte ich. »Aber selbst wenn ich meine Karriere an den Nagel hängen würde, würde es nicht aufhören. Ich bin gefangen. Die Schlinge hat sich fest um meinen Hals gezogen und der Hocker unter meinen Beinen wackelt bedrohlich.«

Maria ließ mich los und sah mir entsetzt ins Gesicht. »Samuel.« Sie zog ihre Augenbrauen zusammen und hatte Tränen in den Augen. »So darfst du nicht denken, hörst du? Nach jedem Tief kommt wieder ein Hoch. Ich stecke nicht in deiner Haut, aber ich erinnere mich nur zu gut, wie du damals deine erste große Rolle hattest und stolz wie Oskar zu mir ins Café kamst. Direkt nach deiner Mom hast du es mir erzählt.«

Sie brachte ihre Hand an meine Wange und strich meine Tränen fort.

»Es tut mir so leid, Junge, dass Hollywood seinen

Glanz bei dir verloren hat. Aber du darfst nicht vergessen, wie gern du schauspielerst.« Sie sah auf meinen Stammohrensessel. »Als du jünger warst, hast du immer die Leute beobachtet, die am Café vorbeizogen sind. Erinnerst du dich?«

Ich nickte.

»Manchmal hast du ihre Gestik und Mimik nachgestellt, bis du in die Theater AG deiner Schule gegangen bist. Weißt du noch, als wir hier immer gemeinsam deine Szenen geübt haben?«

Marias Wärme hatte die Eiskanone gestoppt und kämpfte sich langsam zu meinem Herzen vor.

»Ich habe all deine Filme, Serien und die Interviews dazu gesehen. Deine wundervolle Rede, als du den Oscar gewonnen hast. Samuel, du bist aus ganzem Herzen Schauspieler geworden. Du liebst das, was du tust. Vergiss das niemals, ja?« Sie seufzte. »Ich will damit den öffentlichen Druck nicht kleinreden. Ich habe vor drei Tagen gesehen, was er mit dir macht. Ich habe dich kaum wiedererkannt, aber ...« Ihre Hand glitt von meiner Wange zu meinem Herzen. »Aber tief hier drin bist du noch immer du. Egal, was die Presse, die Fans oder sonst irgendwer tut. Du bist noch immer du.«

Das Glöckchen über der Tür bimmelte. Ich rechnete schon damit, gleich helle Blitzlichter zu sehen. Doch es war nur Marias Sohn, der beschützend aufkreuzte und wissen wollte, ob alles in Ordnung wäre. Früher waren wir mal so etwas wie Freunde gewesen, aber heute war davon nichts mehr übrig. Wir musterten uns nur stumm, während Maria ihm versicherte, dass alles okay war. In seinem Blick sah ich, dass ich nicht mehr Sam, sondern nur noch der Hollywoodschauspieler Samuel Parker war. Kurz darauf schickte sie ihn wieder fort.

Bevor sie etwas sagen konnte, zog ich sie in eine feste Umarmung.»Danke. Danke, dass du immer für mich da bist.« Es tat mir im Herzen weh, dass ich in all den Jahren in der Stadt der Engel so wenig an sie gedacht hatte. Dass ich sie in meinen Reden kein einziges Mal erwähnt hatte. Ich fühlte mich furchtbar. Ich hatte sie all die Jahre im Regen stehen lassen, obwohl sie mit der Grund für meine Schauspielkarriere war.

»Nicht dafür, Samuel. Ich habe das letztens ernst gemeint. Zu mir kannst du immer kommen, ja? Du musst das nicht allein mit dir ausmachen. Ich bin da. Für immer und ewig.« Sie lächelte mich an. »In all den Jahren bist du wie ein zweiter Sohn für mich geworden. So schnell geb ich dich nicht auf, hörst du? Und ich lasse es nicht zu, dass diese Scheinwelt meinen Samuel zerstört.«

Sie hatte keinen blassen Schimmer, wie gut ihre Worte taten. Ich war wie benebelt davon und konnte ihr nicht mal ansatzweise zeigen, wie dankbar ich war, in diesem Moment bei ihr zu sein.

»Was willst du jetzt tun, Samuel?«

»Mein Flug geht um 7:35 zurück nach L.A.«

Maria musterte mich eine Weile. »Ich glaube, du brauchst eine Pause von all dem Trubel um deine Person.« Sie lief um den Tresen und ging dahinter in die Hocke. Es klirrte und ich war kurz davor, zu ihr zu gehen, als sie wieder auftauchte und mir einen alten Schlüssel über den Tresen schob. Sie schmunzelte. »Es ist nicht zu vergleichen mit dem, was du sonst gewohnt bist. Aber es ist hoch oben in den Bergen. Abgeschieden von der Zivilisation. Genau das, was du jetzt brauchst.« Sie legte mir einen zweiten Schlüssel dazu. »Nimm mein Schneemobil und mach dich am besten gleich auf den Weg. Gib diese Koordinaten in dein Handy ein und du wirst auf direktem Weg dorthin geleitet.«

»Das … Das kann ich nicht annehmen.«

»Doch. Und jetzt verschwinde, bevor du erkannt wirst. Da oben hast du deine Ruhe. Du kannst in dich hören und zurück zu dir finden.« Sie lächelte mich zufrieden an und schloss mich über die Theke hinweg in die Arme. Ich ließ mich erneut in diese Umarmung fallen und saugte die ganze Wärme auf, die sie mir bescherte.

»Du bist die Beste. Weißt du das eigentlich?«

Sie lachte. »Ich weiß. Und jetzt sieh zu, dass du loskommst. Wenn du etwas brauchst, ruf mich sofort an. Ich komme zu dir. Wenn du in diese Gedankenspirale von eben abrutschen solltest, melde dich bei mir. Ich bin für dich da. Wir schaffen das gemeinsam, ja?«

Ich sah an ihrer Falte zwischen den Augenbrauen, dass ihre Sorgen um mich riesengroß waren. Ich versprach ihr, mich zu melden. Aber dann riss ich mich von ihr los. Sie hatte recht. Ich sollte besser keine Zeit verlieren. Schnell schnappte ich mir die Schlüssel vom Tresen, verließ das Café und sattelte mich auf das Schneemobil. Als ich die Koordinaten bei Maps eingegeben hatte, startete ich den Motor und fuhr der blauen Linie nach.

Das Schneemobil schnurrte leise, als ich den Berg hinauffuhr. Dabei peitschte mir die kalte Bergluft mitten ins Gesicht und brachte meine Wangen zum Glühen. Die hohen, schneebedeckten Fichten und Kiefern rauschten an mir vorbei, als wären sie stillschweigende Zeugen meiner Flucht aus der Realität. Aus meinem Leben, in das ich am liebsten nie wieder zurückkehren würde. Die Sonne ging langsam hinter einer Bergspitze der Rockies auf und erwärmte nicht nur meine Wangen, sondern auch mein Herz.

Die Leute sollten sich viel lieber auf die Schönheit der

Natur fokussieren. Dafür sorgen, dass wir noch viele Jahre auf dieser Erde leben dürften. Sie sollten nicht irgendwelchen Stars nachstellen und so tun, als wären sie Teil des eigenen Freundeskreises.

Mit jeder Minute, die verstrich und mich näher zu meinem Ziel brachte, wurde ich ruhiger. Der Weg zum Berggipfel, auf dem die Hütte thronte, fühlte sich wie eine Reise in eine andere Welt an. In eine, in der mein Herz jede Sekunde leichter wurde, und die Last auf meinen Schultern allmählich verschwand. Mit jedem weiteren Anstieg schien die Welt um mich herum kleiner zu werden, während die majestätischen Gipfel der Rocky Mountains immer größer wurden. Der Motor des Schneemobils dröhnte in meinen Ohren, doch die Stille der wilden Natur war überwältigend. Langsam hatte sich die Sonne ihren Platz am Himmel erkämpft und trieb mir, trotz allem, was in den letzten Stunden passiert war, dieses dämliche Grinsen ins Gesicht. Der frische Pulverschnee, der in der vergangenen Nacht vom Himmel gerieselt war, wirbelte sich unter den Kufen des Schneemobils auf und schien wie funkelnde Diamanten in der Sonne.

Die Kälte biss in meine Nasenspitze und ließ mich frösteln, doch die Vorfreude auf das, was vor mir lag, wärmte mein Herz. Als ich die letzte Baumgruppe aus Fichten fast durchkreuzt hatte, blitzte vor meinen Augen eine Holzhütte auf.

Hier würde mich niemand finden. Das war gut.

Nachdem ich mit dem Schneemobil die verschneite Hütte erreicht hatte, stellte ich den schnurrenden Motor ab. Einen Moment genoss ich die Ruhe. Den Frieden, den ich hier oben auf 2.500 Metern über dem Meeresspiegel fand. Keine Menschen, keine Paparazzi. Nur die wilde Natur und ich.

Der Schnee knirschte unter meinen Stiefeln, als ich von dem Schneemobil abstieg. Ich zog den Schlüssel ab und konnte es kaum erwarten, wie es im Inneren aussah. Durch das warme Sonnenlicht sah es so aus, als würde in der Hütte Licht brennen. Ich lief drei Treppenstufen nach oben, lief über eine schmale Veranda und steckte dann den Schlüssel in die Tür, um sie zu öffnen. Die Kälte, die bis zu meinen Zehen reichte, verschwand sofort, weil mich die wohlige Wärme in eine feste Umarmung zog.

Hier würde ich so schnell nicht mehr verschwinden. Meine Augen wanderten aufgeregt in dem großen lichtdurchfluteten Raum umher. Die Hütte war liebevoll eingerichtet und sah fast so aus, als würde sie dauerhaft bewohnt werden. Orange und gelbe Flammen tanzten im Kamin umeinander. Es roch nach einer Mischung aus Zimt, Mandarinen und Kiefern. Ich spürte sofort, wie sich die Wärme in meinem gesamten Körper ausbreitete, und ich zu schwitzen begann. Meine Reisetasche stellte ich auf den langen Holzdielen ab, die an einem Stück bis zur großen Terrassenfront gegenüber verliefen. Ich öffnete meinen Reißverschluss, zog meinen Parka aus und hing ihn auf einen Stuhl am Esstisch in der kleinen, aber feinen Küche.

Jetzt müsste ich wohl oder übel kochen lernen, wenn ich nicht verhungern wollte. Unter einer Kanne stand auf der Arbeitsfläche der Küche ein Teelicht. Maria hatte wohl schon früher mit mir gerechnet. Sie war eine herzensgute Dame. Ich musste ihr unbedingt etwas zurückgeben. Sie tat schon seit meiner Kindheit so viel für mich. Ich erinnerte mich daran, dass sie Winter Park nie verlassen hatte. Wenn ihr Wunsch einer Reise durch

Europa noch immer auf dem Plan stand, würde ich ihr den erfüllen.

Ich schnüffelte an der Kanne und mir stieg direkt das Aroma von starken Kaffeebohnen in die Nase. Auch wenn es sinnvoller wäre, sich nicht daran zu bedienen und im Bett lieber ein paar Stunden Schlaf zu sammeln, schnappte ich mir eine Tasse und goss mir die schwarze Flüssigkeit ein. An ihr nippend ging ich zur Terrassenfront und ließ mich wieder von der Sonne küssen. Meine Augen wanderten über die Berge, den vielen Schnee und es passierte wie von allein, dass ich mich selbst in eine Umarmung zog.

Erinnerungen meiner Kindheit strömten auf mich ein und ich musste erkennen, dass ich mich in all den Jahren auf den roten Teppichen Hollywoods fast komplett verloren hatte. Früher hatte ich keine großen Dinge, keine teuren Autos, keine protzigen Villen zum Leben, sondern nur ganz, ganz wenig gebraucht. Mom hatte mir in meiner Kindheit gezeigt, das Besondere in den alltäglichen Dingen zu sehen. Sie hatte mir gesagt, dass man sich mit Geld kein Glück kaufen konnte. Sie war immer der Meinung gewesen, dass man nicht viel brauchte, um glücklich zu sein. Damals hatte es mich wunschlos glücklich gemacht, mit einer warmen Tasse Kakao am Fenster zu sitzen und die rieselnden Schneeflocken zu beobachten. Wann hatte ich damit aufgehört? Und wieso?

Maria hatte die Ausstattung der Hütte vor mir kleingemacht. Dabei fand sich auf dieser Terrasse mit der schönsten Aussicht, die ich in meinem ganzen Leben jemals gesehen habe, ein Jacuzzi und eine Sauna, die in einem alten Weinfass steckte. Das hier war so besonders im Vergleich zu den lieblos eingerichteten Hotelsuiten und Lofts, die ich in den letzten Jahren bewohnt hatte. Es hatte Charakter. Es hatte Charme. Es hatte Persönlichkeit. Jedes Kissen, jede Deko, jedes Bild erzählte eine Geschichte. Die weißen und vor allem kahlen Hotelwände konnten dabei nicht mal im Entferntesten mithalten.

Maria hatte dieser Hütte ihren Zauber verliehen. Bis heute hatte ich nicht gewusst, dass sie diese Hütten hier oben betrieb. Aber in jedem Detail im Inneren war ihre Handschrift zu lesen. Warum versteckte sie sich im Tal hinter einem anderen Namen auf der gegenüberliegenden Straßenseite? Warum ließ sie die Leute im Glauben, dass die Hütten zu einer größeren Kette gehörten? Das hier war ihr Lebenswerk. Sie sollte stolz darauf sein.

Ich spürte die Müdigkeit in jedem Muskel, in jedem Knochen. Langsam wanderte ich von der Fensterscheibe zurück, ließ mich auf die Couch fallen und schloss meine Augen. Die vitalisierende Kraft des Kaffees blieb aus. Ich schaffte es nur noch geradeso, die halbvolle Kaffeetasse auf dem runden Holztisch abzustellen, ehe meine Augenlider so schwer wurden, als würden Steine auf ihnen liegen.

24

Amelia

Während ich auf Hannahs Ausfertigung gewartet hatte, die länger als zehn Minuten dauerte, hatte ich Cassie angerufen. Sie hatte mir tausendmal versichert, dass niemand von Amelia auf Ava kommen würde. Sie hatte mir versprochen, meine Agentin zur Not selbst aufzusuchen, um ihr das Ausschlachten für meinen Erfolg auszureden. Sie hatte mit allen Mitteln versucht, mich zu beruhigen. Aber ich kam nicht zur Ruhe. Es ging nicht. Die Bilder von Charlotte blitzten vor meinem geistigen Auge auf. Sie hatte mich gewarnt. Sie wollte nicht die einzige Autorin in der Familie bleiben, sie wollte mich nur schützen. Sie wollte verhindern, dass mir so etwas Schreckliches wie ihr passieren würde.

Ich lief in der Hütte auf und ab. Fühlte mich nicht mehr sicher. War kurz davor, zurück nach L.A. zu fliegen und alles aufzugeben. Aber ich schrieb, weil es mich erfüllte, weil es wie mein Elixier zum Leben war. Wenn ich schrieb, konnte ich alles um mich herum ausblenden.

Also wie konnte ich besser mit dem Druck umgehen, als in eine entfernte Welt zu flüchten?

**

Ich hatte weiter in die Tasten gehauen, mir frischen Kaffee aufgebrüht und alles dafür gegeben, meiner Angst und Panik zu entfliehen. Das Karussell in meinem Kopf hatte sich viel zu schnell gedreht. Ich hatte weiterschreiben müssen, um zu vergessen, was mir und meiner Privatsphäre blühen konnte. 2.000 Wörter hatte ich noch oben drauf gesetzt, bis ich am Ende war und meine Arme und Hände kaum mehr bewegen konnte.

Die Sauna schrie zur Erholung nach mir. Schon der Eintritt in die maritimen Gerüche glich einem Gang in ein Paradies, das Entspannung, Wärme und Geborgenheit ausstrahlte. Der heiße Dampf umhüllte mich wie ein zarter Kuss, die maritimen Öle beflügelten meine Seele und ließen mich an meinen letzten Urlaub denken, in dem ich meinen Autorenkopf zum Ruhen gebracht hatte. Es hatte nur mich, die warme Sonne, den Strand und das Meer gegeben.

Mein Herzschlag verlangsamte sich, während meine Muskeln nachgaben und die Anspannung der Nacht in der Hitze schmolz. Mit jeder verstrichenen Minute bildete sich mehr Schweiß auf meiner Haut, tropfte auf die dünnen Holzbretter, auf denen ich saß. Ein tiefer Atemzug brannte in meinen Lungen. Ich schloss die Augen und verdrängte jeden aufkommenden Gedanken an die Konsequenzen meines plötzlichen Auftauchens in der Presse.

Hier gab es nur mich und die Hitze, die meinen ganzen Körper zur Ruhe brachte, bis mich langsam die Müdigkeit durchflutete und ich spürte, wie der Saunagang mit meinem Kreislauf spielte. Also hüllte ich mich in mein Handtuch und öffnete die Tür.

Die eisige Kälte legte sich wie eine zweite Haut über mich. Ein Atemzug brachte frische, kühle Luft in meine Lungen, und mein Atem bildete kleine Wolken vor meinen Augen.

Es war, als ob mich die Natur herausforderte, die Extreme des Lebens zu spüren und zu schätzen. Die Sauna hatte meine Seele beruhigt, und die Kälte des Winters weckte meine Sinne aufs Neue.

Die Sonne war inzwischen aufgegangen und ich spürte ihre stärkende Kraft auf mich scheinen. Ich durfte mir nicht das Schlimmste ausmalen, sondern konnte noch hoffen, dass meine Privatsphäre nicht in Gefahr war. Ich streckte meine Arme weit aus und tankte mich mit neuer Kraft auf.

Auch wenn ich Dad dafür hasste, was er Mom und damit unserer ganzen Familie angetan hatte, liebte ich ihn dafür, dass er mich in all den Jahren immer bestärkt hatte. »Du kannst alles schaffen, was du willst«, hatte er mir jeden Abend gesagt, wenn er mich ins Bett gebracht hatte. Und das stimmte. Ich würde alles schaffen. Die Deadline. Die Presse. Mein Gesicht in dem Video. Der mögliche Leak meiner Persönlichkeit. Vielleicht hatte Hannah recht und es hatte doch etwas Gutes … Ich müsste mich nicht mehr verstellen, meine Fans waren hoffnungsvolle Romantiker. Samuels Fans würden sich wieder einkriegen, weil ich nicht die neue Frau an seiner Seite war und niemals sein würde.

Alles würde gut werden.

Dad hatte mir sicher wieder den Sonnenaufgang von oben geschickt. Diesmal wollte ich ihm antworten. Ein einfaches *Danke*, welches sich nur auf diesen einen Satz bezog, den er mir früher immer gesagt hatte. Ansonsten hatte ich nichts, wofür ich mich bei ihm bedanken musste.

Ich schnappte mir das Handtuch von der Bank, wickelte es um meinen Körper und schloss die Tür hinter mir. Meine Füße tanzten über den Schnee auf dem Boden, die Sonne küsste meine Haut und brachte die Schweißperlen zum Glitzern. Meine Gedanken und mein Körper waren wie gereinigt.

Ein Lächeln mischte sich auf meine Lippen. Die Rockies spiegelten sich in der großen Fensterfront vor mir. Man konnte nicht nach innen sehen, das war klug gemacht. Sonst hätte ich mich durch die vielen Fenster bei vorbeikommenden Wanderern beobachtet gefühlt. Ich legte meine Hand an den Griff, um die Tür von außen aufzuziehen, und freute mich schon riesig, die Wärme von innen zu spüren. Ich würde nicht sofort unter die Dusche springen, sondern meine Hände am Kaminfeuer wärmen, Dad dieses kleine Wörtchen *Danke* schreiben, bevor ich es wieder vergessen würde, und ein Stück von Marias fabelhafter Torte essen. Nach dem Duschen würde ich wie ein Stein ins Bett fallen und erst wieder wachwerden, wenn alles dunkel war. Ich zog die schwere Schiebetür auf, setzte meinen nackten Fuß auf die breiten Holzdielen und schloss die Augen. Es roch so herrlich nach Zimt, Kaffee und Kiefernholz.

Ein seltsames Geräusch, das sich wie ein zartes Schnarchen anhörte, ließ einen eiskalten Schauer über meinen Rücken laufen. Sofort riss ich meine Augen auf, schwenkte meinen Blick hektisch in die Richtung, aus der es kam, und sah eine Person auf dem Sofa sitzen. Mit einer Mütze, die tief ins Gesicht gezogen war. Den

Blick nach unten gesenkt. Mein Herz polterte in meiner Brust. Durch die Wärme der Sauna war mein Körper so gut durchblutet, dass ich den Herzschlag in all meinen Gliedern spürte.

Ich riss meine Hand zu meinem Mund, um den lauten Schrei zu unterdrücken. Dann schossen meine Augen zur Küche. Das Messer. In welche Schublade hatte ich es nach dem Kochen getan? Und wo war mein Handy? Lag es eben nicht noch auf dem Tisch? Hatte er es an sich genommen, um mich von einem Notruf abzuhalten?

Schlief er? Oder wollte er mich nur in dem Glauben lassen, um sich dann von hinten an mich zu heften, damit ich ihm nicht mehr entkommen konnte?

Ich setzte einen Fuß vor den anderen, wollte zur Küche kommen, als die alte Holzdiele fürchterlich unter mir knarzte.

Bitte nicht.

Er riss seinen Kopf hoch, nahm die Mütze vom Kopf und rieb sich über das Gesicht.

Welcher Stalker tat das?

Einer, der nicht damit rechnete, dass ich in der Sauna saß?

Diese Hände. Der zarte Bart. Als er mit den Fingerspitzen an den Haaren angekommen war und durch sie strich, setzte mein Herz einen Schlag aus.

»Was. Tust. Du. Denn. Hier?« Ich konnte meinen Augen kaum trauen. Meine Hand rutschte von meinem Mund, streifte das Handtuch und brachte es damit aus seinem festen Halt. Auf einmal wurden meine Brüste nicht mehr fest zusammengepresst, aber ich konnte nichts dagegen tun. Als er den Blick hob und mir direkt ins Gesicht sah, fühlte ich mich, als hätte er mich mit einer Eiskanone erwischt. Ich stand da, konnte mich nicht rühren, nicht bewegen, nicht atmen, nicht meine Hände an mein Handtuch bringen. Ich ließ es einfach zu, dass es auf den Boden fiel und ich splitterfasernackt vor ihm stand.

Vor Samuel Parker.

Der mich ansah, als wäre ich gekommen, um ihn in Form eines Löwen zum Frühstück zu verspeisen.

25

Samuel

Wie lange hatte ich geschlafen? Ich nahm mir die Cap vom Kopf, rieb mir über meine müden Augen und musste gähnen, als ich bei meinem Haaransatz angekommen war. Definitiv nicht genug. Ich fühlte mich schlimmer als vorher. Jeder Muskel schmerzte noch mehr. Ich musste ins Bett. Am besten jetzt sofort.

»Was. Tust. Du. Denn. Hier?« Plötzlich diese engelsgleiche Stimme. Sie kam mir so bekannt vor, aber ich war so benommen von meinem Schlaf, dass ich kaum klar denken konnte.

Ich riss meinen Kopf nach oben und erblickte sie. Eine grazile, junge Frau. In ein weißes Handtuch gehüllt, das die wichtigsten Stellen bedeckte.

Nein, nicht irgendeine Frau. Sie. Amelia. Meine nervige Tipperin aus dem Starbucks am Flughafen. Misses *Ich-lüge-Samuel-an-und-sage-ihm-dass-ich-nicht-in-die-Öffentlichkeit-will*. Was ein Märchen! Die Frau zuckte beim Lügen nicht mal mit der Wimper und sorgte dafür, dass sie in aller Munde blieb.

Was hatte sie hier zu suchen?

Ich sah mich sofort um, hielt Ausschau nach versteckten Kameras. Hatte mich Maria in die Falle gelockt? Das würde sie niemals tun! Oder hatte sie Geldprobleme? Musste sie die Hütten restaurieren und lieferte mich deswegen aus? Die Ordner, durch die sie sich mitten in der Nacht wälzte … Fiel mir jeder in den Rücken, der mir ansatzweise wichtig war?

Mein Blick schoss zurück zu Amelia. Schweißperlen glitzerten auf ihrem ganzen Körper in dem sanften Licht der Sonne, das durch die Fenster schien. Ich sah, wie die Hand von ihrem Mund nach unten strich, das Handtuch berührte. Ich konnte meinen Blick nicht von ihr abwenden, nicht darüber nachdenken, wieso sie hier in dieser Hütte stand, die mir vorbestimmt war.

Sie sah mich an, als wäre sie versteinert. Meine Augen wanderten an ihrem Körper auf und ab. Was wollte sie mit diesem Aufriss bezwecken? Dass ich ihr um den Hals fiel? Ich hatte kein Interesse. Ich … In diesem Moment fiel ihr weißes Handtuch auf den Boden und ich konnte ihm nicht hinterhersehen. Ich sah direkt auf ihre runden Brüste, die die perfekte Größe hatten. Nicht zu groß und nicht zu klein. Genau passend, damit ich sie mit meinen Händen ganz berühren konnte. Ich sah auf ihren zarten, grazilen Körper, der von der Sonne Los Angeles gebräunt war. Meine Augen wanderten mit ihren langen, glänzenden Haaren hinab, die sanft über ihre Schultern glitten, und sich an ihren Brüsten vorbeischlängelten. Sie waren in diesem warmen Licht eine Mischung aus Kastanienbraun und Sonnenuntergangsgold, wirkten ganz anders als auf den Fotos am Flughafen.

Mein Blut wurde in meine Lenden gepumpt. Ich

atmete auf und riss den Blick von ihr ab, bevor meine Augen unter ihrem Bauchnabel fanden. Wie ein kleines Kind hielt ich mir die Hand vor die Augen.

»Was soll das, Amelia?«, fuhr ich sie an.

Aber sie regte sich nicht. Sie stand einfach nur da.

»Ich bin nicht interessiert. Jetzt zieh dich an und mach es nicht schlimmer, als es schon ist!«

Nichts. Sie bewegte sich keinen Millimeter. Sie musste von mir besessen sein. Das musste es sein! Mein Lieblingscafé. Jetzt die Hütte. Vielleicht war sie eben im Café. In einer Nische. Hatte mitbekommen, dass Maria mir den Schlüssel ausgehändigt hatte. Als ich das Café verließ, war die Eingangstür offen. Maria hatte sie nicht mehr abgeschlossen, nachdem ich sie mitten in der Nacht gestört hatte.

Keine Ahnung, wie sie so schnell hier sein konnte. Ich hatte kein anderes Schneemobil gehört. Oder hatte ich doch länger geschlafen als angenommen?

Schadensbegrenzung war plötzlich das Stichwort, das in meinen Gedanken laut wurde. Ich musste ihr Handy finden, bevor sie diese Szene ins Internet stellen würde. Es gab immer Fans, die zu weit gingen. Die es nicht respektierten, dass ich nicht gern umarmt werden wollte. Denen ein Foto und ein Autogramm nicht reichten. Die sich Zugang zu meinem Haus verschaffen wollten. Aber diese Aktion toppte alles. Noch nie war jemand so über die Stränge geschlagen.

Vielleicht war sie krank … schrieb Fanfictions über mich … heiße Fantasien, die sie in dieser Hütte zum Leben erwecken wollte.

Ich musste sie womöglich vor sich selbst schützen. Schnell erhob ich mich von der Couch, sammelte ihr Handtuch vom Boden auf und hielt es ihr vor die Nase.

»Zieh es an. Sofort!« Ihre Augen fanden meine. Sie waren tief wie der Ozean und schimmerten in einem betörenden Grünton. Plötzlich konnte ich mich nur auf sie konzentrieren. Ich stand schon mit vielen vor der Kamera, aber so schöne Augen hatte ich in meinem ganzen Leben nicht gesehen. Sie strahlten eine Intensität aus, die mir unter die Haut kroch. Ich erkannte eine Welt voller Geschichten und Geheimnisse, die nur darauf warteten, von jemandem entdeckt zu werden.

Aber dieser Jemand würde *nicht* ich sein. Auch wenn sie sich das in den Kopf gesetzt hatte. Auch wenn das Kribbeln in meinen Lenden das Gegenteil vermuten ließ.

Scheiße, Mann. Was war los mit mir? Wurde ich schwach, nur weil sie nackt vor mir stand?

Konzentriere dich, Sam.

»W-w-was?«, war das Einzige, das über ihre Lippen kam, bevor sie mir das Handtuch aus den Händen riss und es sich schnell um ihren Körper wickelte.

Ich trat von ihr weg und versuchte gekonnt, das Kribbeln in meinen Lenden zu ignorieren. »Amelia, das muss aufhören«, sagte ich, tigerte zur Küche, verschaffte ihr Raum, dieses verdammte Handtuch anzulegen. »Du hast den Bogen überspannt.« Ich rieb mir übers Gesicht und wusste nicht, was ich tun sollte. Wenn ich sie jetzt rausschickte, würde sie sicher ein weiteres Mal aufkreuzen. Es war nicht übertrieben, die Polizei zu verständigen. Sie könnte mir sonst etwas antun, wenn sie nicht bekam, was sie wollte.

»Ich verstehe nicht … Du … Was tust *du* hier?«

»Was *ich* hier tue? Spiel nicht schon wieder die Unschuldige! Der Sitz im Flieger! Deine Geschichte im Starbucks. Dann das zufällige Treffen in Marias Café.

Ich bin nicht blöd, Amelia!«, funkelte ich sie an und drehte mich mit erhobenem Zeigefinger in ihre Richtung. Ich würde sie auf der Stelle vor die Tür setzen. Mir doch egal, ob sie nur in einem Handtuch in der eisigen Kälte stand.

»Es waren nur Zufälle!«, sagte sie anklagend.

»Wem willst du das verkaufen? Etwa den Leuten, denen du die Bilder und Videos schickst? Wie viel Geld bekommst du dafür?«

Meine Augen fegten durch die Hütte. Wo war dieses verdammte Handy? Ich musste es finden, bevor sie die nächste gewinnbringende Story verkaufte. Oder … Moment! Ich hatte angenommen, dass sie Geschichten schreibt. Was, wenn sie stattdessen für eines dieser Klatschblätter schrieb? Wenn dieses *Spotted: Mr. Hollywood in …* ihr Ding war?

Da, das MacBook! Ich würde es im Jacuzzi versenken. Auf der Stelle. Mit schnellem Schritt eilte ich zu dem kleinen Schreibtisch in der Nische zwischen Fernseher und Kamin. Ich riss ihn vom Ladekabel und wollte zum Jacuzzi tigern, als ich eine handgeschriebene Notiz auf dem Drucker fand.

Schlachtplan zur Ausnutzung der medialen Präsenz mit Samuel Parker.

Hier hatte ich es schwarz auf weiß. Das war alles eine Mission. Sie hatte das alles inszeniert. Ich würde sie fertig machen. So was von fertig. Ich würde ihr alles nehmen, bis nichts mehr übrig war. Sie hatte mein Leben in Brand gesetzt. Dasselbe würde ich mit ihrem tun. Keine Gnade.

Mein Blick wanderte von dem Dokument, das von

oben bis unten beschrieben war zu dem MacBook in meiner rechten Hand. Jetzt hatte ich kein schlechtes Gewissen mehr, das zweitausend Dollar teure Gerät im Whirlpool zu versenken.

»Was hast du vor?« Sie tauchte neben mir auf, griff nach ihrem MacBook, das ich von ihr fernhielt. Sie folgte meinem Blick auf das Dokument.

»Es ist nicht, wie du denkst!«, sagte sie mit einem Zittern in der Stimme.

»Sicher«, zischte ich ihr mitten ins Gesicht und las ihr die Überschrift sowie die erste Zeile vor. Blitzschnell riss sie mir das Blatt aus den Händen und zerriss es vor mir in der Luft.

»Was glaubst du eigentlich, wer du bist? Du tauchst hier in meiner Hütte auf und machst mich blöd an? Wer stalkt hier wen, hm?«

Ihre *Hütte. Dass ich nicht lache!* »Bitte? Ich habe keinen Grund.«

Sie zog ihre Augenbraue nach oben, senkte den Blick zu meinen Lenden und zog die Luft scharf ein. »Ich weiß ja nicht, aber …«

Eine Hand legte ich schützend vor mein bestes Stück, das sich den Weg in ihre Richtung gebahnt hatte. Sie war es, die mir bis nach Winter Park hinterherjagte. Sie hatte sich in diese Hütte geschlichen. Nicht umgekehrt! Ich funkelte sie an, dass sie nicht von sich ablenken sollte, drängte sie gegen die Wand. »Wieso lügst du mich permanent an, wenn Beweise ganz klar gegen dich sprechen, hm? Was finde ich erst auf deinem MacBook?«

Sie löste eine Hand von dem festen Griff an ihrem Handtuch und beförderte mich einen halben Meter von sich weg. »Darauf findest du nichts, was mit dir zu tun hat! Gott, ich hasse mich selbst dafür, dass ich dich irgendwann mal so derart angehimmelt habe!«

»Aha, du gibst es sogar zu!«

»Als Teenager, Mr.. *Ich-drehe-anderen-die-Worte-im-Mund-um!*«

»Sagt die, die alle immer hinters Licht führt, mit ihrer engelsgleichen Stimme und ihren schönen Augen?« Ich stellte das MacBook auf dem Tisch ab und malte Anführungszeichen in die Luft. »Ich habe kein Interesse in der Öffentlichkeit zu stehen, Samuel«, äffte ich sie nach. »Aber das tust du jetzt! Ja, ich bin die Freundin von Samuel Parker. Das waren deine Worte, Blondie!«

Sie schnaubte verächtlich nach Luft. »Das habe ich so nicht gesagt!«, brüllte sie. Ihre Schultern rundeten sich ein, ihr Blick fiel aufs MacBook. »Aber danke, dass du mich auf eine Idee bringst! Vielleicht sollte ich *wirklich* über dich schreiben!« Ihre Augen verzogen sich zu feinen Schlitzen, als sie wieder zu mir aufsah. »Aber glaube ja nicht, dass du darin gut wegkommst!«

»Tu, was du nicht lassen kannst!«, zischte ich.

Sie schnappte sich ihr MacBook vom Tisch, düste an mir vorbei und schlug die Tür zum Schlafzimmer laut krachend ins Schloss.

Ich rieb mir über die Haare und atmete tief durch. Das Kribbeln in meinen Lenden veränderte sich zu einem heißen Brennen. *What the fuck, ey!* Sie brachte mich um den Verstand. Ob ich es wollte oder nicht …

Diese Frau war genau das, was ich an Hollywood hasste, und mein bestes Stück hatte nichts Besseres zu tun, als darauf steil zu gehen?

Ich fluchte, schlug gegen die Wand und versuchte die Erregung aus mir heraus zu bekommen. Fest presste ich meine Augenlider aufeinander und dachte an etwas, was ganz und gar nicht sexy war. *Quokkas.* Diese kleinen süßen Viecher, die wie größere Eichhörnchen aussahen und einen immer so wunschlos glücklich anschauten.

Als sie plötzlich wieder die Tür aufriss, straften mich ihre Augen mit Blicken, die die Macht hatten, mich auf der Stelle zu töten.

»Du bist ein Arschloch, Samuel Parker!«, fauchte sie in meine Richtung und schritt zur Tür. »Und jetzt verschwinde! Ich will duschen. *Ohne* deine Anwesenheit. Das ist *meine* Hütte!«

Mein Blick folgte ihrem durch die geöffnete Tür. Draußen sah es mit einem Mal so ungemütlich und düster aus. Die Wolkendecke war so dick, dass kein Sonnenstrahl mehr durchschien. »Wenn einer von uns geht, dann du!«

Sie lachte. »Ganz sicher nicht! *Du* bist hier falsch!«

Ich zog meinen Schlüssel aus der Hosentasche und lief mit ihm zu ihr. »Und wieso habe ich dann den hier?« Ich fuchtelte mit ihm vor ihrem Gesicht rum und kam ihr so nah, dass sie mit ihrem MacBook, das sie noch immer schützend an ihren Körper presste, als wäre es ihr Baby, einen Schritt zurückwich.

»Geklaut?!«

»Ja, genau! Weil ich so etwas nötig hätte, mir den Schlüssel zu einer Hütte zu klauen.«

»O Gott, Entschuldigung, Mr. Hollywood. Wie konnte ich das nur vergessen?« Sie riss ihre Augenbrauen in die Höhe und schüttelte abwertend den Kopf. »Du meinst auch, die ganze Welt würde dir zu Füßen liegen, oder?« Sie schlug die Tür in den Rahmen, weil die Eiseskälte eine Gänsehaut auf ihren erhitzten Körper legte und die Hütte zu einer frostigen Höhle verwandelte. »Nur weil dich die ganze Welt kennt, glaubst du, dass du andere wie Dreck behandeln kannst? Du meinst, nur weil du ein berühmter Promi bist, stehst du über allen? Gott, du bist so – «

»Was?«, fiel ich ihr ins Wort.

Sie zog die Luft scharf ein. In ihren Augen blitzte etwas auf. Ich wusste nicht, was im nächsten Moment passieren würde. Aber ich hatte das Gefühl, dass sie mich entweder aus der Hütte befördern oder mir eine knallen würde. Aber als ihre Augen auf meine Lippen sahen, setzte die Hitze in meinen Lenden erneut ein.

Das ist eine saudumme Idee, sagte die Stimme in meinem Kopf. Aber da hatte ich schon den Meter überwunden, der zwischen unseren Körpern lag, und meine Hand um das MacBook gelegt. Mit einer einzigen Bewegung legte ich es sanft auf dem Tisch hinter ihr ab. Als ich die Hand zurückführte, berührte ich ihre Schulter. Sie zuckte zurück, als hätte sie sich an meiner Berührung verbrannt. Aber ihre Augen ruhten weiterhin auf mir. Sahen wieder zu meinen Lippen hinab. Dann kam sie noch einen Schritt näher zu mir. Ihre Brüste stießen unter dem Handtuch gegen meinen Oberkörper.

»Samuel«, flüsterte sie. »Das hier.« Ihre Stimme entfesselte ein heißes Prickeln in meinem Körper. »Läuft nicht so ab, wie in Büchern oder Filmen. Wir zicken uns nicht an und fallen dann übereinander her.«

»Hast du, Ms. Verfechterin von der großen Liebe gerade gesagt, dass das echte Leben nicht so abläuft wie in Büchern und in Filmen?« Ich kam noch ein Stück näher, spürte ihren heißen Atem an meinen Lippen, die nur noch wenige Zentimeter von ihren entfernt waren. Wir führten unsere Diskussion vom Flughafen fort, wenn auch mit einigen Tagen Verspätung.

»So habe ich das…«

Ich brachte sie mit meinem sanften Lachen zum

Schweigen, lehnte meine Hand an die Wand, die aus dicken, horizontal aufeinandergestapelten Holzbalken bestand, und sah ihr tief in die Augen. »Du hast es vielleicht nicht so gemeint, aber gesagt.«

Ich hörte ihr Schlucken, spürte den Druck in meinen Lenden und konnte mich kaum bändigen. Die Stimme in meinem Kopf brüllte mir hundertmal ein Nein entgegen, aber ich hörte nicht auf sie. Ich würde ihr mit diesem Kuss, der in der Luft stand, nicht recht geben, dass das echte Leben doch so ablief wie in Filmen und Büchern. Ich würde ihr nicht recht geben, dass es da draußen doch die große Liebe gab. Ich würde mich nur diesem Knistern hingeben, das zwischen uns zu einem regelrechten Feuer wurde. Ich musste sie küssen. Ich musste ihre sanften, roten Lippen berühren. Ich wollte wissen, wie sie schmeckte. Doch bevor ich die wenigen Millimeter überkam, die unsere Lippen voneinander trennten, schrillte etwas in einem fürchterlichen Ton durch die Hütte.

Was war das?

Mit der Hand fest an ihrem Handtuch ging sie in die Knie, um unter meinem Arm durchzukommen. Meine Augen folgten ihr und beobachteten jede kleine Bewegung, während sie dem schrillen Piepen hinterherjagte. Unfähig, mich zu bewegen, stand ich da und sah ihr dabei zu, wie sie ihr Telefon aus einer Couchritze zog, auf den Display starrte und dann plötzlich den Kopf hochriss.

26

Amelia

Er stand da und bewegte sich nicht. Wenn man mal von der deutlichen Beule in seiner dunklen Jeans absah. Das Einzige, was er tat, war mich anzustarren, als würde ich auf einer weißen Wolke schweben und Harfe spielen.

»Samuel? Hallo? Hast du gehört?« Ich suchte nach dem zweiten Handy. Dieser schrille Warnton kratzte fürchterlich an meinem Trommelfell, sodass es mir nicht möglich war, mich auf den Inhalt der Warnung zu fokussieren. Ich konnte meine Augen kaum aufhalten, so verzog mir dieser Ton die Augenlider.

»Kannst du mal helfen, bitte?!« Ich suchte zwischen den Kissen, in den Ritzen, auf dem Beistelltisch des Sofas. Wenn er sich nützlich machen würde, würde es nicht so verdammt lange dauern. Ich eilte durch die Hütte und konnte nicht glauben, dass er wie benebelt an der Wand lehnte und nur mich ansah.

Hat er sich gerade verliebt oder was?

Mit dem Finger schnippte ich vor seinem Gesicht.

»HALLO. ERDE AN SAMUEL PARKER.« Es dauerte einen Moment, bis sein Adamsapfel im Hals hüpfte, seine Augen wieder klarer wurden und mir dann wirklich ins Gesicht sahen. »W-w-was?«

»Kannst du mal helfen, dein Handy zu finden? Das tut fürchterlich in den Ohren weh, falls du es nicht bemerkt hast!«

Ich sah, wie seine Hand an seine Hose glitt, in die hintere Tasche wanderte und er darauf dieses schwarze Ding in den Händen hielt, das rot blinkte und diesen fürchterlichen Ton von sich gab. Er berührte nur den Bildschirm und der Ton verschwand. Endlich. Ich atmete tief durch, senkte den Blick auf mein eigenes und las die Warnmeldung.

> Schwere Schneesturmwarnung mit Blizzard für den Bundesstaat Colorado. Bitte verlassen Sie nicht mehr Ihre Häuser, verschließen Sie die Türen und kommen erst wieder raus, wenn die Warnung vorüber ist. Sollten Sie Hilfe benötigen, wenden Sie sich bitte an 911.

»Ein Schneesturm mit Blizzard«, hörte ich mich sagen. »Man soll das Haus nicht mehr verlassen.«

»Was?« Samuels Stimme war so weich. Nicht mehr hart und anklagend.

»Ein Schneesturm. Wir sitzen hier fest.«

Ich. Mit. Ihm. In. Dieser. Hütte.

Wie zur Hölle sollte das funktionieren? Ich musterte ihn in seiner dunklen Jeans, dem beigen Rollkragenpullover, der schwarzen Mütze und diesem langen Mantel, der nicht aussah, als würde er ihn irgendwie warmhalten.

Er wirkte eher wie ein Modeaccessoire, was seinen Look abrunden sollte. Ein Trenchcoat, so wie man ihn im Herbst trug. War er etwa in diesem Aufriss hier hochgelaufen?

»Bitte was?« Seine harte Stimme kehrte zurück und ließ meinen Blick von seinen Schuhen in sein Gesicht wandern.

»Ein Schneesturm«, wiederholte ich mich.

»Und wir sollen hierbleiben?« Er nahm die Mütze vom Kopf und fuhr mit der flachen Hand durch seine Haare, die ziemlich platt gedrückt waren. Seine zarten Wellen kamen wieder zum Vorschein. Ich hatte es früher geliebt, wenn er diesen Move in Princeton Hill gemacht hatte.

Stopp! Vergleich ihn jetzt bloß nicht mit James aus Princeton Hill. Er ist Samuel und ein Arschloch. Basta.

»Ich bin mit Marias Schneemobil da. Ich … muss ins Tal.« Seine weichen Gesichtszüge wurden härter. »Ich bleibe doch nicht mit dir hier«, zischte er. Da war er wieder. Das eiskalte, ignorante Arschloch.

»Okay. Stürz dich in die Kälte. Tu, was du nicht lassen kannst. Ich hätte das Bett sowieso nicht mit dir geteilt. Aber Mr. Hollywood wäre sich sicher zu schade für den Boden gewesen, hm?« Warum klang ich, als würde ich es persönlich nehmen, dass er lieber da draußen in den Tod rennen würde, als bei mir zu bleiben? Es war doch seine verdammte Entscheidung. Er war erwachsen, konnte tun und lassen, was er wollte.

»Eher schlafe ich da draußen als mit dir in denselben vier Wänden oder in einem Bett!«

»Fein, hätten wir das ja geklärt.« Ich sah ihm dabei zu, wie er zur beigen Couch tigerte, seine Tasche nahm und wieder zurück zu mir kam. Er nahm den Griff der Tür in die Hand.

»Die werden sich bei der Warnung schon was gedacht haben. Zumindest habe ich in L.A. noch nie so eine bekommen.« Versuchte ich ihn wirklich umzustimmen? Mir sollte es doch recht sein, wenn er abhauen würde. Ich war hier zum Schreiben. Das könnte ich mir gerade aus dem Kopf schlagen, würde er die nächsten Stunden mit mir hier festsitzen.

»Hast du in L.A. jemals Schnee gesehen, Blondie?«

»Kannst du mal aufhören, mich *Blondie* zu nennen? Ich dachte, mein Name würde dir so gut gefallen.«

»Das habe ich gesagt, als du mir vorgegaukelt hast, du würdest mich nicht für deinen Erfolg ausnutzen.«

Jetzt kochte die Wut wieder in mir auf. »Wie oft soll ich dir noch sagen, dass ich das nicht vorhabe?« Das war höchstens der Plan meiner Agentin, nicht meiner.

»Ja, genau. Warum hatte ich dann noch mal diesen Schlachtplan, wie du es so schön genannt hast, in der Hand?«

»Der war nicht von mir, sondern von meiner Agentin.«

Er lachte auf. »Agentin. Du. Dass ich nicht lache. Für was soll die denn gut sein? Damit du schnell berühmt wirst mit deinen Harry Styles Fanfictions?«

Wow. Das würde ich keine zehn Minuten mit ihm hier drin aushalten. Also verbat ich mir, noch ein Wort zu sagen, und zeigte zur Tür. »Schönes Leben, Samuel Parker. Auf hoffentlich nimmer Wiedersehen.«

»Gleichfalls, Blondie.« Er riss die Tür auf und trat nach draußen in den stürmisch tanzenden Schnee, der aus tennisballgroßen Flocken bestand. Ich beobachtete ihn, wie er mit den bloßen Händen die dicke Schneeschicht vom Schneemobil stieß.

»Lass mich raten, *Blondie*: Deine Eltern haben dich verhätschelt und dir erzählt, dass du alles erreichen kannst, wenn du es nur willst. Deswegen sind dir die Gefühle anderer komplett egal. Es geht nur darum, dass du am Ende dein Ziel erreichst.«

Mein Herz zog sich schmerzhaft in der Brust zusammen und breitete diese unaufhörliche Kälte über mich aus. Aber noch war sie nicht auf meiner Zunge angekommen. Noch konnte ich ihm sagen, was ich von ihm hielt. »Nein, das haben sie nicht, du Idiot«, log ich, obwohl mir Dad genau das bis zu meinem fünften Lebensjahr eingetrichtert hatte. Aber das musste Mr. Hollywood nicht wissen. »Weißt du, was ich nicht leiden kann?«

»Was?«

»Dieses V*on-oben-herab-Getue* von dir. Du kennst mich nicht. Du hörst mir nicht mal richtig zu. Für dich bin ich wie alle anderen. Aber man steckt Menschen nicht in eine Schublade, Samuel Parker.«

Er setzte sich kopfschüttelnd auf das schwarze Sitzpolster, das er gerade freigeschaufelt hatte, und steckte den Schlüssel ins Schloss. Der Motor des Schneemobils schnurrte, im Nu stieß er es zurück und brauste davon. Eine Weile sah ich ihm, nur in meinem Handtuch bekleidet, hinterher, bis er auf der Lichtung verschwunden war.

Auf Nimmerwiedersehen, Mr. Hollywood.

27

Samuel

Die dicken Flocken prallten unaufhörlich in mein Gesicht. Mir war es kaum möglich, irgendetwas zu erkennen. Meine Spuren der Auffahrt waren verwischt, mein
Handy nicht brauchbar, um zurück ins Tal zu finden.
Das hatte keinen Zweck. Ich würde es nicht ins Tal
schaffen. Zwischen Amelia und mir brannte das Feuer,
aber ich hatte keine andere Wahl, wenn ich nicht drauf-
gehen wollte. Also drehte ich das Schneemobil um und
fuhr die wenigen Meter zurück zur Hütte, die ich nur in
schemenhaften Umrissen erkannte, je näher ich ihr kam.
Ich stellte das Schneemobil näher an die Hütte, um es
vor Motorschäden zu schützen, und lief die Stufen der
Veranda nach oben.

»Nicht erschrecken, ich bin wieder da«, sagte ich, als
ich reinkam. Ich hörte ein leises Plätschern, als würden
Tausend winzige Regentropfen auf eine glatte Fläche
treffen. Laut lief über irgendeine Box ein Song von Tay-

lor Swift. Sie hatte mich nicht gehört.

Ich schlüpfte aus meinen nassen Schuhen, hing meine Jacke an den Haken und nahm mir ein Paar der dicken beigen Wollsocken, die neben der Tür hingen. Meine Reisetasche war komplett durchnässt, ich würde vorerst keine trockene Kleidung haben. Also musste ich mich darum kümmern, dass sie wenigstens trocken wurde. Ich lief mit der Tasche in der Hand am Schlafzimmer vorbei, wobei ich einen Blick auf ihren nackten Rücken und ihren runden Hintern unter dem plätschernden Strahl der Dusche erhaschen konnte.

Verdammt, Blondie.

Ihr Rückenstrecker stieß klar hervor, ihr Hintern hatte die Form eines wohlgeformten Pfirsichs. Ob er sich so knackig anfühlen würde, wie er aussah?

Was zur Hölle tust du da?

Ich riss den Blick von ihr ab, ermahnte mich, zum Sofa zu gehen, mich hinzusetzen und nicht wieder hinzustarren. Aber ich schwenkte den Kopf erneut nach rechts, beobachtete sie, wie sie sich einschäumte und den Refrain von Taylor Swifts Anti-Hero sang.

O Gott, ja. Du bist das Problem, Blondie.

Ich fuhr mir über die Lippen und durch die Haare, die trotz der Mütze klatschnass waren, und fragte mich, was mit mir passierte. Warum fand ich sie so anziehend? So verdammt anziehend, dass es jedes Mal in meinen Lenden kribbelte.

Sie hasste mich und ich hatte nichts Besseres zu tun, als sie (gerade deswegen?) verdammt anziehend zu finden …

Ich wollte gerade gegen den Türrahmen klopfen, um ihr deutlich zu machen, dass ich wieder zurück in der Hütte war, als Taylors Stimme verstummte, aber dieses

215

Wimmern blieb. Ich wollte sie nicht erneut ansehen, aber konnte es nicht lassen. Sie weinte doch nicht, oder? Wegen mir?

Meine Augen wanderten vom Türrahmen zu ihren Haaren, die in Wasser getränkt viel dunkler waren. Ich sah, wie sie ihre Hände nach oben zu ihrem Gesicht brachte. Von hinten sah es so aus, als würde sie sich über die Augen reiben. Sie weinte, fing ihre Tränen auf.

Scheiße, Mann. Keine Ahnung, was mit mir los war. Wieso ich so anklagend zu ihr war, obwohl sie mir mehrfach das Gegenteil beteuert hatte. Aber es war bisher jedes Mal so. Alle hatten mir etwas vorgespielt. Alle wollten nur meinen Ruhm. Etwas von dem Kuchen abhaben. Mir fiel es schwer, zu glauben, dass sie anders sein sollte. Dass das alles nur Zufälle waren und nichts von ihr vorher geplant war. Aber ich war zu weit gegangen. Ich hatte den Bogen überspannt.

»Amelia?«

Sie schreckte zusammen, als sie meine Stimme hörte. Und ich tat es ihr wegen ihres heftigen Zuckens gleich. Langsam drehte sie ihren Kopf, sodass sie über ihre Schulter sah und mich erkannte. In diesem Moment erhaschte ich einen glasklaren Blick auf ihre Tränen, die neben den Wasserperlen der Dusche haltlos über ihre Wangen liefen.

Ich presste meine Lippen aufeinander, mahnte mich dazu, jetzt nichts Falsches zu tun und nichts Falsches zu sagen.

»Der Schneesturm … Er …« Ich schluckte, als sie auf den Boden der weißen Duschwanne sank, sich zusammenkauerte und den Blick von mir abwandte. »Er ist definitiv zu krass, um ins Tal zu kommen. Die Warnung war kein bisschen übertrieben.« Wieso stammelte ich meine Worte so schnell vor mich hin? Ich hörte mich an, als wäre ich wieder bei meinem ersten Vorsprechen. Dort hatte mich die Nervosität so gepackt, dass ich weder die Schnelligkeit noch die Tonlage hatte beeinflussen können. Am Ende hatte ich wie ein Roboter gewirkt.

»Okay«, schluchzte sie.

Habe *ich* ihr das angetan? Und was konnte ich tun, damit es ihr besser ging? Denn ich wollte auf der Stelle, dass sie nicht mehr weinte. Ich trat mit einem Fuß über die Diele und setzte ihn im Schlafzimmer auf. Das Bedürfnis, sie in meine Arme zu schließen und ihre Tränen aufzufangen, war so groß, aber ich musste mich bremsen. Sie saß nackt in der Dusche. Auch wenn ich wegen des Fauxpas eben schon in der Theorie hätte alles sehen können, wollte ich sie kein zweites Mal in diese Lage bringen. Denn als sie begriffen hatte, was passiert war, hatte es ihr die Röte in die Wangen getrieben. Neben ihren Tränen wollte ich ihr nicht noch das Gefühl der Scham bescheren. Also entschied ich mich dazu, den Fuß zurück in den Wohnbereich zu setzen und mich für den restlichen Tag selbst zu hassen, wenn ich ihr diese Tränen angetan hatte.

»Ich … bin … drüben.« Der Kloß in meinem Hals wurde so groß, dass ich nicht weitersprechen konnte, bevor ich ihn runterschlucken würde. Es schmerzte in meiner Kehle, dabei war der Schmerz vermutlich nichts im Gegensatz zu ihrem. »Wenn du mich brauchst, rufe einfach nach mir.«

Für was sollte sie mich brauchen, wenn ich der Grund für die Tränen war. Ich schüttelte über meinen eigenen Gedanken den Kopf. Vielleicht hatte Elise recht und ich war doch mehr von Hollywood verblendet, als ich mir zugestehen wollte …

Ich hatte meine Hand schon am Griff der Tür, um sie zu schließen, als mich dieses Gefühl nicht losließ. Ich musste mich entschuldigen. Auf der Stelle. Ich musste ihr zeigen, dass ich nicht dieses kalte Arschloch war, dass ich ihr die ganze Zeit vorgespielt hatte. Ich musste etwas gut machen. Aber wie konnte ich die Vorwürfe, die ich ihr gemacht hatte, aus dem Raum schaffen? Wie konnte ich mich bei ihr entschuldigen und ihr zeigen, dass ich es verdammt ernst meinte?

Eine Weile ging ich in der Hütte auf und ab und erreichte damit mein Schrittziel des Tages. Die Health App meines iPhones meldete sich mit einem Lob bei mir.

> Großartiger Start in den Tag! So nutzt man den Tag, Samuel. Mach weiter so!

Lieber nicht, wenn ich mir in Zukunft im Spiegel ohne Verachtung ins Gesicht sehen wollte.

28

Samuel

Eine Weile grübelte ich, wie ich mich bei ihr entschuldigen könnte. Bis mir die Idee kam: Es war früher Morgen. Ich könnte sie mit einem leckeren Frühstück überraschen.

Ich. Ha-ha. Finde den Fehler.

Aber es fühlte sich auf einmal wie nach einem Versuch einer Wiedergutmachung an. Ich durchforstete das Netz nach leckeren Frühstücksrezepten und strandete (wegen der geringen Ausstattung der Küchenzeile) bei Pancakes. Sie hatte alles dafür hier. Ich rührte Mehl, pflanzliche Milch, Backpulver, einen Schluck Sprudel, Zucker, eine Prise Salz und Eier in einer großen Schüssel, bis ich die Substanz miteinander vermengt hatte. Jetzt musste ich das Zeug nur noch in die Pfanne geben. Ich schmierte sie mit ein wenig Butter ein. Dann schöpfte ich den ersten Löffel Teig aus der Schüssel in die Pfanne und gab gleich einen zweiten dazu, weil genug Platz für drei Pancakes war. Aber ich unterschätzte es, wie sich der Teig bei Hitze ausdehnte, und konnte nicht verhindern, dass sie sich alle miteinander verbanden.

Ich wartete, wie es im Rezept stand, bis sich Bläschen auf der Oberseite bildeten, um sie zu wenden. Aber es lagen natürlich Sekunden dazwischen, bis ich die zwei weiteren Teigklumpen rein gegeben hatte, sodass der erste bereit zum Wenden war, die anderen aber nicht. Ich entschied mich, abzuwarten, bis die anderen so weit waren. Was letztlich eine blöde Idee war. Pancake eins kokelte schneller an, als mir lieb war. Ich drehte das ganze Ding in einem Rutsch und endete damit, dass der angekokelte mit den unfertigen Oberseiten der anderen kollidierte.

Nicht dein Ernst, Mann!

Wütend warf ich den missratenen Haufen auf einen Teller, gab aber nicht auf. Ich hatte es nie gelernt, zu kochen und mich (zumindest mit Essen) selbst zu versorgen. Alles wurde mir an den Sets und in meinen Hotelzimmern abgenommen. Es wurde bequem, immer Essen zu gehen oder zu bestellen. Mich überströmte die Sehnsucht, kochen zu lernen. Und komischerweise sah ich in dieser rosaroten Wolke vor meinem inneren Auge, wie ich sie bekochte.

Was war bloß los mit mir?

Sie hatte mir doch nicht den Kopf verdreht – oder etwa doch? Den Gedanken schüttelte ich schnell von mir.

Als mir dieser verbrannte Geruch in die Nase stieg, riss ich den Blick zurück auf die Pfanne und konnte meinen Augen nicht trauen. Mein perfekt goldbrauner Pancake qualmte. *Scheiße, Mann.* Was konnte so schwer daran sein, einen Teigklumpen in der Pfanne zu backen? Alles, wie man sah, wenn man so verblendet von Hollywoods Glamourwelt war. Der Pancake landete auf meinem Teller der Verunglückten.

Wie durch ein Wunder standen einige Minuten später sechs, nicht perfekt runde, aber knackig goldbraune Pancakes aufgereiht auf einem Teller vor mir. Ein wenig Stolz durchflutete meinen Körper und ich konnte mir ein zufriedenes Lächeln nicht verkneifen. Als wäre es irgendetwas Besonderes nahm ich den Teller in die Hand und schoss ein Selfie mit meinem ersten Frühstück, das ich selbst zubereitet hatte. Das würde am Sonntag im Recap der Woche landen.

Ich teilte die Pancakes gerecht auf, goss Ahornsirup darüber und verteilte ein paar Beeren auf dem Teller. Es war beinahe so schön angerichtet wie auf dem Foto des Rezepts. Ich schoss erneut ein Bild und nahm mir vor, es stolz meiner Mom zu zeigen, wenn ich sie wiedersehen würde. Es würde sie sicher freuen.

Ich setzte mich an den gedeckten Tisch und wartete auf Amelia.

Fünf Minuten.

Zehn Minuten.

Eine Viertelstunde.

Nach zwanzig Minuten stand ich auf, ging die wenigen Schritte zur Tür und klopfte. »Amelia? Alles okay bei dir? Ich mache mir … Sorgen.« Der laute Wasserstrahl der Dusche war schon vor einer ganzen Weile verstummt. Maddie war immer Ewigkeiten im Bad, wenn sie nur schnell duschen wollte. Vielleicht war es normal, dass Frauen so lange brauchten. Aber mich ließ das Gefühl nicht los, dass es bei ihr anders war.

»Amelia?«, fragte ich noch mal, aber bekam auch beim zweiten Mal keine Antwort.

»Ich habe Frühstück gemacht«, sagte ich ganz stolz, als hätte ich einen weiteren Oscar gewonnen. Diesmal nicht für die Rolle, in der ich meinen Vater verloren hatte, sondern für das Zubereiten von sechs goldbraunen Pancakes.

Der Türknauf bewegte sich, dann öffnete sich die Tür einen Spalt und sie sah zum Tisch. »Ich liebe Pancakes«, flüsterte sie mit einem kleinen Lächeln im Gesicht. Mit ihrem weißen Ärmel wischte sie sich über die Wange, setzte sich ihre roségoldene Brille auf und öffnete die Tür vollständig. Sie schielte an mir vorbei und vergewisserte sich, ob ich sie nicht mit dieser Info geködert hatte. Die warme Luft, die der Wasserdampf im Schlafzimmer hinterlassen hatte, trat mir ins Gesicht. Meine kalten Gliedmaßen, die wegen meiner nassen Klamotten die letzte Dreiviertelstunde kein bisschen warm wurden, nahmen die Wärme wie in einer Umarmung auf. Kurz blickte ich sehnsüchtig zur Dusche und würde am liebsten unter den warmen Wasserstrahl springen, aber Amelias Schniefen erinnerte mich daran, dass es Wichtigeres gab.

»Die … sehen lecker aus. Hast du …« Sie schaute für wenige Sekunden zu mir auf, dann starrte sie wieder auf den Tisch. Ihr Magen grummelte laut. Sie trat in einem weißen Wollkleid an mir vorbei, das sie auf der Höhe ihrer Taille mit einem braunen Ledergürtel mit goldener Schnalle abgerundet hatte. In den cremefarbenen Socken, die auch ich an meinen Füßen trug, schlich sie zum Tisch und fuhr mit dem Zeigefinger über die Kante.

»Ich garantiere für nichts, aber … ich hoffe, sie schmecken dir.«

»Welcher Teller ist für mich?«, fragte sie.

Ich zeigte zögerlich auf den, der näher bei ihr stand. Beim Zubereiten hatte ich keine Unterschiede gemacht. Jeder hatte die gleiche Anzahl an Pancakes und Beeren bekommen.

»Okay, dann nehme ich *den*.« Sie nahm sich den anderen, der näher bei mir war. »Für den Fall, dass du mich vergiften wolltest, damit du von mir nichts mehr zu befürchten hast.« Sie sagte es ohne Witz in der Stimme, in einer Ernsthaftigkeit, als könnte sie tatsächlich davon ausgehen.

»Amelia. Ich wollte dich nicht vergiften. Außer mein potentiell ungenießbares Essen würde als Vergiftung zählen.«

Sie lachte nicht, sondern sah mich todernst an. Für Späße war es zu früh. Verstanden. Notiert. Würde ich hinbekommen.

Amelia nahm den Teller und wanderte wieder Richtung Schlafzimmer.

»Wollen wir nicht gemeinsam essen?«

»Wieso?« Sie sah mich von Kopf bis Fuß an, dann stocherte sie auf ihrem Teller rum und schob sich die erste Beere in den Mund. »Denkst du, mit diesen drei Pancakes und der netten Ausrichtung der Beeren in Form eines lachenden Smileys vergesse ich, was du mir vorgeworfen hast? Wie du mich behandelt hast, als wäre ich der Teufel, der höchstpersönlich hinter dir her wäre?«

»Ich wollte …« Ja, was wollte ich? Wollte ich mit diesem Frühstück nicht genau das bezwecken? Mich für meine arschige Art entschuldigen und das Feuer zwischen uns etwas abkühlen? Mit so einer kleinen Geste, die mir jetzt nach ihren Worten selbst lächerlich vorkam…

»Das funktioniert vielleicht in *deinen* Liebesfilmen.«

»Hey, du tust es schon wieder. Du gibst wieder zu, dass das echte Leben nicht so ist wie ein Liebesfilm oder ein Liebesroman! Wenn wir eine Wette am Flughafen abgeschlossen hätten, würde es schon zwei zu null für mich stehen.« Ich grinste sie an. Die Vorlage, die sie mir gegeben hatte, musste ich nutzen. Aber ihrem Blick zu urteilen, machte es die Lage nur noch explosiver. Also ermahnte ich mich zur Ernsthaftigkeit und versuchte die vielen Gedanken, die in meinem Kopf herumschwirrten, irgendwie zu sortieren:

Weiß stand ihr hervorragend.

Die Brille passte perfekt zu ihrem schönen Gesicht.

Sie hatte eine schöne Figur.

Die Gläser schmälerten die Intensität ihrer mintgrünen Augen keineswegs.

Sie war verdammt wütend.

Ich sollte mich entschuldigen.

Sie war verdammt hübsch.

Aber wie sollte ich mich für meine anklagende Art entschuldigen, wenn ich es mir über die Jahre hinweg als Selbstschutz antrainiert hatte.

»Hast du jetzt einen Schlaganfall oder warum sagst du nichts mehr?«

»Damit sollte man nicht spaßen«, kam ein wenig wütender aus meinem Mund, als ich beabsichtigt hatte. Wenn das Feuer um ein paar Grad kühler geworden war, hatte ich es mit meiner Antwort, die wie aus der Pistole geschossen kam, wieder um das Doppelte erhitzt.

»Okay, *sorry*«, sagte sie angegriffen und verdrehte die Augen.

»Ich wollte dich nicht gleich so angehen … Es ist nur ein emotionales Thema für mich.«

»Kein Grund, mich gleich so anzukacken. Aber das ist ja deine Lieblingsbeschäftigung.«

Ich atmete tief durch und konzentrierte mich auf dieses große Ding des Entschuldigens, obwohl das seit meinem frühen Umzug nach L.A. eher mit Taten als mit Worten mein Ding war. Aber es schien, als würde mich die Rückkehr nach Winter Park wieder zu der Person formen, die Mom einst erzogen hatte.

»Okay, Amelia.« Ich schaute ihr in die Augen. Nur dann war eine Entschuldigung wirklich ernst gemeint. Und das war meine. Aus tiefstem Herzen. »Es tut mir leid. Ich wollte dich nicht in diese Schublade stecken. Ich wollte dich nicht verurteilen. Ich wollte dir kein schlechtes Gefühl geben. Ich wollte dein Schreiben nicht kleinreden … Ich wollte«, hörte ich mich sagen, bis sie mich unterbrach.

»*Ich* wollte. Ich *wollte*. *Ich wollte.* Ihr Männer *wollt* immer so viel, aber haltet es nie ein. Weißt du, mein Dad hat früher auch gesagt, dass er mich ganz oft besuchen *wollte*. Dass er mich ganz oft mit zum Fliegen nehmen *wollte*. Dass er mich nicht vergessen *wollte*. Aber das hat er. Und er hat sich nie dafür entschuldigt. Also tu es nicht, wenn du es nicht so meinst.« Tränen brannten ihr wieder in den Augen.

Ich wollte meine Arme um sie legen, sie an meinen Körper ziehen und trösten. Ich wollte ihr sagen, dass ihr Vater ein Arschloch war und so eine tolle Tochter nicht verdient hatte. Aber vermutlich war er so blind wie ich. Er hatte sie auch nie richtig gesehen.

Jetzt sah ich sie. Mit ihrem gebrochenen Herzen, das sich nach der Liebe und Aufmerksamkeit ihres Vaters gesehnt und sie nie bekommen hatte. Dabei war diese Liebe für Mädchen so wichtig. Der Vater war der erste Kontakt, den Mädchen mit dem männlichen Geschlecht machten. So wie meine Mutter mir meinen Weg für Beziehungen mit Frauen geebnet hatte. Bis ich so oft auf die Nase geflogen war, hatte ich sie immer wie Prinzessinnen behandelt. Amelias Vater hatte ihr ein schlechtes Bild von meinem Geschlecht vermittelt. Mit meinen gesamten Auftritten hatte ich es bisher kein bisschen besser gemacht. Aber das wollte ich ändern.

»Verstehe schon …«, murmelte sie und wollte sich wieder ins Schlafzimmer zurückziehen.

»Tust du nicht.« Meine Hand griff nach ihrem Arm und hielt sie sanft davon ab, vor mir wegzulaufen. »Es tut mir leid, Amelia. Ich will mich entschuldigen. Ich will dir zeigen, wie leid es mir tut, dass ich dich in diese Schublade gesteckt habe.«

»Aber deine Entschuldigung sollte mindestens so laut und groß wie deine gigantische Respektlosigkeit mir gegenüber sein«, sagte sie eiskalt, während ihre Augen glitzerten. Ein falsches Wort, eine falsche Berührung und sie würde wie ein Wasserfall weinen.

Ich atmete tief ein. »Ich bin nicht gut darin. So gar nicht«, gab ich zu. »Aber es tut mir ehrlich und aufrichtig leid. Ich war ein Arschloch. Ich hätte dir zuhören sollen. Ich hätte nachdenken sollen. Es war eine Art Selbstschutz, mich nicht noch mehr zu verlieren.« Mein Herz pochte mir bis zum Hals, weil ich das nie laut ausgesprochen hatte. »Ich will mich nicht dahinter verstecken oder damit rechtfertigen, aber jede Frau, außer meiner Mom und Maria, wollte mich immer nur für den Stand ausnutzen, den ich in der Gesellschaft habe. Egal, wie viel Honig sie mir ums Maul geschmiert haben.« Ich atmete tief ein. »Aber du … Du warst von Anfang an so anders, aber … ich hatte Angst. Und wenn man Angst hat, ist man nicht wirklich zurechnungsfähig. Man tut alles, um zu überleben. Man achtet nicht auf die anderen, ist gefangen in einem Tunnel. Man kümmert sich nur um sich selbst, um nicht zu zerbrechen.«

226

Ich riss meine Mauern nieder und gewährte ihr den freien Blick in meine Seele. »Man gibt alles, um nicht erneut an den Punkt zu kommen, an dem man vor einiger Zeit war und aus dem man es aus eigener Kraft kaum herausgeschafft hat. Ich habe einen Pakt mit mir geschlossen, damit ich nie wieder verletzt werde. Aber ich habe nicht begriffen, dass ich andere ... *dich* ... mit diesem Pakt verletzen könnte.«

Ich schluckte diesen dicken Kloß in meinem Hals herunter, konnte wegen ihm kaum atmen geschweige denn mit dem vollen Umfang meiner Stimme sprechen. »Mein Leben ist nicht so perfekt, wie es nach außen hin aussieht. Um ehrlich zu sein, liege ich schon seit Monaten am Boden. Ich wollte aus eigener Kraft wieder aufstehen können, aber wenn ich dich ...«

Ich konnte nicht aussprechen, was mir tief in der Seele brannte. Die Liebe hatte mich all die Jahre nicht geheilt, sondern kaputt gemacht. Ich wusste nicht, was passieren würde, würde mein Herz erneut brechen. Ich lag schon am Boden. Und auf Menschen, die schon auf dem Boden lagen, sollte man nicht weiter treten. Aber eine falsche Geste von ihr, ein Zeichen, dass sie es nicht ernst meinte, und ich würde nicht mehr aufstehen können. Vielleicht nie wieder. Deswegen war ich so hart zu ihr. Ich hatte nur versucht, mein Herz zu schützen. Ich wusste, dass es viel aushielt. Aber wenn es zu oft gebrochen wurde, würde es nie wieder so kräftig schlagen wie zuvor.

Statt meinen Satz zu beenden, sagte ich: »Es tut mir aufrichtig leid, Amelia.«

Sie flüsterte ein sanftes Okay und wanderte dann zögerlich mit ihrem Teller zum Tisch. »Ich verstehe dich«, murmelte sie und schnitt sich unsicher den ersten Happen des Pancake-Turms ab. »Das musst du aber auch beweisen, weil ich Worten einfach nicht mehr glauben kann, verstehst du?«

»Das werde ich, *versprochen*.« Ich schnitt mir ebenfalls ein Stück ab und schob es in meinen Mund. Sofort zogen sich meine Augenlider zusammen. *Fuck*. Das war kein Zucker. Das war Salz. Viel zu viel Salz. Mit dem Frühstück könnte ich meinen Worten nicht Taten folgen lassen. Ich wollte ihr den Teller wegziehen, aber als ich zu ihr aufsah, spuckte sie schon das Stück aus, das ich ihr ersparen wollte.

»Und ich wollte dich nur aus Witz fragen, ob du nicht Zucker mit Salz vertauscht hast.« Ihre ernste Miene wurde etwas weicher und ein Lächeln rutschte ihr über die Lippen.

»Tut mir echt leid, aber ich habe es jetzt raus. Ich könnte uns neue Pancakes machen!«, antwortete ich übereifrig und war schon dabei, wieder vom Tisch aufzuspringen.

Sie lehnte sich in ihrem Stuhl zurück und sah mich abschätzend an. »Du meinst das wirklich ernst, oder?«

»Was?«

»Mit dem Entschuldigen.«

»Klar.« Ich schob den Stuhl zurück, nahm ihr den Teller ab und machte mich sofort an den neuen Teig.

»Dann stört es dich nicht, wenn ich in der Zeit schreibe?«

Nicht schon wieder das Rumgehacke! Ich war seit mehr als vierundzwanzig Stunden auf den Beinen und für sämtliche nervige Geräusche äußerst empfindlich. Aber ich meinte es ernst. Also musste ich mir das anhören. Ob ich wollte oder nicht. Ich hatte etwas gut zu machen.

»Nop, *kein* bisschen.«

Sie gesellte sich neben mich und musterte das Lächeln

auf meinen Lippen kritisch. »Brichst du nicht gerade aus deiner Rolle, Samuel Parker?«

»Sam. Meine Freunde nennen mich Sam.«

»Okay, *Mr. Hollywood*.«

Ich stellte die Milchtüte ab und drehte mich in ihre Richtung. »Übertreib es jetzt nicht, *Blondie*. Wir wollten beide das Feuer zwischen uns besiegen, oder? Das ist keine Einbahnstraße. Wenn ich dich erinnern darf, hast du mich auch in eine Schublade gesteckt.« Ich betonte ihren Namen diesmal ohne jegliche Abneigung, sondern mit Witz.

»Wieso lenkst du ab?« Sie kam mir etwas näher. »Weil dir das Gehacke doch auf die Nerven gehen wird?« Jetzt grinste sie mich frech an und hob ihre Brauen.

Ich nahm die Herausforderung gern an. »Das ist so schön melodisch. Beruhigend. Wo draußen der Schneesturm tobt und der Wind zwischen den dicken Balken heult«, gab ich ihr mit einem Zwinkern zurück.

»Okay. Wenn du meinst.«

»Meine ich so.«

Sie nickte und rauschte dann an mir vorbei, wobei sie meine Schulter streifte und innehielt. Das Kribbeln breitete sich wieder von dieser einen Stelle in meinen Körper aus und ich hatte beinahe das Gefühl, ihr würde es genauso gehen. Aber dann schnappte sie sich ihr MacBook, machte es sich auf der Couch bequem und begann auf der Tastatur zu hacken, als würde ihr Leben davon abhängen.

29

Amelia

Mit Zucker statt Salz konnte man seine Pancakes essen. Nein. Man konnte sie nicht nur essen, sie waren himmlisch. Aber das ließ ich ihn nicht wissen. Er sollte sich nicht zu gut fühlen, nur weil er mir Pancakes zubereitet hatte. Das schmälerte seine Taten kein bisschen. Es war nur eine Geste von vielen, mit der er mir beweisen musste, dass er die Entschuldigung wirklich ernst meinte. Wie oft hatte mir Dad irgendetwas aus Singapur, Rom, Dubai, Zürich oder irgendeinem anderen verdammten Ort auf dieser Welt mitgebracht, weil er ja stets an sein kleines Mädchen gedacht hatte.

Pustekuchen.

Die ersten fünf Jahre nach der Trennung hatte er noch an meinen Geburtstag gedacht. Mittlerweile interessierte es ihn nicht mehr. Das Einzige, was ich von ihm bekam, waren diese Bilder aus dem Cockpit. Kein »Wie geht es dir?«, »Wie läuft es mit deinen Büchern?«, »Ist das dein Buch auf der Bestsellerliste?«.

Nichts.

Nur diese verdammten Fotos.

Bevor ich unter die Dusche gestiegen war, hatte ich ihm *Danke* geschrieben. Dafür, dass er mich zu dem Mädchen erzogen hatte, das immer kämpfte. Das sich von nichts unterkriegen ließ. Nicht mal von der fehlenden Liebe und Beachtung ihres Vaters.

Aber es hatte ihn nicht interessiert. Er hatte es gelesen, nicht darauf reagiert. Außer man durfte ein Foto mit der Unterschrift *»Immer wieder ein Traum, hier zu sein«*, auf dem er in einer Hängematte auf den Malediven relaxte, als Reaktion auf mein Danke verbuchen.

»Schmeckt es dir nicht?« Samuels Stimme katapultierte mich zurück in die Hütte. Ich sah von meinem Teller auf und blickte ihm direkt ins Gesicht. Er hatte die Augenbrauen zusammengezogen, sodass eine dicke Falte in ihrer Mitte entstanden war.

»Ich kann nicht kochen. Vielleicht hätte ich das dazu sagen sollen. Aber für den ersten.« Er räusperte sich und schmunzelte kurz, bevor er weitersprach. »Zweiten Versuch find ich sie ganz okay.«

»Jap.« Ich schob mir einen weiteren Bissen in den Mund, aber konnte es nicht ertragen, dass er jede Bewegung von mir eindringlich beobachtete, als würde er mich lesen wollen. Als würde ich noch immer auf dem Prüfstand bei ihm stehen. Ich glaubte ihm kein Wort. Würde ich nur eine falsche Bewegung machen, würde er mich wieder anklagen. Ich hatte keine Lust auf ihn und alles, was wegen ihm passiert war. Man kannte mein Gesicht wegen ihm, nicht wegen mir. »Hast du nicht irgendeinen Text zu lernen?«, fragte ich desinteressiert und wollte ihn zu irgendetwas anderem bewirken, als mich anzustarren.

»Ich lege eine Pause ein«, sagte er so beiläufig, als wäre

es nichts. Er schnitt sich ein neues Stück von dem Pancaketurm ab, doch schob es sich nicht in den Mund. »Ich weiß, dass ich mich echt nicht okay verhalten habe. Du hast jeden Grund, sauer zu sein.«

»Jap«, grätschte ich ihm mit einem schnippischen Kommentar dazwischen.

»Und ich weiß, dass du dir weitaus bessere Gesellschaften wünschen könntest als mich. Aber wir stecken die nächsten Stunden hier fest, da sollten wir uns nicht weiter bekriegen, findest du nicht? Ich wollte wirklich nicht so herablassend und urteilend sein. Das ist genau das, was ich am meisten daran hasse, in der Öffentlichkeit zu stehen. Ich schäme mich wirklich, dass ich so drauf war. Ich kann die Zeit nicht zurückdrehen, aber ich kann es ab jetzt besser machen. Und das würde ich gern.«

»Fein«, sagte ich. »Wieso legst du eine Pause ein?«

Er verschluckte sich an dem Bissen des Pancakes, weil er offensichtlich nicht mit dieser Frage gerechnet hatte. Aber ich konnte es mir nicht vorstellen, dass Samuel Parker eine Pause einlegen würde. Wieso? Welchen guten Grund sollte es dafür geben? Wenn er so weiter machen würde wie bisher, würde er von den roten Teppichen und Oscarverleihungen nicht mehr wegzudenken sein. Wieso warf er das weg? Er war dort, wo sich viele Nachwuchstalente hinträumten. Selbst die, die schon lange im Geschäft waren, aber niemals so viele positive Kritiken und Auszeichnungen wie er erhalten hatten.

»Kurzfassung?«

Ich nickte. Die lange Fassung könnte er mir erzählen, sollten wir hier noch länger feststecken.

»Mich fuckt das alles nur noch ab.«

Das war eine ziemlich kurze Fassung. Ich zog mein

rechtes Bein auf den Stuhl und klammerte mich mit den Armen daran fest. Den Kopf stützte ich auf meine Knie und sah ihn interessiert an. »Echt? Ich kenne viele, die gern so leben würden wie du.«

»Die können gern mal für eine Woche mit mir tauschen und mir dann verraten, ob sie das Leben wirklich so toll finden.« Einen Moment sah er in die Ferne, ehe sein Blick wieder mein Gesicht fand. »Und was ist mit dir? Was machst du außer schreiben? Oder kannst du davon leben?«

Wussten die Menschen eigentlich, wie verachtend diese Frage war? Ich fragte sie doch auch nicht, ob sie mit ihrem Job als Kellner, Blumenverkäufer, scheiß Pilot oder Restaurantleiter über die Runden kamen. Ja, Schreiben war mein Beruf. Ja, es war für die meisten nichts Richtiges. Nichts, was man an der Universität oder in einer Ausbildung lernen konnte. Ja, man bekam am Ende kein verdammtes Abschlusszeugnis, das anderen zeigen würde, dass man das konnte. Ja, ich hatte mit meinem ersten geschriebenen Buch keinen Cent verdient, weil es niemals jemand außer mir zu Gesicht bekommen hatte. Aber ich hatte es gern gemacht. Nur so hatte ich wachsen und an den Punkt gelangen können, an dem ich heute stand. Ich konnte vom Schreiben leben und brauchte meinen Brotjob nicht mehr.

Wenn es nach Mom gegangen wäre, wäre ich jetzt Architektin, Polizistin oder Ärztin. Für sie zählten nur echte Berufe mit echten Ausbildungen. Echten Abschlusszeugnissen. Aber das hätte mich nie erfüllt. Dafür wurde ich nicht geschaffen. Mir wurde es in die Wiege gelegt zu schreiben. Figuren zu entwickeln, in die sich meine Leser einfühlen konnten. Ich sollte Geschichten schreiben, mit denen sich Leser identifizieren konnten.

Kein Job der Welt, der für den Großteil der Menschen etwas »Richtiges« war, würde mich je so erfüllen wie das Schreiben. Und mit Stardust Chapters hatte ich es geschafft. Die Leser waren auf meiner Seite und verlangten viel von mir, damit ich ihnen weiterhin gute Geschichten liefern konnte.

Ich straffte meine Schultern und blickte ihm direkt in die Augen. »Stell dir vor, ich kann von meinen Harry Styles Fanfictions leben.«

»O Mann, das wirst du mir ewig vorhalten.« Er lachte mich an, aber hörte sofort damit auf, als ich nicht mit ihm lachte. Mr. Grumpy war plötzlich zu Ms. Sunshine und Ms. Sunshine plötzlich grumpy geworden. Irgendetwas lief hier falsch.

»Also, was schreibst du?« Er zückte sein Handy. »Entweder verrätst du es mir oder ich frage Google.«

Google konnte er ruhig fragen. Die Suchmaschine würde ihm nichts ausspucken. Aber das war die Gelegenheit, die nächsten Stunden meine Ruhe vor ihm zu haben. »Wenn du es bis 18 Uhr nicht rausgefunden hast, wirst du auch das Abendessen kochen. Vielleicht verzeihe ich dir dann.«

»Und was, wenn ich etwas finde?«

»Dann koche ich für uns.«

»Aber dann verzeihst du mir nicht, weil ich nicht gekocht habe?«

Ich zuckte mit den Schultern.

»Da ich uns mein Abendessen ersparen will, verspreche ich dir, dass ich deine Bücher finden werde.«

Ich lachte. »Du kennst nicht mal meinen Nachnamen.«

»Thompson.«

Was? Woher wusste er das? Ich hatte ihm nur den

Vornamen genannt. Mein Herz beschleunigte sich automatisch in der Brust.

»Zumindest glaube ich mich gerade daran zu erinnern. Du hast mir doch dein Flugticket gezeigt, weil ich deinen heiligen Fensterplatz in Beschlag genommen hatte.« Er kratzte sich am Kopf, schloss die Augen und sah dabei aus, als würde er den Moment erneut durchleben. »Doch. Ja! Dein Nachname ist Thompson! Ich erinnere mich«, sagte er selbstsicher und schob sich den letzten Bissen seines Frühstücks in den Mund. »Bekomme ich etwas, wenn ich es in der Hälfte der Zeit schaffe, Ms. Thompson?«

Wie ein Kind, das sich nach der Bescherung nur noch mit seinen Weihnachtsgeschenken beschäftigte, stürzte er sich auf die Suche nach meinem Pseudonym.

30

Samuel

Nichts stand im Internet. Gar nichts. Es schien, als würde sie für Google nicht mal existieren. Mir wurden keine Social Media Kanäle vorgeschlagen, keine Webseiten, keine Bücher. Nichts. Sie musste unter einem Pseudonym schreiben.

»Sag mal, wie heißen deine Eltern?«

Sie hob den Kopf und ihre Hände ruhten für einen Moment, bevor sie wieder fleißig in die Tasten hacken würden. »Fragen sind nicht erlaubt, Samuel.«

»Wir haben keine Regeln abgemacht.«

Amelia seufzte. »Na gut. Aber für jede Frage bekommst du dreißig Minuten weniger Zeit.«

Alter, das war unfair. Aber ich hatte in den ersten zwei Stunden rein gar nichts Verwertbares gefunden, also musste ich in Kauf nehmen, eine halbe Stunde zu verlieren. »Okay, Deal.«

»Setz deine Fragen bewusst ein, nicht dass deine Zeit gleich vorbei ist.« Sie klappte ihren Laptop mit einem

verräterischen Grinsen zu, stellte ihn auf den Beistelltisch des Sessels und zog ihre Beine an ihren Körper. Sie
schlang ihre Arme darum und fesselte mich mit ihrem
Blick. »Was willst du wissen?«

»Wie heißen deine Eltern? Mit Vor- und Nachnamen.«

»Elizabeth Thompson und Jack Taylor.«

Okay. Sie trugen nicht denselben Namen. Vermutlich
waren sie nie verheiratet. Es könnte also sein, dass sie
noch einen Stiefvater und eine Stiefmutter hätte, deren
Namen in Frage kämen, wenn ich unter Amelia Taylor
nichts finden würde.

»Ist das alles?«

»Fürs Erste.«

»Und was genau willst du mit ihren Namen bezwecken?«

»Ich dachte, du wärst Autorin und nicht Detektivin?
Willst du nicht weiter in diese Tasten hacken?«

Sie grinste mich wölfisch an. »Ich brauche eine kurze
Schreibpause und …«

»Was?«

»Ich glaube, dass du mir gleich eine weitere Frage stellen wirst und sich die Zeit auf 17 Uhr vorziehen wird.«

»Das hättest du wohl gerne. Ich komme mit einer Frage aus. Widme dich nach deiner Schreibpause wieder
deinen Figuren.« Sie wollte mich nur aufs Glatteis bringen und ablenken. Ich war nah dran. Viel näher, als sie
sich vielleicht bei dem Deal gedacht hatte.

Ich tippte *Amelia Taylor* in die Suchleiste ein, doch
wieder landete meine Suche im Nichts. Niemand bei
den Personenvorschlägen passte zu der Frau, die im Sessel gegenüber von mir saß.

»Und?« Mit einer hochgezogenen Braue musterte sie

mich.

»Ich gebe nicht auf.«

»Na dann.« Sie nahm ihr MacBook zurück auf den Schoß, steckte sich Kopfhörer in die Ohren und tippte gegen meine Erwartung nicht wieder sofort los. Was tat sie da?

Lass dich nicht ablenken!

Ich tippte *Elizabeth* bzw. *Liz Taylor* ein, aber landete nur Treffer bei der Hollywoodikone.

Nichts von Amelia. War es klug, einen Namen zu wählen, den jemand Bekanntes trug? Ich setzte »Autorin« hintendran, aber fand nichts. Die Namenskombination konnte ich auch wegstreichen.

Taylor war unisex.

Taylor Thompson. TT. Ein guter Autorenname?

Nichts.

Ich musste mehr über sie erfahren, wenn ich uns beiden meine Kochkünste ersparen wollte. »Okay. Die Frage hat zu nichts geführt.«

»Das hätte ich dir gleich sagen können.« Sie nahm die Kopfhörer aus den Ohren, stand vom Sessel auf und starrte aus dem Fenster. Draußen war es richtig unheimlich. So dunkel, als wäre es mitten in der Nacht, obwohl es erst Mittag war. Die Wolken waren so voll und dunkel, als würden Tonnen mit Schnee in ihnen festhängen. Die grauen Felswände der Rockies waren wie ausradiert. Als wären sie Teil eines Gemäldes und hätten dem Schöpfer nicht mehr gefallen, wurden sie mit dunkler Farbe übermalt. Unsere Hütte lag so hoch, dass wir von den Fichten rund herum nichts mehr erkannten und mitten in den dicken Wolkenschichten festhingen.

Moment! Mom teilte auf ihren Social Media Kanälen immer wieder mit Stolz, dass ich ihr Sohn war. Ihre Eltern würden vielleicht dasselbe tun.

»Gib mir noch zwei Minuten!«

Diesmal tippte ich regelrecht in Marathongeschwindigkeit auf meiner Tastatur herum. Doch unter *Elizabeth Thompson* entdeckte ich niemanden. Meine einzige Hoffnung blieb der Vater. Und tatsächlich landete ich bei ihm meinen ersten Volltreffer. Mir wurden gleich mehrere Seiten auf verschiedenen Social Media Profilen vorgeschlagen. Ich entschied mich für Instagram und klickte auf den Link.

Ich überflog die Biografie, die ersten paar Beiträge, aber entdeckte bloß Bilder von Triebwerken, Cockpits und schönen Destinationen auf dieser Erde. Nur ein einziges Mal entdeckte ich eine andere Person auf dem Account, die aber ein Pilot und nicht seine Tochter war.

Sie fand auf seinem Profil nicht statt.

Genauso wenig wie ihre Bücher.

»Dad liebt seinen Job, seine Triple Seven von Boeing, seine zahlreichen Affären mit Flugbegleiterinnen. Gute Idee, aber bei ihm wirst du nichts über mich herausfinden.« Sie verzog ihren Mund zu einem komischen Lächeln. »Nicht mal er weiß davon. Also in der Theorie schon, aber … Würdest du ihn fragen, würde er dir nicht antworten können.« Sie rieb mit der rechten Hand über ihren linken Arm und spielte an ihrem Ärmel des Wollkleids. »Na ja. Familie kann man sich leider nicht aussuchen …«

In ihren Augen blitzte etwas verräterisch auf und mich überkam das Gefühl, dass sie nicht wegen mir geweint hatte. Zumindest nicht ausschließlich. Ihre Lippen zitterten. In ihrem gesamten Gesicht las ich, wie sie darunter litt, dass sie ihrem Vater so egal war. Es passierte fast wie von selbst, dass ich von der Couch aufstand, meine

Arme um sie schlang und sie an meinen Körper zog.

»Es tut mir leid, dass dein Dad so ein Arschloch ist. Wenn du willst, sag ich ihm mal meine Meinung.«

Sie lachte nur an meiner Schulter. »Vermutlich wüsste er nicht mal, von *welcher* Tochter du sprechen würdest.«

»Was?« Ich reckte meinen Kopf nach hinten und sah ihr in die Augen.

»Mom meinte, dass wir nicht seine einzigen Kinder seien … Er flog wohl oft nach Zürich …«

»Wir?«

»Meine Schwester Charlotte und ich …«

Charlotte. Musste ich mir für später merken, wenn ich weitersuchen würde. Als hätte sie meine Gedanken gelesen, schlug sie mit dem Ärmel gegen meinen Oberkörper.

»Fuck. Vertrau nie einem Schauspieler!« Sie löste sich aus meinen Armen und trat zurück an die Fensterscheibe.

»Was?«

»Tu nicht so unschuldig! Du wolltest mich reinlegen! Das zählt als zweite Frage!«

»Hey, das Ratespiel war gerade komplett nebensächlich!« Aber sie glaubte mir kein Wort, weil ich laut ihrer Meinung diesen Hundeblick viel zu oft in Princeton Hill gemacht hatte, wenn ich Infos von anderen schnorren wollte.

Sie gab damit gerade zu, dass sie die beliebteste Teenager Serie der letzten zehn Jahre gesehen hatte. Was, wenn sie sich mit einem der Mädels perfekt identifizieren würde? Ich müsste die Namen der weiblichen Charaktere ausprobieren.

Doch egal, was ich die nächsten Minuten und Stunden ausprobierte, ich fand rein gar nichts. Aber ich war zu stolz, um es zuzugeben. Ich hoffte darauf, vor dem Abendessen auf den richtigen Namen zu stoßen.

31

Amelia

Meine Augen wurden immer schwerer. Das helle Weiß und der pastellfarbene Schreibhintergrund auf meinem MacBook verschwammen immer mehr, bis mein Kopf nach vorne sackte. In meinem Halbschlaf stürzte ich vom Empire State Building, weshalb ich mit einem heftigen Zucken die Augen weit aufriss. Ohne Samuel würde ich schon längst im Bett liegen. Er hatte mich von meinem Plan abgebracht.

Und Dad.

Mit seinem verdammten Selfie auf den Malediven.

Meine Hand ballte sich zu einer Faust.

»Den Killerblick hast du drauf.« Samuel sah abschätzend zu mir, als würde er meine Schauspielkünste für eine Rolle bewerten.

Ich sah ihn nur verwirrt an, stellte mein MacBook zur Seite und stand auf. »Hast du noch eine Frage?«

»Ich habe nicht vor, weitere 30 Minuten zu verlieren.«

Schlechte Entscheidung. Er würde mein Pseudonym niemals herausfinden. Aber so war er wenigstens die nächsten Stunden beschäftigt, während ich mir einen ruhigen Schlaf gönnen würde.

»Ich werde mich mal rüber an den Schreibtisch setzen, um besser ins Buch zu finden«, log ich ihn an, bevor wir auf dumme Gedanken kämen. Wenn mein Verstand eben nicht eingesetzt hätte, hätte ich meine Lippen auf seine gepresst.

Das musste der Teenager in mir gewesen sein, der ihn in seiner Rolle als James in Princeton Hill Jahr für Jahr angeschmachtet hatte.

»Okay«, meinte er nur mit einem zufriedenen Lächeln und blickte dann wieder auf sein Handy. In den letzten zwei Stunden hatte ich ohnehin kaum etwas Nennenswertes zustande gebracht. Es war also nicht ganz gelogen, dass ich – weit von ihm entfernt – besser schreiben könnte, als wenn er in meinem Sichtfeld saß und *der* Samuel Parker war.

Ich schloss die Tür hinter mir, legte mein MacBook auf den kleinen Schreibtisch zwischen Fenster und Kleiderschrank und fand dann auf direktem Weg in das bequeme und vor allem kuschelig weiche Bett. Der sanfte rote Flanellbettbezug mit weißen Schneeflöckchen fühlte sich wie eine Umarmung an. Ich zog mir die Decke bis ans Kinn, kuschelte mich in der Embryonalhaltung in sie hinein und schloss dann entspannt meine Augen.

Nur kurz.

Fünf Minuten oder vielleicht zehn.

Ein kleiner Powernap.

***

»Alter, ist das ein verdammter Witz?!«

Die Stimme passte nicht zu meiner Umgebung. Ich

fuhr Schlittschuh in einem kleinen Weihnachtsdorf, das ich mir vor Tagen auf Instagram von dem Account *stellascozyxmas* gespeichert hatte. 365 Tage wurde dort Weihnachten gefeiert. Nicht unweit von hier. Es war die perfekte Idee, meinen erfolgreichen Schreibmonat mit einem Besuch in der kleinen Christmas Town abzurunden.

»Amelia?«

Ich drehte mich auf meinen Schlittschuhen auf dem Eis. War das Samuels Stimme? Waren wir gemeinsam hier? Wieso? Er hatte es doch nicht den gesamten Dezember mit mir ausgehalten, oder? Er hatte doch nicht… Plötzlich fuhr er mit der braunen Jacke, dem beigen Rollkragenpullover und der dunklen Jeans auf mich zu.

»Amelia. Wir haben ein Problem.«

Das hatten wir. Was tat er hier? Mit mir?

»Amelia!« Seine Hände berührten meine Schulter und rüttelten an mir.

Ich wand mich von ihm ab, aber er berührte mich immer wieder und sagte meinen Namen, bis ich die Augen aufriss und nichts weiter erkannte als den hellen Strahl einer Taschenlampe und Umrisse vor meinen Augen.

»Amelia, der Strom ist ausgefallen.«

Ich setzte mich im Bett auf und orientierte mich erst mal. Ich war in der Hütte. Mit ihm. Nicht auf dem zugefrorenen See in der Christmas Town. »Was?«, fragte ich.

»Der Strom. Es hat auf einmal furchtbar laut geknallt und im nächsten Augenblick wurde alles stockfinster.«

Nachdem ich mir mit den Fingern über die Augen gerieben hatte, klappte ich meine Decke auf und tippelte über die kalten Holzdielen zu dem Bild neben der Eingangstür. Ich hatte in der Broschüre zur Hütte gelesen, dass sich dort die Sicherungen befanden. Samuel folgte mir, was ich an dem hellen Licht erkannte, das mir den Weg leuchtete.

»Kannst du zu den Sicherungen leuchten?«, fragte ich, als ich das Bild abgehoben hatte.

Alle Sicherungen waren auf einer Seite. Vielleicht waren sie alle gemeinsam rausgeflogen. Ich schob sie in die andere Richtung, aber es blieb dunkel.

Verdammt.

»Das ist nicht gut, oder?«

Er schüttelte den Kopf.

Wir könnten den Besitzer der Hütte anrufen. Mittlerweile müsste er seine Grippe auskuriert haben … 911 wegen eines Stromausfalls zu wählen, war übertrieben. Aber wir hatten beide weder Internet noch Empfang.

Mit einem Klicken schloss ich den Sicherungskasten, hing das Bild wieder auf und sah mich um. »Ohne das Feuer wird es verdammt kalt werden. Haben wir genug Feuerholz?«

»Hier liegt noch einiges. Das sollte fürs Erste reichen.« Samuel schnappte sich sofort drei Holzspalten und gab sie in das lodernde Feuer hinzu. Ich schnappte mir das Feuerzeug, lief alle Teelichter und Kerzen ab und erleuchtete damit die Hütte in Kerzenschein.

»Wird ja richtig romantisch hier«, murmelte Samuel und ich spürte seinen herausfordernden Blick auf mir ruhen, ohne ihn zu sehen. »POV: Deine Figuren stecken in dieser Hütte fest. Was passiert als Nächstes?«

»Das willst du nicht wissen, Mr. Grumpy«, antwortete ich ihm trocken und erleuchtete die letzte, große Kerze an der großen Terrassentür. Ich wollte ihm nicht erneut eine Vorlage dafür liefern, dass Autoren wie ich den Lesern falsche Vorstellungen von der Liebe vermittelten. Aber sie existierte. Manche fanden sie schneller, manche eben langsamer.

Und vielleicht bist du viel näher an ihr, als du denkst …

Mein Daumen rutschte wegen meines dummen Gedankens von dem kleinen roten Feuerzeug ab, sodass die Flamme vor meinen Augen erlosch. Einen Moment hielt ich inne, bis ich den Kopf hochhob und in der spiegelnden Glasscheibe erkannte, wie Samuel im flackernden Licht auf mich zukam. Die Holzdielen knarzten laut. Selbst wenn er sich hätte anschleichen wollen, hätten sie ihn verraten.

Warum kam er auf mich zu? Warum kümmerte er sich nicht weiter um das Feuer?

Ich schluckte und spürte, wie mein Puls in die Höhe getrieben wurde.

Wieso war er in meinem Traum? Wieso beschäftigte sich mein Unterbewusstsein mit ihm? Weil er der erste Mann war, der mir Aufmerksamkeit schenkte? Sein warmer Atem strich wie ein zarter Windhauch über meinen Nacken. Die Härchen auf meinen Armen richteten sich auf und mein Herz raste.

»In einem Liebesfilm würde …« Seine Bartstoppeln kratzten an meiner Wange. Nur Sekunden darauf berührten seine Lippen meine Schulter. Sie waren so sanft, wie sie aussahen. Augenblicklich fraß sich Hitze von meiner Schulter aus in meinen Körper.

Langsam senkte ich den Blick auf meine Kuschelsocken und atmete tief durch, um mein schnell pochendes Herz zu beruhigen. Aber als Samuel in meine Haare fuhr, meinen Nacken griff und mich an der Taille plötzlich in seine Richtung zog, rannte mein Herz keinen Marathon mehr, sondern einen Sprint.

»Was?«, flüsterte ich, aber er legte seinen Zeigefinger auf sie.

»Schsch.«

Seine Lippen umspielte ein sanftes Lächeln. Mit seiner Nase strich er sanft über meine, bis sich unsere Augen beide zu unseren Lippen senkten.

Sie waren nur noch Millimeter voneinander entfernt, als die Stimme in meinem Kopf laut brüllte, dass er mich so verletzen würde wie Dad. Er würde wieder gehen, sobald der Schneesturm vorbei wäre. Wie im Café. Er würde mich zurücklassen, sobald der Himmel aufgeklart und die Warnung vorbei war. Unsere Leben passten nicht zusammen. Das würde nicht funktionieren.

Er glaubte nicht an die wahre Liebe. Ich war nichts als ein Spaß für ihn. Und dafür war mein kleines, vernarbtes Herz nicht bereit. Würde es vielleicht niemals sein.

Ich musste mich schützen.

Scharf zog ich die Luft ein, brachte meine Hände sanft an seine trainierten Brustmuskeln und schob ihn sanft zurück. »Wir sind in keinem Liebesfilm, Samuel.«

»Aber wir könnten.«

32

Samuel

Ihre Augen funkelten, aber ihre Hände zitterten. Mein Herz wollte, dass ich ihre Lippen berührte und sie um den Verstand küssen würde. Aber die Stimme, die mich zurückhielt, war lauter.

»Vielleicht war ich zu vorschnell …«, hauchte ich, brachte meine Hand von ihrem Nacken zu ihrer Wange und streichelte mit dem Daumen zart über sie. »Vielleicht war ich zu verbittert, um offen für die Liebe zu sein.«

Die grünen Kristalle wurden mit jedem neuen Wort mehr von der schwarzen Pupille verdrängt.

»Du hast das Spiel gewonnen«, flüsterte ich, blickte wieder auf ihre roten Lippen und konnte meinem Verlangen kaum widerstehen, sie endlich zu berühren.

»Welches. Spiel?«, fragte sie abgehackt, blickte von einem in das andere Auge.

»Ich habe vielleicht zwei zu null geführt, aber du hast in der zweiten Halbzeit ausgeglichen und in der Nachspielzeit einen Elfmeter verwandelt.«

Ich hörte, wie sie schluckte. Dann folgte ich ihren Augen und beobachtete ihre Finger, wie sie sich meinem Oberarm annäherten.

»Für Google existierst du nicht. Ich habe in den letzten Stunden nichts über dich erfahren können. Ich weiß nicht, welche Geschichten du schreibst. Aber ich bin mir sicher, dass es fantastische sind, die von der ganzen Welt geliebt werden könnten.« Ich lächelte sie an, während ich ihr Gesicht musterte. Die dunklen Augenbrauen, die roségoldenen Brille, ihre süße Stupsnase. Das Lächeln, das sie mir noch nicht oft gezeigt hatte. Dabei war es das schönste, das ich je gesehen hatte.

Die Medienberichte hatten recht. Sie war nicht nur die Unbekannte an Samuel Parkers Seite, sondern die *hübsche* Unbekannte.

Ich blickte zum Kamin. Sie schien für einen Kuss noch nicht bereit zu sein. Vielleicht hatte es etwas mit ihrem Dad zu tun, dass sie sich einerseits darauf einlassen wollte und sich im selben Atemzug zurückzog. Er hatte sie so sehr verletzt, wie kein anderer. Sie hatte Angst. So wie ich, als ich dachte, sie würde das alles inszenieren, um an meiner Seite berühmt zu werden.

Um sie nicht zu bedrängen, ging ich einen Schritt zurück und wies mit den Augen zum Kamin. Sie musste mir vertrauen, um sich mir öffnen zu können. »Die ganze Welt glaubt, mich zu kennen. Aber das, was in den Medien zu finden ist, ist das, was ich preisgebe. Da ist noch so viel mehr.« Ich lächelte sie an. »Ich werde dich nicht vernichten, versprochen. Lass mich wissen, welche Geschichten du schreibst. Erzähle mir, warum du Angst vor der Öffentlichkeit hast. Ich will alles wissen, Amelia. Ich will dich kennenlernen. Da ist etwas zwischen uns, das ich nicht ignorieren kann.«

Sie sah zu mir auf. Ihre Augen funkelten, ihre Hände legten sich vorsichtig auf meine Schultern. Einen Moment sah sie auf meine Lippen, aber sofort fand sie zurück in meine Augen.

»Ich habe der Presse nicht gesagt, dass ich deine Freundin bin.«

»Das glaube ich dir.«

»Gut …« Ihre angestrengten Gesichtszüge wurden weicher. »Ich wollte dich niemals für Publicity ausnutzen und werde es niemals tun.« Sie schluckte. »Du kannst mir vertrauen.«

»So wie du mir.« Mit meinen Augen wies ich zum Kamin und war bereit, mich ihr ganz zu öffnen. Ich würde ihr alles verraten, damit sie ein besseres Bild von mir bekam. Ich würde alle Mauern niederreißen, um ihr Vertrauen zu gewinnen.

Ich glaubte vielleicht nicht an die wahre Liebe. Aber das war, bevor ich sie gekannt hatte. Im Englischen sagte man *to fall in love*. Man fiel in die Liebe. Und das tat ich. Ohne Vorwarnung hatte ich mich in diesen Flieger gesetzt. Ohne Hinweis, dass ich dieser einer Person begegnen könnte, die mein ganzes Leben verändern könnte. Sie raubte mir mein Herz, egal wie sehr ich mich versuchte, dagegen zu wehren.

Verdammt, Blondie. Ich bin für dich gefallen.

33

Amelia

Samuel ließ meinen Nacken los, aber hinterließ ein heißes Prickeln auf ihm, das langsam meinen Rücken herunterkroch. Er schnappte sich die Decke von der Couch und breitete sie vor dem Kamin aus.

Er bedeutete mir mit der Hand, mich zu setzen. Ich folgte seiner Geste, zog meine Knie an meinen Oberkörper und achtete darauf, dass mein Wollkleid meinen Slip nicht freilegte, wenn er mir gegenübersaß. Es raschelte hinter mir in der Küche. Kurz darauf kam er mit Lebkuchen, Plätzchen und Nüssen in Schüsseln zur Decke und setzte sich mir gegenüber.

»Also schieß los. Ich verrate dir alles, was du wissen willst.«

Alles? Ich wusste nicht mal, wo ich beginnen sollte. Fürs Erste würde mir reichen, ob er wirklich nichts im Netz gefunden hatte.

Er erklärte mir auf meine Frage beinahe fünf Minuten, wie er versucht hatte an Informationen zu kommen. Ich fand seine Ideen für meine Pseudonyme echt gut durchdacht. Vielleicht wäre TT eine gute Idee gewesen, aber damals hatte ich nicht so weit gedacht. Ich hatte mir bei einem Namensgenerator mehrere Kombinationen ausspucken lassen und irgendwann eine genommen, die mir gut gefallen hatte. Mein Pseudonym hatte keinerlei Bedeutung für mich außer der Funktion, die es erfüllte. Seine ganzen Ideen zeigten mir, dass ich alles richtig gemacht hatte. Denn wenn man mich kannte, kam man auf Tausend andere Namen, als den, den ich mir ausgedacht hatte. Es dauerte noch eine weitere Frage, bis sich die Wucht seiner Worte bei mir entfalteten.

Ich hatte die Wette gewonnen.

Ich hatte gewonnen, was bedeutete, dass er meine Bücher nicht gefunden hatte.

Er hatte mich nicht gefunden.

Das lag daran, dass sich niemand in den letzten vierundzwanzig Stunden die Mühe gemacht hatte, Bilder von Ava Christensen und Amelia Thompson zu vergleichen. Nicht mal ansatzweise war irgendjemand von meinem Gesicht in dem Video auf eine Bestsellerautorin gekommen.

»Also, verrätst du mir dein Pseudonym? Ich werde es ohne deine Hilfe nie rausfinden.« Er fuhr sich durch sein Haar und hatte vermutlich keinen blassen Schimmer, wie gut er dabei aussah. Wie diese kleine Geste andere um den Verstand bringen konnte.

Mich eingeschlossen …

Ich schluckte. »Vielleicht irgendwann.« Ich rutschte mit den Armen von meinen Schienbeinen auf zu meinen Knien und legte mein Kinn auf ihnen ab. »Aber noch nicht jetzt.«

»Okay.« Er stellte keine Nachfragen, warum ich es lieber für mich behalten wollte. Er segnete es einfach ab, als wäre es keine große Sache. Entgegen meinem ersten Eindruck war er einfühlsam. »Also spuck es aus: Was willst du wissen?«

Ich kratzte mich am Kopf. »Was ist die Langfassung zu deiner Pause?«

Samuel stieß die Luft zischend aus. »Du steigst direkt mit der härtesten Frage ein, hm?« Er fuhr sich wieder durch die Haare und starrte in die Ferne. »Ich mag meinen Job. Ich stehe gern vor der Kamera. Lerne gern die Texte und tue alles für die beste Performance.«

Das sah man. In jeder Serie und in jedem Film. Sein Herzblut steckte in jeder Emotion, jedem Satz, jedem Blick. Deswegen hatte es mich umso mehr verwundert, dass er eine Pause einlegte.

»Ich kenne deine Gründe nicht, wieso du ein Pseudonym gewählt hast. Aber vielleicht hat es den Grund, der mir gerade um die Ohren fliegt.« Sein Blick wanderte zu mir rüber, als würde er warten, ob ich ihm eine Erklärung geben würde.

»Seit der Beziehung und der Trennung von Maddie durfte ich all die Schattenseiten kennenlernen … Die Fans drehen seitdem am Rad … Ein braunes Haar, eine zweideutige Story und schon gehen sie alle darauf steil, dass ihr Hollywood-Traumpärchen wieder zueinanderfindet. Egal, was ich poste: Sie fragen immer nach Maddie, wann wir wieder zusammenkommen und ob ich sie noch liebe.« Er rieb sich über die Stirn und glitt dann weiter in seine Haare. Ich hatte das Gefühl, ein Muster zu erkennen. Fuhr er sich in die Haare, wenn ihm etwas unangenehm wurde?

»Maddie und ich sind Geschichte, aber das verstehen die Fans nicht. Alles, was ich tue, wird auf die Goldwaage gelegt. Ich werde bei allem beobachtet. Werde ständig zu meinem Beziehungsstatus befragt.« Seine Augen fanden zurück in meine. »Mit jedem Tag, den ich in Hollywood verbringe und *der* Samuel Parker bin, entfremde ich mich immer mehr von dem Jungen, den meine Mom einst groß gezogen hat.«

Er fuhr sich wieder durch die Haare. Sein Blick sank zu Boden und ruhte für einen Moment dort. Ich rutschte etwas näher zu ihm und zögerte kurz, aber dann griff ich nach seiner Hand und spendete ihm Kraft.

»Ich habe letztens ein Interview gelesen, in dem du von allen Setmitarbeitern gelobt wurdest. Du seist einer der freundlichsten Schauspieler, mit denen sie je zusammengearbeitet hätten. Du hast ihnen nicht das Gefühl gegeben, Abschaum zu sein.« Ich lächelte ihm zu. »Deine Mom ist sicher stolz auf dich und du bist immer noch der Junge, den sie groß gezogen hat.«

Seine Augen glitzerten. »Aber der Junge wäre dich nicht so angegangen, hätte deinen Worten getraut und …«

»Tu das nicht. Dein Herz wurde dir ziemlich übel gebrochen. Du wolltest einfach verhindern, dass es dir wieder passiert. Ich hätte auch so eine blöde Tussi sein können. Aber das bin ich nicht. Weißt du wieso?«

Er schüttelte den Kopf und streichelte mit seinem Daumen über meine Hand.

»Weil ich nicht unter meinem Klarnamen veröffentliche, um meine Privatsphäre zu schützen. Ich habe mir ein Pseudonym gemacht, um mich klar abzugrenzen. Von der Person, die in der Öffentlichkeit steht, und der Person, die ich privat bin.«

Seine Augen ruhten in meinen. »Scheiße, Amelia. Es tut mir so leid, dass du wegen mir …«

»Es ist nicht wegen dir passiert, ja?« Ich rutschte etwas näher zu ihm. »Wir waren zur falschen Zeit am falschen Ort. Und Menschen, die mit Schlagzeilen ihr Geld verdienen, haben die Momente zwischen uns ausgeschlachtet.«

»Waren wir wirklich zur falschen Zeit am falschen Ort?« Als er das letzte Wort ausgesprochen hatte, wurden seine Augen erstaunlich groß. Er räusperte sich. »Ich ... Sorry, du ...« Seine Hand glitt in seine Haare und bestätigte mir meine Vermutung. Er tat es, wenn er sich unwohl fühlte. Wie oft hatte ich gesehen, dass er es auf den roten Teppichen machte ... Wie oft hatte ich es bemerkt, wenn er mit Maddie Interviews gab. Wie glücklich war er jemals in seiner letzten Beziehung, die ihm so sehr das Herz gebrochen hatte?

»Amelia?«

»Ja?«

Er rutschte mir etwas entgegen. »Ich meinte mit dem Sieg eben nicht nur unsere Wette ...«

»Ich weiß ...«, flüsterte ich. Denn zwei zu null hatte es auch bei unserem Streit gestanden, dass die echte Liebe nicht nur in Filmen und Büchern existierte. Er sah auf zu meinem Gesicht.

»Ich weiß, dass dein Vater dir ein verdammt schlechtes Bild für jeden Mann gegeben hat, der dir in deinem Leben begegnen wird. Aber Amelia. Du machst etwas mit mir, seit du dich im Flieger neben mich gesetzt hast. Ich wollte es nicht wahrhaben. Nicht mal im Traum. Aber ...«

Er rutschte noch ein Stück näher an mich ran, aber diesmal überkam mich nicht mein Kontrollverlust oder meine Angst, von ihm verletzt zu werden. Diesmal stellte mein vernarbtes Herz meinen Verstand in den Schatten und lauschte jedem seiner Worte, genoss jede seiner Berührungen.

»Aber selbst als ich diese Wärme, die du in mir ausgelöst hast, mit meinem Hass bekämpfen wollte, hast du etwas mit mir gemacht.« Seine Augen schossen für eine halbe Sekunde auf meine Lippen.

Mein Herz pochte so stark, dass ich es in meinen Ohren wahrnahm. Samuel griff nach meiner Hand und gab ihr einen sanften Kuss auf den Handrücken. Die Hitze, die ich ihm bescherte, breitete sich auch in mir aus. Sie kroch von der Hand über meinen Arm in meine Brust und verteilte sich von dort bis in meine Zehenspitzen.

Ich schob die Schüsseln mit den Snacks zur Seite, drehte mich um 180 Grad und rutschte zu ihm, bis ich mit meinem Rücken auf seinen Oberkörper stieß. Er wollte mich. In diesem Moment wollte er mich so sehr. Und ich würde lügen, würde ich es nicht genauso wollen. Das Anfunkeln und die Vorwürfe fühlten sich wie ein unendlich langgezogenes Vorspiel an, das endlich den Höhepunkt mit seinem Feuerwerk erreichen sollte. So sehr mein Herz es wollte, dass er meine Lippen berührte, so klar und deutlich war das rote X in meinem Kopf, das eine Liebe zwischen uns zunichtemachte.

Ich wollte nicht in die Öffentlichkeit.

Er stand in ihr.

Ich wollte nicht *nur* die Freundin von Samuel Parker sein.

Ich wollte Amelia Thompson sein.

Ich wollte Ava Christensen sein.

Ich wollte meinen eigenen Erfolg und nicht in seinem Schatten stehen.

Ich wollte, dass die Leute meine Bücher liebten, weil sie von mir geschrieben waren.

Ich wollte nicht, dass die Leute meine Bücher liebten, weil sie die Freundin von Samuel Parker geschrieben hatte.

Ich wollte ich bleiben.

Und das könnte ich nicht, wenn ich mich jetzt meinen Gefühlen und meiner Sehnsucht, von ihm geküsst und berührt zu werden, hingeben würde.

Samuel strich mit seiner Nase über meinen Hinterkopf. »Du riechst so gut«, hauchte er.

Ich schluckte. *Das mit uns würde nie funktionieren. Es würde nur mit zwei gebrochenen Herzen enden*, redete ich mir ein.

Seine Bartstoppeln kitzelten meine Wange. Ich spürte, wie seine Finger über meine Wade auf zu meinem Knie strichen.

»Im Film sieht es immer so aus, als würde man seine Spielpartner küssen. Aber wenn diese es nicht wollen, dann kann man mit guten Kameraeinstellungen den Kuss so faken, dass er trotzdem echt aussieht.«

»Wie?«, hörte ich mich sagen.

Samuels Hand glitt an meine Wange und führte meinen Kopf in seine Richtung. »Indem ich dich neben den Mund küsse. Dazu muss die Kamera entweder hinter mir oder hinter dir stehen.« Er bewegte seinen Kopf näher an meinen und als ich nicht, wie bei den anderen Malen zuvor, zurückschreckte, berührte er mich mit seinen babyweichen Lippen. Millimeter neben meinen. Die Hitze schoss von meinem Grübchen in meine Mitte und entfachte dort ein Kribbeln.

Küss mich richtig, Samuel. Ich will wissen, wie sich das anfühlt.

Ich sah auf in seine Augen.

»Wenn es für den Partner in Ordnung ist, küsst man

sich richtig« hauchte er.

Ich dachte an die Kussszenen aus seinen Liebesfilmen und Serien und war mir sicher, dass er nicht nur Küsse auf die Wange, sondern auch auf die Lippen verteilte. »Und wie machst du es am liebsten … am Set?« Mein Blick rutschte von seinen Augen auf seine Lippen.

Ein Lächeln umspielte sie. Seine Hand glitt an meinen Hinterkopf, den er sanft zu sich zog. Mein Herz pochte wie verrückt. Ich bewegte meine Nase zu seiner und als sie sich berührten, schloss ich meine Augen. Samuels Lippen landeten neben meinem Mund und ich konnte es mir nicht verkneifen, mir zu wünschen, dass er mich richtig geküsst hätte.

»Amelia?«

Ich öffnete traurig meine Augen und wünschte mir, er hätte alle Partnerinnen auf den Filmleinwänden *echt* geküsst. Damit auch ich in diesem Moment echt geküsst worden wäre.

»Darf ich dich küssen? Auch auf die Gefahr hin, dass es dich um den Verstand bringt?«

Ein Kichern rutschte mir über die Lippen. »Ja. Ja. Ja!«

Zufrieden sah er mich an, brachte seine Hand zurück an meinen Hinterkopf und näherte sich meinen Lippen. Ich hatte Angst, dass mir das Herz aus der Brust fliegen und ihn attackieren würde, aber als seine Lippen plötzlich auf meine trafen, blendete ich das starke Pochen in meinem Körper aus.

Die sanfte Wärme seiner Lippen traf auf meine, und ein Kribbeln durchströmte meinen gesamten Körper, das in meiner Mitte haften blieb. Es fühlt sich an, als würde sich die Erde für einen Moment aufhören zu drehen. In diesem Augenblick verschwanden alle Gedanken und alle Sorgen. Es gab nur Samuel und mich. Nichts rundherum und nichts dazwischen. Keine Blitzlichter. Keine verschiedenen Welten, die nicht vereinbar waren. Nur zwei junge Erwachsene, die sich der puren Leidenschaft hingaben.

Ich konnte seinen tiefen Atem spüren, während unsere Zungen miteinander tanzten. Alles, was zählte, war die Intensität dieses einen Moments, die Sehnsucht in unseren Herzen und die unendliche Zärtlichkeit, die in diesem Kuss steckte. Es war, als hätte mir Samuel den Schlüssel zu einem geheimen Ort gegeben, der nur für uns beide geschaffen wurde. Am liebsten wollte ich für immer hierbleiben und nie wieder gehen. All die Narben in meinem Herzen heilten fünfmal schneller, wenn er mich küsste. Ich fühlte mich sicher bei ihm. Mein Herzschlag verlangsamte sich und ich wünschte mir, dass dieser Kuss nie enden würde.

Aber irgendwann lösten wir uns voneinander. Mir war ganz schwindelig, aber das Lächeln haftete auf meinen Lippen und war aus meinem Gesicht nicht wegzudenken.

Seine Hand glitt von meinem Hinterkopf zu meinen Lippen, die er sanft mit seinem Daumen berührte. Egal, was mit uns passieren würde: Dieser Kuss würde für immer in meinem Herzen bleiben, weil er mich zurück ins Leben gebracht hatte. Als Dad uns damals verlassen hatte, war ich meterweit seinem schwarzen SUV hinterhergelaufen. Als er stark beschleunigt hatte, konnte ich die Geschwindigkeit nicht mehr halten und mein bis zu diesem Zeitpunkt intaktes Herz zerbrach in Tausend Stücke. Keinem Mann hatte ich jemals wieder den Schlüssel zu meinem Herzen geschenkt. Ich hatte One Night Stands, Freundschaft Plus, aber niemals hatte ich es soweit kommen lassen, dass sich mein Herz mit dem des anderen vereinigt hatte. Niemals hatte ich einen Kuss so intensiv gespürt. Dieser Kuss hatte einen großen Platz in meinem Herzen verdient. Aber noch mehr hatte Samuel einen Platz verdient.

Ich wollte etwas sagen. Ich wollte, dass er wusste, wie unglaublich dieser Kuss sich anfühlte. Aber zum ersten Mal in meinem ganzen Leben war ich der Sprache beraubt. Ich, die Autorin, die Meisterin der Worte. Die, die sich nie den Mund verbieten ließ und zu allem einen Spruch auf Lager hatte. Diese Person war sprachlos.

Wenn Dad eins nicht wusste, dann war es, dass es sich lohnte, für die Liebe zu kämpfen. Und er hatte mir damals gesagt, dass ich im Stande war, alles zu erreichen, was ich mir je vorstellen konnte.

Nach diesem Kuss wollte ich mehr. Ich wollte Samuel lieben, ihn in mir spüren und mich mit ihm vereinigen. Ich wollte *ihn* kennenlernen. Nicht den Mann, der in der Öffentlichkeit stand, sondern die Person dahinter.

Ich wollte ihn.

Und im selben Moment wollte ich nichts überstürzen. Oder war es dafür längst zu spät?

34

Samuel

Ihre Augen funkelten, blickten zwischen meinen und den Lippen hin und her. Ihre öffneten sich, als wollte sie etwas sagen. Aber sie blieb still. Ich hoffte, sie bereute diesen Kuss nicht. Denn ich würde es niemals tun. Wenn sie mir das richtige Zeichen geben würde, würde ich meine Lippen wieder auf ihre legen. Und vielleicht könnte ich damit nie wieder aufhören. Ich wollte sie. Ich wollte, dass sie mir all die schönen Seiten der Liebe zeigte. Ich wollte sie mit ihr gemeinsam entdecken. Ich wollte ihren Körper erforschen.

Amelia fuhr sich über ihre Lippen, rutschte etwas von mir weg und starrte in die Flammen des Kamins. Ein kalter Schauer lief mir über den Rücken.

»Hey, alles ... alles okay?«

Sie nickte, fuhr sich durch ihre langen Haare und schüttelte sie auf, sodass mir die voluminöse Pracht noch stechender ins Auge fiel. Alles an ihr war wunderbar. Ihre Augen, ihre Lippen, ihre Haare. Sie war die Perfektion in Person.

»Sam…«

Zum ersten Mal nannte sie mich bei meinem Spitznamen. Ich hatte ihr gesagt, dass mich nur Freunde so nennen durften. Als klar wurde, dass wir eine Zeit lang auf dieser Hütte feststecken würden, hatte ich es ihr angeboten. Das bedeutete, dass wir nun Freunde waren. Freunde mit gewissen Vorzügen?

Ich schluckte. Denn ich wollte nicht nur ihr Freund mit gewissen Vorzügen sein. Dieser Kuss war so anders als all die Küsse mit anderen Frauen zuvor. Zum ersten Mal spürte ich das, was immer in Liebesfilmen gezeigt und in Büchern geschrieben wurde. Dieses Feuer, das durch die Adern schoss. Das Kribbeln im Bauch, als würden Tausend Schmetterlinge aus ihren Kokons schwirren und ihre Umgebung wild erkunden. Nach links und rechts, nach oben und unten. Ich kannte dieses Gefühl nicht, aber so oft hatte ich es für die Kamera gespielt. Samuel Parker, der die Liebe nur auf der Leinwand fand.

Aber nicht mehr.

Vielleicht hatte ich sie genau jetzt vor meiner Nase, musste sie nur festhalten und dafür sorgen, dass sie mir nie wieder entgleiten konnte. Etwas war zwischen uns. Von der ersten Sekunde an. Und nach diesem Kuss konnte ich es wirklich nicht mehr abstreiten.

»Du wolltest mir eigentlich zeigen, wie du deine Partner auf der Leinwand küsst …« Sie wandte sich zu mir. Ein Lächeln blitzte auf ihren Lippen und ich war versucht zu sagen, dass ich mehr davon wollte. Mehr von ihrem Lächeln. Mehr von ihren Küssen. Aber ich wusste nicht, ob nur ich mehr wollte. Bis ich ihre funkelnden Augen sah, die in diesem Moment zurück auf meinen Mund blickten.

»Du hast gefragt, wie ein Filmkuss abläuft«, verbesserte ich sie und zog sie auf der Decke wieder näher an mich ran.

»Und wie *du* küsst.«

»In den meisten Fällen …«, hauchte ich, führte meine Hand an ihren Hinterkopf und brachte sie mir wieder ganz nah. Gefühlvoll strich ich über ihre Nase, ehe meine Lippen ihre fanden. Wir küssten uns wieder, während das Holz im Kamin knisterte und Wärme an uns abgab. Meine Hände wanderten von ihren Haaren an ihre Wangen. Als sie ihre Zunge zu meiner bringen wollte, löste ich mich von ihren Lippen. Denn für die meisten Szenen reichte das Berühren der Lippen vollkommen aus. Ein Zungenkuss wurde nur in wenigen, nahen Einstellungen verlangt. Sie fragte mich, wie ich hauptsächlich in Filmen küsste. Also beendete ich meine Vorführung, bevor unsere Zungen ins Spiel kamen, und sah ihr dann wieder in die Augen. »So.«

Amelia rutschte ein Stück näher zu mir. »Weißt du, wie sich meine Charaktere June und Fletcher küssen, nachdem sie sich minutenlang angefunkelt haben?«

»So wie wir eben?«

Sie grinste wölfisch, ehe sie mich am Kragen meines Pullovers an sich zog, ihre Lippen drängend auf meine stieß und sie teilte, damit ihre Zunge zu meiner gelangen konnte. Durch den heißen Tanz in meinem Mund schoss Hitze in meine Lenden und ich spürte, wie ich langsam hart wurde.

»Sam«, raunte sie in meinen Mund und ich wünschte, sie hätte meinen Namen ein weiteres Mal geraunt. Ich wollte mich auf der Stelle mit ihr vereinigen. Ich wollte sie an der Taille packen, mit ihr aufstehen und sie zum Bett tragen.

Jetzt auf der Stelle wollte ich sie lieben. Aber ich durfte nicht zu weit gehen, wenn ich sie nicht verlieren wollte. Vielleicht sollten wir es langsam angehen lassen. Sie musste sich absolut sicher sein, bevor sie sich fallen ließ. Ich hatte den Sprung aus dem Flugzeug schon gewagt, aber sie stand noch an der Tür und hoffte darauf, dass der Fallschirm wirklich funktionieren würde.

Spring, Amelia.

Spring.

Falle mit mir.

Plötzlich fädelte Amelia ihre Beine um meine Hüfte, was das Brennen in meinen Lenden kein bisschen abkühlte. Viel eher wurde es heißer und härter und ich musste mir immer und immer wieder sagen, dass ich sie jetzt nicht auf der Stelle in dieses Bett tragen und sie lieben sollte. Aber als sie ihre Hüfte an meiner kreisen ließ, ihre Lippen drängend auf meine stieß und ihre Hände in meine Haare glitten, konnte ich mich nicht mehr zurückhalten.

Dieses Bett schrie nach uns.

Dieses eine Bett in der Hütte, das unser einziger Schlafplatz in der Nacht wäre. Dieses eine Bett, in dem sie mich nicht haben wollte. Würde sie mich zurückstoßen, wenn ich sie jetzt dorthin tragen würde?

35

Amelia

Meine Hüfte kreiste über seiner, während er meinen Mund erforschte. Samuel küsste mich so gierig, als würde er in mir etwas finden, dass er seit Monaten, wenn nicht sogar Jahren vermisste hatte. Mein Kopf versuchte zu verstehen, was in ihm vorging. Noch vor ein paar Tagen war er am Flughafen stinkwütend auf solche Autoren wie mich gewesen, die in ihren Geschichten von der großen Liebe sprachen. Als hätte er einen Schalter umgelegt, schien ihn das heute nicht mehr zu kümmern. Er schien seine Prinzipien abgelegt zu haben, als er mir verkündet hatte, dass ich unser Spiel, das am Flughafen begonnen hatte, gewonnen hatte. Aber wie? Warum? Was hatte sich verändert? Seine Zunge tanzte mit meiner und ich spürte seine Härte unter mir.

Ich war verdammt nochmal nicht in der Lage, einen klaren Gedanken zu fassen. In meiner Mitte kribbelte es und ich würde lügen, wenn ich behaupten würde, dass mich diese Küsse und seine Härte zwischen meinen Beinen kalt lassen würde. Am liebsten wollte ich mich vollständig fallen lassen. Aber ich gab ungern die Kontrolle ab, wollte mich nicht berauschen lassen. Seit Dad mich auf der Straße zurückgelassen hatte, hatte ich mich nur selten in Situationen gebracht, die ich nicht vollständig kontrollieren konnte. Aber in diesem Moment rückte die Angst, erneut enttäuscht und verlassen zu werden, in den Hintergrund. Mein ganzer Körper schrie danach, von Samuel Parker verzehrt zu werden.

Ich presste mich enger an ihn, bewegte mich schneller und wurde feucht. Ohne an all die Wenns und Abers in meinem Kopf zu denken, gab ich mich ihm hin. Ich ignorierte sie, weil er in diesem Moment alles war, was ich brauchte. Seine Berührungen, seine Küsse, ihn. In mir.

»O Gott, Amelia«, keuchte er plötzlich, löste sich einen Moment von meinen Lippen.

Mach weiter, Samuel. Hör nicht auf. Ich will mehr.

Als könnte er meine Gedanken lesen, presste er seine Lippen erneut auf meine. Fester, fordernder, einnehmender. Seine Finger gruben sich in meine Haare, er stützte meinen Kopf und drückte mich noch näher an sich ran. Seine Finger wanderten von meinem Kopf über meinen Hals zu meiner Schulter. Unser erregter Atem füllte die Stille in der Hütte.

»Amelia ...« Er keuchte. »Was tun wir hier?«

»Keine Ahnung«, raunte ich in seinen Mund, aber er wich von mir zurück.

»Amelia«, flüsterte er. Ich liebte es, wie er meinen Namen sagte.

»Samuel.« Ich drängte mich wieder an seinen Körper.

Er warf den Kopf in den Nacken, befeuchtete seine Lippen und wusste vermutlich nicht, wie gut er dabei aussah. Meine Hände wanderten an seinen Seiten hinab,

bis ich am Bund seines beigen Rollkragenpullovers angekommen war, der seinen trainierten Oberkörper viel
zu deutlich durchschimmern ließ.

Samuels Nase strich über meine. Ich sah mit den Au-
gen in seine. *Bitte höre jetzt nicht auf*, flehte ich ihn in
Gedanken an. Und er tat es nicht. Er presste seine Lip-
pen erneut auf meine und brachte seine Hände an meine
Taille. »Lass uns …« Er löste sich wieder von meinen
Lippen und sah an mir vorbei »Ins Schlafzimmer.«

Ich drückte meine Lippen zurück auf seine. Erst in der
nächsten Pause antwortete ich ihm fast atemlos. »Auf
was wartest du?«

Seine Augen flackerten teuflisch auf. »Dass du mit
Recht auf dein Bett beharrst wie eben, als du nicht mal
im Traum daran dachtest, mich da rein zu lassen?« Er
zog mich mit einer Wucht an sich, dass meine Beine
nach oben schossen. Im nächsten Moment richtete er
sich mit mir auf, wobei ich meine Schenkel spreizte und
meine Beine um seine Taille klammerte. Nur mit einem
Arm trug er mich die wenigen Meter zum Bett, legte
mich auf die Matratze und thronte in seiner Jeans und
dem engen Sweatshirt über mir.

»Willst du das wirklich?«, fragte er mich und ich nickte
sofort. Meine Finger glitten zum Bund seines Oberteils
und rissen es ihm schnell über den Kopf. Ich streckte
meinen Oberkörper hoch, damit ich ihn wieder küssen
konnte, aber er drückte mich zurück auf die Matratze.

»Nicht so schnell«, raunte er und grinste mich teuflisch
an. Dann stieg er aus dem Bett und verschwand. Was
sollte das? Ich stützte mich mit dem Ellbogen von der
weichen Matratze ab und reckte mich nach oben.

»Sam?«

Mit einer silberglänzenden Packung bog er um die

Ecke und warf sie mir zu, während er sich aus seiner Hose befreite.

Für einen Moment hatte ich geglaubt, er würde mich versetzen. Ich riss die Packung mit meinen Zähnen auf und nahm das Kondom aus seiner Hülle. Samuels Hände glitten meine Schenkel hinauf, umkreisten meine Mitte, von wo aus das Kribbeln in meinen ganzen Körper wanderte. »Bitte«, flüsterte ich. »Mach schneller.«

Er lachte dreckig, kletterte auf mich und nahm mir das Kondom aus den Fingern. Aber seine Hände fanden nicht sofort seinen Penis, sondern strichen zuerst in kreisenden Bewegungen über meinen Bauch. Seine Zunge folgte ihnen, bis er an meiner Mitte abbrach. Seine Augen sahen auf zu mir. In ihnen blitzte wieder etwas Teuflisches auf.

Es machte ihm Spaß, mich zu foltern.

Dieser Mistkerl!

Ich glitt mit meinen Händen in seine Haare und wollte seinen Kopf nach unten pressen, als er stur dagegenhielt. »Nicht, *Blondie*«, flüsterte er zart und hinterließ mit der sanften Stimme ein Prickeln auf meinem ganzen Körper. Er beugte sich wieder über mein Gesicht, teilte meine Lippen mit seiner Zunge und erforschte meinen Mund. Ich genoss es, auch wenn ich ihn lieber in mir spüren würde. Aber mir kam es beinahe so vor, als wollte er mir Bedenkzeit geben, falls ich mir nicht sicher war. Was ehrenhaft war, aber ich war mir sicher. Ich wollte ihn. Jetzt.

»Sam«, keuchte ich.

Sein Atem kitzelte an meinen Lippen, dann streckte er sich mit den Armen wieder etwas weiter nach oben und leckte meinen Hals und mein Dekolleté bis er an meinen Brustwarzen angekommen war. Er hielt einen Moment inne, dann knabberte er sanft an ihnen. Als ich aufstöhnte, fuhr seine Zunge in kreisenden Bewegungen über sie, bis er sie in den Mund nahm. Meine Hände vergruben sich in seinen Haaren.

»Sam. Bitte … Ich will dich in mir spüren«, flehte ich atemlos, eingenommen von dem Kribbeln, das bis in meine Zehenspitzen reichte.

»Sag das doch gleich«, hauchte er.

»Was?«

Er fokussierte meinen Blick. Ich tanzte mit dem Teufel. Und wie ich es tat. Wenn ich ihn nicht so sehr wollen würde, würde ich mich an ihm rächen. Ich würde ihn abblitzen lassen, aber … das konnte ich nicht. Er presste seine Lippen erneut auf meine. Dann glitten seine Finger von meinem Hals abwärts zu meiner Mitte, teilten sie und ehe ich mich versah, drang er in mich ein. Zaghaft, als müsste er sich erst an die neue Umgebung gewöhnen. Aber dann stieß er zu. Einmal. Zweimal. Dreimal.

»Mehr, Samuel. Mehr«, stöhnte ich, wobei ich meine Schenkel weiter öffnete und meine Finger in seinen Rücken grub, der sich anspannte. »Mehr«, hauchte ich.

Diesmal stieß er heftiger, tiefer in mich. Genauso, wie ich es haben wollte. Wir fanden unser Tempo, während die Erregung siedend heiß durch meinen Körper schoss. Es war, als würde die Lava langsam aufsteigen, ehe sie vollends aus mir heraussprudeln würde.

Bring den Vulkan zum Ausbrechen, Sam.

Unser Atem ging nicht mehr ruhig. Er hatte sich an unseren Rhythmus angepasst: schnell und ungestüm. Meine Hände krallten sich in seinen Rücken, ich zog ihn noch näher zu mir, bewegte mich noch stärker gegen ihn, um zum Höhepunkt getrieben zu werden.

Mit jedem weiteren Stoß, die immer langsamer wurden, sammelte sich mehr Hitze in meinem Unterleib, bis er die Lava zu dem Punkt gebracht hatte, an dem es kein Halten mehr gab.

»Ich komme«, stöhnte ich.

»Ich auch«, raunte er und im selben Moment spürte ich dieses warme Pulsieren in meiner Mitte, das von ihm ausging. Wir kamen gleichzeitig. Als wären wir füreinander geschaffen. Als wären wir zwei Puzzleteile, die sich nach langem Suchen endlich gefunden hatten. Wir harmonierten perfekt. Alles war perfekt. Er. Ich. Wir.

Der Orgasmus breitete sich über meinen Körper aus. Ich war berauscht von dem Gefühl, das er mir bescherte. Dieser unfassbaren Explosion in meinem Unterleib, in meinem ganzen Körper. Meine Beine hatten nie so sehr gezittert wie bei ihm.

Mit wild pochendem Herzen, dessen Schläge ich in jeder einzelnen Faser meines Körpers spürte, sah ich zur Holzdecke. Es roch kein bisschen mehr nach Zimt und Kiefern, sondern nach Schweiß und Sex. Zufrieden blickte ich in Sams Augen, der mich genauso glücklich und zufrieden anstarrte wie ich ihn.

Wir waren perfekt.

36

Samuel

Amelia schlief tief und fest, als ich neben ihr wach wurde. In der Hütte war es kälter als gestern Abend, weswegen ich mir sofort sicher war, dass der Strom nicht zurückgekehrt war. Sanft drückte ich ihr einen Kuss auf die Schläfe, aber berührte sie dann nicht weiter, um sie nicht aufzuwecken. Wir hatten in dieser Nacht nicht viel geschlafen, weil wir so sehr mit uns und unseren perfekt harmonierenden Körpern beschäftigt waren. Wir wollten jeden Zentimeter des anderen erkunden. Nach einer kurzen Pause hatten wir uns gleich ein zweites Mal geliebt. Härter und roher als zuvor.

Sie war perfekt.

Und zum ersten Mal verstand ich, warum man zu Sex sagte, dass man Liebe machte. Denn das taten wir in dieser Nacht. Zweimal. Zweimal hatten wir Liebe gemacht.

Ich schnappte mir meine Boxershorts und bevor ich das Schlafzimmer verließ, um den Kamin wieder mit Feuerholz zu füttern, legte ich meine Decke über Amelia. Ihr war in der Nacht furchtbar kalt gewesen, weshalb sie ohne meinen warmen Körper dicht an ihrem sicher schnell frösteln würde.

Mit meiner Boxershorts kam ich nicht weit. Die Eiseskälte stand in der Hütte, als würde man gegen eine Wand laufen, sodass ich mir meinen Rollkragenpullover und meine Jeans vom Boden nahm und sie im Wohnbereich anzog. Ich verlor keine Zeit, warf direkt einige neue Holzspalten in den Kamin und entzündete das Feuer. Es tat gut, die Wärme an meinen Händen zu spüren. Bald würde sie den Raum füllen und vielleicht wäre der Strom wieder zurück, bis Amelia aufwachen würde.

Sie hatte sicher hunger. Mit Pancakes konnte ich ihr heute wegen des Stromausfalls nicht dienen, aber vielleicht könnte ich ihr ein Sandwichtoast mit Erdnussbutter vorbereiten. Ich stöberte durch die Küchenschränke und wurde fündig. Ich richtete ihr ein kleines, aber feines Frühstück an und brachte es auf einem Tablett serviert ins Schlafzimmer.

Sie saß mit dem Rücken zu mir auf ihrer Bettkante und starrte ins Leere.

»Guten Morgen.«

Amelia sah über die Schulter und ihre Augen weiteten sich sofort, als sie das Tablett in meinen Händen entdeckte. »H-h-hast du mir … Frühstück gemacht?«

Ich nickte und schloss die Lücke zwischen uns. »Es ist zwar kein First Class Essen, aber es ist mit Liebe gemacht.«

Bei den letzten beiden Worten musste ich daran denken, dass wir in dieser Nacht Liebe gemacht hatten. Ich konnte mir dieses dämliche, aber überglückliche Lächeln nicht verkneifen. Direkt spürte ich, wie mir die Hitze in die Lenden kroch. Ich wollte sie erneut küssen und sie an jedem erdenklichen Ort in dieser Hütte lieben.

»Danke.« Mit großen Augen nahm sie sich einen Teller vom Tablett und strahlte mich an. »Du bist kein Arschloch, Sam. Du bist ein ziemlich guter Kerl.«

»Ich gebe mir Mühe.« Meine Hand fuhr sanft in ihre Haare und strich ihr die Strähnen hinters Ohr. Ich streichelte ihre Wange. »Ich will es wieder gutmachen, was ich dir angetan habe. Und ich will es nicht nur, ich setze es auch um.«

»Das hast du schon«, flüsterte sie, stellte den Teller beiseite und berührte meine Lippen. Es war ein kurzer Kuss. Ein klassischer Guten-Morgen-Kuss. Aber ich wollte mich nicht direkt von ihr lösen, brachte meine Hand an ihren Hinterkopf und drückte ihre Lippen zurück auf meine.

»Ist der Strom …?«

»Nein«, hauchte ich in ihren Mund.

»Das bedeutet, dass wir …«

»Heute nicht viel mehr als das hier tun können«, vervollständigte ich ihren Satz, in der Hoffnung, dass sie auch mehr Liebe machen wollte.

Sie knabberte an meiner Unterlippe und ich spürte ihr Lächeln, ohne es zu sehen. »Das finde ich nicht schlimm.«

***

Ich hatte sie fest in meine Arme geschlossen. Gemeinsam blickten wir ins Feuer und atmeten im selben Rhythmus. Mein Kinn ruhte auf ihrer Schulter und mein Kopf schmiegte sich an ihren.

»Kann ich dich etwas fragen, Sam?«

»Immer.«

Sie löste sich von mir und drehte ihren Kopf halb in meine Richtung. »Warum hat sich deine Meinung über die Liebe geändert? Warum glaubst du jetzt doch, dass sie existiert?«

Ich führte meine Hand an ihre Wange und sah in die grünen Kristalle in ihren wunderschönen Augen. Dann schnappte ich mir ihre Hand und führte sie an mein Herz, damit sie spürte, was sie mit mir anstellte. Es hatte noch nie so schnell geschlagen wie jetzt. Ich konnte ihr nicht die Hitze zeigen, die einer ihrer Blicke in mir auslöste. Aber sie konnte meinen Herzschlag fühlen.

»Wegen dir, Amelia«, flüsterte ich und brachte meine Lippen auf ihre. Sie erwiderte den Kuss, aber löste sich schnell wieder von mir.

»Aber ich … bin … Ich.« Sie suchte nach den richtigen Worten.

»Ich habe dich nicht wirklich gesehen, als wir uns kennengelernt habe. Aber jetzt …« Ich schmunzelte sie an und entdeckte in ihren Augen, wie ich mit meinen Worten das Funkeln entfachte. »Aber jetzt sehe ich dich und möchte dich am liebsten nie wieder loslassen. Ich möchte mit dir all die schönen Seiten der Liebe entdeckten, an die ich nicht mehr geglaubt habe.«

Darauf antwortete sie mir nicht, sondern brachte nur ihre Arme um meinen Nacken, zog sich fester an mich und ließ mich die nächsten Minuten nicht mehr los. Erst spürte ich, wie heftig und schnell ihr Herz an meiner Brust pochte. Aber je länger sie sich an mich klammerte und ich sie einfach nur festhielt, desto ruhiger wurde sie. Sie fühlte sich sicher. Sie hatte den Absprung aus dem Flieger geschafft und war direkt in meine Arme gefallen. Mit einer butterweichen Landung. Sie würde es nicht bereuen. Dafür würde ich alles geben. Diese Frau hatte nur das Beste verdient. Und das würde ich ihr geben. Was sie sich auch wünschen würde: Sie würde es von mir bekommen.

Ich hatte all meine Sensoren abgeschaltet und war der festen Überzeugung gewesen, für immer Single zu bleiben. Aber den Plan hatte ich ohne sie gemacht. Sie hatte mein Herz im Sturm erobert und mir gezeigt, dass es die wahre Liebe gab.

»Verrätst du mir endlich, was du schreibst und wie dein Pseudonym lautet?«

Amelia riss sich von mir los und starrte mich mit übergroßen Augen an. »Fuck, das Manuskript.« Sie ließ mich auf unserer Decke vor dem Kamin zurück und schnappte sich ihren PC.

»Ich bin hier, weil ich gegen die Deadline meines Lebens arbeite. Bis Ende des Monats muss meine Rohfassung stehen. Gestern und heute habe ich kein einziges Wort getippt. Ich … Ich muss schreiben, wenn ich nicht alles gefährden möchte.«

Ich erhob mich vom Boden, gesellte mich zu ihr und krempelte die Arme nach oben. »Wie kann ich helfen? Ich habe in sämtlichen Liebesfilmen mitgespielt und kann die meisten Texte noch heute auswendig. Ich bin ein wandelndes Inspirationsbuch.«

Mit einem Lächeln sah sie zu mir auf, griff nach meiner Hand und sah so unendlich zufrieden aus. »Du könntest mir tatsächlich ein wenig helfen.«

»Ich tue alles, was ich kann. Außer selbst schreiben. Gib mir Texte und ich verkörpere sie perfekt vor der Kamera. Aber sie selbst schreiben? Um Gottes willen – nein!«

In wenigen Minuten brach sie mir herunter, wovon ihre Geschichte handelte und an welcher Stelle sie jetzt angekommen war. Sie schrieb ihr Buch aus zwei Perspektiven. Während sie die weibliche so schnell wie ein Blitz runter schrieb, hielt sie sich an den Kapiteln dieses Fletchers ewig auf.

»Was soll im nächsten Kapitel passieren?«

Sie plauderte munter drauf los, ohne Luft zu holen. Mein Kopf sprang wie beim Pingpong hin und her und versuchte ihr zu folgen, aber mir fiel es verdammt schwer. Das Einzige, was in meinem Kopf blieb, war die Parallele zu uns.

»Wie lange schreibst du an diesem Buch, Amy?«

»Für meine Agentin seit Juli.«

»Und für alle Menschen, die nicht deine Agentin sind?«, hakte ich nach.

Sie presste ihre Augenlider aufeinander, sah zum Boden und strich sich mit der rechten Hand wieder über den linken Unterarm. Von der Hand zum Ellenbogen und zurück. Am liebsten hätte ich die Frage zurückgenommen, weil ich sah, dass es ihr unangenehm war.

»So wirklich seit ich im Flieger saß. Ich habe mir diese Hütte gebucht, um mein Wortziel am Ende des Monats erreicht zu haben.«

»Und seit wann stand die Geschichte? Wie viel fehlt dir noch?«

»Mehr als die Hälfte und …« Sie kratzte sich am Kopf. »Die Geschichte steht seit zwei Jahren, als ich den ersten Teil beendet hatte.«

»Es gibt schon einen ersten Teil?«

Sie nickte.

»Der kam verdammt gut an. Aber der Druck auf meinen Schultern ist dadurch immens. Ich weiß, dass ich jetzt viel krasser liefern muss. Meine Kreativität war deswegen wie weggeblasen.«

»Okay. Wir haben heute den 06.12. Das heißt, wir haben noch mehr als die Hälfte des Monats für mehr als die Hälfte des Buches. Sehe ich das richtig?«

»Jep.«

»Und dann kreuze ich immer wieder auf und bringe dich raus. Und als i-Tüpfelchen quartiere ich mich in deiner Hütte ein. Super Timing!«, stellte ich mit einem Lachen fest. »Aber wir kriegen das hin. Sag mir, was ich tun kann, und wir wuppen das zusammen. Ich habe bis zum Ende des Monats nichts mehr vor.« Elise war ziemlich deutlich, dass sie mich auch nicht an Weihnachten sehen wollte. Wobei ich mir zumindest einen kurzen Besuch nicht nehmen lassen würde. Für Mom.

Bis zum späten Abend lieferte mir Amelia immer wieder Texthappen, die ich vor ihr zum Besten gab. Sie wollte wissen, ob manche Aussagen zu Fletcher passen würde. Sie wollte wissen, ob es sich natürlich und nicht zu geschwollen anhörte. Sie gab mir genaue Anweisungen, wie ich mich dabei zu bewegen hatte. Wir lachten viel, tauschten in unseren kreativen Denkpausen Küsse aus und naschten von dem Lebkuchen, den Plätzchen, den Nüssen und den Keksen.

Amüsiert saß sie in ihrem Sessel, als ich in Fletcher getaucht war und ihr, in der Rolle von June, erklären wollte, warum es so viel besser war, wenn wir uns weiter hassen als lieben würden.

37

Amelia

Es beflügelte meine Kreativität, Samuel in der Rolle des Fletchers vor mir zu sehen. Wie er alles reinwarf, um die die Texthappen in einer schauspielerischen Bestleistung zu performen. Es war, als wäre er mit meiner erschaffenen Figur verschmolzen. Als stünde Fletcher lebhaft vor mir. Ich gab ihm immer mehr. Konnte mich kaum daran sattsehen, mit welcher Perfektion er schauspielerte. Der Mann durfte seine Karriere nicht an den Nagel hängen, weil ihn die Schattenseiten des Berufs in die Dunkelheit zogen. Er gehörte ins Licht. Er gehörte auf die Leinwände. Auf die roten Teppiche. So wie ich für das Schreiben geboren war, war er es für das Schauspielern. Seine Performance brachte mich dazu, am liebsten sofort meine Agentin zu kontaktieren. Sie musste Robert Benston klar machen, dass Stardust Chapters nur mit Samuel Parker verfilmt werden durfte oder gar nicht. Jeder andere würde mich unglücklich machen und dem Fletcher, so wie ich ihn mir ausgedacht hatte, nie gerecht werden.

Samuel war für die Rolle geboren. Als er mir mit viel Gefühl klar machen wollte, dass es besser war, wenn wir uns – in den Rollen von June und Fletcher – weiter hassen würden, konnte ich nicht weiter passiv auf meinem Sessel sitzen bleiben. Ich stellte mein MacBook zur Seite und brachte mich ein, auch wenn ich kein Schauspieltalent besaß.

»Hast du Angst, zu deinen Gefühlen zu stehen? Hast du vergessen, was wir alles gemeinsam durchgestanden haben? Gib mir einen vernünftigen Grund, dich weiter zu hassen statt dich zu lieben!« Mit jedem Satz von June ging ich näher auf Fletcher – Samuel – zu.

Samuel riss seine Augenbrauen nach oben und musterte mich kurz mit einem abschätzigen Nicken, bevor er sich schüttelte und zurück in seine Rolle eintauchte. *»Es gibt so viele Gründe, mich zu hassen, June!«* Seine Stimme bebte.

Es fühlte sich nicht an, als würden wir schauspielern. War das in seinem Beruf manchmal auch so? Wenn ich schrieb, spielte sich dieser Film vor meinen Augen ab, als würde ich in der Welt meiner Charaktere sein. Die Grenzen zwischen Realität und Fiktion verschwammen. Gab es diese Momente auch an den Sets? Wenn ich daran dachte, dass er sich am Set in Maddie verliebt hatte, mussten diese Grenzen auf Dauer verschwimmen. Der Teufel flüsterte mir zu, dass das mit uns nicht lange halten würde. Dass er jemanden finden würde, der viel besser in seine Welt passte. Aber ich schob die Gedanken weit fort. Das war nur die Stimme in meinem Kopf, die mich beschützen wollte. Die Stimme, die nicht wollte, dass ich irgendwann wieder auf der Straße stand und einem Wagen hinterher sah, in der die Person saß, die ich am meisten liebte.

Ich schloss meine Augen, atmete tief durch und erinnerte mich daran, was June als Nächstes zu Flechter sagen würde. *»Aber nur einer reicht aus, um dich zu lieben, Fletch.«* In meiner Geschichte sah Fletcher darauf June in die Augen und konnte ihrer Anziehung nicht mehr widerstehen. Er ging zu ihr und küsste sie um den Verstand.

Und genau das tat Samuel. Der Kuss, der als Fletchers Aufgabe im Manuskript angefangen hatte, endetet in einem leidenschaftlichen Kuss zwischen einem Schauspieler und einer Autorin, die sich gemeinsam in ein Abenteuer stürzten, deren Ausgang niemand vorhersagen konnte. Aber fürs Erste machte dieses Abenteuer verdammt Lust auf mehr.

38

Amelia

Zweiundsiebzig Stunden ohne Strom lagen hinter uns. Als er nach meinem Saunagang in dieser Hütte aufgetaucht war, hatte ich niemals geglaubt, dass wir uns einmal so nah sein könnten. Der Schneesturm hatte mein Leben verändert. Im positiven Sinne. Im Grunde gab es wenig, was unsere beiden Welten verband: seine glitzernde und schillernde Hollywoodwelt und meine Welt der Worte. Er, der die Liebe verabscheute und ich, die darüber schrieb. Zwei Menschen, die so unterschiedlich waren, aber doch zusammenpassten. Wir waren wie zwei gegensätzliche Pole, die sich magnetisch anzogen. Gleich auf gleich stieß sich ab, aber wir zogen uns an. Manchmal schien es auszureichen, Zeit miteinander verbringen zu müssen, um zu erkennen, dass die eigenen Welten doch vereinbar waren.

Während ich langsam wach wurde, aber noch nicht aufstehen wollte, weil es so kuschelig warm unter meiner Decke war, dachte ich an unsere vergangenen Stunden zurück.

Mit seiner Hilfe, seiner wahnsinnig tollen Verkörperung von Fletcher, war die Leichtigkeit endlich in dessen Kapitel zurückgekehrt. Ich flog nur über die Tasten, bis sich der Akku meines MacBooks nach achtzehn Stunden Laufzeit verabschiedet hatte. Ich hatte schon gedacht, mir die Deadline aus dem Kopf schlagen zu müssen, bis Samuel in der Schublade des alten Schreibtischs einen Block gefunden hatte. Ganz oldschool hatte ich die nächsten Kapitel von Hand geschrieben, bis ich einen Krampf bekommen hatte. Samuel hatte so sehr gewollt, dass ich meine Deadline einhalten würde, dass ich ihm die nächsten Szenen hatte diktieren müssen.

Als die Welt um uns herum wieder dunkel geworden war, hatte ein dicker Stapel Papier vor uns gelegen, der nach dem Rückkehren des Stroms eingetippt werden müsste. Ich war wie berauscht davon, dass jemand so unterstützend an meiner Seite stand. Am Flughafen und bei der Ankunft hier oben hätte Samuel noch alles gegeben, um meinen Laptop zu vernichten. Aber das war nicht er. Aus ihm sprachen die Erfahrungen, die ihn gezeichnet hatten. Die Medien, die Paparazzi, die Fans, die Exfreundinnen, die sein Herz Stück für Stück vereist hatten.

Aber er war kein Arschloch. Nie eins gewesen. Meine beste Freundin hatte recht behalten und ich hatte ihn aufgrund vieler unglücklicher Zufälle auf dem falschen Fuß erwischt. Hier oben konnte er so sein, wie er wirklich war. Wie seine Mutter ihn erzogen hatte. Hier oben, losgelöst von den Ketten, in denen er in der Öffentlichkeit lief, war er der wundervollste und einfühlsamste Mensch, der mir je begegnet war.

Niemand hatte bisher in meinem Leben meinen Job

so ernst genommen wie er. Für alle anderen war es etwas, das ich in meiner Freizeit tun konnte. Für ihn aber war es meine ganze Arbeit. Es war das, was mich ausmachte. Das schönste Kompliment hatte er mir gestern Abend am Kaminfeuer gemacht, als er gesagt hatte: »*Ich habe noch nie einen Menschen so sehr für seinen Job brennen sehen wie dich.*«

Das tat ich.

Ich brannte dafür.

Aber das konnte er nur behaupten, weil er sich noch nie so gesehen hatte, wie ich ihn sah. Wir gingen in unseren Berufen beide vollends auf. Mir war die letzten Tage aufgefallen, dass er an dem Spiegel im Schlafzimmer immer vorbeilief, ohne sich anzusehen. Es schien, als könnte er sich selbst nicht ertragen, nicht leiden. Aber heute Morgen hatte er reingesehen. Und ich hatte dieses kleine Lächeln gesehen. Ich würde alles dafür geben, dass es länger da bleiben würde. Er musste selbst sehen, wie hell er leuchtete, wenn er seiner Arbeit nachging. Wie toll er war, wenn er sich keine Sorgen um die Medien oder sonst etwas machen musste. Wenn er einfach nur er selbst war.

Er war wunderschön.

Ich liebte es, wie er mich nach dem Schreiben verwöhnte. Tausend Küsse. Seine warmen, großen Hände, die meine liebsten Stellen verwöhnten. Es war alles so perfekt mit ihm. Genau das, was ich mir immer gewünscht hatte.

Aber der Teufel auf meiner Schulter flüsterte mir zu, dass diese perfekte Welt ihre Risse bekommen würde. Wir waren abgeschieden von der Öffentlichkeit und hatten nur uns. Wir konnten während des Schneesturms nichts anderes tun als uns zu wärmen, umeinander zu kümmern und füreinander da zu sein. Es gab nichts, was uns dazwischenfunken konnte. Hier oben saßen wir in unserer Blase weit weg von der Realität. Sein Leben bedeutete Paparazzi, Kameras, Auftritte auf dem roten Teppich, ein Dreh hier, ein Dreh dort. So viel Zeit, wie wir jetzt auf engstem Raum miteinander verbracht hatten, würden wir vermutlich nie wieder bekommen.

Meine perfekte Blase wurde mit einer spitzen Nadel attackiert, weil ich mir alles zerdachte. So unvoreingenommen wie damals mit fünf war ich niemals wieder durch mein Leben gegangen. Seitdem musste ich immer vorbereitet sein. Ich musste mich damit auseinandersetzen, was passieren könnte. Jede Möglichkeit mindestens einmal durchgespielt haben, um nicht eiskalt erwischt zu werden. Dabei vergaß ich, mich einfach mal treiben zu lassen. Zu leben.

Ich seufzte. Wenn ich es zulassen würde, dass diese Nadel meine Blase berühren würde, würde ich nur noch all das Schlechte sehen. Aber es gab so viel Gutes. Ich musste die Blase schützen. Ich musste *uns* schützen. Das mit ihm hatte ich zuvor niemals erlebt. Es hatte sich nie so richtig angefühlt, bei jemandem zu sein. Bei ihm hatte ich das Gefühl, mich fallen lassen zu können und nicht enttäuscht zu werden. Daran musste ich festhalten. Auch wenn ich nicht wusste, wo unsere Reise hinführen würde.

Ich zog mir die Decke vom Kopf. Anders als die letzten Tage war es so verdammt hell, dass mir die Augen brannten. Meine verschwommene Umgebung war ein Gemisch aus hellem Blau, Weiß und dunklem Braun. Ich tastete mich zum Nachttisch vor, um meine Brille auf die Nase zu setzen.

Meine Sicht wurde scharf. Die felsigen Rocky Mountains, die in den letzten Tagen in dem Grau verschwunden waren, thronten in den hellblauen Himmel. Sie sahen aus, als wären sie während des Schneesturms um einige Meter angewachsen. Majestätisch ragten sie in die Höhe. Ich klappte die Bettdecke um, tippelte zur Fensterscheibe und wurde von den warmen Strahlen der Sonne geküsst.

Wir hatten den Blizzard überstanden. Einen Moment schloss ich die Augen, um die Kraft der Sonne in ihrer Gänze auszukosten. Dabei stieg mir dieser süße Duft in die Nase. Das roch verdammt noch mal nach Waffeln. War der Strom wieder da?

Mein Magen sprang direkt auf den Duft an und gab grummelnde und brummende Geräusche von sich. Ich stahl mir Samuels T-Shirt von der kleinen Bank am Bett, das er gestern unter seinem dicken Pullover getragen hatte, und zog es mir über. Mit nackten Füßen schlich ich über den Dielenboden und als ich die Tür einen Spalt aufzog, sah ich, wie Sam in der Küche mit einem Waffeleisen hantierte.

Für einen Mann, der bisher wenig Berührungspunkte mit Küchen hatte, legte er sich hier oben ziemlich ins Zeug. An den Anblick könnte ich mich gewöhnen.

Ich beobachtete ihn kurz, während er mit seinen weißen AirPods in den Ohren zu irgendeinem Lied performte und wie der Sonnenschein auf zwei Beinen wirkte. Von Mr. Grumpy aus dem Flughafen und dem Café war nichts mehr zu sehen. Meine Augen wanderten weiter durch die Hütte. Ich entdeckte mein MacBook, das bereits am Ladekabel hing. Daneben lagen zwei Stapel mit losen Blättern, die die nächsten Kapitel beinhalten müssten. Hatte er bereits begonnen, die Seiten abzutippen?

Ich sah zurück zu ihm und sofort überkam mich eine Wärme, als würde ich unmittelbar am Kamin stehen. Dieser Mann war so gut. Ich schmiegte mich von hinten an ihn, wobei er zusammenzuckte. Sofort zog er sich die Airpods aus den Ohren, drehte sich in meiner Umarmung und gab mir einen Kuss auf die Stirn.

»Guten Morgen, *Blondie*.«

Ich verzog meine Augen zu zwei Schlitzen, pikste ihm in die Seite und begrüßte ihn mit: »Guten Morgen, *Mr. Hollywood*.«

Er legte den Suppenlöffel, in dem der Teig für eine neue Waffel war, zurück in den Topf, wand sich aus meinen Armen, nur um darauf seine Hände an meinen Hintern zu packen. Blitzschnell verloren meine Füße den Kontakt zum Boden, weshalb ich meine Beine um seinen Oberkörper und meine Arme um seinen Hals fädelte.

»Hast du gut geschlafen?«, fragte er mich, doch bevor ich ihm antworten konnte, lagen seine Lippen auf meinen. Es war kein Guten-Morgen-Kuss, sondern einer, der mir zeigte, wie sehnsüchtig er die letzten Minuten oder gar Stunden auf mich gewartet hatte.

»Bist du schon lange wach?«, fragte ich in einer Atempause unseres Kusses.

»Ziemlich.« Er grinste mich an, strich sanft mit seiner Nase über meine und fand den Weg zurück zu meinen Lippen. Drängend, fordernder, als wollte er mehr. Das Brennen in meinem Unterleib widersprach dem nicht.

»Gegen vier hat sich der Strom wieder angeschaltet.« Er küsste mich erneut, wobei er meinen Rücken gegen den Küchenschrank drückte. »Ich bin sofort aufgestanden und habe mich darum gekümmert, dass es sich wieder nach *Hüttenzauber* anfühlt.« Er ließ mich auf der

Arbeitsfläche herunter und wollte sich von mir lösen, als ich ihn an seinem Hals zurück zu mir zog und meine Lippen seine fanden.

»Das hat doch auch so funktioniert«, flüsterte ich.

Er lächelte in unserem Kuss, ehe wir von zischenden Geräuschen unterbrochen wurden. Seine Lippen lösten sich von meinen, und er blickte zu dem rauchenden Waffeleisen.

»Verdammt«, fluchte er leise. Ich ließ ihn los und konnte ihm danach nur noch dabei zusehen, wie er die schwarze Waffel aus dem Gerät kratzte.

»Das war meine«, entschied ich schuldbewusst. Schließlich wollte er sich um sie kümmern, aber mein Verlangen, seine Lippen zu berühren und unsere Zungen tanzen zu lassen, hatte ihn davon abgehalten.

»Wir sind für die nächsten zehn Tage mit Waffeln ausgestattet«, meinte er mit einem belustigten Unterton und offenbarte mir den Blick auf den Waffelturm, der bis zum Hängeschrank ging.

»Gehst du jetzt unter die Köche?«, fragte ich neckend, hüpfte von der Arbeitsfläche und schmiegte mich an ihn.

»Mit meinen Pancakes und den Waffeln wohl eher unter die Bäcker, aber ich habe mir gleich heute Morgen ein paar Rezepte herausgesucht, die ich gern ausprobieren möchte.«

Hatte da jemand eine neue Leidenschaft gefunden?

Während wir die leckeren Waffeln genossen, berührten wir uns ständig. An unseren Händen, an unseren Knien. Wir konnten nicht ohne den Körperkontakt, nachdem wir die letzten zweiundsiebzig Stunden so dicht aneinander gewesen waren, um uns warmzuhalten.

»Wie sieht dein heutiger Plan aus?«

Ich zuckte mit den Achseln. Meine Lust, die Kapitel von gestern abzutippen, hielt sich in Grenzen. Aber wenn ich an mein Ziel kommen wollte, musste ich unliebsame Dinge tun. »Schreiben, schreiben, schreiben?«

Er grinste mich mit einem Nicken an. »Das dachte ich mir schon.«

»Und von dir bekochen lassen?«

Sam zog eine Augenbraue nach oben. »Freu dich da bloß nicht zu früh. Noch bin ich ein blutiger Anfänger.«

Ich zuckte mit den Schultern, schob meinen Teller beiseite und lehnte mich so weit über den Tisch, dass sich, mit ein wenig Entgegenkommen von ihm, unsere Lippen wieder hätten berühren können. »Auf den Nachtisch freue ich mich schon am meisten«, hauchte ich.

»Nachtisch zum Frühstück?« Anzüglich hob er die Brauen, schob dann seinen Stuhl zur Seite und umrundete den Tisch, als ich ihm die kalte Schulter zeigte.

»Zuerst die Arbeit, dann das Vergnügen.« Ich ließ ihn abblitzen, stand vom Stuhl auf und lief in Richtung meines MacBooks, wobei ich sein T-Shirt hob, um ihm einen Blick auf meinen nackten Hintern zu offenbaren.

»Das ist nicht fair, Amelia Thompson!«

»Das war *deine* Rede.« In der spiegelnden Glasscheibe sah ich, wie er sich wild durch die Haare fuhr und sich seine Lippen bewegten, als würde er sich im Stillen selbst für seine Regeln verfluchen.

Mein Unterleib brannte. Mir ging es doch nicht anders. Als meine Augen von seiner spiegelnden Person in der Scheibe zum Whirlpool fanden, aus dem Wasserdampf aufstieg, dachte ich nicht mehr an die Rede. Ich setzte meine Füße voreinander, zog mir dabei das T-Shirt über den Kopf und ließ es in Höhe der Terrassentür fallen. Ich zog den schweren Hebel nach oben, um die Tür in die andere Richtung zu schieben. Die eisige Kälte blies mir sofort ins Gesicht, aber es war mein brennender Unterleib, der mich warmhielt. Die Gedanken, mit ihm in den Whirlpool zu steigen und ihn dort zu lieben. Bevor ich einen Fuß auf den kalten Schnee setzte, blickte ich über meine Schulter. »Was ist? Worauf wartest du?«

Als ich mein Bein über den hohen Rand des Jacuzzis schwingen wollte, spürte ich seinen warmen Atem in meinem Nacken. Ich erstarrte in meiner Bewegung.

»Regeln sind dafür gemacht, um gebrochen zu werden«, raunte er in mein Ohr.

Ich kicherte, hob meine rechte Hand und ließ sie in seinen Haaren verschwinden. Dann zog ich seinen Kopf näher an meinen ran und schloss meine Augen. Samuels Hände berührten meine Schultern, glitten dann weiter hinab zu meinen Brüsten, die er sanft umschloss. Seine Zeigefinger strichen in kreisenden Bewegungen um meine Brustwarzen. Das Kribbeln schoss durch meinen ganzen Körper.

Ich wollte nicht länger warten, ließ meine Hand von ihm ab und schwang zuerst das eine und dann das andere Bein in den Whirlpool. Das Wasser nahm mich mit einer wundervollen Wärme in Empfang, die sich wie eine kuschelige Decke um mich schloss. Während ich mich auf eine Sitzfläche gleiten ließ, stand Samuel noch draußen. Meine Augen wanderten an seinem durchtrainierten Oberkörper herunter. Blieben an dem muskulären V haften. Bei Tageslicht sah er noch definierter und muskulöser aus als bei Kerzenschein.

Bevor er zu mir ins Wasser stieg, startete er die Düsen. Sanfte Stöße aus sämtlichen Löchern begannen damit, meine Muskeln zu lockern und mir eine wohltuende Massage zu bescheren. Samuel sah mich forschend an, während er auf Knien zu mir kam. Das Wasser schwappte stürmisch zwischen unseren Köpfen. Ich legte meine Arme um seinen Nacken, spreizte meine Beine und zog ihn die letzten Zentimeter, die uns voneinander trennten, zu mir. Meine Lippen berührten seine gierig, während meine Hände von seinem Nacken in seine Haare wanderten. Während wir uns hungrig küssten und unsere Zungen miteinander tanzten, kreisten seine Finger über meine Brustwarzen.

»Sam«, flüsterte ich, ließ eine Hand von seinen Haaren ab und senkte sie in das heiße Wasser. Langsam brachte ich sie an seinen Oberkörper und strich über die definierten Muskeln weiter nach unten.

Ein Grinsen blitzte auf seinen Lippen auf, ehe er tief Luft holte und abtauchte. Zuerst spürte ich, wie seine Nase sanft über meine linke Brust strich. Dann kam sein Mund hinzu. Sanft knabberte er an meinem Nippel.

Die Lust verzehrte mich und ich glaubte, an diesem Vorspiel zugrunde zu gehen. Meine gesamten Nervenbahnen vibrierten, das Pulsieren in meinem Unterleib brachte mich langsam zum Höhepunkt. Mein Atem wurde unregelmäßiger. Nicht nur sein Knabbern und seine Berührungen stimulierten mich, sondern auch die Blubberblasen hinterließen feine Nadelstiche auf meiner Haut, die bis in meinen Unterleib schossen. Der Herzschlag in meiner Brust wurde sekündlich schneller. Ich schloss meine Augen. Konnte an nichts mehr denken. Ich konnte mich nur meiner Lust hingeben, die in jedem Millimeter meines Körpers rauschte.

Durch meine gespreizten Beine schossen die Blubberblasen in meine Mitte. Jeder neue Schwall kitzelte meine Klitoris, jedes Knabbern an meiner Brustwarze setzte noch einen obendrauf. Er war nicht in mir und dennoch spürte ich, wie sich der Vulkan sekündlich auf seinen

Ausbruch vorbereitete. Das schwappende Wasser spiegelte die Wellen in mir wieder, die mich zu meinem Höhepunkt trieben. Auf und Ab. Hin und her. Als plötzlich seine Finger um meine Mitte kreisten und dann in mich eindrangen, schoss die Lava siedend heiß in mir nach oben. Nur noch eine Berührung, und mein Vulkan würde ausbrechen.

Das peitschende Wasser lenkte mich ab. Ich öffnete meine Augen und sah, dass er aufgetaucht war, um Luft zu holen. Mit einem zufriedenen Grinsen musterte er mich. Seine Finger wurden schneller und drängender, während meine sich an den Rändern des Jacuzzis festklammerten, um nicht mit dem Kopf unter Wasser zu rutschen. Ich hielt mich fest, spürte mit jeder weiteren, intensiven Berührung wie sich mein Körper anspannte, mein Atem immer schwerer wurde und mein Herz in meiner Brust explodierte.

»Sam«, stöhnte ich seinen Namen und im nächsten Moment kam ich. Es fühlte sich an, als würde ich gleichzeitig schmelzen und explodieren. Meine Hände rutschten vom Rand des Jacuzzis, als die Welle über meine Muskeln schoss und sie in einem gigantischen Zittern zurückließen.

Samuel zog seine Finger aus mir zurück, fing mich auf und hielt mich einfach nur fest, während der Orgasmus in mir abebbte. Eine ganze Weile lag ich nur in seinen Armen, konnte keinen Gedanken fassen und ließ mich treiben. Im Wasser. In seinen Armen.

Nachdem die Ekstase in meinem Körper abgeklungen war, sah ich ihn fast schuldbewusst an. Ich wollte, dass auch er auf seinen Kosten kam. Ich drehte mich zu ihm um und brachte meine Lippen auf seine. Ich küsste ihn drängend, berührte ihn an seinen Brustwarzen, wanderte mit meinen Händen in seine Haare, strich über seine Muskeln, bis ich nur Millimeter von seinem Glied entfernt war.

»Bist du denn …?«, hauchte er.

»Ja«, raunte ich und glitt mit der Hand an seine ganze Länge. In einer gleichmäßigen Bewegung strich ich auf und ab, bis Samuels Hand zu meiner kam. Ich verstand, zog mich zurück und klammerte mich mit meinen Armen um seinen Nacken. In kreisenden Bewegungen strich ich über seine Hüfte, bis das Feuer erneut in meinem Unterleib entzündet wurde. Sam flüsterte etwas, was ich durch das laute Plätschern des Whirlpools nicht verstand. Aber als eine glänzende Packung an mir vorbeiflog und ich ihn im nächsten Moment in mir spürte, wusste ich, was er mir gesagt hatte.

Er drang in mich ein, während ich mit meinen Bewegungen unseren Rhythmus vorgab. Erst war ich ganz sanft, wobei das Prickeln schon wieder in meinen Körper ausstrahlte. Aber diesmal ging es nicht mehr nur um mich, sondern um ihn.

Er flehte mich an, schneller zu sein. Und ich tat es. Meine Hüfte bewegte sich schneller und schneller, bis sein schwerer Atem sich mit meinem vermischte.

»Ich komme«, keuchte er und vergrub seine Hände in meinen Haaren, während seine Lippen meine fanden.

***

Wir blieben noch eine ganze Weile in dem blubbernden Wasser sitzen, während der Wasserdampf um unsere Gesichter zog, die warme Sonne auf unsere Köpfe schien und alles so wundervoll magisch war. Am liebsten wollte ich nicht sofort zurück an die Arbeit gehen. Ich wollte

mit ihm im Schnee wandern, mit dem Schlitten die stei-
len Berge hinabsausen, Schneeengel und eine Schneeballschlacht machen. Diesen einen Tag könnte ich doch
verschmerzen, oder?

39

Samuel

Den Plan hatte sie ohne mich gemacht. Auch wenn ich liebend gern mit ihr durch den Schnee gezogen wäre, musste nach unserem Vergnügen erst ein wenig Arbeit erledigt werden. Nur unter einem lauten Grummeln hatte sie sich auf den Sessel bequemt und ihr MacBook aufgeklappt. Aber noch hatte ich kein einziges Mal gehört, dass sie die Tasten berührt hatte. Also unterbrach ich den Abwasch und beobachtete sie. Ihre Augen lagen nicht auf dem Display, sondern auf der wundervollen Kulisse vor unserer Hütte. Ich zog die Luft scharf ein, legte den Spüllappen zur Seite und schritt langsam auf sie zu. Die Dielen knarzten fürchterlich unter meinen Füßen und kündigten ihr an, dass ich auf dem Weg zu ihr war.

Sie richtete den Blick hoffnungsvoll von der Scheibe und sah mich mit diesen großen Augen an. »Nur gaaaaanz kurz?«

Ich verschränkte die Hände vor der Brust. »Wie viele

Seiten musst du heute schreiben?«

»Ich rechne in Wörtern.«

»Wie viele *Wörter* musst du heute schreiben?«

Sie wandte den Kopf zum Laptop, klickte ein paar Mal herum und sah dann wieder zu mir. »Um die 3.500.«

»Wie schnell schaffst du die?«

»Wenn ich in der Muse bin, vielleicht so in zwei Stunden?«

»Bist du gerade in der Muse?«

»Nein!«, kam, wie aus der Pistole geschossen, aus ihrem Mund.

»Was kann ich tun, damit du in die Muse kommst?« Mittlerweile war ich bei ihr angekommen, ging in die Hocke und streichelte über ihr Bein, über dem wieder eine dicke Strumpfhose war. Sie trug am liebsten kuschelige Kleider aus Wolle, die nicht nur modisch aussahen, sondern sie auch besonders warmhielten. Und ganz nebenbei standen sie ihr fantastisch. Mal war es beige, mal knallig rot, mal altrosa. Die Kuschelsocken dazu immer in der passenden Farbe abgestimmt. Ein paar Details setzte sie mit roségoldenem Schmuck.

»Mich in den Schnee entführen.« Ein Lächeln umspielte ihre Lippen und eine ihrer Brauen hob sich herausfordernd in die Höhe.

Ich schielte auf den Text, den sie zuletzt geschrieben hatte, und entdeckte auf Anhieb nichts, was wie Schnee, Schneeballschlacht oder Schlitten aussah.

»Heeeeeey, das ist noch nicht fertig und bloß eine Rohfassung! Die ist immer Mist, nicht gucken!« Sie riss das MacBook schützend an sich und verdeckte mir die weitere Sicht darauf.

Ich legte nur meinen Kopf schief und sah sie streng an. »Amelia Thompson. Ich habe schon mehr von deinem

Text gesehen als dieses kleine Bisschen. Es ist kein Mist. Du hast mir schon einige Stellen vorgelesen und wir haben schon einige nachgestellt.« Ich näherte mich ihren Lippen. »Außerdem habe ich dir die meisten Seiten schon abgetippt, also ist das hier kein Geheimnis mehr.«

Ihre Augen rissen weit auf. »Moment, dann …«

»Was?« Ich sah sie mit einem Lächeln an. »Weiß ich längst, welche Geschichte du schreibst, wie dein Pseudonym lautet und dass du eine fucking *Bestsellerautorin* bist?«

»Was? Wie? Ich … Du.« Wild schossen ihre Augen hin und her. Sie sah mich an, als wäre es die schlimmste Nachricht, die ich jemals hätte herausfinden können. Sie zuckte zusammen, stellte das MacBook auf dem Tisch ab und spielte mit ihren Fingern.

»Ich habe den Dokumententitel gesehen und ihn aus reiner Neugier bei Google eingegeben.« Ich grinste sie an. »Dein Buch hält sich seit über einem Jahr in den Top fünf der aktuellen Bestseller. Das ist Wahnsinn! Und …« Ich strich mir die Haare aus der Stirn und erzählte ihr, womit ich die letzten Stunden verbracht hatte, als sie noch wie ein Baby geschlafen hatte. »Ich habe fast schon die Hälfte von Teil eins gehört und – wow! Ich bin hin und weg. Hat der Verlag schon mal überlegt, das Buch zu verfilmen? Du schreibst so bildlich, dass der Film wie von selbst vor meinen Augen ablief.« Ich nahm ihre Hand, die nervös an den Fingerspitzen der anderen zog. »Ich war etwas in den sozialen Medien unterwegs, habe mir ein paar, wie nennt man das?« Ich grinste sie an. »Ästhetische Videos zu deinem Buch angesehen. Es scheint kein Geheimnis zu sein, dass Fletcher für die Autorin zufällig so wie Samuel Parker aussieht?«

Ihre Augen fanden zurück in meine. Waren noch immer weit aufgerissen, als würde es ihr mehr Panik als Freude bescheren, dass ich wusste, was sie schrieb und wie gut es ankam.

»Hey, alles ist gut, hörst du?« Ich senkte meine Stirn an ihre und berührte dann gefühlvoll ihre Lippen. Sie schien distanzierter, ließ es nicht zu, dass ich mit meiner Zunge ihre Lippen teilte. Ich löste mich von ihr und musterte sie stumm. Die Ader am Hals pumpte gewaltig schnell das Blut durch ihren Körper. Ich fühlte mich schuldig, sie in diesen Zustand versetzt zu haben. Vielleicht hätte ich warten sollen, bis sie es mir selbst gesteht. Aber es war so schwer, es für mich zu behalten. Es machte mich glücklich, zu wissen, dass sie mit dem Schreiben schon so weit gekommen war. Ich wollte sie bestmöglich unterstützen, damit der zweite Teil so einschlug wie der erste.

»Hast du Angst, dass dein Geheimnis bei mir nicht sicher ist?«

Ich sah, wie sie schluckte.

»Ich schweige wie ein Grab, Amelia.« Meine Hand schmiegte sich an ihre Kieferpartie. Mit dem Daumen strich ich sanft über ihre Wange. »Es freut mich sehr für dich, dass du einen Bestseller geschrieben hast.«

Schüchtern sah sie mir zum ersten Mal, seit ich damit angefangen hatte, wieder in die Augen. »Versprich mir, dass du es niemals jemandem erzählst.«

»Ich verspreche es dir.« Ich hob meine Hand zu einem Schwur. »Hoch und heilig.«

»Gut. Gut. Gut«, wiederholte sie immer wieder, aber ich entdeckte das Zittern in ihrer Stimme sofort. Ich kannte ihre Beweggründe nicht, wieso sie ein Pseudonym verwendete. Aber eins war mir klar: Es hatte einen triftigen Grund, wenn sie so heftig darauf reagierte.

Amelia schlang ihre Arme um mich. »Ich habe mein eigenes Drehbuch geschrieben und … Robert Benston will es verfilmen. Mit Starbesetzungen.«

»Was?« Ich löste mich so weit von ihr, dass ich ihr wieder ins Gesicht sehen konnte. »Robert Benston will dein Drehbuch haben?«

Sie nickte zaghaft.

»Amelia, das ist großartig. Weißt du, wer Robert Benston ist?«

Wieder nickte sie. Ein wenig wusste sie also, was in der Filmbranche von Hollywood aktuell los war. Hätte ich den Produzenten nicht gerade erst versetzt, wäre die Verfilmung ihres Bestsellers vielleicht etwas für mich gewesen. Aber Henry hatte mich schon wissen lassen, dass Benston kein bisschen begeistert von meinem Nichtauftkreuzen war.

Die Rolle des Fletchers könnte ich mir wohl aus dem Kopf schlagen.

»Wenn du die ästhetischen Videos zum Buch gesehen hast …« Sie knabberte auf ihrer Lippe. »Hättest du denn Interesse, Fletcher zu spielen?«

Ich fuhr mir durch die Haare und suchte nach den richtigen Worten, um ihr zu sagen, dass ich Interesse hätte, aber den Produzenten vor nicht allzu langer Zeit dezent enttäuscht hatte. »Ich glaube, Fletcher und ich – wir – sind nicht auf einer Wellenlänge.«

Amelia hob fragend die Augenbraue nach oben. »Hast du mir nicht vor ein paar Tagen die Frage gestellt, ob ich dieses Buch über uns geschrieben hätte?«

Ich kratzte mich am Hals und räusperte mich. »Kann sein.«

»Und jetzt willst du nicht mit ihm auf einer Wellenlänge sein?« Sie kicherte und sah wieder so befreit aus.

Ihre Schultern waren nicht mehr eingerundet, ihr Blick war aufgerichtet und das Leuchten in ihren Augen zurück. »Ich habe meiner Agentin schon gesagt, dass es nur einen gibt, der Fletcher verkörpert.«

Den Videos auf den sozialen Medien zu urteilen, war das dann wohl ich. Eventuell würde ich meinem Agenten gleich eine nette Nachricht schreiben, um in Erfahrung zu bringen, wie ich die Enttäuschung bei Benston wieder gutmachen könnte.

Amelia tippte mir mitten auf die Brust und sagte dann mit gehobenen Brauen: »Harry Styles.«

»Was?«

»Mein Buch ist doch eine Fanfiction über ihn. Schon vergessen?«

Ich biss mir auf die Lippe und schüttelte den Kopf. »Das hältst du mir jetzt auf ewig vor, oder?«

Sie grinste mich frech an, sprang von ihrem Sessel auf und stieß mit dem Knie an meine Schulter, sodass ich meinen sicheren Stand in der Hocke verlor und nach hinten wegkippte. Amelia rannte auf die Tür zu, schnappte ihren rosa Wintermantel, ihre Mütze und die Handschuhe. Während sie schon die Tür aufzog und die kalte Winterluft in das Innere der Hütte strömte, schlüpfte sie in ihre Schuhe und lief dann nach draußen.

»Na warte!« Ich stemmte mich nach oben und folgte ihr im Nu. Doch als ich in der Tür der Hütte stand, erwischte mich schon der erste Schneeball. »Das war ein Fehler«, kündigte ich ihr an, ging in die Hocke und formte die erste Schneekugel zu meiner Verteidigung.

»Du wirst mich niemals treffen!«, tönte sie groß, lief zu einem dicken Stamm der vielen Kiefern, die um unsere Hütte lagen, und versteckte sich dahinter. Mein erster Schneeball ging daneben, der zweite traf gerade so die

Kante des dicken Baumstammes.

Sie streckte ihren Kopf aus ihrem Versteck und sah mich irritiert an. »Ist das schon alles, was du kannst, Mr. Hollywood?«

»Ich habe nicht mal richtig angefangen«, brüllte ich ihr zu, nahm blitzschnell eine neue Ladung Schnee in meine Hände und formte die nächste Kugel. Diesmal streifte ich ihren Wintermantel.

»Nur eine richtige Berührung zählt«, rief sie mir zu, formte eine Kugel und rannte zum nächst dickeren Stamm.

»Wenn ich dich getroffen habe, gehen wir rein und du schreibst deine 2.500 Wörter!«

»Das wirst du nicht schaffen!«, konterte sie lachend. Kurz darauf kam ein dicker Schneeball in meine Richtung geflogen. »Außerdem sind es 3.500.«

»Na warte!« Ich formte mir einige Schneebälle, legte sie mir auf den angewinkelten Arm, den ich dicht an meine Jacke presste, und näherte mich ihr vorsichtig an. »Für jeden Treffer schreibst du 500 Wörter mehr!«

»Deal!«, rief sie zurück.

Mit vier Kugeln im Schlepptau schlich ich durch den Schnee und musste nur noch um einen Baumstamm gehen, um freies Wurffeld auf sie zu haben. Aber im nächsten Moment traf mich ein Schneeball von hinten mitten auf den Rücken. Ich drehte mich um. Rosa Wintermantel. Frech rausgestreckte Zunge.

»Und für jeden Treffer bei dir bekomme ich mehr Minuten hier draußen.«

Okay. Sie war gut. Verdammt gut. Aber ich musste zusehen, dass sie nicht zu lange prokrastinierte. Die Fans warteten sehnsüchtig auf die Fortsetzung und auf der Seite des Verlags hatte ich schon zweimal gesehen, dass sie den Veröffentlichungstermin des Buches nach hinten verschoben hatten. Sie sah wie jemand aus, der sich aus negativen Kommentaren seiner Leserinnen und Leser viel machte.

Wir mussten heute noch schreiben.

Aber als ich das große Lächeln auf ihren Lippen sah, konnte ich sie nicht abwerfen. Sie sah so unglaublich fröhlich, glücklich und befreit aus, dass ich die nächsten Minuten extra daneben warf, um sie nicht traurig zu stimmen.

40

Amelia

Im ersten Moment wurde der Fluchtinstinkt in mir geweckt. Nur die wenigsten Menschen kannten mein Geheimnis und bei so einem Video aus dem Café, das mittlerweile 3 Millionen Likes auf der Social Media Plattform hatte, waren selbst diese wenigen Menschen zu viele. Aber Hannah hatte die Sache nicht ausgeschlachtet und auf alle anderen war Verlass.

Die letzten Tage hatten wir unsere sichere Blase hier oben nicht verlassen. Wir hatten gemeinsam geschrieben. Wir. Gemeinsam. Ein Beruf, der eigentlich so einsam war, hatten wir im Team gelöst. Während ich schrieb, hörte er in der Zwischenzeit das Hörbuch von Teil eins zu Ende. Um ehrlich zu sein, war mir nicht so wohl bei dem Gedanken. Aber ich konnte ihn nicht bremsen. Er war so tief in der Geschichte versunken, dass er manchmal pausierte, mich beim Schreiben unterbrach und Kommentare zu den Szenen gab, die er gerade gehört hatte. Den häufigsten Satz, den ich die letzten Tage dazu bekommen hatte, war definitiv: »WTF, wie kann Fletcher so ein Arsch sein? June hat Besseres verdient. Sag mir bitte, du baust noch einen anderen Kerl ein, der sie sieht. Sie ist so toll und er … Ich habe nicht mal Worte dafür!«

Er war so tief in der Geschichte, dass sich die Grenzen zwischen Fiktion und Wirklichkeit verschoben. Alles, was mit June passierte, projizierte er auf mich. Er hatte schon mehrmals gedroht, diesem Fletcher gehörig die Meinung zu geigen, würde er noch länger so mit June umgehen.

»So ist das, wenn zwei Menschen aufeinandertreffen, die am Anfang eher Feinde als Freunde sind«, kommentierte ich immer wieder, wenn er so richtig in Fahrt kam. Es war süß, ihn so zu sehen. Wobei ich mir langsam Sorgen machte, dass er doch nicht Fletcher verkörpern könnte. Sein Agent Henry hatte ihm ein Treffen mit Robert Benston organisiert, das heute im Tal stattfinden würde. Sam wollte sich entschuldigen, aber nach all der Wut, die in ihm für Fletcher loderte, müsste ich mir vielleicht doch Gedanken wegen eines Plan Bs machen.

Selbst als er vorm Spiegel stand und seine Frisur machte, hörte ich über die Lautsprecher die letzten Kapitel von Stardust Chapters. Mir bereitete es Gänsehaut, als ich wieder hörte, was für ein schönes Ende ich June mit ihrem Dad gegeben hatte. Den fiesen Cliffhanger, den sie mit Fletcher bekam, blendete ich aus. Einen Moment ging ich in die Galerie, öffnete den Ordner mit den Favoriten und sah mir das Lieblingsfoto von Dad und mir an.

Warum kannst du nicht so sein wie er? Warum kannst du nicht so gut sein wie Junes fiktiver Dad, hm?

Als hätte er meine Frage gehört, ploppte plötzlich eine Nachricht von ihm auf.

Morgen, mein Schatz. Ich bin über
die Feiertage sehr eingespannt.
Aber wir holen das nach, ja?

Ich öffnete den Chat nicht, drückte die Sperrtaste und ließ mein Handy wieder im Sessel versinken. Wenn er mich zu sich eingeladen hätte, so wie ich es mir all die Jahre gewünscht hatte, hätte ich Mom und Charlotte sofort versetzt. Aber es passierte nicht. Und das würde es niemals. Dennoch kullerte eine Träne aus meinem Auge. Ich wischte sie schnell weg, bevor Sam sie sehen würde, stand auf und überlegte einen Moment, ob ich ihn begleiten sollte. Nicht um mit Robert Benston an einem Tisch zu sitzen, sondern um ein paar neue Lebensmittel zu besorgen. Die letzten Male war Sam mit dem Schneemobil ins Tal gesaust und hatte sich mit den Sachen eingedeckt, die er für das Nachkochen seiner Rezepte benötigt hatte. Es war ihm nicht alles gelungen, aber man konnte es immer essen. Auch wenn manchmal ein wenig zu viel Salz dran war. Wie sagt man so schön? Wenn das Essen versalzen ist, ist der Koch verliebt. An der Redewendung schien etwas dran zu sein. Der Gedanke trieb mir wieder ein Lächeln ins Gesicht.

Mein Handy leuchtete wieder auf, als mich nur noch wenige Schritte von Sam trennten. Es war wieder Dad.

Hallo, Livi Schatz. Es tut mir leid, dass ich
dieses Weihnachten wieder nicht bei euch
sein kann. Ich wollte euch so gern besuchen. Kannst du dir vorstellen, dass dein
alter Herr sogar einen Tannenbaum besorgt hat? In L.A.? Die gibt es hier nicht wie
Sand am Meer. Ich hoffe, dir geht es gut.
Ich bin jetzt gleich unterwegs nach ZRH.
Wollen wir uns sehen?

Meine Augen flogen wild über die Nachricht. *Livi* Schatz? ZRH? Er hatte einen Tannenbaum aufgestellt? Er wollte sich treffen? Was?

Ich wechselte sofort zu Google und gab ZRH ein, wo mir ausgespuckt wurde, dass es die Abkürzung für Zürich war. Nein. Das … Hat er das gerade seiner anderen Tochter in Zürich geschrieben? Hatte Mom all die Jahre recht, dass wir wirklich nicht seine einzigen Kinder waren?

Jetzt rannen die Tränen unaufhörlich aus meinen Augen. Sam hatte mich noch nicht bemerkt. Ich schlich über die Dielen, setzte mich wieder auf den Sessel am Kamin und las diese Nachricht immer und immer wieder durch. Bis die drei grauen Punkte erschienen und eine Nachricht von ihm einging.

> Ich bin so im Stress gewesen, Schatz. Die Nachricht ging nicht an dich.

Die Nachricht an diese Livi war so weich und herzlich. Und ich bekam das? Diese harten, abgehackten Sätze?

Ich klickte auf das Hörersymbol statt der Chat Bubble. Ich wollte, dass er mich sah. Dass er mich genauso sah, weil ER dafür verantwortlich war. Aber der Scheißkerl nahm nicht ab.

> Ich bin gerade an der Sicherheitskontrolle, Schatz. Wenn ich gleich noch etwas Luft habe, melde ich mich.

Ich tippte eine Nachricht ein und schickte sie sofort ab, ohne darüber nachgedacht zu haben.

> Hättest du bei dieser Livi
> direkt abgehoben?

Nichts.

Ich knipste ihm ein Bild von meinem verweinten Gesicht, platzierte es in unseren Chat und kreiste über dem Cursor. Er musste einmal sehen, was er mir antat. War er für diese Livi der Dad, der er für mich nicht mehr war? Was hatte ich ihm getan, verdammt?

Mein Daumen berührte den Button zum Abschicken. Dann glitten meine Finger wie von selbst über die Tastatur.

> Deine »tollen« Ausblicke kannst
> du in Zukunft auch deiner Livi
> schicken. Du bist für mich ge-
> storben. Ich hasse dich.

Die drei Punkte erschienen auf seiner Seite. Sie verschwanden. Sie kamen wieder.

Dann klingelte es. Sein Profilbild erschien auf meinem Display. Aber ich drückte ihn weg. Immer wieder. Bis ich mein Handy gegen die Fensterscheibe warf und auf meine Knie sank.

Plötzlich legten sich Arme um mich. Sams Aftershave stieg mir in die Nase. Mit einer Bewegung drehte er mich um, fing meine Tränen mit den Fingerspitzen auf und sah mich mit zusammengezogenen Augenbrauen an.

»Was ist passiert, Amy? Rede mit mir.«

»Mein Dad«, schluchzte ich.

»Was? Ist sein Flieger abgestürzt?«

Schön wär's, dachte ich, weil ich mir dann endlich keine Hoffnung mehr machen müsste, ob er irgendwann wieder für mich da wäre. Aber ich verurteilte mich im selben Moment für diesen schrecklichen Gedanken. Was hatte er nur mit mir gemacht, dass ich so etwas denken konnte?

Ich wünschte mir doch nur, von ihm geliebt zu werden. So wie er es die ersten fünf Jahre meines Lebens getan hatte.

»Ich habe eine Nachricht bekommen, die an seine andere Tochter ging.«

Über die Lautsprecher von Sams Handy schallte das letzte Kapitel meines Bestsellers durch die Hütte. Die Worte von Junes Vater … »*Es tut mir so leid, mein Schatz. Ich wollte dich nie im Stich lassen. Ich habe all deine Erfolge aus der Ferne beobachtet, aber mich nicht getraut, wieder aus dem Schatten zu treten. Ich war so stolz auf dich, als du den College Abschluss gemacht hast. Als du mit Mom Autofahren gelernt hast. Als du diese erste große Rolle bekommen hast. Gott, ich kann nicht mal mehr zählen, wie oft ich den Film angesehen habe. Ich war so unendlich stolz auf mein kleines Mädchen.*«

»Kannst du das bitte ausmachen?«, schluchzte ich.

Sam ließ mich los, sprintete an den Waschtisch und schaltete das Hörbuch aus. Es fühlte sich wie eine Ewigkeit an, in der er verschwunden war und ich mitten in der Hütte zurückblieb. Im Hintergrund das Klingeln meines Handys zu hören.

»Ich sage das Treffen mit Benston ab. Ich lasse dich jetzt nicht allein.« Sam hatte die Hand zu einer Faust geballt, als er wieder zu mir kam. »Wenn er dir noch einmal wehtut, werde ich ihn …«

Ich legte ihm die Finger auf den Mund. »Er wird mir

nie wieder wehtun können.« Ich straffte meine Schultern, nahm mein Handy vom Boden auf und blockierte den nervigen Anrufer. »Niemals wieder.« Dann lief ich zurück zu Samuel, schmiegte mich fest an ihn und bedankte mich dafür, dass er mir gezeigt hat, dass nicht alle Männer so wie mein Vater waren.

»Bitte triff dich mit Benston. Er fährt extra hierher. Lass ihn nicht hängen. Ich bin okay.«

Samuels Hände wanderten an meinen Hals. Seine Fingerspitzen übten leichten Druck aus, sodass sich mein Kopf zu seinem bewegte und er mir einen Kuss auf die Stirn geben konnte.

»Für dich würde ich jeden versetzen, Amelia Thompson. So einen wunderbaren Menschen wie dich habe ich noch nie in meinem ganzen Leben getroffen.« Er lächelte mich an. »Ich weiß, dass wir hier oben wie in einer Blase leben, die so weit weg von der Realität scheint. Es fühlt sich wie ein Traum an. Aber es ist nicht nur dieser Ort, sondern auch deine Anwesenheit, die hier oben alles so magisch werden lässt. Wenn du bei mir bist, fühle ich mich so viel besser als an jedem anderen Tag ohne dich. Meine Atemzüge gehen leichter über die Brust. Ich erfreue mich wieder an den kleinen Dingen. Jeder neue Tag mit dir ist schöner als jeder andere zuvor. Mein Leben war vorher nur schwarzweiß, aber mit dir erstrahlt es wieder in allen erdenklich bunten Farben. Ich gehe nicht nur durch mein Leben und eile von einer Sache zur nächsten. Mit dir nehme ich jedes kleine Detail bewusst wahr.«

Er nahm meine Hand und streichelte zart über den Handrücken, so wie er es im Café getan hatte.

»Weißt du? Ich habe nicht an die wahre Liebe geglaubt, weil nichts annähernd so wundervoll wie auf den

Leinwänden war. Aber mit dir ist es das. Die Schmetterlinge in meinem Bauch fliegen gerade von oben nach unten, von links nach rechts. Vor dir war ich ein Eisbrocken, aber mit jedem Wort, mit jedem Blick, mit jeder Berührung, mit jedem Kuss schickst du Wärme durch meinen Körper.«

Meine Tränen versiegten, mein Herz schlug mit jedem neuen Wort schneller.

»Ich weiß, wie unterschiedlich unsere Welten sind. Aber wir bauen diese Brücke, ja? Nicht nur hier, sondern auch in der Realität.«

»Das tun wir«, flüsterte ich, klammerte meine Arme um ihn und ließ mich von ihm festhalten. »Aber Samuel?«

»Ja, mein Herz?«

»Verlass mich bitte niemals.«

»Das werde ich nicht. Verspochen.«

Mein schnell pochendes Herz wurde leichter und langsamer in meiner Brust. Ich schloss meine Augen und trotz all der Fragen in meinem Kopf, wie das Leben an seiner Seite werden würde, wenn wir unsere Blase verlassen, wollte ich das mit ihm so sehr.

»Versprichst du mir noch etwas?«

»Alles, was du willst«, hauchte er und berührte gefühlvoll mit seinen Lippen meine Stirn, meine Wange und zuletzt meinen Mund.

»Geh zu Benston und entschuldige dich bei ihm. Niemand anderes als du kann Fletcher gerecht werden.«

»Was?« Er löste sich von mir und gab mir eine theatralische Performance seines Schauspielkönnens. »Ich könnte Frauen *nie* so behandeln wie er June. Ich würde nie eine andere Frau anfunkeln, bis die Luft so dünn ist, dass wir uns küssen.« Er drängte mich dazu, nach hinten zu gehen, bis ich mit dem Rücken an der Wand landete. Mit der rechten Hand stützte er sich an ihr ab. »Außerdem glaubt Fletcher nicht mal an die große Liebe«, sagte er mir einem Grinsen und lehnte sich mit seinem Oberkörper dicht an meinen. Seine Finger strichen zart über meine Lippen.

»Ihr seid wirklich komplett verschiedene Personen. Du könntest ihn nie verstehen«, flüsterte ich mit einem Lachen in der Stimme.

»Niemals«, hauchte er und berührte dann meine Lippen. Als er von mir zurückwich, zwinkerte er mir zu. »Also ich soll zu Benston gehen?«

»UNBEDINGT!«

»Dann werde ich mal um Vergebung bitten.« Er ging zu den Jacken, die neben der Tür hingen. »Und das ist wirklich in Ordnung?«

»Mehr als in Ordnung.«

»Okay.« Bevor er aus der Hütte ging, kam er nochmal zurück und küsste mich. Es war kein kurzer Abschiedskuss, sondern ein Kuss, in dem so viel Liebe steckte. So viel Wärme. So viele Gefühle.

Als er sich von meinen Lippen löste, war ich fast versucht, die magischen drei Worte zu sagen. Aber ich hatte Angst, dass er sie nicht erwidern würde, obwohl er diese süßen Sachen zu mir gesagt hatte. Ich konnte jetzt nicht zurückgewiesen werden, nachdem was mit Dad passiert war.

41

Samuel

Als ich mit Marias Schneemobil im Tal ankam, erhielt ich einen Anruf von Robert Benston. Auf der einzigen Strecke nach Winter Park waren Bäume wegen der großen Schneelast auf den Ästen umgefallen, weshalb er es nicht zu mir schaffen würde. Wir verschoben das Treffen und ich war wieder drauf und dran, zurück zu meinem Mädchen zu fahren, als ich Marias Café entdeckte. Ich entschied, einen kurzen Stopp einzulegen, um Amelia den leckeren Kuchen zu besorgen und Maria zu fragen, ob das mit der Hütte ein Versehen oder pure Absicht gewesen war.

Schon als ich die Tür öffnete und das Glöckchen über meinem Kopf bimmelte, kam sie mir entgegen.

»Samuel! Ich habe schon viel früher mit dir gerechnet! Es tut mir so leid! Ich muss mich vergriffen haben.« Sie redete schneller als sonst und verschluckte die letzten Silben der Wörter.

Statt ihr eine Szene zu machen, schloss ich sie in die

Arme. »Danke.«

»Was?« Ihre Augen schossen wild in meinem Gesicht herum. »Ich dachte, du würdest mir den Kopf abreißen!«

Ich lachte, fuhr mir über den Mund und schlüpfte dann aus meinem Mantel. »In der ersten Stunde habe ich dich sicher fünfmal verflucht. Aber jetzt nicht mehr.« Mein Grinsen erfüllte mein ganzes Gesicht und ich konnte nicht länger ernst bleiben. »Ich bin dir sogar dankbar. Ich hätte sie sonst nie richtig kennen- und …« *Liebengelernt*, vervollständigte ich den Satz in meinem Kopf. Es fühlte sich so seltsam an, dass ich das noch einmal im echten Leben und nicht nur für die Kamera sagte. »Ich habe mich in sie verliebt.«

Maria schlug die Hände über dem Kopf zusammen, dann zog sie mich sofort in eine Umarmung und flüsterte mir ins Ohr: »Ich freue mich so für dich, Junge. Dir geht es wieder gut, oder? Du siehst so gelöst aus.«

Ich nickte lächelnd und gab ihr einen Kuss auf die Stirn. »Ich würde am liebsten für immer da oben bleiben.«

Das Glöckchen bimmelte. Maria sah kurz an mir vorbei. »Ihr könnt die Hütte so lange haben, wie ihr wollt.« Sie tätschelte meine Wange. »Ich bin gleich wieder da, mein Lieber.«

Sie begrüßte den neuen Kunden, während ich es mir auf einem Barhocker am Tresen bequem machte. Als sie den alten Herrn und seine Begleitung bedient hatte, kehrte sie wieder zu mir zurück.

»Geht das denn? Hast du keine anderen Kunden?«

»Welcher Kunde könnte mir denn wichtiger sein als du und dein Glück, hm?«

»Du bist die Beste, weißt du das?«

Sie strich sich verlegen die kurzen Haare aus dem Gesicht und griff nach meiner Hand. »Bleibt so lange, wie ihr wollt.«

»Auch wenn wir den ganzen Winter hier wären?«

»Auch dann.«

»Und das war wirklich nur Zufall? Du wolltest nicht Amor spielen?«

Sie grinste und beorderte mich hinter den Tresen. Neben dem Generalschlüssel für die Hütte 8 war die einzige freie Hütte, zumindest nach den sonst so leeren Haken, die 9, die direkt daneben lag.

»Ich habe mich nur vergriffen, mein Junge.«

»Dann muss ich dir das wohl glauben, hm?«

»Solltest du.«

Ich blieb noch eine Weile bei Maria im Café, bis ich mit ihrem leckersten Kuchen im Gepäck zu dem Supermarkt weiterzog. Ich besorgte ein paar neue Lebensmittel und kitschige Weihnachtsdeko. Zwar stand schon eine künstliche Tanne am Kamin, aber ich hatte mir in den Kopf gesetzt, es noch etwas weihnachtlicher zu gestalten. Vielleicht würde Amelia mit mir die Festtage verbringen wollen.

42

Amelia

Er wollte mich.

Er wollte mich, obwohl er jede andere haben könnte.

Verdammt.

Mit jedem seiner Worte hatte er mir gezeigt, dass er mich wollte. Dass es ihm gut in meiner Nähe ging. Dass diese Blase hier oben, wie für mich, das Schönste war, was er je erlebt hatte. Er hatte nicht an die wahre Liebe geglaubt, bis ich sie ihm gezeigt habe. Die Röte schoss mir sofort in die Wangen und mein Herz pochte schneller.

June und Fletcher würden in weniger als 60.000 Wörtern ihr Happy End bekommen. Was, wenn es auch eins für ihn und mich gab? Konnten wir in der echten Welt bestehen?

Ich musste die Zeit nutzen, während er nicht hier war. Es gab nur eine Person, die mir eine Antwort darauf geben konnte, ob es komplett idiotisch war, mein Leben mit ihm zu planen. Es gab nur eine, die mir sagen könnte, was es bedeuten würde, in der Öffentlichkeit die Freundin von Samuel Parker zu sein.

Als ich den Chat mit meiner besten Freundin öffnete, ploppte eine Nachricht von ihm auf und ließ die Hitze sofort durch meinen Körper schießen.

> Ich freue mich schon darauf, wenn ich wieder zurück bin. Du fehlst mir jetzt schon. Vor allem dieses Rumgehacke auf der Tastatur, bei dem du so niedlich aussiehst. <3 Kommst du gut voran? Können wir uns vergnügen, wenn ich wieder oben bin? :)

Mein Herz flatterte in der Brust und ich musste mich darauf konzentrieren, weiter zu atmen. Ich fächelte mir Luft zu, um die Röte aus meinen Wangen zu treiben. Er ging *all in*. Ich war auf dem besten Weg mein Herz komplett an ihn zu verlieren und trotz aller Umstände, trotz unserer Leben, die so unterschiedlich waren, wollte ich das mit ihm. Ich wollte jeden Tag solche Nachrichten von ihm bekommen. Ich wollte mich jeden Tag darüber freuen, wenn er wieder nach Hause kommen würde. Ich wollte seine Lippen auf meinen spüren.

> Du fehlst mir auch. Bist du bald wieder da?

> Ich muss noch etwas besorgen, aber es dauert nicht mehr allzu lange.

Etwas besorgen? Was
denn? :-)

Lass dich überraschen. Ich denke,
es wird dir gefallen. <3

Weißt du, dass ich Über-
raschungen hasse?

Dachte ich mir schon. ;-) Hau lieber
fleißig in die Tasten. Wehe da stehen keine 3.500 Wörter, wenn ich
zurückkomme.

Ich lächelte, wanderte dann in den Chat mit meiner
besten Freundin und wusste gar nicht, wo ich anfangen
sollte.

Cassie? Bist du da?

Nichts.

Cassie, wir müssen reden.
Hast du kurz Zeit?

Die Nachrichten änderten ihre Farbe und auf ihrer
Seite erschienen drei Pünktchen. Sie war da. Sie schrieb.

Bin auf Arbeit. Können wir später
reden? So gegen 18 Uhr?

Nein. Da war Samuel sicher zurück. Ich musste jetzt mit ihr reden. Also fiel ich direkt mit der Tür ins Haus. Ich schickte ihr ein Selfie von ihm und mir, das wir bei einem unserer vielen Spaziergänge durch den Schnee aufgenommen hatten.

Ich habe mit Samuel Parker
geschlafen. Und ich glaube,
dass er mir eben gesagt hat,
dass er mich liebt.

Ich hatte die Nachricht kaum abgeschickt, da ging sofort ein Anruf bei mir ein. Cassie.

»Amelia! Du verarschst mich, oder? Ich habe keine verdammte Zeit, aber rede. Sofort. So schnell, wie es geht. Was ist passiert?«

Ich brach ihr in wenigen Minuten unsere Geschichte herunter.

»What the – !« Cassie war sprachlos und ich erlebte dieses Mädchen nie sprachlos. Nichts und niemand konnte ihr die Sprache rauben. Außer offensichtlich ihre beste Freundin, die den eisigen Samuel Parker dazu bekommen hatte, sie zu lieben.

»Okay. Ich hatte das mit der Hütte nur aus Witz gesagt, aber ... Das ist keine Fiktion, oder? Das ist wirklich passiert, oder?«

»Ja! Stell dir vor: Er hilft mir beim Schreiben von Stardust Chapters. Er gibt Fletcher vor meinen Augen ab. Er bringt das Verhältnis mit Benston in Ordnung, um die Rolle bei der Verfilmung zu bekommen.«

»Okay.«

Nur ein Okay? Ich bekam nur ein Okay auf das, was ich ihr erzählt hatte? Hatte sie mir zugehört? Oder saß nur ich auf dieser rosa Wolke? Sah sie das, was ich nicht sehen wollte? Wovor ich die Augen verschloss? War es zu schön, um wahr zu sein?

Ich erhob mich von meinem Sessel. »Cas? Sag was. Rede ich Müll? Was ist?«

Sie seufzte. »Amy … Ich freue mich für dich. Wirklich. Es ist nur … Du fährst über mich wie mit einer Dampfwalze. Ich kann es nicht recht begreifen.«

»Tut mir leid. Es ist das erste Mal, dass ich ohne ihn bin. Es ist … Hier oben ist alles wie in einer Blase, in der unsere verschiedenen Welten gar nicht existieren. Alles ist so perfekt.«

»Hm.«

»Ich bin so unglaublich glücklich, obwohl mir mein Dad eben das Herz aus der Brust gerissen hat. Wenn Samuel da ist, ist alles leichter. Er ergänzt mich, als wäre er das Puzzlestück, das mir all die Zeit gefehlt hat.«

»Weiß er von deinem Geheimnis?«

»Ja!«

Cassie seufzte. »Und weiß er, dass du kein Interesse an der Öffentlichkeit hast? Ein Leben mit ihm schreit danach. Du wärst DIE Freundin von Samuel Parker. Du wärst nicht mehr Ava Christensen, die Bestsellerautorin. Ist dir bewusst, dass du nur in seinem Schatten stehen wirst?«

Es fühlte sich an, als hätte Cassie mit der Nadel in meine perfekte Blase gestochen, aus der jetzt langsam die Luft wich.

»Ich will dir nichts kaputtreden, bloß nicht, Süße. Wenn du glücklich bist und alles abgewägt hast, sage ich dir: Go for it, Girl.« Cassie zog die Luft scharf ein. »Aber vor nicht mal zwei Wochen hast du mich panisch angerufen, weil dein Gesicht an seiner Seite zu sehen war. Bist du bereit dafür, dass dich nicht jeder an seiner Seite feiern wird? Du weißt, wie seine Fans drauf sind. Ist er das wert?«

Ihre Worte fühlten sich wie Messerstiche mitten in mein Herz an, während die Luft in meiner Blase sekündlich knapper wurde. Sie war meine beste Freundin. Es war ihre Aufgabe, mich zu beschützen. Sie wollte nur mein Bestes. Es würde sie sicher freuen, wenn ich mich für ihn entscheiden würde. Hier oben, in meiner Blase mit der rosaroten Brille auf der Nase, war alles perfekt. Aber es war nicht die Realität. Das hatte er selbst eben gesagt. Hatte ich wirklich verstanden, was ein Leben mit ihm bedeuten würde? War ich bereit dafür?

»Süße, ich wollte dich jetzt nicht traurig machen. Du klingst so verliebt, aber ich wollte dich daran erinnern, wie wichtig dir deine Privatsphäre ist. Ich glaube nämlich, dass du das gerade gar nicht siehst, oder? Sei ganz ehrlich: Kannst du dir jeden einzelnen Tag so vorstellen wie die wenigen Minuten am Flughafen?«

»Denkst du, dass es immer so ist?«

»Jeden einzelnen Tag, Amy. Deswegen frage ich dich, ob er es wert ist. Seine letzten Beziehungen sind immer gescheitert. Es gibt kein Zurück mehr, wenn du einmal in die Öffentlichkeit gegangen bist.« Ich hörte eine männliche Stimme im Hintergrund. »Ich muss zurück an die Arbeit. Hör auf dein Herz, Amy. Du musst nichts überstürzen. Du hast alle Zeit der Welt. Wenn er dich will, wird er auf dich warten. Wenn nicht, dann war er nicht der Richtige. Aber triff deine Entscheidung mit Bedacht.«

Ich saß noch eine ganze Weile mit dem Telefon am Ohr, obwohl sie längst aufgelegt hatte. Es war an der Zeit, die Gedanken meines Teufels zuzulassen. Wollte ich dieses Leben wirklich? Am Flughafen ging mir nur eines durch den Kopf: Niemals so berühmt sein zu wollen wie er. Aber an seiner Seite würde ich das zwangsläufig sein.

Noch konnte ich davon laufen.

Noch konnte ich in mein altes Leben zurückkehren.

Noch war es nicht zu spät.

Aber wollte ich das?

Ein Leben ohne ihn?

Wenn ich schreiben würde, würde ich mich zukünftig immer daran erinnern, wie unterstützend er mir zur Seite stand. Ich würde sein Gesicht in der Verfilmung sehen. Auf der Premiere dazu. Ich könnte ihn nicht einfach aus meinem Kopf und ganz sicher nicht aus meinem Herzen streichen.

Mit diesem komischen Gefühl in der Brust griff ich nach meinem MacBook und kämpfte weiter gegen die Deadline an. Es war seine Stimme, die mich aus meiner fiktiven Welt zerrte.

»Und? Hast du schon die 3.500 geknackt?«

Sofort breitete sich Wärme in mir aus. Ich sah über meine Schulter. Er hatte eine Weihnachtsmütze auf dem Kopf und stand mit drei vollbepackten Tüten in der Tür.

»Vielleicht habe ich etwas übertrieben, aber …«

Aus einer Tüte quollen rote Christbaumkugeln, Sterne und viele Lichterketten. Eine andere war mit Lebensmitteln bepackt. Als ich an ihm vorbei schielte, entdeckte ich einen großen Schlitten.

»Hast du dein Soll erfüllt, mein Herz?«

Ich sah zurück zu ihm. Mein Herz sehnte sich nach

ihm. So sehr, als würde es nur kräftig und stark schlagen, wenn ich mich mit seinem verbinden würde. Ich sprang von meinem Sessel auf, ließ Cassies Einwände verpuffen und ging ihm entgegen, um meine Lippen auf seine zu bringen, ihn zu umarmen und am liebsten nie wieder loszulassen.

Ich wollte das mit ihm.

Egal, wie das ausgehen würde.

Ich konnte gewinnen oder verlieren.

Alles oder nichts.

Und ich war fest davon überzeugt, dass ich mit ihm *alles* bekommen würde. Den Jackpot. Für den Menschen, den man liebte, musste man hin und wieder Opfer bringen. Ohne den schrecklichen Vorfall mit meiner Schwester hätte ich mir nie ein Pseudonym ausgedacht. Ich hätte unter meinem Klarnamen geschrieben, weil ich stolz auf meine Geschichten und meine Erfolge war. Vielleicht hatte meine Agentin Hannah von Anfang an recht und das Pseudonym war bei meinen süßen Liebesgeschichten nicht wichtig. Die Leute bekamen dabei keine kranken Fantasien, sondern bloß die Hoffnung, die Beziehung zu ihrem Vater zu kitten und die große Liebe zu finden. Es würde nicht so enden wie bei Charlotte.

Ich träumte nicht davon, jeden Tag im Blitzlichtgewitter zu stehen. Aber für ihn wäre ich bereit dazu. Wenn ich bloß an seiner Seite sein würde.

Er war es wert.

Jede Faser meines Körpers, die sich nach ihm sehnte, machte mir das deutlich. Mein Herz, das sich zu seinem hinzog, als würde es bei ihm zu Hause sein. Meine Seele, die in seiner Nähe sein wollte. Die Wärme, die durch meinen Körper strömte. Das Gedankenkarussell in meinem Kopf, das augenblicklich langsamer drehte. Er ließ mich zur Ruhe kommen.

Bei ihm konnte ich mich fallen lassen.

Bei ihm war ich sicher.

Bevor ich ihn küssen konnte, setzte er mir eine Weihnachtsmütze auf den Kopf. »Verbringen wir die Festtage zusammen? Hier oben?« Er lächelte mich schüchtern an. »Ich wollte nicht direkt mit der Tür ins Haus fallen, aber … Ich fühle mich seit Langem wieder lebendig, glücklich und so leicht. Ich will die besinnlichste Zeit hier oben mit dir verbringen. Am liebsten würde ich hier gar nicht mehr fortgehen. Irgendwann müssen wir in unsere Leben zurückkehren, aber …« Er lächelte. »Wenn es nach mir geht, muss das nicht so bald sein.«

In unsere Leben kehren? Ohneeinander? Mein Herz setzte einen Moment aus. Die Ausschüttung der Glückshormone wurde rasant gestoppt. Mein Gedankenkarussell drehte sich wieder.

»Das müssen wir nicht. O Gott, es tut mir leid. Das Fest ist so traditionell. Du kannst es mit deiner Familie feiern, ich …« Er nahm die Weihnachtsmütze für einen Moment vom Kopf, fuhr sich durch die Haare und setzte sie dann wieder auf. »Ich werde auf jeden Fall hier sein und dachte, du …«

»Was passiert, wenn wir die Hütte verlassen? Gehen wir dann getrennte Wege?« Die eisige Kälte blies mir mitten ins Gesicht und heulte durch die Hütte. Eine Gänsehaut bildete sich auf meinem Körper und verdrängte die Wärme.

Samuel sah hektisch zwischen meinen Augen hin und her. Für einen kurzen Augenblick sagte er nichts, bis er nach meinen Händen griff. »Was? Nein. Ich …«

»Unsere Leben sind so verschieden.« Tränen stiegen in meine Augen auf. »Hier ist alles perfekt, aber im echten

Leben?«

»Was redest du da?«

Ich schluckte. »Ich habe ein Pseudonym, weil ich meine Privatsphäre schützen wollte, Samuel. Die zwei Minuten mit dir am Flughafen haben mir gezeigt, dass ich nie in deiner Haut stecken will.«

»Aber ich …«

»Du steckst doch auch nicht gern in deiner Haut, oder? Ist das nicht der Grund, wieso du so verbittert warst? Wegen all der Schattenseiten, die dein Leben mit sich bringt? Deswegen fühlst du dich hier so wohl.«

»Amy, mit der richtigen Person …«

»Was?«, fiel ich ihm ins Wort. »Blendest du die Paparazzi einfach aus?«

»Amelia, sieh mich an. Was ist passiert?«

»Die Realität hat zugeschlagen. Diese Blase hier ist nicht echt.« Ich sah auf den Boden und atmete tief durch. »Deine Fans werden mich nicht akzeptieren. Sie würden mich hassen, weil ich nicht Maddie bin. Wenn sie von meinen Büchern wüssten …«

Samuels Finger berührte mein Kinn und richtete meinen Blick wieder zu sich auf. »Alle sogenannten Fans, die dich nicht akzeptieren, weise ich zur Tür. Das ist *mein* Leben. Ich tue das, was mir guttut. Und du tust mir gut. Das haben sie zu akzeptieren. Wenn nicht, dann ist das deren Problem, aber nicht deins. Willst du dir von diesen Menschen dein Leben vorschreiben lassen?«

»Nein, aber …«

»Was aber?« Seine Hände schmiegten sich an meine Wangen. »Ich bin so verbittert gewesen, weil ich es zugelassen habe, dass mir ihre Meinung etwas bedeutet hat. Ich habe mich wie eine Marionette verhalten. Dabei sehe ich keinen einzigen meiner Filme an. Ich lese keine

Kritiken. Ich war so, bis ich dir begegnet bin. Du hast mein Herz und meine Seele enteist. Durch dich konnte ich mich von meinen Fesseln lösen, die mich zurückgehalten haben. Ich weiß nicht, warum du Zweifel hast. Aber Amelia, ich schwöre dir, dass ich mir im Leben nicht einmal so sicher war wie mit dir.«

Er senkte seine Stirn an meine.

»Es war keine Liebe auf den ersten Blick. Auch nicht auf den Zweiten. Ich habe das Gute in dir anfangs nicht gesehen, weil ich so blind war. Aber ich tue es jetzt. Ich will mein ganzes Leben mit dir an meiner Seite verbringen. Ich, der grumpy Typ, der dir am Flughafen einen Vortrag gehalten hat, dass die wahre Liebe nicht existiert, hat sich verliebt. Ich bin für dich gefallen und du hast mich aufgefangen. Die Zeit im Tal ohne dich war die Hölle. Ich habe dich bei jedem Atemzug vermisst. Amelia Thompson, ich weiß nicht, woher diese Zweifel kommen, aber du hast mich. Ich bin hier und ich werde nicht mehr fortgehen. Wenn du mich jetzt vor diese Tür setzen willst, weil meine Welt nicht zu dir passt, verspreche ich dir, dass ich so lange um dich kämpfen werde, bis wir wieder zusammen sind. Amelia, ich liebe dich.«

Mein Herz machte einen Sprung in der Brust, als würde es mich näher zu ihm bringen wollen. Wie in Zeitlupe nahm ich seine Worte wahr.

»Ich liebe dich aus ganzem Herzen. Ich gebe uns nicht auf. Ich war am Erfrieren, aber du hast mich gerettet. Und ich verspreche dir, dass ich dich nicht erfrieren lasse.«

Er liebte mich. Ohne ein Wort zu sagen, berührte ich seine Lippen und schmiegte mich an ihn. Eine Weile lauschte ich nur dem Klang seines starken Herzens, bis die magischen drei Worte auch zum ersten Mal meine

Lippen verließen. »Ich liebe dich«, flüsterte ich.

Er gab mir Küsse auf die Wange, auf die Stirn, auf meine Handrücken. »Wenn du nicht in die Öffentlichkeit willst, finden wir eine Lösung, okay? Ich tue alles, damit ich dich nicht verliere, mein Herz.«

»Können wir ein paar Schritte gehen?« Ich war es ihm schuldig zu erzählen, warum ich so ein großes Problem mit der Öffentlichkeit hatte. Oder bisweilen überzeugt war, ein großes Problem mit der Öffentlichkeit zu haben.

»Natürlich!«

43

Amelia

Eine Weile stapften wir nur durch den Tiefschnee, bis ich mein Schweigen brach. Ich konnte ihm nicht sofort von meinem Beweggrund erzählen, sondern brauchte einen Icebreaker.

»Wieso siehst du dir deine eigenen Filme nicht an?«

Er hielt an und drückte meine Hand fester. »Ich weiß, wie die Filme ausgehen, kenne die einzelnen Szenen. Es ist langweilig. Nichts kann mich mehr überraschen. Ich habe nicht das Bedürfnis, mir die Produktionen anzusehen.« Samuel sah bei den Worten überall hin, nur nicht in meine Augen, weshalb mich das Gefühl überkam, dass er mich anlog oder zumindest nicht die ganze Wahrheit erzählte.

»Das kommt mir bekannt vor«, sagte ich mit einem zarten Lächeln. »Oft wünsche ich mir, meine Bücher noch mal lesen zu können, ohne zu wissen, wie sie ausgehen. Aber ich kann mir nicht jede Seite meines 450 Seiten Romans merken und manchmal erwische ich mich beim Lesen, dass ich von meiner eigenen Story gepackt bin.«

Samuel schmunzelte mich an, aber sah dann wieder in die weiße Winterwunderwelt um uns herum. Eine ganze Weile hörte man nur das Knirschen des Schnees unter unseren Füßen.

»Siehst du es dir nicht an, weil es für uns Menschen keinen größeren Kritiker als uns selbst gibt?«

Er sah zu mir rüber, öffnete seinen Mund, aber schloss ihn wieder. Statt seinen Worten zu lauschen, nahm ich nur das Geräusch eines harten Schluckens wahr und sah die hüpfende Bewegung seines Adamsapfels dazu.

Vielleicht sollte ich mir an ihm ein Beispiel nehmen. Seine Herangehensweise war definitiv vernünftiger als meine. »Ich lese all meine schlechten Rezensionen, obwohl sie mir nicht guttun. In den wenigsten Fällen ist etwas Konstruktives dabei, an dem ich wachsen kann. Meistens sind es die Vorlieben der Leserinnen und Leser, die ich nicht treffen konnte. Die etwas anderes erwartet haben … Was vollkommen in Ordnung ist, weil es nicht das eine Buch gibt, das jedem gefällt. Leute werden es lieben oder hassen. Das ist normal. Aber ich lese nur eine schlechte Rezension und vergesse all die guten. Ich zweifele an mir und meinem Traumjob, halte mich damit vom Schreiben ab oder zerpflücke jeden einzelnen Satz. Manchmal geht es so weit, dass ich mir meine alten Bücher aus dem Regal greife und mir ansehe, was ich dort alles falsch gemacht habe …« Ich schnappte nach Luft, was Samuel ausnutzte, um mir nicht ins Wort zu fallen.

»Wir sind gar nicht so verschieden, wie ich anfangs dachte.« Er schmunzelte und streichelte wieder sanft über meinen Handrücken. »Dass ich gern schauspielere, bedeutet nicht, dass ich mir gern dabei zuschaue. Wenn ich spiele, stecke ich mein ganzes Herzblut da rein. Ich fühle jede Szene und mache mir keine Gedanken, wie ich dabei aussehe. Wenn ich mir die Szenen aber auf den Leinwänden anschaue, müsste ich mich damit auseinandersetzen, wie meine Performance wirklich war. Ich würde alles analysieren, meine Fehler wahrnehmen und sie am liebsten rückgängig machen. Aber die Filme sind abgedreht und ich muss damit klarkommen, dass die ganze Welt sieht, wie ich diesen komischen Blick drauf habe oder meine Partnerin seltsam küsse. Für die nächste Produktion würde ich es mir im Hinterkopf behalten und enttäuscht sein, wenn ich es wieder vermasseln würde. Die Leichtigkeit meines Jobs würde verloren gehen.« Er schluckte hart. »Vielleicht würde mir gefallen, was ich sehe. Aber es könnte mich genauso gut verunsichern und mich für die nächsten Produktionen blockieren. Man darf nicht zu verkopft an die Sache herangehen, man muss sich fallen lassen und mit der Rolle eins werden. Ich weiß nicht, ob ich das könnte, hätte ich mir je einen Film oder eine Serie angesehen.«

Seine Worte gingen mir mitten ins Herz und wanderten von dort in meine Seele. Wenn ich bei Stardust Chapters das getan hätte, was er mit seinen Filmen tat, wäre die Last auf meinen Schultern womöglich nie so groß geworden. In meinem Kopf hätte ich die Geschichte von June und Fletcher nur für mich geschrieben und mich nicht von dem auferlegten Druck in meiner Kreativität bremsen lassen. Ich müsste nicht in dieser wunderschönen Hütte von morgens bis abends arbeiten, um die Deadline zu schaffen. Ich könnte den Hüttenzauber und das Leben mit all seinen schönen Facetten an seiner Seite genießen.

»Wie schaffst du es, dir die Filme nicht anzusehen?

Keine Kritik aus Neugier zu öffnen?«

»Indem dir egal wird, was andere von dir denken. Erst dann wirst du so richtig frei.«

Im Gegensatz zu ihm war ich nicht frei. Wenn ich mich so davor fürchtete, wie seine Fans unsere Beziehung aufnahmen, würde ich niemals frei sein. Er hatte recht. Ich musste mich von den Meinungen anderer lösen, um frei und glücklich zu werden. Cassies Worte hatte mich eben auch komplett verunsichert. Das musste aufhören.

»Samuel?« Ich war bereit, ihm zu erzählen, warum ich das Pseudonym gewählt hatte. »Meine Schwester ist … war … auch Autorin. Im Gegensatz zu mir hat sie unter ihrem Klarnamen veröffentlicht. Sie hat Thriller geschrieben. Blutige Geschichten über die Abgründe der Menschheit. Ich konnte nur eines ihrer Bücher lesen, so verstörend war es.« Ich hielt einen Moment inne. »Einer ihrer Leser war besessen von ihren Geschichten … Er hat ihr nachgestellt, einen Moment abgepasst, in dem sie mutterseelenallein war. Dann hat er sie gefesselt, ihr ihre eigenen Worte vorgelesen und … Wenn meine beste Freundin nicht gewesen wäre, würde sie nicht mehr am Leben sein. Sie kam durch Zufall an Charlottes damaliger Wohnung vorbei. Wir hatten uns die Nacht zuvor wegen eines Typen gestritten. Ich war ziemlich sauer auf sie und hatte mich den ganzen Tag nicht bei ihr gemeldet. Sie hatte mich bei meiner Schwester vermutet. Nur weil sie unsere Freundschaft retten wollte, ist meine Schwester heute am Leben. Zwei Minuten später und …« Ich konnte nicht weitersprechen. Bis heute hatte ich den Gedanken nicht zugelassen. Weil es mich zerstört hätte, wenn ich nach meinem Vater noch meine Schwester verloren hätte … Unser Verhältnis war nie das Bes-

329

te, aber sie war meine Schwester. Wenn es hart auf hart käme, wären wir füreinander da. Zumindest hoffte ich das …

Samuel sagte nichts. Es sah aus, als würde er nach den richtigen Worten suchen. »Das tut mir leid, Amelia. Ich wusste nicht, dass du …« Mit einem Mal sah er so traurig aus, als würde er jede vergangene Unterstellung, dass ich mit ihm im Rampenlicht stehen wollte, bereuen.

»Ich weiß, dass ich kitschige Liebesromane schreibe. Aber ich wollte meine Privatsphäre nie so verlieren wie sie. Seit dem Vorfall ist sie nicht mehr dieselbe und wird es vermutlich nie wieder sein.«

»Verständlich.«

Ich hielt an, drehte mich in seine Richtung und griff nach seiner anderen Hand. »Ich will das mit dir, Samuel. Ich fühle so wie du, aber …«

»Du willst deine Privatsphäre schützen. Das verstehe ich. Gemeinsam können wir das schaffen, ja? Ich weiß seit so vielen Jahren, wie die ganze Medienlandschaft und die Paparazzi ticken. Wir müssen vorsichtig sein, aber wir schaffen das, okay? Wenn du irgendwann bereit bist, erobern wir die roten Teppiche dieser Welt. Aber bis dahin bekommen wir das so hin. Versprochen.«

»Du bist ein wundervoller Mensch, weißt du das?«

»Hör ich öfter«, sagte er zwinkernd mit einer großen Ladung Arroganz in der Stimme. »Wir schaffen das, Amelia.«

Ich berührte seine Lippen und ließ mich fallen.

Wir zwei gegen den Rest der Welt.

»Ich habe übrigens keine 3.500 Wörter geschafft.«

»Waaaaaaas? Ab zurück in die Hütte mit dir, Frau Autorin!«

Ich stieß ihn von mir weg, sodass er in den Schnee fiel.

»Fang mich doch!«

»Das werde ich!«

Ich lief los, aber kam nicht weit. Kurz darauf war ich es, die im Schnee landete. Statt mich zu beschweren, machte ich einen Schneeengel, warf Schnee in die Höhe, sodass er in Tausend von der Sonne angestrahlten Kristallen zurück zu Boden fiel. Samuel platzierte seine Hände neben meinem Kopf und thronte über mir.

»Wir gehen jetzt zurück in die Hütte, du schreibst deine restlichen Wörter und dann haben wir etwas vor, klar?«

»Was denn?«, fragte ich kichernd und zog ihn am Kragen der Jacke zu mir runter, sodass ich ihn küssen konnte. Ich teilte seine Lippen mit der Zunge und tanzte um seine, wobei das Brennen in meinem Unterleib entfesselt wurde. »Uns fehlt noch die Sauna«, raunte ich in seinen Mund.

***

Aber solange ich nicht Ende unter mein Manuskript gesetzt hatte, würden wir uns dort nicht lieben. Ein Ansporn mehr, das Buch vor der Deadline zu beenden. Als ich die 3.500 Wörter geknackt hatte, durfte ich einen Blick in die zwei Taschen voller Deko und Ausstechformen für Plätzchen werfen. Während die Sonne draußen langsam hinter den Rocky Mountains verschwand und den Himmel in einem zarten Rosa färbte, dekorierten wir die kleine Hütte mit vielen Lichterketten, zusätzlichen Kerzen und allem, was nach Weihnachten schrie. Als ich die Christbaumkugel an die künstliche Tanne hängen wollte, hielt mich Samuel davon ab.

»Lass uns morgen einen echten Tannenbaum besorgen. Ich hatte schon ewig keinen mehr.«

Ich nickte aufgeregt und folgte ihm danach in unsere Küchennische. Er hatte schon eine Backmatte ausgelegt. Gemeinsam bereiteten wir den Plätzchenteig zu, berieselten unsere Köpfe dabei mit Mehl, sodass das Innere der Hütte bald so aussah, als würde es hier drin schneien. Wir lachten so viel, dass unsere Bäuche weh taten. Und vielleicht wegen des vielen rohen Plätzchenteigs, den wir genascht hatten. Irgendwann stachen wir gemeinsam die Plätzchen aus und gaben sie in den Ofen. Mit einer heißen Schokolade warteten wir gespannt vorm Kamin darauf, sie bald probieren zu können. Wenn sie nur halb so gut schmecken würden wie sie dufteten, würde am Abend nichts mehr davon übrig sein.

»Lass uns Weihnachten hier verbringen.« Ich schmiegte mich an ihn, küsste ihn auf die Wange und schloss meine Augen. Meine Familie würde sich sicher nicht darüber freuen, aber die vergangenen Weihnachten waren alles andere als schön. Da würde ich die Zeit doch lieber mit jemandem verbringen, mit dem alles perfekt war. Obwohl ich versprochen hatte, wenigstens über die Feiertage nach Hause zu kommen. Sie würden es schon verstehen, dass ich hierbleiben musste, um alles für meinen Erfolg zu geben.

Den, den sie mir ohnehin nie gönnen?

Aber ich musste frei werden. Im Reinen mit mir und meinen Entscheidungen werden, die ich für mich und nicht für andere traf. Ich wollte Weihnachten mit Samuel verbringen. In unserer kuscheligen Hütte in den Rocky Mountains, umgeben von einer dicken Ladung Schnee. Nicht im sonnigen und warmen Los Angeles.

Ich gehörte hierhin.

Zu ihm.

44

Samuel

Unsere Hütte wäre vermutlich als Geschenke-Verpack-zenturm von Santa Claus durchgegangen. An jedem Balken hingen Tannengirlanden, an denen kleine rote Kugeln und Lichterketten befestigt waren. Der Weih-nachtsbaum, den wir vor vier Tagen selbst in der Um-gebung abgesägt hatten, machte sich fantastisch vor dem Fenster am Sofa. Nur die Lichterketten und das Feuer im Kamin ließen die Hütte leuchten. Es war so ver-dammt gemütlich. Mom hatte mich einmal in meiner Villa besucht und gemeint, dass sie so furchtbar kahl wäre. Wenn ich mich jetzt so recht umsah, konnte ich das nachvollziehen. An den weißen Wänden hingen zwar Bilder oder irgendwelche Auszeichnungen, aber mit Kerzen, Lichterketten oder sonstiger saisonaler Deko hatte ich nichts am Hut. Eigentlich. Denn der ganze Mist hier drin war auf mich zurückzuführen. Und ich liebte den Mist. In den letzten Wochen war ich ein komplett anderer Mensch geworden. Ich hatte zurück zu mir selbst gefunden und war nicht mehr dieses eiskalte Hollywoodarschloch, das die ganze Welt hasste.

»Du bist dran!«, durchbrach Amelia meine Gedanken. Meine Augen wanderten von der Girlande über dem Fenster zurück zu ihr. Verbissen sah sie mich an und gab mir die Würfel rüber. Wir spielten seit einer guten Stunde Monopoly, tranken dabei Wein und naschten unsere Plätzchen. Sie hatte heute 10.000 Wörter geschrieben und war ihrer Deadline damit zum Greifen nah gekommen. Denn heute gegen 16:30 hatte sie die 100.000 Wörter geknackt. Es waren weniger als 20.000, die insgesamt fehlten. Ihrer Einschätzung zufolge dürften es sogar weniger werden, da sie die Geschichte quasi auserzählt hatte. Mittlerweile hatte ich mich etwas von dem Gedanken getrennt, dass sie nicht June war, also konnte ich mich darüber freuen, dass Fletcher und sie sich bekommen hatten. Immerhin hatte Amelia auch mir eine Chance gegeben und zu Beginn unserer Liebesgeschichte war ich nun wirklich kein Sonnenschein.

»Neiiiiiin!«, stieß sie aus, als sie die Zahl sah, die ich gewürfelt hatte. »Weißt du, wie viel Geld ich schon investiert habe? Das wäre dein Ruin gewesen!« Sie hatte die beiden dunkelblauen Straße erworben und ihr gesamtes Geld dafür ausgegeben, um dort jeweils ein Hotel zu bauen. Allerdings würfelte ich keine Fünf, sondern eine Sechs und landete damit direkt auf *Los*.

»400 Dollar, my Lady«, verlangte ich von ihr, weil sie auch die Bank betreute.

»Nein! 200 Dollar.«

»Wenn man direkt auf *Los* kommt, gibt es 400.«

»Nein!« Sie rückte das Geld nicht raus, wälzte stattdessen die Anleitung durch und sagte irgendwann: »Ha! Davon steht hier nichts! Du kannst mich nicht auf den

Arm nehmen. Es zählen nur die offiziellen Regeln!« Sie war haushoch am verlieren und kämpfte um jeden Dollar, der in der Bank bleiben würde.

»Gut, dann gib mir 200 Dollar.« Sie reichte mir die Scheine rüber, als ihr Handy aufleuchtete. Ich las den Namen Cassie und sah das Bild einer brünetten, jungen Frau, die freundlich ins Handy lächelte.

»Das ist meine beste Freundin. Vielleicht ist es dringend?«

»Geh ruhig ran«, sagte ich und wollte in der Zwischenzeit nach dem Essen sehen, das im Ofen schmorte. Doch ich hörte plötzlich nur ein Kreischen, das nicht von meiner Freundin kam. Ich blickte in die Richtung der Kamera und entdeckte die Frau, die ich gerade auf dem Foto gesehen hatte. Amelia verzog sich ins Schlafzimmer und schloss die Tür.

In der Zwischenzeit lud ich eine neue Bilderserie auf meinen Social Media Accounts hoch und da Weihnachten in nicht mal drei Tagen war, wurde es auf dem Recap dieser Woche ziemlich weihnachtlich und winterlich. Ich packte ein paar Fotos von heißen Schokoladen am Kamin, unseren Brettspielabenden, die irgendwie die letzten Tage zur Tradition wurden, viel Schnee und meiner glücklich grinsenden Wenigkeit dazu. Das Bild hatte Amelia bei einem unserer Schneeballkriege von mir geschossen und es hatte mir so gut gefallen, dass ich es unbedingt mit meinen Fans teilen wollte.

Ein paar von ihnen kommentierten sofort, wie gut mir meine potentiell neue Beziehung tun würde. Sie schrieben, dass sie mich lange nicht mehr so glücklich gesehen hätten. Ein paar wünschten sich ein weißes Weihnachten und waren neidisch auf die Massen an Schnee, die um unsere Hütte lagen. Im Großen und Ganzen waren die ersten Reaktionen durchweg positiv, deswegen machte ich mir keine Sorgen, dass meine Fans Amelia irgendwann nicht positiv aufnehmen würden, wenn sie bereit dazu wäre.

Ich hatte unterschätzt, wie lange Frauen miteinander telefonieren konnten. Mittlerweile hatte ich den Tisch gedeckt, das Essen angerichtet und von Amelia fehlte noch immer jede Spur. Ich klopfte an der Schlafzimmertür und nach einem aufgekratzten »Ja« trat ich ein.

»Braucht ihr noch lange? Das Essen ist fertig.«

»Du hörst ihn, oder?«

»Von Samuel Parker bekocht werden. Ein Traum, Süße! Ich wünsche euch was. Und drück ihn einmal fest von mir!«

»Liebe Grüße«, rief ich von meinen Standpunkt aus und schlich dann wieder zurück an den Tisch. Kurz darauf gesellte sich Amelia zu mir und grinste mich wie ein Honigkuchenpferd an.

»Deine beste Freundin, also?«

Sie nickte. »Sie ist hin und weg.« Röte stieg ihr in die Wangen. »Wie ich. Dieser Dezember. Diese Hütte. Es ist alles perfekt.«

Ich schmunzelte ihr kurz zu und schnitt dann die Ente an.

»Sie ist dein größter Fan. Irgendwann wirst du sie mal kennenlernen müssen.«

Ich unterbrach das Schneiden und konnte meinen Gedanken nicht verdrängen, nicht zur Seite schieben. Er hing in meinem Kopf fest, als würde direkt über ihm ein lauter Alarm schrillen. »Hast du ihr am Flughafen das Bild geschickt, als ich dir den Kaffee besorgt habe?«

»Ja, wieso? Sie ist meine beste Freundin. Sie weiß alles von mir.«

»Vertraust du deiner Freundin?«

»Zu einhundertzwanzig Prozent.«

»Okay.«

»Ich würde meine Hand für sie ins Feuer legen. Was ist los? Findest du sie nicht sympathisch?«

Ich sah von der Ente auf und gab etwas davon auf ihren Teller. »Es geht nicht um die Sympathie, Amelia. Es geht um die Information, die sie hat. Ich denke nur an dich.«

»Das ist total süß von dir. Aber sie hütet seit Jahren das Geheimnis um mein Pseudonym. Und wenn sie nicht gewesen wäre, würde meine Schwester …«

Nicht mehr am Leben sein, beendete ich Amelias Satz in Gedanken. Diese Cassie war ein guter Mensch. Womöglich war mir der Wein etwas zu Kopf gestiegen und ich sah gerade Probleme, wo keine waren. Vielleicht würde Amelia auch Maria mit Vorsicht genießen, hätte sie wie ich gesehen, dass diese mitten in der Nacht durch dicke Ordner gewälzt hatte. Ich schob das komische Gefühl zur Seite und blickte zurück zum Spielbrett vor dem Kamin, um das Thema wieder loszuwerden.

»Du weißt schon, dass du die 400 Dollar auf *Los* auch gut gebrauchen könntest?«

»Fühl dich mal nicht zu sicher, Mr. Hollywood.« Sie sah mich herausfordernd an und glaubte noch an ihr Glück.

Irgendwie süß.

***

Ein Besuch in ihrem Hotel auf der dunkelblauen Straße und mein finanzieller Ruin war besiegelt. Sie führte einen komischen Tanz auf und brachte mich damit so zum Lachen, dass ich mich auf den Boden schmiss und meine Knie an den Oberkörper zog, weil es irgendwann so wehtat.

Wenig später saßen wir im heißen Whirlpool und sahen in eine sternenklare Nacht. Ich hatte meine Arme um sie gelegt. Ihr Kopf schmiegte sich an meinen Hals, ihre Stirn strich sanft über meine Bartstoppeln.

»Denkst du wirklich, Cassie könnte mich verraten?«

Ich schluckte, drehte meinen Kopf in ihre Richtung und gab ihr einen Kuss auf die Stirn. Dann zog ich sie etwas fester an mich und hielt sie einfach nur fest. Mittlerweile glaubte ich, dass die Eifersucht mich gepackt hatte. Einen besten Freund hatte ich zuletzt in meiner Kindheit. Alle Leute, die ich danach kennengelernt hatte, führten immer nur ein mieses Spiel mit mir. Mein Gefühl bei anderen Menschen war nicht das Beste. Ich erlöste sie schnell von dem Gedanken und richtete ihren Blick in den Himmel auf. Ein Flugzeug zog neben den Sternen vorbei und ich musste wieder an ihren Vater denken.

Als wir später im Bett lagen und Amelia neben mir eingeschlafen war, suchte ich sein Social Media Profil und tippte auf die Option, ihm eine Nachricht zu schreiben. Er würde nie der Vater des Jahres werden, aber er sollte wissen, wie sehr sich seine Tochter Kontakt zu ihm wünschte. Manchmal hatte ich sie in den letzten Tagen dabei erwischt, wie ihr Daumen über die Option *Entblocken* kreiste. Er war ihr nicht egal und sie hasste ihn nicht. Das könnte sie vermutlich nie so ganz. Auch ich hatte in meinem Vater immer einen guten Menschen gesehen, obwohl er nicht für alle in meiner Familie gut war. Besonders nicht für Mom. Nachdem ich dieses herzzerreißende Ende von Stardust Chapters mit Junes

Vater gehört hatte, war mir klar, was Amelias sehnlichster Wunsch war.

Wenn man erwachsen wurde, wünschte man sich keine materiellen Dinge mehr zu Weihnachten. Den Wunsch, das sie vorerst nicht in der Öffentlichkeit landen würde, konnte ich nicht beeinflussen. Aber den Wunsch nach einem Weihnachten mit ihrem Vater vielleicht schon. Er bräuchte nur neun Stunden zu opfern, um das Buch seiner Tochter zu hören. Nur dreißig Minuten, wenn er das Happy End mit Junes Dad hören wollte.

Diese Zeit konnte er doch für seine Tochter opfern.

Zumindest hoffte ich es …

45

Amelia

Mein Herz raste, als ich die Augen aufschlug. Ich atmete hastig und die Welt um mich herum drehte sich wahnsinnig schnell. Ich blinzelte gegen die Unschärfe vor meinen Augen an. Alles war so schwarz, bis auf ein paar runde, warmweiße Farbkleckse. *Es war nur ein Traum. Es war nur ein Traum*, flüsterte ich. Die Hütte stand nicht lichterloh in Flammen. Dennoch wollte ich auf Nummer sicher gehen und im großen Raum nachsehen. Wir hatten nicht gewartet, bis das Feuer verglüht war. Ich wollte aufstehen und rüber gehen, als Samuel im Halbschlaf näher an mich heranrückte und mich wieder sanft zu sich zog. Seine Berührung ließ meine aufgekratzten Nervenbahnen ruhiger werden, der Herzschlag in meiner Brust wurde minütlich langsamer und mein Atem ging wieder tiefer und gleichmäßiger.

Aber als ich die Augen schloss, war wieder dieses Bild eines Feuers da. Ich konnte nicht einschlafen. Vorsichtig hob ich seinen Arm von mir, rutschte vom Bett und tastete mich zur Tür vor. Leise zog ich sie auf und blickte in den Wohnbereich. Vom Kamin ging kein flackerndes Licht mehr aus. Nur die Lichterketten erkannte ich mit ihren warmweißen Lichtklecksen vor meinen Augen.

Als ich auf Höhe des Tisches war, fiel es mir wieder ein. Weil meine Brillengläser wegen des warmen Wassers im Whirlpool sowieso beschlagen wären, hatte ich sie gestern Abend gar nicht mitgenommen. Meine Finger wanderten achtsam über den Tisch, bis sie in der Dunkelheit auf ein Metallgehäuse stießen. Ich griff nach meiner Brille, setzte sie mir wieder auf die Nase und konnte mich mit gestochen scharfem Blick davon überzeugen, dass es keinen Grund gab, wieso unsere Hütte, während wir schliefen, abbrennen sollte.

Da die Müdigkeit jetzt wie von selbst aus meinen Gliedern gewichen war, setzte ich mich auf die Couch und beobachtete, wie das Schwarz langsam dem Blau am Himmel Platz machte. Ich entdeckte ein paar Flieger zwischen den grell leuchtenden Sternen. Sogar das Blinken entdeckte ich, dass mir zeigte, um welchen Hersteller es sich handelte.

Einmal blinken Boeing.
Zweimal blinken Airbus.

Wenn er mich nicht so früh im Stich gelassen hätte, hätte ich mir gut vorstellen können, den Himmel an seiner Seite zu erobern. Mit meiner Größe hätte ich ins Cockpit gedurft, aber vermutlich hätten mir meine schlechten Augen einen Strich durch die Rechnung gemacht. Dad und ich im Cockpit. So wie damals, wenn er mich in die kleinen Maschinen gesetzt und mir die Welt von oben gezeigt hatte.

Die Erinnerung tat so unendlich weh. Selbst wenn ich es wollte, könnte ich diesen Mistkerl nie vergessen. Ich entdeckte mein Handy auf dem Beistelltisch der Couch,

341

nahm es in meine Hände und entblockte ihn. Ich wollte jetzt, in diesem Moment, von ihm hören, warum er mich im Stich gelassen hatte. Ich wollte wissen, warum er für ein anderes Mädchen ein Vater sein konnte und für mich nicht. Ich wählte seine Nummer. Ich wählte sie immer wieder, aber der Mistkerl hob nicht ab. Jedes Mal ging sofort die Mailbox ran. Beim fünften Versuch nahm ich meinen ganzen Mut zusammen und sprach ihm drauf, was ich von ihm hielt. Das Blut kochte in meinen Adern. Jetzt konnte ich noch weniger zurück ins Bett kehren.

Eine halbe Stunde saß ich nur da und wartete, ob er mich zurückrufen würde. Aber es passierte nicht. Ich wanderte zu meinem Laptop, klappte ihn auf und verarbeitete meine Gefühle in meinem Buch. Ich tippte und tippte und tippte. Irgendwann suchte ich diese eine Szene aus Princeton Hill, um Flechters Blick am besten 1:1 beschreiben zu können. Ich gab nur Samuel Parker in meiner Suchleiste ein, als Google mir wie von selbst neue Freundin dahinter vorschlug. Statt Princeton Hill einzutippen, klickte ich auf den ersten Vorschlag. Das, was sich innerhalb von drei Sekunden auf meinem Bildschirm tat, raubte mir die Fähigkeit, zu atmen. Meine Augen flogen über die Titel der neuesten Artikel.

Hollywoods schönster Junggeselle – das war einmal.

Samuel Parker im Liebesglück!

Hollywoods Traumprinz schwebt auf Wolke 7.

So süß verbringt er die Zeit mit seiner Liebsten.

Jetzt ist es offiziell: Sie sind ein Paar.

Samuels Vermutung über Cassie wiederholte sich in meinem Kopf. Mein Daumen klickte eine Schlagzeile an und plötzlich strahlten mir Bilder entgegen, die keine fünf Stunden alt waren. Samuel und ich. Im Whirlpool. Wie wir uns küssten. Wie wir uns verliebt anschauten. Wie ich mich an ihn schmiegte.

Was zur Hölle!

Wann?

Wie?

Wo?

Warum hatten wir davon nichts mitbekommen?

Plötzlich erinnerte ich mich an das Knirschen im Schnee. Nur ein einziges Mal. Ich dachte, es wäre irgendein Tier gewesen. Erkannt hatte ich ohne Brille im Dunkel der Nacht nichts. Aber Samuel hatte doch in die Richtung geblickt. War es so finster, dass man die Paparazzi oder den einen Paparazzo nicht gesehen hatte? Wie waren sie zur Hütte gekommen? Wie konnten sie sich anschleichen, ohne dass wir es mitbekommen hatten? Wie konnte ich mich nur so sicher an seiner Seite fühlen?

Ich sah seinen letzten Recap der Woche gestochen scharf vor meinen Augen. Auf keinem Bild hatte man mich gesehen, aber trotzdem hatte er Brotkrumen gestreut. Der Pancaketurm. Die zwei Tassen heiße Schokolade mit Marshmallows und Streuseln vor dem knisternden Kamin. Der Spaziergang im Schnee. Unsere Brettspielabende mit zwei Gläsern Wein. Sein glücklich strahlendes Gesicht. Hatten die Medien die Brotkrumen aufgesammelt und wie von selbst hierher gefunden?

Ich sah mich um. Sah nach draußen. Aber entdeckte niemanden. Ein Gutes hatten die Fenster: Die Paparazzi konnten mich genauso wenig sehen wie ich sie.

Verdammt. Hatte er gestern zurecht nach Cassie gefragt? Aber ich konnte ihr doch vertrauen. Sie war meine beste Freundin. Wir gingen durch dick und dünn. Ich hatte Cassie gesagt, in welcher Hütte ich war. Für den Notfall. Weil sie mir wegen des Vorfalls mit meiner Schwester Panik gemacht hatte.

Dass sie mich so wegen Samuel verunsichert hatte, lag daran, dass sie nur das Beste für mich wollte. So etwas wie jetzt wollte sie verhindern. Sie hatte mir die rosarote Brille abgezogen und mir zeigen wollen, dass so etwas mit ihm an meiner Seite eben passieren konnte. Dass es dazu führen würde. Irgendwann wäre ich sicher bereit gewesen. Aber nicht jetzt.

Ich rieb mir über die Augen. Sie liebte mich. Sie liebte Samuel. Sie freute sich. Das war ehrliche Freude gestern! Sie konnte es nicht gewesen sein. Aber wer dann?

Bevor ich meine beste Freundin verdächtigen würde, zog ich meine eigene Schwester in Betracht. Sie wollte nie, dass ich Autorin werden würde. Sie hasste Samuel. Sie würde es verachten, wenn ich sie an Weihnachten wegen dieses »aufgeblasenen Möchtegern-Hollywoodstars« versetzen würde. Aber ich hatte ihr nicht gesagt, wo ich war. Sie hatte mir kein einziges Mal geschrieben. Sie wusste von nichts. Oder hatte sie mich, wie Cassie, auf den Bildern und dem Video aus dem Café erkannt?

Ich kam zurück zu Cassie. Ich kannte sie seit so vielen Jahren. Das würde sie mir nicht antun. Außer ihr und – Moment! Maria! Sie wusste, dass ich hier war. Sie wusste, dass Samuel hier war. Vielleicht hatte sie ihn bewusst zu mir gebracht. Für ein paar gute Fotos, die ihre Kasse auffüllten. Mir war aufgefallen, dass das Café etwas in die Jahre gekommen war. Es könnte neue Sessel vertragen, weil die alten durchgesessen waren. Aber … Samuel war ihr wichtig. Sie würde ihn nicht ans Messer liefern.

Blieb nur noch seine Brotkrumenspur übrig. Ich ging auf Social Media und sah mir an, ob er im Eifer des Gefechts aus Versehen den Standort geleakt hatte. Aber ich kam nicht mal so weit, dass ich nach seinem Profil suchen konnte. Ich blieb an einem Video eines Fans von Samuel und Madeline hängen, der die Bilder von Sam und mir am Flughafen und im Whirlpool aneinanderreihte, bis ein ordentlicher Knall zu hören war und Bilder von #Samline gezeigt wurden. In der Beschreibung zum Video stand:

Wir wissen alle, wie falsch das hier ist. Seht es euch an. Er liebt Maddie noch immer. So wie er Maddie angesehen hat, sieht er diese neue Tussi nicht an. Er will Maddie nur eifersüchtig machen.

Wie kam man auf so etwas? Er hatte mir nicht erzählt, wieso sich Maddie von ihm getrennt hatte. Ich kannte nur die vielen Theorien aus den Gerüchteküchen der Medien. Aber er hatte klar gemacht, dass es für die beiden nie ein Comeback geben würde. Wann verstanden das diese ach so tollen Fans endlich mal?

Aber mein Herz schenkte diesen sinnlos, aneinandergereihten Sätzen mehr Beachtung, als mir lieb war. Wie für die Plattform üblich, spielte sich das Video immer wieder von Neuem ab, wenn man nicht weiterwischte. Der Vergleich mit den Bildern von Hollywoods ehemaligem Traumpärchen wiederholte sich in Endlosschleife.

Die Erkenntnis raubte mir den Atem. Gänsehaut schoss über meinen Körper. Seine Blicke waren anders. Er sah Maddie wirklich anders an. Hatte er … Hatte er mir etwas vorgemacht? Er war Schauspieler. Er müsste sich nicht mal die Mühe machen, besonders gut zu sein. Es lag in seiner Natur. Er spielte in so vielen Liebesfilmen mit. Hatte er mir seine Gefühle nur vorgespielt?

Mein Finger wischte nicht weiter, sondern klickte auf das Kommentarsymbol. Während mein Herz langsam in der Brust zersplitterte, fanden meine Augen Kommentare, die den Prozess beschleunigten, als würde man Spiritus ins Feuer geben.

> samlinestan: OMG, wie hässlich ist die bitte? Das soll seine neue Freundin sein? Pahahaah! Die kann Queen Maddie nicht mal das Wasser reichen.

> samline_fan101: Haha, als ob er sich eine Brillenschlange geangelt hat. Absolutes Downgrade zu Maddie. Im Gegensatz zu ihr ist Maddies Neuer ein absoluter Hottie.

Maddies Neuer? War seine Ex wieder vergeben? Ich schloss die App, um bei Google die Information des Kommentars zu überprüfen. Direkt wurde ich fündig. Vor zwei Tagen hatte sie auf Social Media ihren neuen Freund gezeigt. Ein bekannter Drehbuchautor aus Hollywood. Laut dem Bericht ein absoluter Schönling, der Samuel in den Schatten stellen würde.

Im ersten Moment konnte ich damit nicht umgehen. Als ehemaliger Fan der beiden wusste ich, wie magisch ihre Beziehung für die Öffentlichkeit gewesen war. Aber in den wenigen Momenten, wo sie zur Sprache kam, war von Samuels Seite aus keine Magie mehr zu spüren. War das nur ein dummer Zufall? Ich ging zurück auf Social

Media und las die Kommentare weiter durch.

> samline_4ever: Was? Die und Samuel? Maddie und er haben viel besser zusammen gepasst.

> samliiiiine: Er sieht sie NEVER so verliebt an wie Maddie. Das Timing. Die Posts. Er will Maddie nur eifersüchtig machen. Gelingt ihm bei der Brillenschlange aber echt nicht. Maddie ist King und sie … allenfalls der Dorftrottel.

Es tat weh. Es tat so unendlich weh. Ich war nie glücklich mit meiner Brille. Aber Kontaktlinsen und ich passten nicht gut zusammen. Also hatte ich mir ein Gestell gesucht, mit dem ich mich halbwegs wohlfühlte.

> samline_187: Ich glaube noch immer, dass die beiden wieder zusammen finden. Niemand könnte Right person, wrong time so gut verkörpern wie Sam & Maddie. Die werden in ihren neuen Beziehungen schon merken, was ihnen fehlt. Vielleicht ist er verliebt. Auf dem einen Bild in seinem Recap der Woche sah er eeeecht happy aus. Aber er wird sie niemals so sehr lieben wie Maddie. Das sieht man einfach. So etwas Ikonisches wie die beiden finden sie nicht mit anderen. Samline 4ever, Leute!

Meine Sicht trübte sich. Tränen fielen auf mein Handy

herab. Ich wollte die Worte nicht zu nah an mich rankommen lassen, aber was, wenn sie recht hatten? Was, wenn es ein Wettbewerb war? Was, wenn er Maddie mit den Bildern zeigen wollte, dass auch er wieder glücklich ist? Hatte er mir nur vorgeheuchelt, dass er meine Privatsphäre schützen würde? Dass er alles in seiner Machtstehende dafür tat, um mich zu schützen? Zumindest solange seine Ex nicht mit ihrem neuen Kerl angab?

War irgendetwas von dem, was er für mich die letzten Wochen tat, echt? Oder hatten seine Fans recht?

Ich wischte mir die Tränen aus den Augen. Hatte er deswegen gestern Abend Cassie auf meinen Radar gebracht? Aus dem Nichts. Weil er von sich ablenken wollte?

Meine Tränen versiegten. Ich knöpfte mir weitere Kommentare vor, bis ich an einer Nachricht hängenblieb, die meine Arme und Hände so stark zittern ließ, dass mir mein iPhone aus den Händen fiel.

samuelsfannumber1: Ich weiß, wer sie ist. Ich kenne ihr Geheimnis. Wollen wir ihr zeigen, dass sie an Sams Seite nichts verloren hat?

46

Samuel

Die Seite neben mir war kalt. Irritiert drehte ich mich um. Es war acht Uhr morgens. Amelia hatte die letzten Wochen nicht ansatzweise so früh mit dem Schreiben angefangen. Und es war zu still. Wenn sie schon jetzt an den letzten Kapiteln von June und Fletchers Geschichte sitzen würde, würde ich es hören. Dieses harte, mechanische Tack-Tack-Tack, das ich mittlerweile so sehr lieben gelernt hatte.

»Amelia?«

Sie antwortete mir nicht. Ich rieb mir über die Augen, schlüpfte in meine Hose und zog mir im Gehen den Pullover über den Kopf. Als ich über die Schwelle getreten war und in den großen Raum blickte, sackte mir das Herz in die Hose. Sie war nicht da. Das MacBook lag nicht auf ihrem Sessel, der in den letzten Wochen zu ihrem absoluten Lieblingsschreibort geworden war. Noch bevor ich einen Fuß in den Raum gesetzt hatte, sah ich zum Schrank. Ihre beiden Koffer lagen darauf.

Aber der Rucksack fehlte. Irritiert lief ich nach draußen. Ich entdeckte zwar den Schlitten, aber das Schneemobil fehlte. Für einen Moment redete ich mir ein, dass sie bloß Frühstück besorgte.

Ich setzte mich auf die Couch, landete auf Social Media und wollte nachsehen, ob ihr Vater mir schon geantwortet oder zumindest die Nachricht gelesen hatte. Aber mein Postfach platzte aus allen Nähten. Ich wechselte vom Postfach »*Alle Nachrichten*« auf *Allgemeines*, wo ich mir direkt den Chat mit ihrem Vater hingezogen hatte. Ich wollte nicht, dass er in der Menge unterging. Nur ausgewählte User, mit denen ich regelmäßig in Kontakt war, legte ich mir dorthin. Sein Chat war ganz oben, als hätte ich ihn mir angeheftet. Unter seinem Namen stand:

Gesehen 5AM.

Er hatte es vor drei Stunden gelesen.

Hatte er sich schon das Hörbuch runtergeladen und damit begonnen? Ich war versucht eine Nachfrage zu stellen, als ich aus Versehen nach links wischte und damit bei meinem iPhone von den Nachrichten auf der Startseite landete. Mir wurde ein Video von samuel-parker_myman vorgeschlagen. Ich blinzelte einmal. Ich blinzelte zweimal. Aber die zwei Personen vor meinen Augen blieben Amelia und ich. Im Whirlpool.

Sie besorgte kein Frühstück.

Um Gottes willen, sie besorgte kein Frühstück.

Sie war weggelaufen.

Weil ich ihr die Privatsphäre genommen hatte, obwohl ich ihr versprochen hatte, auf sie aufzupassen. Sie zu schützen.

Das Knirschen im Schnee. Ich hatte es viel zu schnell abgetan.

Scheiße, Mann.

Ich konnte nicht mehr still sitzen. Tigerte von einer Seite zur anderen, während ich Amelias Nummer wählte. Einmal. Zweimal. Dreimal. Doch jedes Mal meldete sich nur ihre Mailbox.

Geh ran, Amy. Bitte.
Ich wollte das nicht.
Lauf nicht weg, bitte!
Komm zu mir zurück!

Wo war sie?

Wie konnte ich sie finden?

Denn eins stand außer Frage: Ich musste sie finden! Ich konnte sie nicht allein lassen, wenn ihre Welt in Flammen aufging.

Wegen mir.

Gottverdammt wegen mir.

Wie konnte ich ihr das antun, wo ich diese Seite an meinem Beruf so sehr hasste?

Sie war die erste Frau, die sich nicht mit mir im Rampenlicht sonnen wollte, sondern vor diesem weglief. Das war die Frau, die zu mir passte. Sie liebte mich für die Person, die ich war. Nicht für das ganze Bling-Bling drum herum.

Im Kopf ging ich die Möglichkeiten durch: Sie hatte hier in Winter Park niemanden. Die wichtigsten Sachen hatte sie mitgenommen. Ihr Lebensmittelpunkt war in Los Angeles. Ihre beste Freundin, diese falsche Schlange, lebte dort. Mein Gefühl hatte mich nicht getäuscht. Gestern hatte ich im Videoanruf dieses kurze Zucken am Mundwinkel gesehen. Es war nicht mal zwei Sekunden auf ihren Lippen. Nur ein Wimpernschlag, aber ich hatte es gesehen. Ich hatte gesehen, dass sie die Vorstellung von ihrer besten Freundin an meiner Seite anwiderte. Sie hatte sie ans Messer geliefert. Solche Bilder machte nur TMZ. Die hatten ihre Leute überall. Eine Nachricht reichte und sie kreuzten dort auf, wo sie so dermaßen fehl am Platz waren.

Die intimsten Bilder?

TMZ regelt.

Gott, ich hasste diese Seite an meinem Job. Und genau diese Seite war es, die Amelia in die Flucht geschlagen hatte. Ich hätte sie besser schützen müssen.

Scheiße, ich musste sie finden, bevor sie sich in ihren Schildkrötenpanzer zurückzog und nie wieder herauskommen würde.

47

Amelia

Gedankenverloren verließ ich den Flieger. In Denver hatte mich niemand erkannt, was wegen der Mütze, die ich mir tief in die Stirn gezogen hatte, und dem Schal, der bis zu dem unteren Rand meiner Brille ging, nicht verwunderlich war. Aber hier in L.A. empfing mich nicht eine eisige Kälte, sondern eine stechende Hitze, bei der Mütze und Schal definitiv unangebracht wären. Wegen Schneestürmen, die über das ganze Land gefegt waren, wurden in den letzten Tagen viele Flüge gecancelt. Daher war es heute, ein Tag vor Weihnachten, nochmal besonders voll, was für mich Fluch und Segen zugleich war. Die meisten Menschen waren damit beschäftigt, rechtzeitig zu ihren Liebsten zu kommen, um ein schönes Weihnachtsfest zu feiern.

Ich wusste nicht, wie ich Weihnachten feiern wollte. Bei meiner Familie, die mir vorhalten würde, dass sie es mir genau morgen vor drei Jahren gesagt hatten. Meine Schwester, die mich kopfschüttelnd ansehen und mir sagen würde, dass sie mich nur beschützen wollte. Cassie, die mich in den Arm nehmen und sich mit mir wünschen würde, dass es nie so weit gekommen wäre … Dass Samuel mich so lieben würde wie Maddie. Aber das tat er nicht. Darüber waren sich seine Fans einig. Und ich wusste nicht mehr, was ich glauben sollte. Würde dieser Fan die Klappe halten, wenn man mich nicht mehr mit ihm sehen würde?

Bis ich in Denver abgehoben hatte, hatte der Kommentar schon hundert Likes und zig Antworten. Aber von ihr kam keine Reaktion. Als würde sie abwarten, ob Samuel unsere Beziehung bestätigen würde. Kannte sie wirklich mein Geheimnis oder wollte sie nur Reichweite bekommen? Einige hatten etwas Ähnliches wie sie geschrieben. Trittbrettfahrer.

Aber was, wenn sie es kannte. Wenn sie mich ans Messer liefern würde.

Seit der Landung hatte ich mich nicht getraut, mein Handy aus dem Flugmodus zu nehmen. Diesmal war ich eindeutig zu erkennen, als hätte ich aus purer Absicht in die Kamera gesehen. Die cozy Hütte, die mein absoluter Rückzugsort gewesen war, hatte ihre beschützende Rolle verloren. Ich hatte mich nicht mehr sicher gefühlt. Hatte nicht mehr gewusst, was ich glauben sollte. Ich fühlte mich wie ein Trostpreis, nachdem ich von Maddies neuer Beziehung erfahren hatte.

Mit dem Kopf Richtung Boden gerichtet, lief ich durch den Flughafen, wollte einfach nur zurück in meine Wohnung kehren, wo mich so schnell niemand finden würde. Doch meine Augen entdeckten in der Menge ein Gesicht, das mir vertrauter denn je war. Graumelierte Haare, George Clooney Frisur, blau-weiß gestreifte Krawatte und vier goldene Streifen auf den Schulterklappen.

Noch konnte ich weglaufen.

Noch hatte er mich nicht gesehen.

Wie auch.

Er unterhielt sich mit einer Flugbegleiterin – mit wem auch sonst.

Am liebsten wollte ich auf der Stelle zu ihm rennen, ihm vor allen Leuten eine Ohrfeige verpassen und ihm sagen, was ich wirklich von ihm hielt. Meine Mailbox Nachricht hatte er sich sicher nicht abgehört. Würde es nie tun. Wenn ich es ihm ins Gesicht brüllen würde, was ich von ihm hielt, müsste er reagieren. Wenigstens eine Regung in seinem Gesicht würde ich sehen, um zu wissen, ob ich ihm scheißegal war. Für den Vaterkomplex könnte ich mich gleich im Anschluss bedanken. Nur wegen ihm zog ich Typen an, die nicht gut für mich waren. Die mich von der Bettkante stießen, wenn ich für den intimsten Moment zwischen zwei Menschen nicht bereit war, weil ich das Vertrauen in Männer verloren hatte. Ich dachte an all die Kerle vor Samuel, für die ich nie so viel empfunden hatte wie für ihn. Und jetzt reihte er sich in die Reihe der Mistkerle ein, weil er mich womöglich benutzte, um seine Exfreundin eifersüchtig zu machen.

Die Menschenmassen zogen an mir vorbei, während ich stehengeblieben war, um meinen Vater, den großen, unantastbaren Jack Taylor zu mustern. Ich könnte ihm die Augen auskratzen, wie er da stand. Er war nur Pilot und kein Gott. Wie er lächelte. Wie er den Frauen den Kopf verdrehte. Alles an ihm widerte mich an.

Irgendwann umarmte er die Dame, verabschiedete sich mit einem Küsschen links und einem Küsschen rechts von ihr und legte dann die Hand um seinen Koffer. Meine Augen verfolgten die Bewegung, wobei mir etwas ins Gesicht stieß, das wie ein Buch aussah.

War das?

Nein.

Das konnte unmöglich sein. Aber je näher er mir kam, desto eindeutiger erkannte ich, dass das Buch, was als oberstes auf der Tasche seines Koffers lag, mein Buch war.

Stardust Chapters.

Von Ava Christensen.

Warum?

Wie?

Hatte es an ihm gekratzt, dass ich ihn blockiert hatte?

Warum las er plötzlich mein Buch?

Wie hatte er es gefunden?

Kein einziges Flugzeug kam darin vor.

Nichts.

Nada.

Niente, was irgendwie zu seiner Welt passte.

Als ich den Blick hob, schwenkte sein Gesicht in meine Richtung, als würde er spüren, dass ich hier war. Ich redete mir ein, dass er mich nicht gesehen hatte und es nicht tun würde. Er würde einfach vorbeigehen, als würde ich nicht existieren. Ich würde zum nächstbesten Taxi laufen und könnte mich zuhause mit den Folgen der Schlagzeilen und dem fürchterlichen Kommentar dieses Fans auseinandersetzen.

Aber das passierte nicht. Ich sah ihm mitten ins Gesicht. Seine Augen zuckten und ich spürte diesen unangenehmen Stich in meiner Brust. Einen Moment hielt er in seiner Bewegung inne. Dann kam er auf direktem Weg auf mich zu.

»Amelia!« Ein ehrliches Lächeln stand in seinem Gesicht. Den freien Arm, der nicht seinen Koffer in meine Richtung schob, breitete er einladend zu mir aus, sodass ich mich an ihn schmiegen konnte. Ich hatte ihn seit Jahren nicht mehr gesehen. Bevor ich mein Buch auf seinem Koffer entdeckt hatte, wollte ich ihm eine Szene machen, damit er sah, was er mir angetan hatte.

Aber das Buch hatte alles verändert.

Der Engel mit der laut spielenden Harfe auf meiner Schulter übertönte jeden Einfall des Teufels auf der anderen. Ich sah, dass er sich für mich interessierte. Dass er mein Buch las. Sogar ein Lesezeichen steckte drin. Nicht am Anfang des Buches, sondern schon bei der Hälfte. Die ersten guten Momente zwischen June und ihrem Dad hatte er schon gelesen. Hatte er den Wink mit dem Zaunpfahl verstanden? Würde ich doch mein Happy End mit ihm bekommen?

Ehe ich mich versah, lehnte ich an seiner Brust, meine Wange auf seinen goldenen Streifen. Meine Arme schmiegten sich an ihn und als seine Hand über meinen Rücken streichelte, liefen die Tränen haltlos aus meinen Augen.

»Oh, meine Kleine. Es tut mir so unendlich leid«, flüsterte er und gab mir einen Kuss auf den Kopf.

Ich weinte an seiner Schulter, obwohl ich ihm eine Szene machen wollte. Gemacht hätte, hätte er nicht dieses Buch dabei. Aber das war mein sehnlichster Wunsch seit so vielen Jahren: Von meinem Vater gesehen zu werden. Wieder gesehen zu werden, nachdem wir in meiner Kindheit so ein tolles Team gewesen waren. Ich hatte nur einen kleinen Funken gebraucht, um das Feuer wieder zu entzünden. Es lag an ihm, ob es brennen würde. Gab er Spiritus oder Wasser dazu?

Verdammt, mein dummes kleines Herz und meine Seele machten mir einen Strich durch die Rechnung, wie das hier eigentlich hätte ablaufen sollen. Ich war nicht bereit dafür, erneut von ihm verletzt zu werden. Nicht heute. Nicht morgen. Niemals wieder.

Ich löste mich von ihm und sah ihm ins Gesicht. »Warum?«, fragte ich. Nur in meinem Kopf wurde ich spezifischer: *Warum hast du mich verlassen? Warum liest du mein Buch? Warum erst jetzt? Warum liest du es überhaupt? Warum hast du eine andere Tochter? Warum bist du so anders, so liebevoll zu ihr? Warum seid ihr Männer so? Warum raubt ihr mir mein Herz und werft es dann weg? Warum?*

»Nicht hier, mein Schatz. Ich bin erst gelandet.« Er blickte kurz auf seine Uniform, aber sah mir sofort wieder ins Gesicht. »Mir steckt der Flug in den Knochen, aber ich würde gern mit dir reden. Hast du hunger? Wollen wir gemeinsam frühstücken?« Er sah an mir vorbei. »Ich muss mich nur ausloggen und dann können wir gehen. Hast du Lust, mit deinem alten Herrn etwas Leckeres zu essen?«

Er musterte mich. Eine Augenbraue bewegte sich nach oben. »Oder fliegst du erst ab? Wo hast du denn deine Koffer?«

»Können wir bei dir frühstücken? In deiner Wohnung?« Ich wollte die Paparazzi aus Los Angeles nicht auf mich hetzen.

Er rieb sich über die Stirn und fuhr sich dann durch die gegelten Haare. »Es wird nicht viel da sein, aber zur Not kaufen wir etwas ein. Was isst du denn gern?«

Dass er das überhaupt fragen musste …

»Pancakes. So wie früher.« Mein Herz zog sich schmerzhaft in der Brust zusammen, als ich an Samuel und seine salzigen Pancakes dachte. Diesmal war ich wie mein eigener Vater gewesen. Ohne ihm eine Chance zu geben, hatte ich die Flucht ergriffen. Die Geschichte war in meinem Kopf auserzählt, obwohl er sich nicht hatte verteidigen dürfen. Wieso? Weil ich meine beste Freundin besser und länger kannte als ihn? Hatte ich vergessen, wie er mir seine Liebe gestanden hatte?

Hatte ich wirklich vergessen, wie gut es ihm mit mir und mir mit ihm ging? Hätte ich ihn ohne diesen zwei Tage alten Post seiner Ex und den vielen Kommentaren der #Samline-Anhänger jemals verdächtigt?

»Die bekomme ich noch hin«, mischte sich Dads Stimme in meine Gedanken. »Wenn du hier bist, verbringst du Weihnachten sicher bei deiner Mutter und ihrem naja«, er räusperte sich, »*speziellen* Weihnachtsabend, oder?«

»Im Gegensatz zu dir hat sie sich wenigstens darum gekümmert, dass ich ein schönes Weihnachten hatte«, zischte ich. Meine Gefühle der Begeisterung, dass mein Vater mein Buch las, wurden von aufkommender Wut verdrängt. »Sie hat mich nicht alle Jahre wieder aufs Neue versetzt.«

Er sah aus, als würde er mir irgendeine seiner zig Ausreden präsentieren, weil sein Beruf so anstrengend und schlecht vereinbar mit einer Familie war. Selbst wenn es so war: Wo ein Wille war, war auch ein Weg. Doch statt seine Augen und sein Interesse auf mir zu lassen, driftete er ab. Vermutlich ging irgendeine Frau mit knackigem Hintern vorbei. Reine Spekulation, aber in 99 von 100 Fällen wäre sie bei Captain Jack Taylor richtig.

Um seine Aufmerksamkeit etwas zu testen, fand ich eine ganz spezielle Beschreibung dessen, wie ich den Weihnachtsabend verbringen würde. »Ich springe morgen vom Empire State Building, weil ich den Kick suche. Wenn ich dann unten ankomme, schwimme ich mit Delfinen in Alabama.«

»Schön, Schatz.«

Er hörte mir nicht zu. Ich war ihm egal. Immer gewesen. Als ich ihm damals mit fünf hinter dem Wagen hinterhergelaufen war, hatte er in den Rückspiegel gesehen. Er hatte gesehen, wie ich ihm sehnsüchtig hinterherlief, aber hatte es nicht für nötig gehalten, anzuhalten. Er war sich selbst am nächsten und daran würde sich nie etwas ändern. Auch nicht, wenn er mein Buch las. Er würde es ohnehin nicht verstehen. Er würde nie so werden wie Junes Dad. Obwohl in diesem Buch quasi eine Anleitung steckte, was er zu tun hätte, damit unsere Beziehung wieder so wie früher werden könnte.

Da war es passiert. Ich hatte ihm eine Ohrfeige gegeben. Blitzschnell zog ich meine Hand zurück und mir schwelten Worte der Entschuldigung auf der Zunge, als neben mir eine weitere Person auftauchte.

»Fühl dich nicht schuldig, das hat er verdient!«, sagte eine Männerstimme mit einem leichten Akzent, den ich nicht einordnen konnte.

Ich drehte meinen Kopf und musterte ihn stumm von der Seite. Schwarze Jacke, vier goldene Streifen auf den Schulterklappen, rot-weiß karierte Krawatte, hellbraunes Haar mit blonden Strähnen, das nach oben gegelt wurde, gepflegter Bart. Kannte der Typ meinen Vater? Der Krawatte zu urteilen, flog er für eine andere Airline. Ich schwenkte den Blick zu meinem Vater, dessen Gesichtsausdruck ein Mix aus Freude und Wut war. Ich schaute zurück zu dem Typ, der einen halben Kopf größer war als ich. Sein Profil kam mir von der Seite so bekannt vor. So vertraut. Meine Augen wanderten von seinem Gesicht über die Krawatte bis hin zu dem Namensschild über seinem Herzen. In schwarzen Lettern stand auf silbernem Metall, neben einem weißen Berg auf rotem Hintergrund:

Simon Taylor.
Captain.

Taylor. Taylor wie Jack *Taylor*.

Mein Blick schoss wieder hoch in sein Gesicht. Sah zu meinem Dad. Wieder zu ihm. Nein.

Seine Stimme lenkte mich davon ab, meinen Gedanken zu Ende zu fassen. »Ich weiß, was du versucht hast, als ich in Boston war. Aber lass es gut sein. Halt dich fern von uns. Livi braucht keinen Vater, der nach ihr sieht, wenn es ihm in den Terminkalender passt. Sie braucht dich nicht. Und ich brauche dich nicht. Uns geht es gut. Halt dich einfach fern.«

Livi. Das Puzzle fügte sich in meinem Kopf zusammen. Jemand, den er sehr liebte, hieß Livi. Sie musste seine Schwester sein. Also war er ihr Bruder. Und damit … mein Halbbruder?

Dad sah zu mir. Lächelte mir mit weit aufgerissenen Augen zu. Über dem Kragen seines weißen Hemdes sah ich die Ader in seinem Hals kräftig und rasend schnell das Blut pumpen.

»Simon, nicht hier.« Er sah zu mir. Beide sahen zu mir. Dieser Simon sah aus wie die jüngere Version meines Vaters. Die, die mich mit fünf Jahren zurückgelassen hatte. Dads Mund bewegte sich. Aber ich verstand die Sprache nicht. Es musste Simons Muttersprache sein. Ich blickte zwischen den beiden hin und her.

Das war zu viel.

Zu viel für so wenig Schlaf.

Zu viel auf einmal.

Mein Gesicht in allen Schlagzeilen weltweit.

Als Freundin von Samuel Parker.

361

Seine Fans, die mich als Downgrade betitelten. Die Kommentare, die ich unter dem Video gelesen hatte.

Während die Menschenmassen an uns vorbeizogen und eine Sprache in meine Ohren drang, die ich nicht verstand, driftete mein Blick zu einer Anzeigentafel, die die News zeigte. In Pink stand auf dem Bildschirm ***Promiklatsch des Tages.***

Dann wurde das Bild von Samuel und mir im Whirlpool gezeigt. Der Text darunter war zu weit weg, um ihn lesen zu können. Beim nächsten Bild sackte mir das Blut in die Beine. Ich sah das Bild von Ava Christensen, das auf der Seite meines Verlags und in meinen Büchern abgedruckt war. Ich sah das Cover meines Buches, das auch auf Dads Koffer lag. Ich las den Titel der Schlagzeile:

Hollywoods Traumprinz hat sich eine
Bestsellerautorin geangelt.

»Geht es dir gut? Du bist ziemlich blass«, fragte nicht Dad, sondern sein Ebenbild mit dem Akzent. Alles, was ich spürte, bevor meine Welt im Nebel versank, waren starke, große Hände an meinen Unterarmen, die mich davor bewahrten auf den harten Boden zu fallen.

48

Samuel

Jack Taylor:

Da Sie mir die Augen geöffnet haben,
bin ich Ihnen etwas schuldig. Lassen
Sie mich das nicht bereuen. Meine
Tochter füllt wegen Ihnen die Schlagzeilen auf der ganzen Welt. Aber wenn ich
die Bilder sehe, sehe ich sie sehr glücklich. Ich hoffe, dass ich für mein kleines
Mädchen etwas Gutes tue, wenn ich
Ihnen schreibe, wo Sie sie finden.

Dass sie weggelaufen ist, hat sie
schließlich von mir und darauf bin ich
nicht stolz.

Ich hatte die Nachricht nicht zu Ende gelesen, da hatte ich meine Sachen in die Reisetasche gequetscht, mich
auf den Schlitten gesetzt und das Tal angesteuert. Den
Flieger zum LAX hatte ich verpasst. Wegen eines erneuten Schneesturms hing ich am Flughafen fest und

konnte nicht zu ihr, obwohl sie mich gerade am dringendsten brauchte.

Während ich darauf hoffte, dass der Abendflug ins sonnige Los Angeles stattfinden würde, verfolgte ich das Ausmaß der Schlagzeilen. Es hagelte Ein-Stern-Bewertungen auf sämtlichen Kanälen, die ihr Buch anboten. Videos auf Social Media tauchten auf, in denen das Buch in die Toilette geworfen wurde. Unter all ihren Social Media Posts als Ava Christensen fanden sich zahlreiche beleidigende Kommentare, dass sie nur ein Downgrade war, dass sie mir nicht würdig war und dass die Fans erst aufhören würden, wenn wir Geschichte waren.

Ich konnte nicht glauben, dass meine Fans – Fans, die mich liebten – einem Menschen, den ich liebte, so etwas antaten. Diese Leute hatten in meiner Fangemeinde nichts zu suchen. Kurzerhand wechselte ich zur Kamera, atmete einen Moment tief ein und aus, ehe ich auf den roten Button drückte.

»Hey Leute. Ich bin *sprachlos*. Sprachlos über das, was mit wenigen Bildern von Seiten der Medien und von euch losgetreten wird. Damit es endgültig klar ist: Es wird niemals ein Liebescomeback mit Madeline geben. Wir haben eine *Schweigeklausel* für das, was zwischen uns vorgefallen ist, unterzeichnet. Ihr werdet nie erfahren, wieso wir uns getrennt haben. Aber glaubt mir: Es gab gute Gründe, dass wir diesen Schritt gegangen sind. Ich freue mich für Maddie, dass sie in einer neuen Beziehung ist. Und ich verbitte mir, dass ihr uns irgendetwas vorschreiben wollt. Lasst Maddie mit ihrem neuen Freund glücklich sein.«

Ich pausierte einen Augenblick und rieb mir über die Augen, ehe ich weitersprach.

»Und lasst *mich* glücklich sein. Bilder lügen nicht. Die

letzten Wochen waren die schönsten meines Lebens. Ich fühle mich so lebendig, wenn ich mit ihr zusammen bin. Sie hat es geschafft, dass der dicke Eisblock um mein Herz geschmolzen ist. Zum ersten Mal habe ich mich wie ein gewöhnlicher junger Mann gefühlt, weil sie kein Interesse an dieser Welt hat. Aber nun wurde sie hineingezogen. Und anstatt dass ihr sie freundlich willkommen heißt, macht ihr sie fertig. Ihr sprecht von einem Downgrade, obwohl sie wunderschön ist. Jemand hat ihr Geheimnis gelüftet und seitdem hagelt es Ein-Stern-Bewertungen auf ihren Bestseller. Was erhofft ihr euch davon? Dass ihr sie verletzt? Dass ihr uns auseinanderbringt, weil IHR mich lieber mit Maddie sehen wollt?«

Ich schüttelte den Kopf und fand keine Worte dafür, welche große Lawine sie mit einem falschen Tritt ausgelöst hatten.

»Ich habe ihr Buch gehört. Es ist wundervoll. Wenn ihr es nicht mögt, weil ihr es gelesen habt – fein, okay. Nichts kann allen Leuten gefallen. Aber es zu bewerten, ohne nur ein Wort gelesen zu haben, ist nicht fair. Sie arbeitet so hart für ihre Erfolge. Sie steckt ihr ganzes Herzblut in ihre Geschichten. Ihr hättet sie die letzten Wochen sehen müssen, während sie die Fortsetzung geschrieben hat. In den beiden Büchern könnt ihr so viel über die Liebe lernen. Über etwas so Irrationales, was nicht mal ich ohne diese wundervolle Frau begriffen hätte. Ihr habt recht: Ich sehe sie nicht so an wie Maddie. Ich sehe sie anders an. Aber nicht, weil ich sie weniger liebe. Nein. Ich sehe sie anders an, weil ich zum ersten Mal diese Schmetterlinge in meinem Bauch spüre. Sie fliegen von links nach rechts. Von oben nach unten. Wenn ich sie ansehe, kann ich nicht glauben, dass sie mir die Tür zu ihrem Herzen geöffnet hat. Sie ist dieser eine Mensch, für den ich bis ans Ende der Welt gehen werde.«

Die Wärme durchströmte jede Faser meines Körpers. Ich durfte diese unfassbar tolle Frau nicht verlieren.

»Deswegen tut es mir im Herzen weh zu sehen, wie gemein ihr zu ihr seid. Sie ist der wundervollste Mensch, der mir jemals begegnet ist. Seid euch über eine Sache sicher: Sie und ich – wir sind ein Team. Wir gehören zusammen und ich werde nicht zulassen, dass ihr uns auseinanderbringt.«

Ein paar Sekunden fesselte ich die Person, die sich das Video gleich ansehen würde. »Lieber habe ich keine Fans mehr als solche, die der Person, die ich von ganzem Herzen liebe, so schreckliche Dinge antun.«

Ich lud das Video sofort auf all meinen Social Media Kanälen hoch. Die Aufrufe, Likes und Kommentare überschütteten mich sofort.

Einige User schrieben, dass ich ein starkes Statement gegeben hatte. Andere verurteilten den ganzen Umgang mit Amelia zutiefst. Ein paar schrieben, dass sie sich ihr Buch bestellt hätten und es lesen wollten. Wenn man die Kommentare der Samline Anhänger ausblendete, war die Reaktion durchweg positiv.

Als eine Nachricht auf meinem Bildschirm aufploppte, hoffte ich, dass es Amelia wäre. Aber es war nur Maria, über deren Nachricht ich mich aber auch von Herzen freute.

Maria:

Ich hoffe, du bist auf dem Weg, um deinem Mädchen genau das persönlich zu sagen. Ich wünsche dir alles Glück der Welt. Aber sie wird dich verstehen können. Da bin ich mir sicher. Ich wünsche dir trotzdem ein kleines Weihnachtswunder, damit du so schnell, wie es nur geht, zu ihr kommst.

Was? Sogar bis zu dir ist das Video gekommen? :-)

Ich bin vielleicht nicht mehr die Jüngste, aber so alt nun auch nicht! Es kam sogar in den Nachrichten.

Ich danke dir von Herzen, Maria. Ich glaube übrigens noch immer, dass du uns bewusst zusammengebracht hast. ;-) Gibst du das irgendwann zu?

Vielleicht auf eurer Hochzeit.

AHA!

Ich wusste es doch. Auch wenn ihre Geschichte im Café gut geklungen hatte, hatten sie ihre leuchtenden Augen verraten. Sie hatte so verdammt glücklich ausgesehen. Fast so als hätte sie sich gefreut, dass ihr Plan aufgegangen war. Jetzt musste ich nur dafür sorgen, dass es eine Zukunft für Amelia und mich gab.

Mein Blick schweifte nach draußen. Der Schneesturm hatte sich beruhigt. Die Räumung der Pisten lief auf Hochtouren. Vielleicht würde ich heute von hier wegkommen. Mit meiner Reisetasche wanderte ich zum Fenster und berührte die Scheibe. Hier hatte alles angefangen. Mit ihrer Anekdote aus ihrem eigenen Leben, die schon an meiner eiskalten Fassade gekratzt hatte.

Ich wünschte, du wärst jetzt hier, mein Herz.

49

Amelia

Die Umgebung kam mir vertraut vor. Ich war in Charlottes Gästezimmer, das direkt neben ihrer kleinen Bibliothek lag. Dad oder dieser Simon hatten mich zu ihr gebracht. Zu Mom. Zu Charlotte. Für eine minikleine Sekunde hatte ich gehofft, dass er mich mit zu sich genommen hätte. Aber er war nicht mehr der Dad, den ich mal gekannt hatte. Er war nicht mehr nur Charlottes und mein Dad. Er hatte andere Kinder.

Eine Weile blieb ich nur liegen und fragte mich, wieso ich aufstehen sollte. Es hatte keinen Zweck. Nicht jetzt. Ich hatte alles verloren, was ich mir drei Jahre aufgebaut hatte.

Dieser Fan hatte mein Geheimnis verraten. Ich wollte nicht wissen, was Samline Anhänger mit diesem machen würden. Was ihre Art war mir zu zeigen, dass ich nicht an Samuels Seite gehörte.

Es klopfte an der Tür. Ich hoffte, dass es Dad wäre. Dass er mir wieder sagen würde, dass ich das überwinden würde. Dass ich alles schaffen konnte, wenn ich es nur wollte. Aber es war bloß meine Schwester, die den Kopf ins Zimmer streckte.

»Darf ich reinkommen, Amy?« Zum ersten Mal sah sie mich nicht so an, als wären wir Konkurrentinnen. Sie sah mich wie eine große Schwester an, die für ihre kleine Schwester gekommen war, um sie zu trösten und ihr zu sagen, dass alles wieder gut werden würde. Sie hielt mich einfach nur fest. Ließ mich an ihrer Schulter weinen, bis ich keine Tränen mehr übrig hatte.

»Ich habe so viele Fragen, Amy. Aber eigentlich nur diese eine: Was kann ich für dich tun?«

Vielleicht hätte ich früher zu ihr kommen müssen. Ihr früher von Samuel und mir erzählen sollen. Aber unsere Vergangenheit war nicht rosig. Sie war kein Fan von ihm. Sie hätte mir womöglich alles kaputt geredet wie Cassie, anstatt sich mit mir zu freuen. Aber vielleicht würde ich heute nicht weinend in dem Bett liegen, weil mein Leben in Flammen stand.

»Wie schlimm ist es?«

Sie zog die Luft scharf ein, was mir fürs Erste als Antwort reichte.

»Immerhin habt ihr, Mom und du, jetzt gewonnen«, schluchzte ich. »Yeah, ich habe mir mein eigenes Grab geschaufelt.«

»Darum geht es uns doch gar nicht, Amy. Wir wollten dich immer nur schützen, hörst du?«

Ich nickte zögerlich. Den Schutz hatten sie nie wirklich nett verpackt. Aber ich war vor drei Jahren zu jung und naiv, um das wahrhaben zu wollen. Es ging nicht in meinen Kopf, dass mir so etwas passieren könnte.

»Hat es sich wenigstens gelohnt? Ist er gut zu dir?«

Kam das aus dem Mund meiner Schwester? Was war

mit ihr passiert? Sie machte kein Geheimnis daraus, dass sie Samuel Parker nicht leiden konnte. Das schien ihr bewusst zu werden, weshalb sie noch eine Erklärung hinterher schob.

»Ich war vielleicht nicht ganz fair zu ihm. Und er war nicht allein daran schuld, dass aus der Verfilmung meines romantischen Thrillers nichts wurde. Auch wenn sein Ausstieg von der Produktion ein klein wenig zum Ende geführt hat.«

Ich rieb mir die Tränen aus den Augen. »Wer bist du und was hast du mit meiner Schwester gemacht?«

»Ich habe es dir nicht erzählt, weil ich nicht schwach wirken wollte. Dabei bin ich durch diesen Schritt so stark.« Sie lächelte. »Ich gehe endlich zur Therapie. Ich war … vor zwei Wochen sogar mit Dad essen.«

»Was?«

Sie nickte. »Ich weiß. Das sind zwei Dinge, die sich komplett ausschließen. Aber ich habe ganz von vorn begonnen. Ich arbeite nacheinander meine Probleme auf und Dad stand mit dem Verlassen meines Hauses ganz weit oben auf der Liste.« Charlotte strich mir eine Strähne aus dem Gesicht und fing meine Tränen auf. »Er hat mir alles erzählt. Ich sage nicht, dass ich ihn besser leiden kann. Er ist noch immer ein Vollarsch, der uns im Stich gelassen hat. Aber er hat uns nicht für eine andere Frau oder Familie sitzen lassen. Der Mann ist nicht geschaffen für das Familiending. Für Beziehungen. Es liegt nicht in seiner Natur. Und.« Sie grinste. »Für seine anderen Kinder war er genauso wenig da wie für uns. Wir sind nicht die schwarzen Schafe in seinem Stammbaum.«

»Er hat dir von ihnen erzählt?«

Sie nickte. »Du hast heute schon einen seiner Söhne

371

kennengelernt. Vermutlich kannst du dich nicht mehr daran erinnern. Aber der Typ ist noch schlechter auf Dad zu sprechen als wir.« Sie lächelte mich leicht an. »Ich habe ihn noch nicht persönlich getroffen, aber ich glaube, dass ich mich ganz gut mit ihm verstehen würde. Wenn Dad die Wahrheit gesagt hat und wirklich von all seinen Kindern weiß, ist dieser Simon sein erstes Kind.«

Söhne? Simon ist nicht sein einziger Sohn? Erstes Kind? Um Gottes willen … Die Informationen prasselten wie Schläge auf mich ein, denen ich nicht ausweichen konnte.

»Er war nicht besser zu ihnen? Nicht öfter da?«

Sie schüttelte den Kopf. »Nein. Dad fühlt sich davon eingeengt. Es strebt gegen seine Natur. Für ein paar Jahre hat er es ausgehalten. Mit Simons Mom war er sogar verheiratet. Aber dann wurde es ihm zu viel.«

Sie sah mich an, als hätte sie die Informationen schon längst verdaut. Ich beneidete sie dafür, denn mir schlugen sie heftig in die Magengrube. Auch wenn ich irgendwie erleichtert war, dass er für diese Livi kein besserer Vater war.

»Ist er …?« Ich sah zur Tür. Wenn sie sich mit ihm ausgesprochen hatte, hatte er womöglich kein Hausverbot mehr. Dennoch wollte ich die Frage nicht zu Ende stellen. Wenn es gegen seine Natur strebte, Zeit mit der Familie zu verbringen, war er nicht mehr hier. Ich wollte meine Hoffnung im Keim ersticken, als Charlotte mir antwortete.

»Ja, er ist noch da. Unten. Mit Mom. Allein. Also ich hoffe, dass er noch lebt, wenn ich nach den beiden sehe.« Sie strich mir die Haare aus der Stirn. »Ich weiß, wie schlimm das sein muss. Es wird erst mal eine Weile dauern, bis das wieder gut wird. Aber nach jedem Tief kommt ein Hoch. Und lass dir von deiner Schwester gesagt sein, dass man auch aus sauren Zitronen Limonade machen kann.« Sie lächelte mich an. »Ich war nicht die beste Schwester. Es würde mich nicht wundern, wenn du so über mich denken würdest, wie ich über Dad. Aber wir haben alle eine zweite Chance verdient, oder?«

Ohne etwas zu sagen, zog ich sie an mich. Ich war stolz auf sie. Stolz, dass sie sich endlich dazu überwunden hatte, über das zu reden, was ihr passiert war. Und es tat ihr so unendlich gut. Sie war wie ein anderer Mensch. Jetzt war sie zu der Schwester geworden, die ich immer gebraucht hatte.

»Kommst du mit nach unten?«

Ich wollte ihre ausgestreckte Hand annehmen, als ich mich an das peinliche Zusammenbrechen am LAX erinnerte. Wenn Simon halb so begeistert von seinem Job war wie Dad, würde ich ihn sicher in den sozialen Medien finden. Ich wollte meinem neugewonnenen Bruder zumindest kurz erklären, was da heute am Flughafen passiert war. Und ich war neugierig. Vielleicht würde ich auch diese Livi auf seinem Profil finden.

Mein Handy wimmelte nur von verpassten Anrufen, Nachrichten und E-Mails. Es bingte und vibrierte ununterbrochen, was ich ignorierte. Ich ging auf Instagram und tippte *Captain Simon Taylor* in das Suchfeld ein. Es gab mehrere Accounts, die alle dasselbe Profilbild hatten. Er schien noch eine größere Nummer als Dad auf Social Media zu sein. Zugegeben hatte er ziemlich gut in seiner Uniform ausgesehen … Ich verbot mir den Gedanken sofort, weil es nicht gut war, so über seinen eigenen Bruder zu denken. Ich tippte den ersten Captain Taylor an, der sich als der einzig wahre herausstellte.

Beim Lesen seiner Biografie musste ich direkt schmunzeln, weil ich las, dass er keine Boeing, sondern eine Airbus flog. Dass sich Vater und Sohn nicht leiden konnten, war schon bei ihren verschiedenen Flugzeugtypen zu erkennen. Ich überflog ein wenig die Beiträge und entdeckte immer wieder schöne Aufnahmen von dem Flughafen in Zürich. Die massiven Berge ragten hinter der Startbahn in den Himmel. Seine Bildbeschreibungen in Schweizerdeutsch ließen sich nicht auf Englisch übersetzen. Eine Frau entdeckte ich nicht auf seinen Bildern, weswegen ich in die Liste seiner Abonnenten wechseln wollte, als eine Nachricht auf meinem Bildschirm aufploppte.

Simon Taylor:

Hey, ich bin's, Simon. Der Pilot, der dir zu deiner Ohrfeige am LAX gratuliert hat ... Dad hat mir erzählt, wer du bist. Ich würde gern sagen, dass ich verwundert bin. Aber das bin ich nicht bei ... unserem Vater. Sorry, dass du mich von dieser Seite kennenlernen musstest. Ich bin noch zwei Tage im Layover in L.A., wenn du bereit für ein Treffen wärst.

Mein Herz klopfte mir bis zum Hals und mir wurde schwindelig. Ich hatte mir immer einen großen Bruder gewünscht. Es fühlte sich so unreal an, dass das nun Wirklichkeit geworden war. Ich brauchte einen Moment, bis ich ihm antworten konnte.

Hey Simon. Da hast du wohl recht
mit unserem Vater. Ich bin noch
ziemlich überfahren von allem, was
heute passiert ist. Sonst klappe ich
auch nicht so schnell zusammen. ;-)
Dein Angebot weiß ich zu schätzen.
Bist du mir böse, wenn ich es aus-
schlage?

Die Nachricht wurde nach dem Zustellen direkt gelesen. Er schrieb mir zurück.

Nein, natürlich nicht. Ich werde noch
öfter in die Stadt der Engel kommen. :)

Du kommst aus der Schweiz,
oder?

Ja.

Das Land steht schon seit Jahren
auf meiner Bucketlist. Die nächsten zwei Tage bin ich verplant, aber
vielleicht kann ich dich mal dort besuchen ? :)

Gern. Das braucht nur etwas Planung,
weil ich nicht immer zu Hause bin.
Meld dich gern bei mir, wenn du zu
uns kommen willst. Ich wünsche dir,
trotz der Umstände, schöne und be-
sinnliche Feiertage, Amelia.

Uns. Seine Schwester und ihn. Oder seine Schwester,
sein Bruder und ihn. Wie viele Kinder hatte Dad mit

Simons Mom? Ich starrte eine Weile die letzte Nachricht meines Bruders an. Vielleicht war heute nicht alles schlecht gewesen. Es schien, als wäre Simon (wenn er nicht unbedingt mit unserem Vater in einem Raum saß) ganz nett. Vielleicht würde er für mich der Bruder sein, den ich mir als Kind immer von meinen Eltern gewünscht hatte. Erst würde ich aber meine Zeit brauchen, das alles zu verdauen. Noch fühlte ich mich wie in einem Film, den ich mir auf doppelter Geschwindigkeit ansah.

> Die wünsche ich dir auch, Simon. So ein Jammer, dass du nicht zu Hause bist.

> Ich will nicht wie mein Vater klingen, aber: Den Dienstplan können wir nicht immer beeinflussen. Aber Weihnachten kann man auch noch am 27. feiern. :)

Mit einem Lächeln verließ ich den Chat und wollte meinen Weg nach unten finden, als ich Samuels Gesicht auf meiner Startseite entdeckte. Meine Gefühle fuhren Achterbahn. In dem einen Moment war ich sauer und wütend, weil es so viele gute Gründe gab, warum er mich verraten hatte. Aber im anderen Moment sah ich sein Engelsgesicht, erinnerte mich an seine liebevollen Worte, erinnerte mich daran, wie er mich beim Fertigstellen von Stardust Chapters unterstützt hatte. Ich konnte nicht glauben, dass er es gewesen sein sollte. Also tippte ich das Video an, damit es von vorne startete. Seine sanfte Stimme drang in meine Ohren und sammelte die Bruchstücke meines Herzens ein. Mit jedem Wort, das seine Lippen verließ, setzten sich die Teile wieder zusammen. Eine wundervolle Wärme breitete sich in meinem Körper aus. Ich hatte das Video noch nicht zu Ende angesehen, da wählte ich seine Nummer. Aber ich landete sofort auf der Mailbox.

Hatte er mich weggedrückt?

Ich probierte es weitere zwei Male, als eine Nachricht aufploppte. Die einzige, die ich brauchte, um zu wissen, wer mich verraten hatte.

Cassie:

OMG! Bin auf Arbeit, aber was lese ich da in den Schlagzeilen. Verdammt, Girl. Wer hat dein Geheimnis gelüftet? Deine Agentin? Deine Schwester? Er selbst? Maddie hat vor zwei Tagen ihren neuen Freund gezeigt. Das war von Anfang an zu schön, um wahr zu sein. Er will mit dir nur Maddie eifersüchtig machen. Es tut mir so leid, Süße. Wenn ich irgendetwas für dich tun kann, melde dich bei mir, Süße. <3

Ich ließ die Nachricht unkommentiert, gab *samuelsfannumber1* in der Social Media App ein und sah mir die Seite haargenau an. Immer wieder begegnete mir eine Szene aus Princeton Hill, von der ich wusste, dass meine beste Freundin sie über alles liebte. Ich suchte in ihren Storys nach Indizien, bis ich das fand, wonach ich gesucht hatte. Bei einer ihrer Storys vom heutigen Tag hatte sie ihre Wohnung durchschimmern lassen. Diesmal war nicht die weiße Wand zu sehen, sondern der Blumentopf, der von der Decke hing. Der Blumentopf, auf dem ein Sticker von UNS mit der Princeton Hill Uniform klebte. Wie konnte ich die letzten Wochen so

377

blind sein? Er hatte es direkt erkannt, obwohl er nicht mal mit ihr gesprochen hatte.

Cassie war *samuelsfannumber1*.

Sie hatte mich verraten.

Meine beste Freundin.

Wieso?

Wut und Enttäuschung durchströmte meine Adern.

Wieso hast du das getan?

Was? Ich?

Ich half ihr auf die Sprünge und sendete ihr einen Screenshot ihrer Story, auf der der Sticker zu sehen war.

Samuelsfannumber1?

Wer soll das sein?

Du. Hör auf, es abzustreiten. Zoom mal ran.

Wieso? Was habe ich dir getan? Bist du eine von diesen Fans, die ihren Star nur mit sich sehen können?

Ich habe dir vertraut. Hast du uns schon die Paparazzi im Flughafen auf den Hals gehetzt?

Du bist halt Autorin. Ich habe
TMZ den Tipp gegeben, um
die Wahrheit zu sehen ...

Um die Wahrheit zu sehen?
Ich bin deine beste Freundin!
Ich habe dich NIE angelogen.
Und du tust mir das hier an?
Wenn man solche Freunde hat,
braucht man keine Feinde mehr
...

Ich hatte keine Kraft, mich weiter mit ihr zu streiten.
Sie war für mich gestorben. Mein Handy ließ ich hier.
Ich wollte mich bei Sam melden und mich für meinen
vaterähnlichen Abgang entschuldigen, wenn die Wut
nicht mehr durch meine Adern schoss. Ich kehrte zu
meiner Familie, die es nur gut mit mir gemeint hatte.
Auch wenn sie es schlecht zeigen konnten. Aber ich war
froh, dass sie hier waren. Ich war froh, dass ich Dad am
LAX begegnet war. Meinem ... Bruder. Wie sich das anhörte ... Mein Leben hatte innerhalb weniger Stunden
den krassesten Plottwist ever bekommen. Ich schrieb sie
definitiv lieber, als dass sie mir im echten Leben begeg-
neten.

»Wenn alle Stricke reißen, ist es die Familie, die einen
wieder aufbaut, hm?«, sagte ich, als ich in den großen
Wohnbereich trat, in dem Mom und Dad am riesigen
Weihnachtsbaum standen und sich (ohne Beleidigun-
gen) normal unterhielten.

Sie drehten sich alle in meine Richtung um und sahen
mich seltsam, aber auch glücklich an. Ich konnte die Blicke nicht recht deuten, aber das war mir egal. Mit mei-

nem ganzen, geheilten Herzen wollte ich sie umarmen und mich bedanken, dass sie für mich da waren, wenn es hart auf hart kam.

Zum Schluss lag ich in Dads Armen, der mir sanft über den Rücken strich. »Ich hoffe, du hasst mich jetzt nicht noch mehr«, flüsterte er.

Ich lehnte mich etwas zurück, um sein Gesicht mustern zu können. Was meinte er? Statt auf meinen Gesichtsausdruck zu reagieren, sah er an mir vorbei.

»Hast du eine letzte Umarmung für einen aufgeblasenen Hollywoodstar übrig, der nicht an die wahre Liebe geglaubt hat, bis er dich getroffen hat?« Samuels Stimme ging mir durch Mark und Bein. Mein Herz begann wild in meiner Brust zu klopfen und eine gewaltige Hitze strömte mir durch die Adern.

Bevor ich mich umdrehte und ihm in die Arme springen würde, sah ich Dad an. Er traute sich nicht, mir in die Augen zu sehen.

»Danke«, flüstere ich und drückte ihm einen Kuss auf die Wange. Ich hasste ihn nicht. Das könnte ich nie. Besonders nicht, wenn er so etwas für mich tat. Tränen sammelten sich in meinen Augen und Hoffnung keimte in mir auf. Vielleicht würde ich Junes doppeltes Happy End bekommen.

50

Samuel

In meinem Kopf spukten Tausend Worte herum, die ich ihr sagen wollte. Motivationsreden, mit denen ich ihr beweisen wollte, dass sich das Blatt wenden würde. Nach meiner Landung hatte ich nachgesehen und der Zuspruch wurde immer größer. Die Kommentare über ein Downgrade wurden von vielen positiven Meinungen überschattet. Einige Leserinnen und Leser von Amelia hatten sich auf meine Seite getummelt und sich harte Debatten mit den Samline Anhängern geliefert. Die ersten #Samy oder #Samelia Hashtags wurden ins Leben gerufen. Sie hatte ihre Privatsphäre wegen mir verloren und das tat mir im Herzen weh. Aber ich konnte mich auf meine guten Fans verlassen, die die schlechten in den Schatten stellten.

Während des gesamten Fluges hatte ich mir genau zurechtgelegt, was und wie ich es ihr sagen würde. Ich hatte es mir in meine Notizen App geschrieben und, bis ich hierherkam, auswendig gelernt. Aber als sie sich umdrehte, ich das Lächeln auf ihren Lippen und die Tränen in ihren Augen schimmern sah, hörte ich nur noch mein laut schlagendes Herz.

Bu-Bumm. Bu-Bumm.

Das Blut rauschte durch meine Adern. Die Schmetterlinge tanzten, wie ich es auf dem Video auf Social Media gesagt hatte, wild in meinem Bauch. Als sie vor mir stand, war das Einzige, was ich tun konnte, sie in meine Arme zu schließen, hochzuheben und meine Lippen auf ihre zu bringen. Dieser Kuss war eine Mischung aus Sehnsucht, Leidenschaft und einem tiefen Versprechen, dass wir alles zusammenschaffen könnten.

Wir gegen den Rest der Welt.

Ich hatte sie so schrecklich vermisst und so große Angst gehabt, dass ich sie wegen meiner Fans für immer verlieren könnte.

»Bist du böse?«, fragte ich leise.

Sie schüttelte den Kopf. »Wir sind doch ein Team. Und als Team überwinden wir die Höhen und Tiefen gemeinsam, oder?«

Sie hatte mein Video gesehen. Ich küsste sie gleich nochmal, ehe ich mich endlich von ihr losreißen und mich höflich bei allen Familienmitgliedern vorstellen konnte.

***

Wir waren nicht die Einzigen, die zum Essen blieben. Auch ihr Vater saß am Tisch und anders, als man dieses Aufeinandertreffen vielleicht durch eine Glaskugel vorhergesehen hätte, lief es harmonisch ab.

In einer ruhigen Minute, als die beiden Schwestern den Tisch abräumten, griff ich mir ihren Vater zur Seite und bedankte mich bei ihm, dass er mir diese Nachricht verfasst hatte.

»Ich habe zu danken, Samuel«, sagte er, packte seine Hand an meinen Nacken und zog mich in eine feste Umarmung. Die nächsten Worte flüsterte er in mein Ohr: »Ich bin bei der Hälfte des Buches. Mir wird dieses ganze Beziehungsding schnell zu eng und ich denke immer, dass die Menschen ohne mich besser dran sind. Aber ich lese jedes ihrer Worte und mein Herz blutet. Ich kann nicht alle Narben heilen, aber überhaupt da zu sein, ist viel mehr als das, was ich seit Jahren zustande gebracht habe. Danke dafür.«

Es hatte sich gelohnt, ihrem Vater zu schreiben. Ich hatte ihr damit das wohl schönste Weihnachtsgeschenk seit Jahren gemacht. Wärme durchflutete meinen Körper, weil ich so glücklich für sie war. Ihr Bestseller war vielleicht keine Autobiografie. Aber trotzdem steckte so viel von ihr in ihren Charakteren, in deren Handlungen und Wünschen. Mom wäre stolz auf mich. Diesen Jungen hatte sie erzogen. Wenn wir später nur unter uns wären, würde ich mich für eine Weile rausschleichen, um mit meiner Mom zu telefonieren und ihr zu erzählen, dass ich wieder zu meinen Wurzeln gefunden hatte. Es würde ein weiteres Weihnachten werden, an dem ich nicht bei ihr sein könnte. Aber die nächsten Jahre würde ich da sein.

***

Ich half Amelias Schwester später beim Abwasch, die mich dabei streng musterte. In ihren Blicken spürte ich die Funken sprühen.

»Brich ihr bitte nie das Herz. Bekommst du das hin?«

Ich hob meine nassen Hände in die Höhe und schwor es ihr. »Niemals. Ich werde sie zur glücklichsten Frau dieses Planeten machen.«

»Gut. Gut. Gut.« Charlotte musterte meine tropfenden Hände, aber dann nahm sie mich in den Arm. »Willkommen in der Familie, Samuel Parker.«

»Danke.«

Sie sah auf den Boden, auf dem einige Wassertropfen gelandet waren. »Das machst du sauber, klar? Du bist hier kein Hollywoodsternchen.«

Ich legte den Kopf schief, denn ich half ihr beim Abwasch. Zeigte das nicht, dass ich alles andere als nur ein Hollywoodstar war?

»Versucht sie dich zu vergraulen?« Amelia steckte ihren Kopf in die Küche und sah uns abschätzend an.

»Wir haben uns nur unterhalten«, kam mir Charlotte zuvor.

»Hat sie dir schon die Hölle heiß gemacht, weil du bei der Verfilmung ihres romantischen Thrillers in letzter Minute abgesprungen bist?«

Was? Fuck. Sie hasste mich, oder? Mein Blick schoss zu Charlotte, aber sie winkte bloß ab.

»Schon vergessen. Es wäre ohnehin an der Finanzierung gescheitert. Also, spülst du jetzt weiter oder willst du noch länger den Boden volltropfen?«

»Ich spüle weiter«, entschied ich mich blitzschnell und gab meine Hände zurück in das Waschbecken. Ich hörte das leise Lachen von Amelia und warf einen kurzen Blick über die Schulter, aber da hatte sie sich schon von hinten angeschlichen. Ihre Hände umfassten meinen Oberkörper und ihr Kopf schmiegte sich an mich.

»Macht es dir etwas aus, wenn ich dich hier kurz bei meiner Familie lasse?«

Charlotte warf mir den teuflischsten Blick zu, den sie sicher beim Schreiben ihrer blutigen Thriller durchgehend im Gesicht hatte. Aber dann lächelte sie und ich nickte. Amelia hatte mich von nun an ihr ganzes Leben lang an ihrer Seite. Nichts und niemand würde uns mehr trennen können. Ich war jetzt darauf vorbereitet, dass sie in die Rolle ihres Vaters schlüpfen würde, würde es ihr zu viel werden.

Wir hatten alle Zeit der Welt. Mit ruhigem Gewissen schickte ich sie zu ihrem Vater, mit dem sie so viel aufzuarbeiten hatte. Ich war unendlich froh, ihm diese Nachricht geschickt zu haben. Noch glücklicher machte es mich, dass er sie gelesen und ihr damit ihren sehnlichsten Wunsch zu Weihnachten erfüllt hatte.

Ein wenig schmerzte es in meinem Herz zu wissen, dass die Brücke zu meinen Schwestern nicht so leicht aufgebaut werden könnte. Aber ich würde daran arbeiten, bis sie irgendwann zur anderen Flussseite reichen würde. Maria hatte recht. Kein Fluss war breit genug, um keine Brücke bauen zu können. Ich würde sie bauen.

51

Amelia

Die Weihnachtsfeiertage hatten wir im warmen Los
Angeles im Beisein meiner Familie verbracht. Die letzten Tage des Jahres wollten wir aber in unserer kuscheligen Hütte zu zweit verbringen. Wir hatten sie so süß
und liebevoll eingerichtet. Außerdem fehlten mir einige
Wörter, um die Fortsetzung zu beenden. Auf dem Weg
zum Flughafen hatte mir Samuel von seiner Theorie
erzählt, dass Maria uns zusammengeführt hatte. Einerseits konnte ich es mir vorstellen und andererseits wieder nicht. Es klang für mich doch logisch, dass sie sich
nur vergriffen hatte. Nach allem, was er ihr erzählt hatte,
hätte sie ihn sicher nicht zu mir gebracht. Sie war zwar
unheimlich lieb, aber ich glaubte, dass sie ihm absolute
Ruhe bescheren wollte.

»Ich habe sie all die Jahre viel zu wenig gewürdigt«,
fing Samuel plötzlich an und erzählte mir seine persönliche Geschichte mit Maria. Jetzt verstand ich endlich,
wieso die beiden so ein gutes Verhältnis hatten. Ich
konnte es mir bildlich vorstellen, wie Samuel als Kind in

ihrem Café saß und mit ihr die Szenen für die Theater AG geprobt hatte. Es stimmte mich glücklich, dass sie ihn nie aus den Augen gelassen hatte. Dass sie immer für ihn da war, wenn er jemanden am meisten an seiner Seite gebraucht hatte.

»Ich will ihr etwas zurückgeben.«

Im Taxi brainstormten wir ein bisschen. Als er mir davon erzählte, dass Maria schon immer Europa sehen wollte, kam mir eine Idee.

»Was hältst du davon, wenn wir Maria im nächsten Jahr eine Reise schenken? Ich wollte schon immer nach Europa. Da ich jetzt eine Familie in der Schweiz habe, könnten wir dort anfangen.«

»Sie wird sicher sagen, dass das Café ohne sie nicht läuft.« Samuel blieb skeptisch, aber ich erstickte seine Einwände im Keim.

»Dann werden wir eben das Café führen, während sie sich die Welt ansieht. Findest du nicht, dass sie damit langsam anfangen sollte? Sie hat doch schon lange genug geschuftet.«

»Da ist etwas dran. Aber du und ich…« Er checkte uns ab. »Als Barista? Wie sollen wir ihren köstlichen Kuchen backen, wenn sie das Rezept nicht hergibt?«

»Du bist doch unter die Köche und Bäcker gegangen. Finde heraus, was in dem Kuchen steckt. In der Zeit wird sie so viele Einnahmen machen wie nie zuvor. Stell dir mal vor, was das für eine Attraktion wäre, von Hollywoods schönstem Ju-« Ich bemerkte den Fehler selbst, als ich die Halskette berührte, die er mir zu Weihnachten geschenkt hatte. Ein Herz, das in einem Unendlichkeitszeichen eingebunden war. Für unsere Liebe, die für immer halten würde. »Wenn sie von Samuel Parker bedient werden könnten«, verbesserte ich mich.

Er fuhr mit seinem Zeigefinger an mein Kinn, lenkte meinen Blick in seine Richtung und berührte meine Lippen. »Und von der weltweit gefeierten Bestsellerautorin Ava Christensen!«

»Ich habe überlegt, das Pseudonym mit meinem echten Namen zu ersetzen«, flüsterte ich zaghaft. Meine Privatsphäre galt es nicht mehr zu schützen. Nun stand ich an seiner Seite in der Öffentlichkeit. Noch lief mir bei dem Gedanken ein eiskalter Schauer über den Rücken, aber mit jedem Wort in seinem Video hatte er mir bewiesen, dass er es wert war. Dieser Mann liebte mich so sehr, dass er die ganze Welt an seinen Gefühlen für mich teilhaben ließ. Jeder mit Zugang zu den Medien konnte hören, wie der gefeierte und weltberühmte Hollywoodschauspieler über die Gefühle für Amelia Thompson sprach.

Ich habe zwar etwas verloren, wovon ich glaubte, dass es mir wichtig war. Aber nun hatte ich begriffen, dass glücklich zu sein und mich gesehen und geliebt zu fühlen über allem stand. Jemanden an meiner Seite zu haben, auf den ich mich bedingungslos verlassen konnte. Und das konnte ich. Er war mein Jackpot. Er war alles, was ich mir jemals gewünscht hatte.

Ein paar Paparazzi empfingen uns am Eingang des Flughafens. Samuel legte beschützend seinen Arm um mich und zeigte mir damit, dass er immer für mich da sein würde. Ich schmiegte mich an ihn und sah nur ihn an, wie er mich von dem Blitzlicht in Sicherheit brachte. Ich liebte ihn aus meinem ganzen Herzen. Letztendlich stand ich mit ihm im Rampenlicht.

Aber dorthin wollte ich nie.

Das wusste er.

Zum ersten Mal in seinem ganzen Leben wusste er,

dass er geliebt wurde. Nicht die Person in der Öffentlichkeit, sondern er.

Samuel Theodore Parker.

***

Als zum Boarding aufgerufen wurde, waren wir die Ersten, die in der Schlange standen. Wir hatten uns wieder die letzte Reihe gebucht.

»Diesmal genieße ich die Welt von oben«, sagte ich mit einem Blick über die Schulter.

»Noch sitzt du nicht auf deinem Platz«, antwortete er mir und hob dabei herausfordernd die Brauen.

Der Gang im Flugzeug war zu eng, sodass er sich nicht an mir vorbeidrängen konnte. Noch mit meinem Rucksack auf dem Rücken ließ ich mich auf den Platz am Fenster sinken. »Pech gehabt, mein Anker ist gefallen.«

»Es sei dir gegönnt, *Blondie*.« Er streckte seine Hand aus und forderte sich meinen Rucksack ein, damit er ihn mit meiner Winterjacke für später in der Overhead Bin verstauen konnte. Aber ich schüttelte den Kopf.

»Ich muss dir doch die nächsten zweieinhalb Stunden auf die Nerven gehen, *Mr. Hollywood*.« Ich zwinkerte ihm zu, zog mein MacBook aus dem Rucksack und setzte mich bis zum Start an das vorletzte Kapitel von Stardust Chapters 2. Statt sich aufzuregen, lehnte er sich dicht an mich und las mit.

»Damit kannst du mich nicht mehr nerven.«

Ich grinste ihn zufrieden an und stahl mir einen Kuss von seinen Lippen. Vor einem Monat waren wir uns hier zum ersten Mal begegnet. Der grumpy Typ, der so tat, als hätte er geschlafen, aber die ganze Zeit wach war. Ich hätte mir niemals erträumt, dass ich vier Wochen später überglücklich mit ihm an meiner Seite erneut nach Denver fliegen würde.

Meine Hand schloss sich um seine. Unsere Geschichte hatte gerade erst angefangen. Ich war so aufgeregt, was noch alles passieren würde. Meine Oma hatte recht behalten: *Man findet die Liebe, wenn man am wenigsten nach ihr sucht.*

52

Samuel

Das Glöckchen über der Tür bimmelte, als ich sie aufzog und Amelia zuerst in Marias Café eintreten ließ. Ich war froh, wieder in Winter Park zu sein und Maria etwas zurückgeben zu können. Wie jeden Gast begrüßte sie uns persönlich. Aber sie führte uns nicht direkt zum Tisch, sondern umarmte zuerst mich und nach einem kurzen Zögern Amelia.

»Wie schön, dass ihr hier seid.« Das verräterische Grinsen in ihrem Gesicht war Beweis genug, dass sie unserem Glück etwas auf die Sprünge geholfen hatte. Aber ich war ihr nicht böse. Sie hatte schon immer gewusst, was gut für mich war.

»Danke«, sagte Amelia.

»Für was? Es scheint, als würde ganz Winter Park in den Federn liegen. Ihr habt die Qual der Wahl.« Mit einer ausbreitenden Geste zeigte sie durch den ganzen Raum des Cafés und überließ uns freie Platzwahl.

Aber so schnell würde sie sich nicht rausreden können.

Amelia ging in die Hocke, um ihr das Herz aus Schokolade, feine Plätzchen und ein Souvenir aus L.A. zu überreichen. In meiner Hand lag das Ticket zum Einlösen ihrer Weltreise.

»Lügen haben immer kurze Beine, versuche es erst gar nicht«, meinte ich mit einem Schmunzeln und sah, wie Amelia ihr mit diesem breiten Grinsen auf den Lippen die Weihnachtsgeschenke überreichen wollte.

»Ich weiß wirklich nicht …«

Ich räusperte mich, nahm den Schlüssel, den sie mir vor Wochen überreicht hatte, aus meiner Manteltasche und hob eine Augenbraue, während ich sie streng musterte. »Du willst das also wirklich noch immer abstreiten, Maria? Trotz deiner Nachricht?«

Sie blickte zwischen uns beiden hin und her. Auf dem Schlüsselanhänger glänzte unter der Nummer 8 in goldenen Lettern *Hüttenzauber*. Wenn es wirklich die Hütte 9 hätte sein sollen und sie fälschlicherweise nach der 6 statt der 9 gegriffen hätte, hätte es noch irgendwie Sinn ergeben können. Aber mit der Hütte 8? Für mich war die Sache eindeutig.

»Na gut.« Sie rieb sich über die Nase und zuckte dann mit den Achseln. »Abstreiten scheint zwecklos zu sein, hm?«

»Ja, das ist es.« Amelia streckte ihr die Geschenke näher entgegen und diesmal nahm Maria sie an.

»Seid ihr mir böse?«

»Nein!« Amelia schmiegte sich an meinen Körper und sah verliebt zu mir auf. »Das könnte ich niemals, denn ohne deine Aktion hätte ich weiterhin geglaubt, dass er ein arrogantes Arschloch wäre.«

»Und ich hätte mich noch immer über dein nerviges Getippe und die Pressemitteilungen aufgeregt.«

Maria lachte herzlich auf. »Es war eine gewagte Nummer, weil das Feuer zwischen euch sehr heiß war. Aber unter dem Feuer schlummerte die Leidenschaft und …« Sie musterte uns abschätzend zu. »Ihr habt nicht gesehen, was ich sah. Ihr wart blind, obwohl du.« Sie sah Amelia an. »Über die Liebe schreibst und du.« Ihre Augen schwankten zu mir. »Sie ständig auf den Kinoleinwänden porträtierst.«

Wir sahen uns verliebt an. Ohne Maria wären wir kein drittes Mal aufeinandergetroffen. Wir hätten unser Happy End nicht bekommen und ich hätte weiterhin die Liebe für ein Produkt der Unterhaltsindustrie gehalten. Ich wäre vermutlich zu dem verbittertsten jungen Menschen der Welt mit einem Herz aus Eis geworden. Alles war genau richtig, wie es gekommen war. Der Flug. Der Starbucks. Marias Café. Zu guter Letzt die Hütte. Die Katastrophe mit meinen Fans und ihrer schrecklichen, ehemaligen besten Freundin hatten wir überwunden. Ich konnte mich auf meine Fans verlassen. Sie hatten sie doch liebevoll aufgenommen, nachdem sie mein Video gesehen hatten.

»Ich wollte mich nicht einmischen, aber ihr hättet euch sonst nie gefunden. Als sie in den Medien berichtet haben, dass der ganze Bundesstaat vermutlich von einem Schneesturm erwischt wird und du kurz darauf in mein Café geschneit bist, konnte ich nicht anders, als es zu probieren. Im schlimmsten Fall hättest du mir am nächsten Morgen das Café voller Wut eingelaufen. Aber im besten Fall würdest du erst aufkreuzen, wenn du mir deine Freundin vorstellen willst.« Ihr Gesicht sah so zufrieden aus. »Und das tust du jetzt, oder?«

Sie nahm uns beide in ihre Arme auf, ehe sie uns zu einem Platz abgelegen vom Eingangsbereich brachte und ihr Notizblock zückte. »Was darf ich euch denn bringen?«

»Würdest du dir zuerst einmal deine Geschenke ansehen?«, erinnerte ich sie liebevoll.

Maria sah zur Theke, auf der sie lagen. »Das mache ich gleich. Also, was darf ich euch bringen?«

»Wir nehmen dein Weihnachtsfrühstück. Zweimal«, bestellte ich für uns und sah Maria hinterher, wie sie fröhlich summend davon ging. Ich räusperte mich, als sie in die Küche gehen wollte. Sie hätte die Geschenke fast wieder ignoriert. Mein böser Blick traf sie. Also nahm sie sich die Geschenke und packte sie auf. Ich lenkte Amelias Blick zu Maria, bevor sie den Gesichtsausdruck verpassen würde.

»Samuel Theodore Parker. Was zur Hölle …« Sie setzte sich ihre Brille auf die Augen. »Bist du des Wahnsinns?«

Amelia kicherte. »Du hattest recht. Eins zu null für dich.«

»Ich kann das Café doch nicht schließen, mein Junge«, wetterte sie, als sie mit dem Ticket auf uns zukam.

Ich senkte mich zu Amelia und flüsterte: »Ich denke, es wird Zeit für deinen Vorschlag. Damit gleichst du aus.«

Amelia erhob sich aus dem Sessel und ging auf Maria zu. Sie erklärte ihr, was sie mir schon eben angepriesen hatte. Im ersten Moment sah Maria gar nicht glücklich aus. Sie erinnerte sich an meine Worte, also stand ich auf und sah ihr tief in die Augen. »Ich habe dich all die Jahre nicht so gewürdigt, wie du es verdient hattest. Diese Welt hatte mich total verblendet. Da hatte meine Schwester schon recht. Aber …« Ich schmunzelte. »Du hast mich wieder näher zu mir selbst gebracht. Es tut mir so unendlich leid, dass ich dich all die Jahre in keiner meiner Reden gewürdigt habe. Nur wegen dir habe ich mit dem Schauspielen angefangen. Du hast meine Karriere auf ihren Weg gebracht. Nimm es an, Maria. Das ist mein Geschenk an dich.«

Amelia räusperte sich.

»Unser Geschenk«, verbesserte ich mich. Auch sie war Maria unendlich dankbar.

»Und ihr wollt das wirklich durchziehen?«

»Wir wollen das nicht nur, wir werden«, sagte ich.

»Dann werde ich mir wohl Europa ansehen, hm?« Langsam stiegen Tränen in ihren Augen auf. Ehe sie sich vor uns ganz verlor, verabschiedete sie sich in die Küche, um unser Essen zu zubereiten.

Während Amelia und ich auf unser Frühstück warteten, hielten wir Händchen und erinnerten uns an die letzten vier Wochen zurück. Amelia bekam das Grinsen kaum aus dem Gesicht und sah wunschlos glücklich aus. Mir ging es ebenso.

Alles war gut.

Das Leben war gut.

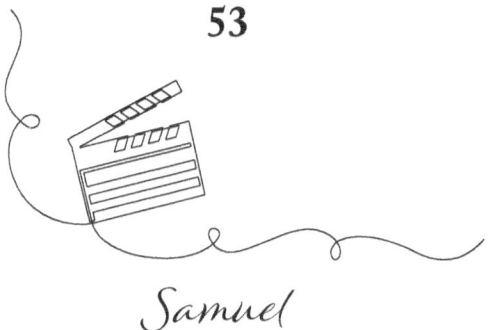

53

Samuel

Drei Tage später hatte Amelia die magischen vier Buchstaben, Ende, unter ihr Buch getippt. Einen Tag vor ihrer Deadline. Ich war so unendlich stolz auf sie. Sie hatte gearbeitet bis zum Umfallen und durfte sich jetzt alles wünschen, was sie wollte. Aber sie war so erschöpft, dass sie zu nichts in der Lage war. Ich bekochte sie, ich massierte sie. Wir ließen uns von dem Hüttenzauber einlullen und genossen unser gemeinsames Leben, das jetzt so richtig anfing.

Kurz vor dem Jahreswechsel fanden wir mit zwei Sektgläsern den Weg in unseren Jacuzzi.

»Du willst also Europa sehen?«, fragte ich sie.

»Am liebsten die ganze Welt. Aber Europa wäre ein Anfang.«

Das neue Jahr war nur noch wenige Minuten entfernt und ich freute mich darauf, es mit ihr beginnen zu können.

»Was hältst du davon, wenn wir gleich morgen nach Europa fliegen? Wo willst du als Erstes hin? Was willst du dir am liebsten ansehen?«

»Hast du denn keine Verpflichtungen?«

Ich grinste sie an. »Außer dich glücklich zu machen? Nein. Also, mein Herz. Was ist es, was du dir sehnlichst wünschst?«

Sie sah mich mit großen Augen an, während das Wasser zwischen unseren Köpfen patschte.

»Ein Leben mit dir. Mit allem, was dazu gehört.«

Ich zog sie dicht an mich und brachte meine Lippen auf ihre. In meinem stürmischen Kuss lag das Versprechen, dass sie alles bekommen würde, was sie sich je wünschen würde. Diese Frau hatte mein eiskaltes Herz zum Schmelzen gebracht und mir wieder gezeigt, wie schön das Leben war. Wie schön die kleinen Augenblicke waren, die am Ende in der Erinnerung ganz groß wurden.

Plötzlich eroberten rote, gelbe, grüne und weiße Kunstwerke den Himmel. Ich legte meine Hand an ihre Kieferpartie. Tief sah ich ihr in die Augen und berührte ihre Lippen, was mein Herz jedes Mal höher schlagen und die Wärme in meinen ganzen Körper ausstrahlen ließ.

»Mein erster Neujahrskuss«, flüsterte sie.

Ich streichelte über ihre Wange und küsste sie. »Das wird nicht dein Letzter sein. Bei jedem Jahreswechsel wirst du ihn in Zukunft bekommen, mein Herz.«

Ich glaubte nicht an die Liebe, bis Amelia in mein Leben getreten war. Sie hatte recht. Mit allem. Jeder hatte ein Happy End verdient. Und nichts war so schwarzweiß, wie es schien. Ich würde alles dafür geben, um die Rolle des Fletcher in der Verfilmung von Stardust Chapters zu bekommen. Wenn ich ab sofort vor den Kameras stehen würde, müsste ich nur an sie denken und ich könnte ganz genau rüberbringen, was die Zuschauer sich wünschten.

Die große Liebe.

Denn sie existierte.

Und wie sie existierte.

Sie saß mit ihren bildhübschen Augen, ihren wundervollen Haaren, dem schönsten Lächeln, das ich je gesehen hatte, und dem reinsten Herzen vor mir.

Ich war für sie gefallen. Den Sprung aus dem Flugzeug bereute ich keine Sekunde. Denn ich landete in ihren weichen Armen und wollte niemals wieder woanders sein.

EPILOG

Amelia

Sein Arm lag beschützend an meiner Hüfte. Ich lächelte mein schönstes Lächeln in das Blitzlichtgewitter. Junge Mädchen kreischten in der Menge, reckten mein Buch in die Höhe und wollten ein Autogramm. Sie riefen nicht nur Samuels Namen, sondern auch meinen. Sein Video hatte den Fans die Augen geöffnet. Zumindest den meisten. Meine Agentin Hannah sollte recht behalten. Seine Fans liebten mein Buch. Liebten die Vorstellung, dass der Inhalt so gut zu unserer eigenen Liebesbeziehung passte. Fletcher aka Samuel, der nicht an die wahre Liebe glaubte, und Junc, die nichts als die Liebe ihres Vaters wollte und dann Fletcher vor die Nase gesetzt bekam.

So wie bei mir. Ich wollte nur die Liebe meines Vaters und am Ende hatte ich nicht nur sie geschenkt bekommen, sondern einen wundervollen Mann an meiner Seite.

Ein Mikrofon wurde in unsere Richtung gestreckt. Samuel schob mich an und brachte mich dorthin.

»Miss Thompson. Lassen Sie uns in Ihre Gefühls-welt eintauchen. Auf einer Skala von eins bis zehn: Wie glücklich sind Sie, heute hier zu stehen?«

»Soll ich ganz ehrlich zu Ihnen sein?«

Die Dame sah zu Samuel, der nur laut lachte und mir dann einen Kuss auf die Schläfe drückte. Er lehnte sich zum Mikrofon und sagte: »Merken Sie sich eins: Wenn Sie eine Autorin nach Ihrer Gefühlswelt fragen, wird die Antwort sehr lange werden.«

Ich pikte ihm in die Seite und verdrehte die Augen. »Du Spinner«, zischte ich. Bevor ich in das Mikrofon re-den konnte, hatte es schon wieder die Dame am Mund.

»Sagen Sie mir alles, was in Ihnen vorgeht, Amelia.«

»Ich bin berauscht. In allererste Linie geschockt, wie viele Menschen hier sind, um die Verfilmung meines Buches zu sehen. Ein Interview mit uns zu bekommen oder nur ein schönes Bild. Diese ganzen Leute, Sie und all die anderen, sind hier, weil ich mir vor Jahren in den Kopf gesetzt habe, nicht mehr weiter für meine Fest-platte, sondern für die große, weite Welt zu schreiben. In meiner Debütgeschichte habe ich mich so verdammt angreifbar gemacht. Aber zugleich so viele Menschen erreicht.«

»Das Buch war fantastisch. Ich denke heute gern daran zurück. Ich denke, ich spreche für alle Fans, wenn ich sage: Wir freuen uns riesig auf die Umsetzung. Stimmt es, dass es am Ende des Films ein Exklusivinterview von Ihnen und Ihrem Vater gibt?«

Ich strich mir eine meiner gelockten Strähnen hinter mein Ohr und war versucht, mir meine Brille weiter nach oben zu schieben. Aber seit zwei Monaten testete ich Kontaktlinsen aus, also griff ich ins Leere. Ein Lächeln konnte ich mir nicht verkneifen, bevor ich der Dame mit einer ausholenden Erklärung antwortete.

»Ich möchte nicht zu viel verraten, also wenn ich es tue, liegt es daran, dass das für mich alles noch wie im Traum ist.« Ich sah zu Samuel, der mir ein Zeichen geben sollte, falls ich die Premiere gerade zerstörte, aber er nickte mir nur schmunzelnd zu.

»Erzählen Sie es uns.«

Ich konnte mir das Lächeln kaum von den Lippen bringen, so viele Glücksgefühle wurden in mir ausgeschüttet. »Mir haben täglich Mädchen geschrieben, wie sehr sie sich mit June identifizieren konnten. Sie wünschten sich, dass sie auch ein Happy End bekommen würden. Zu dem Zeitpunkt, als ich das Buch geschrieben hatte, hatte ich mein eigenes Happy End nicht bekommen. Aber ein gewisser, gutaussehender junger Mann, der vor einiger Zeit als Hollywoods schönster Junggeselle gehandelt wurde, hat mein persönliches Happy End in die Wege geleitet. Man sollte niemals nie sagen und eine wundervolle, weise Frau hat mir einst gesagt, dass man Brücken über die breitesten Flüsse bauen kann.« Jetzt sah ich direkt in die Kamera und grüßte Maria.

»Wie recht sie hat. Das ist auch ein Zitat, das man auf Merchartikeln zu Ihrem Buch findet, nicht?«

Ich nickte, aber fuhr dann mit meiner eigentlichen Botschaft fort. »Nachdem mein Vater und ich wieder zueinandergefunden hatten, fügten wir ein exklusives Interview von ihm und mir in der neuen Auflage von Stardust Chapters hinzu. Meine persönliche Story zum Buch hat so vielen Mädchen Mut gemacht, dass auch sie mit ihrem Vater eine gute Beziehung aufbauen würden. Jedes Mal, wenn mir Mädchen auf Lesungen erzählten, dass sie ihrem Vater das Buch geschenkt hätten und sie ihr Happy End bekommen hatten, musste ich sie umarmen. Ich bin so glücklich, dass ich mit dem Buch etwas bewegen konnte. Also um auf Ihre Ausgangsfrage zurückzukommen: Ja, das Interview ist auch am Ende des Films zu sehen.«

»Wundervoll. Eine Frage zum Schluss. Ist Ihr Vater heute hier?«

Ich blickte auf die Uhr. »Wenn er das Flugzeug rechtzeitig landet, wird er sich die Premiere nicht entgehen lassen.«

»Dann drücken wir die Daumen. Vielen Dank, Amelia. Alles Gute für Sie und Samuel.«

»Herzlichen Dank.«

Ich schmiegte mich wieder fester an Samuel und lief im Blitzlichtgewitter mit ihm weiter.

»Siehst du? Du bist nicht nur die Freundin von Samuel Parker. Für mich interessiert sich heute niemand. Du bist der Star des Tages.«

Vor allen Augen küssten wir uns, ehe wir den Weg in den Premierensaal fanden und zu unseren Plätzen aufstiegen. Mom, ihr Freund und Charlotte waren schon da. Wir begrüßten sie mit einer Umarmung, wobei sich mein Herz in der Brust einen Moment schwer zusammenzog. Ich hatte gehofft, die Plätze neben ihnen würden nicht leer bleiben. Sam hatte seine Schwestern mit Partnern eingeladen. Seine Mutter schaffte den Weg in ihrem Zustand nicht, aber er hatte schon am Morgen mit ihr per Video telefoniert. Es tat mir im Herzen weh zu sehen, dass seine Brücke von der anderen Seite immer zerschlagen wurde. Ich berührte ihn an der Schulter. Er war Schauspieler. Er konnte es verstecken, aber ich spürte, dass es ihn traf.

Bevor ich etwas sagen konnte, wurde ich an meiner

Schulter berührt. Ich drehte mich um und sah meinem Halbbruder direkt ins Gesicht. Er hatte uns erst gestern hierher geflogen. Mir brannte es auf der Zunge zu fragen, wo er seine hübsche Copilotin gelassen hatte. Die Funken waren gestern auf dem Hinflug nur so zwischen ihnen geflogen.

»Grüezi!«, übte ich mich mit meinem noch wenig vorhandenen Gefühl für Schweizerdeutsch, aber wurde sofort von ihm herzlich in die Arme geschlossen.

»Es freut mich so sehr, dass du da bist.« Es war der falsche Moment, nachzubohren. Aber ich würde ihn spätestens über seine Copilotin ausfragen, wenn wir wieder zu Hause waren.

»Das durfte ich mir nicht entgehen lassen. Livi lässt dich grüßen«, sagte er mit einem Lächeln. »Du siehst wunderschön aus.«

»Danke.«

Ich machte ihm Platz, damit er in die Reihe treten konnte. Er traf sofort auf Samuel. Die beiden umarmten sich und schlugen sich brüderlich auf den Rücken. Seit wir unseren Lebensmittelpunkt vor einem halben Jahr für eine Weile in die Schweiz verlegt hatten, sind die beiden ziemlich eng miteinander geworden. Manchmal musste ich meinen Bruder fragen, ob ich auch noch Zeit mit meinem Freund verbringen durfte. Aber ich beschwerte mich nicht. Samuel hatte einen besten Freund seit seiner Kindheit vermisst und mit Simon hatte er wieder einen gefunden.

Zufrieden lächelte ich die beiden an und setzte mich dann nach ihnen auf den Platz. Die Brücke zu seiner Familie konnte er nicht schlagen. Aber er hatte Maria. Er hatte Simon. Er hatte meine Familie. Und er hatte mich. Ich würde nie von seiner Seite weichen. Von Glück, Liebe und unbändiger Freude erfüllt, griff ich nach seiner Hand und drückte sie fest.

Eine Weile sahen wir uns nur in die Augen, bis mir etwas auffiel. Die letzten Monate verliefen wie in einem Traum, den ich noch nicht realisiert hatte. »Moment! Ich muss mir ein Kreuz in den Kalender machen. Es ist das erste Mal, dass du dir einen deiner Filme ansiehst.«

»Vielleicht bin ich den ganzen Film auch nur damit beschäftigt, meine wunderhübsche Freundin anzusehen.« Er lächelte mich breit an.

»Tu, was du nicht lassen kannst. Ich werde meinen hübschen Freund auf der Leinwand anschmachten.«

»Obwohl ich dort June küsse?«

Ich grinste ihn frech an. »Dann weißt du, wie viele Küsse du mir heute noch schuldig bist. Ich zähle mit!«

Er zog die Luft scharf ein. »Darf ich schon jetzt damit anfangen?«

Als die Lichter abgedunkelt wurden, schob ich ihn auf Abstand. Schon als kleines Kind hatte ich von diesem Moment geträumt. Jeden einzelnen Augenblick wollte ich davon einfangen. Als vor uns die Zahlen heruntergezählt wurden, stieg meine Anspannung. Ich war fast täglich am Set gewesen und hatte den Produzenten und den Schauspielern über die Schulter gesehen. Aber dort war noch alles so roh gewesen. Erst durch die Nachproduktionen wurde das finale Produkt daraus. Ich war so aufgeregt. Als die Zwei erschien, pochte mir mein Herz bis zum Hals. Samuel griff nach meiner Hand und sah mich lächelnd an. »Du wirst begeistert sein, mein Herz.«

Einen Moment lenkte ich den Blick von der Leinwand, weil ich am Ende der Treppen eine Person ausfindig machte. Hatte Dad es doch geschafft? Ich wollte mir nicht allzu große Hoffnung machen, weil er zwei

Stunden Verspätung hatte. Aber bevor er abgeflogen war, hatte er mir versprochen, dass er die verlorene Zeit auf der Strecke aufholen würde. Für sein kleines Mädchen würde er alles geben, hatte er gesagt. Als vier goldene Streifen von dem Licht angestrahlt wurden, wurde mein Herz endgültig von der größten Hitze, die ich jemals gespürt hatte, eingenommen.

Er hatte sein Versprechen gehalten.

Er hatte es geschafft.

Mein Dad.

Ich hatte mein Bestes gegeben, meine Tränen die ganze Zeit zu unterdrücken. Aber jetzt, mit meinem Dad zu meiner Linken und meinem Liebsten zu meiner Rechten konnte ich sie nicht mehr halten.

»Ich liebe euch«, flüsterte ich. Mit meiner Schulter stieß ich Samuel an. »Und jeder hat ein Happy End verdient. Man muss nur daran glauben.«

Er berührte gefühlvoll meine Lippen. Ich hatte ihm gezeigt, dass die wahre Liebe existierte. Ich hatte mich noch nie so lebendig und glücklich gefühlt wie in diesem Moment. Und ich hoffte, dass er noch ganz lange anhalten würde.

Alles war gut.

Denn alles war möglich, so lange man an sich glaubte.

***

Stardust Chapters räumt einen Rekord nach dem nächsten ab!

Das Buch und die dazugehörige Verfilmung der Bestsellerautorin Ava Christensen/Amelia Thompson hat alle bisher veröffentlichten Bücher und Filme in den Schatten gestellt. Die Leute sind süchtig nach der großen Liebe, die sie in ihren Büchern verkörpert. Die Kinokassen klingeln. Viele junge Mädchen gehen schon zum fünften Mal in den Film und können sich nicht sattsehen. »Wann bekommen wir endlich die Fortsetzung?«, fragen sie sich. Und nicht nur sie. Wir warten sehnsüchtig auf die Fortsetzung. Aber nicht nur darauf.

Die ganze Welt ist süchtig nach #Samelia. Die neusten Bilder aus ihrem süßen Chalet in der Schweiz am Vierwaldstätter See zeigen, dass das Hollywoodpaar ihre Liebe gekrönt hat. Ein dicker, roségoldener Klunker ist auf ihrem neuesten Foto auf Social Media zu sehen. Dahinter ist ein neues Schreibdokument zu finden. Ihrer eigenen Bildunterschrift zu urteilen können wir uns auf eine neue, traumhafte Kulisse freuen.

Ob diese auch wieder Parallelen zu ihrem echten Leben haben wird? Das wird sich zeigen. Aber ein süßes Café, Winter und ein grumpy Hollywoodschauspieler … Wir haben da direkt einen im Sinn. Wir bleiben gespannt und warten sehnsüchtig auf Updates.

ENDE

Abschließende Worte der Autorin

Mit Stardust Chapters war es mir wichtig zu zeigen, dass kein Leben so perfekt ist, wie es von außen scheint. Auch wenn man durch die perfekten Leben, die man auf Social Media sieht, schnell in die Versuchung kommt, sein Leben zu hinterfragen und sich zu vergleichen.

Aber macht das nicht. Die Geschichte eines Menschen könnt ihr nicht wegen ein paar Bildern oder Videos im Internet kennen. Die Leute bleiben Fremde für euch, die nicht ihre ganze Geschichte offenbaren. Ihr seht nur das, was ihr sehen sollt. Lasst euch davon nicht verunsichern.

Nur weil ein Leben nach außen hin perfekt scheint, muss es das nicht sein. Das habt ihr in der Geschichte an Samuel sehen können.

Hört auf, euch zu vergleichen. Ihr seid genug. Ihr seid perfekt, so wie ihr seid. Ihr seid einzigartig. Euch gibt es nur einmal und das ist eure Stärke. Seid stolz darauf. <3

Ihr braucht keine Anerkennung eurer Familie, eurer Freunde oder der ganzen Welt. Am Ende müsst nur ihr zufrieden und glücklich sein. Mit euren Entscheidungen, eurem Leben, eurem Job, ... Ihr müsst frei werden wie *Amelia* am Ende der Geschichte.

Dass das nicht einfach ist, weiß ich selbst nur zu gut. Auch ich bin ein Mensch, der sich viel über die Meinungen anderer Gedanken macht und nie so richtig frei ist. Manchmal wächst einem alles über den Kopf.

Mir hat einmal eine wundervolle Person gesagt, dass nichts zu unbedeutend ist, um es nicht auszusprechen. Denn wenn ihr das nicht tut, staut es sich irgendwann so weit an, dass ihr daran zugrunde gehen könnt. Wäre

Maria nicht für Samuel da gewesen, wäre er in ein tiefes Loch gestürzt. Vielleicht wäre er aus diesem nie wieder rausgekommen.

Reden hilft.

Vertraut euch anderen an.

Damit erleichtert ihr euer Herz.

Sollte nicht eine liebe Person wie Maria an eurer Seite stehen, gibt es Stellen, an die ihr euch wenden könnt. Eine davon ist die Telefonseelsorge:

0800 1110111
0800 1110222

Danksagung

Ein Buch zu schreiben, verläuft gar nicht so einsam, wie man es sich womöglich klischeehaft vorstellt. Wir Autor:innen haben alle mindestens einen Samuel, der uns unterstützt und zu unserem Erfolg pusht.

Allen voran möchte ich meinem Freund danken. Vor einiger Zeit ging auf TikTok ein Trend viral, bei dem man eine Szene aus *Cars* gesehen hatte. Mir standen immer Tränen in den Augen, weil ich jedes Mal an dich denken musste. Während ich als *Lightning McQueen* über die Rennbahnen rase, stehst du am Rand und feuerst mich an. Ich liebe dich. Danke, dass du in meinem Leben bist. Du bist mein Ein und Alles. <3

Ich möchte meiner Lektorin Anna danken, wegen der ich dieses Projekt überhaupt realisieren konnte. Du bist nicht nur meine Lektorin, sondern auch meine beste Freundin. Ich kann mich noch gut an die erste Memo erinnern, in der ich dir von der groben Idee erzählt habe. Es war Sommer. Ich lag bei 34 Grad in der prallen Hitze und hatte nichts besseres zu tun, als an ein winterliches Buch zu denken. Unsere Zusammenarbeit war stets professionell und hat mir viel Spaß gemacht. Am Ende hast du mir mit den abschließenden Worten zur Geschichte Tränen in die Augen getrieben. <3 Nach dem Buch ist vor dem Buch. Du weißt also, dass du bald schon wieder neuen Input bekommst. Ich freue mich darauf.

Meiner Coverdesignerin Emily möchte ich einen großen Dank aussprechen. Mit dem Cover von Stardust Chapters hast du dich wirklich selbst übertroffen. Es ist ein Traum! Dasselbe gilt für die hübsche Illustration, die du zu meiner Lieblingsszene aus meinem Buch angefertigt hast. Wegen dir ist mein Buch ein Hingucker. Danke dafür!

Auch möchte ich den wundervollen Menschen aus meiner Reveal-Gruppe danken. Dank euren tollen Beiträgen hat mein Buch eine größere Reichweite bekommen. Ihr wart fantastisch.

Zum Schluss möchte ich EUCH, meinen Leser:innen danken, dass ihr mein Buch gekauft und gelesen habt. Wegen euch darf ich meinen Traum leben. Fühlt euch alle einmal gedrückt.

Ich hoffe, wir sehen uns beim nächsten Buch wieder.<3 Einen Protagonisten habt ihr von meiner neuen New Adult Reihe **#SH** schon in Stardust Chapters kennengelernt: der unverschämt gutaussehende Flugkapitän **Simon Taylor**. Ja, meine neue Reihe wird in der **Fliegerbranche** spielen. Die letzten zwei Jahre habe ich mit dem Schreiben und Recherchieren verbracht und dabei viele tolle Leute kennengerlernt. Ob ich kurz überlegt habe, einen Berufswechsel anzustreben? Es könnte möglich sein. Mein Herz brennt für diese Reihe und ich freue mich, euch bald mit an Bord zu nehmen, wenn es heißt: *Cabin Crew, prepare for departure.*

Ihr werdet mit der Reihe tief in die Branche eintauchen und mit den Protagonisten um die Welt fliegen. Mehr darf ich euch jetzt aber wirklich nicht mehr verraten. Wollt ihr keine News mehr verpassen, solltet ihr unbedingt meinen **Newsletter** abonnieren. Dort erhaltet ihr alle Infos immer zuerst.

Alles Liebe,
Gina

Weitere Bücher von Gina M.Swan

Weihnachtsroman
Finding Home For Christmas

Weihnachten steht vor der Tür. Doch für Stella Adams läuft in diesem Jahr alles gründlich den Bach herunter. Nachdem ihr Freund sie monatelang mit einer Kommilitonin betrogen hat, muss sie wieder in ihr mickriges Kinderzimmer im Elternhaus ziehen. Es fühlt sich wie ein Rückschritt an, wo sie ohnehin das Gefühl hat, nicht zu wissen, wer sie ist und wo sie überhaupt hingehört. Während Stella glaubt, das schlimmste Weihnachten ihres noch jungen Lebens zu feiern, erreicht sie eine fantastische Möglichkeit: Sie soll im Parkhotel Vitznau als Weihnachtselfin den Gästen die festlichen Tage versüßen, obwohl sie sich dafür nicht beworben hat. Wurde das Hotel wegen ihres weihnachtlichen Instagramkanals auf sie aufmerksam?

Mit der Hoffnung auf ein Weihnachtswunder setzt sie sich in den Zug nach Vitznau. Obwohl sie erstmal von Männern nichts wissen will, lernt sie in ihrem Abteil den charmanten Fußballer Nick kennen, der ihr Herz einige Takte schneller schlagen lässt und zufällig dasselbe Ziel anstrebt. Ist diese Begegnung Schicksal – obwohl eine Weihnachtsbloggerin und ein Grinch aufeinandertreffen, die verschiedenere Ansichten von Weihnachten kaum haben könnten?

Ein wunderschöner Weihnachtsroman, der von Selbstfindung und dem Gefühl zu Hause zu sein in einer schweizerischen Winterwunderwelt handelt.

Romantische Thriller:

Nah wie fern Trilogie
Nah wie fern. Tödliche Wahrheit.
Nah wie fern. Gfährliches Verlangen
Nah wie fern. Befreiende Gerechtigkeit.